Oliver Zimski

WIOSNA

Tödlicher Frühling

Kriminalroman

Personen und Handlung des Romans sind frei erfunden,
eventuelle Ähnlichkeiten rein zufällig.

Für
Minia & Jacki

Glaube denen, die die Wahrheit suchen und zweifle an denen, die sie gefunden haben.

André Gide

Prolog

Jozef Swiatelka stand vor den Trümmern seiner Autowerkstatt in Berlin und sprach mit Gott. *Was willst du mir damit sagen?* In den Gesichtern seiner beiden Mechaniker standen Wut und Verzweiflung. *Wie kannst du zulassen, dass in einer einzigen Nacht zerstört wird, was mit so viel Hoffnung aufgebaut wurde?* Mit der Werkstatt waren auch drei Oldtimer verbrannt, Liebhaberstücke, wie sie ihm in Zukunft kein Kunde mehr anvertrauen würde. Sein Ruf, für den er zehn Jahre lang geschuftet und die Familie in Polen nur jedes zweite Wochenende gesehen hatte, war ruiniert. Zehn Jahre, in denen er sein Geld auf ehrliche Weise verdient und Steuern gezahlt hatte wie jeder normale Bürger.

Das war nicht immer so gewesen. Anfangs hatte er auch Fahrzeuge zweifelhafter Herkunft weiterverkauft. Doch sobald er es sich leisten konnte, hatte er die alten Kontakte zur polnischen Unterwelt auf Eis gelegt. In einem Riesengebirgsdorf bei Jelenia Góra zahlten seine Frau Magda und er ihr Eigenheim ab, die beiden Kinder gingen auf eine Privatschule. All dies war nun in Frage gestellt.

Dass Gott kein guter Onkel war, wusste er, seit er mit 14 Jahren seine Mutter verloren hatte. Damals im kommunistischen Polen erhielt man eine wirksame Krebstherapie nur, wenn man dem Arzt einen Umschlag mit westlichen Devisen über den Tisch schob. Den Eltern war das nicht möglich gewesen. Nach dem Tod der Mutter hatte sich Gott hingegen als treuer Begleiter erwiesen. Ohne ihn hätte er nie die Kraft aufgebracht, ins Ausland zu gehen und sich eine solide Existenz aufzubauen.

Das Unheil nahm seinen Lauf mit Boudaris Anruf im Sommer

letzten Jahres. Autohändler Boudari bat ihn zur Überbrückung eines Engpasses um ein privates Darlehen von 20.000 Euro. Sie hatten ein paar Mal zusammengearbeitet, und bis Ende Oktober konnte er das Geld entbehren, zumal es ordentlich verzinst wurde. Außerdem kannte der Autohändler einen guten Notar. Der saß zwar im zweiten Hinterhof zwischen lauter Fabriketagen, aber neben der Tür hing ein Metallschild mit dem Wappen des Landes Berlin, und unter den Vertrag drückte er ein offizielles Siegel.

Mitte November war das Geld immer noch nicht zurück auf Swiatelkas Konto. Am Telefon entschuldigte sich Boudari wortreich und versprach, bis Monatsende alles zurückzuzahlen. Drei Wochen später war sein Handy tot. Auch im Autohaus war er nicht zu sprechen. Und derselbe Notar, der vor einem Vierteljahr das Darlehen abgesichert hatte, verweigerte nun jedes Gespräch und drohte mit Hausverbot.

„Bitte rufen die Polizei", rief Swiatelka und schwenkte seine Abschrift des Darlehensvertrages durch die Luft. „Ich gern warte!"

Kurz darauf erschienen zwei kräftig gebaute Männer und zerrten ihn aus dem Büro in die leer stehende Fabriketage darunter. Dort stießen sie ihn zu Boden und zerrissen seinen Vertrag in kleine Schnipsel. An Gegenwehr war nicht zu denken. Während der eine auf ihm kniete und ihn festhielt, beugte sich der andere zu ihm herunter. Er roch stark nach Parfüm und sprach – soweit Swiatelka das beurteilen konnte – ein tadelloses Deutsch.

„Lass meinen Vater in Ruhe, sonst verlierst du mehr als nur ein bisschen Geld, viel mehr. Dein Auto, dein Laden – da kann viel passieren."

„Matka Boska", flüsterte Swiatelka. „Heilige Mutter Maria, bete für mich!"

„Und eine schöne Frau hast du auch", fügte Boudaris Sohn hinzu,

dann trat er ihm mit voller Wucht in die Rippen.
Swiatelka schleppte sich in seine Wohnung, entschlossen, zur Polizei zu gehen. Doch bevor er dazu kam, rief Magda aus Polen an. Sie habe einen mysteriösen Anruf von einer Frau erhalten, die ihr geraten habe, gut auf sich selbst und die Kinder aufzupassen.
„Eine Polin?", fragte er.
„Zumindest sprach sie fließend Polnisch. Jozef, was hat das zu bedeuten?"
„Keine Angst, ich regele das."
Nach intensiver Rücksprache mit Gott verfasste er einen Brief, in dem er Boudari eine Frist bis Jahresende setzte. Wenn das Geld bis dahin nicht auf seinem Konto sei, würde „etwas passieren". Was das heißen sollte, wusste er selbst nicht. Weihnachten verbrachte er bei der Familie in Polen und kehrte schweren Herzens nach Berlin zurück.
In der Silvesternacht ging sein zwei Jahre alter Audi in Flammen auf. Jede Nacht wurden in Berlin Autos abgefackelt, die von Linksextremisten als Symbole des Bürgertums in den von ihnen dominierten Unterschichtghettos angesehen wurden. Doch Swiatelka war klar, dass es seinen Wagen aus einem anderen Grund erwischt hatte. In einem zweiten Schreiben an Boudari forderte er einen Gesamtbetrag von 50.000 Euro, in dem ein Schmerzensgeld für seine Blessuren und die Angst seiner Frau eingerechnet waren.

Mit der Antwort auf diesen Brief hatte der Autohändler ihn seiner Existenzgrundlage beraubt. Die folgenden Wochen verbrachte er damit, den notwendigen Schriftkram für die Versicherung zu erledigen und Erkundigungen über Boudari einzuholen. Er erfuhr, dass dessen jüngster Sohn Zafer – der Mann, der ihn zusammengetreten hatte – Mieter einer Lagerhalle in Charlottenburg-Nord war, in der die Familie des Autohändlers ihre *anderen Geschäfte* abwickelte. Zufälligerweise arbeitete der Kumpel eines seiner beiden Mechaniker als Pförtner auf demselben Gelände. Wobei es Zufälle nicht gab. Nur Fingerzeige.

An einem Sonntag im April besuchte Swiatelka die Heilige Messe in der polnischen Gemeinde Berlins. Der Priester erzählte von Hiob, der fromm und rechtschaffen war wie kein zweiter Mensch auf Erden, bis Gott sich von Satan zu einer Wette überreden ließ: *Versuch es doch einmal und lass ihn Hab und Gut verlieren, dann wird er dich sicher vor allen Leuten verfluchen!* Trotz schwerster Prüfungen, betonte der Priester, habe Hiob nie an Gott gezweifelt, sondern mit ihm gerechtet und gestritten. Darin habe sich sein Glaube bewiesen. Swiatelka verspürte eine Anspannung wie vor dem Start eines Wettrennens. Selbst wenn er nicht untadelig war wie Hiob, wollte er doch genauso für sein Recht kämpfen! Im Beichtstuhl bekannte er alle seine Sünden, die vergangenen und die zukünftigen. Der Priester, der wie immer nicht richtig zuhörte, erteilte Absolution. Nach Verlassen der Kirche rief Swiatelka einen alten Bekannten in Polen an und schlug ihm ein Geschäft vor, das für sie beide lohnend sein könnte.

Dann machte er sich daran, seine kleine Wohnung aufzulösen. Seine Zeit in Deutschland neigte sich dem Ende zu. Diesen Teil der göttlichen Botschaft hatte er verstanden.

1.

Kriminalhauptkommissar Dominik Lemberger hatte den Wohnzimmertisch mit seinen Arbeitsutensilien belegt. In einigen Wochen fand eine internationale Polizeikonferenz in Riga statt, zu der er einen Vortrag in englischer Sprache zum Thema Autoverschiebung beisteuern sollte. Während er darauf wartete, dass sein Rechner hochfuhr, fiel ihm auf, dass die bunten Rechtecke des *Windows*-Logos mit den Zimmertüren in seiner Wohnung korrespondierten: sonnengeflechtsgelb für Sandras Arbeitszimmer, pubertätsrot bei Aaron, feenblau bei Lea. Nur er selbst hatte keinen eigenen Raum für sich. *Wozu auch, du wohnst ja im Büro,* würde seine Frau sagen, sarkastisch und vorwurfsvoll zugleich, wie es ihre Art war.

Wie immer, wenn er mal einen Abend zu Hause verbrachte, war sie mit ihren Freundinnen unterwegs. Das waren Frauen, die sich permanent *auseinandersetzten,* banale Dinge *klasse* oder *spannend* fanden, *bewusst lebten* und über alles unheimlich viele Worte machten. Lemberger konnte sie nicht ausstehen. Sie waren es, die Sandra den Floh mit der Paartherapie ins Ohr gesetzt hatten, eine Idee, deren Ausführung er bisher erfolgreich verschleppt hatte. Dass es mit ihrer Ehe nicht zum Besten stand, war allerdings nicht zu leugnen. Überstunden, die er ableisten musste, interpretierte sie als Fluchtverhalten, die nächtlichen Atemnotattacken als unbewusste Ablehnung ihrer Person. Seinen letzten Versuch, sie abends im Bett zu streicheln, hatte sie mit der Bemerkung „Ich glaube, das kannst du dir sparen" kommentiert. Danach war er auf die Wohnzimmer-Couch umgezogen. Etliche Monate war das jetzt her, und seitdem liefen alle Bereiche ihrer Ehe im Sparmodus.

Hinter der blauen Tür las Lea in ihrem Bett. Die hochgestellten Knie benutzte sie als Buchstütze, ihre Augen wanderten von Zeile zu Zeile. Früher hatte Lemberger beim Gutenachtsagen noch eine Übersicht über die Erlebnisse des Tages erhalten, Kinderfreuden und –leiden. Auf einmal war sie schon acht, und es kam ihm vor, als hätten sie jahrelang nicht mehr miteinander gesprochen. Was nicht nur mit seiner Arbeitsüberlastung zu tun hatte. Seit seine Tochter allein lesen konnte, verschlang sie diese Sternenstaub-Fantasy-Reihe, von der fast jeden Monat ein neuer Band erschien und war die meiste Zeit über in ihrer eigenen Welt versunken, dem *Feental*.

„Gute Nacht, mein Schatz!"

„Setzt du dich noch kurz an mein Bett, Papa?"

Obwohl die Arbeit drängte, kam er ihrer Bitte nach.

„Ich verstehe Carlo nicht."

Lemberger warf einen Blick auf den Riesenteddy, der schon seit einigen Tagen unter ihrem Kinderschreibtisch am Fenster saß.

„Was hat er angestellt?"

Seine Tochter deutete auf eine Puppe, deren Arme und Beine dick mit Tempotüchern bandagiert waren.

„Er hat eine von den Prinzessinnen schwer verletzt und gedroht, alle anderen zu töten!"

Nur Leas Puppen und Teddy Carlo hatten Zutritt zum Feental. Von Bedrohungen und Gefahren war bisher nie die Rede gewesen.

„Dann müssen wir ihn wohl einsperren", scherzte er, doch als er sah, dass es ihr ernst war, fügte er hinzu: „Schau mal, er sitzt seit Tagen unbeachtet unter deinem Schreibtisch. Wenn du ihn dort wieder hervorholst und die Prinzessinnen ein bisschen netter zu ihm sind, wird Carlo bestimmt nicht mehr böse sein."

„Ist jemand nur deshalb böse, weil er sich schlecht fühlt?"

Lemberger schaute auf seine Uhr.

„Eine gute Frage. Trotzdem wird jetzt das Licht ausgemacht."
„Wann kommt Mama nach Hause?"
„Wenn du schläfst."
„Und Aaron?"
„Ist auf einer Party. Aber ich bin ja da. Gute Nacht!"
Er breitete seine Unterlagen aus und schaltete das Radio ein. Seit zwanzig Stunden loderte ein Großbrand in einem Charlottenburger Gewerbegebiet. Die Rauchentwicklung durch brennende Autoreifen war so stark, dass die angrenzende Stadtautobahn komplett gesperrt werden musste. Wahrscheinlich Brandstiftung. Und in der U-Bahn war wieder ein Mann von einer Gruppe Jugendlicher niedergestochen worden, die sich von seinem Blick provoziert gefühlt hatten.
Vor zehn Jahren hatte es derartige Vorfälle noch nicht gegeben, zumindest nicht in dieser Häufung. Lemberger sah sie als Symptome einer umfassenden Krise in immer mehr Lebensbereichen: ein Wirtschaftssystem, das sich von Spekulanten an den Rand des Abgrunds drängen ließ; private Banken, die auf Staatskosten am Leben gehalten wurden; ein klebriges soziales Netz, das die Menschen zu unmündigen Versorgungsempfängern degradierte, anstatt ihre Eigenkräfte zu aktivieren; eine Politik, die unter wohlklingenden Phrasen alle Beschränkungen aufhob, aber untätig blieb, wenn Verbrecher die neuen Möglichkeiten missbrauchten. Die Krise zerstörte gewachsene Strukturen und hinterließ Leere, Anonymität und Resignation. Lemberger spürte sie auf den Holperpisten des Berliner Straßennetzes, deren Schlaglöcher von Woche zu Woche tiefer wurden. Er nahm sie wahr an der wachsenden Aggressivität der Leute um sich herum, in der eigenen Familie und in seinem Beruf.
Auch deshalb hatte er sich vor einem halben Jahr für die neugegründete TAFOK beworben, die „Task Force Organisierte

Kriminalität". Eine effektive, schlagkräftige Sondereinheit war vom Innensenator mit großem Brimborium in den Medien angekündigt worden, doch leider stellte sich bald heraus, dass die TAFOK in Wirklichkeit eine Mogelpackung war, ein Placebo für eine von den steigenden Kriminalitätsraten verunsicherte Öffentlichkeit, ein Feigenblatt für die Ratlosigkeit der Polizeiführung.
Die versprochenen zehn Planstellen wurden je zur Hälfte aus den Abteilungen Diebstahl und Betrug umgewidmet. Man stattete einfach einen Flur in der Kaserne mit neuen Türschildern aus. Ihr Chef, der frisch aus Wiesbaden importierte Kommissariatsleiter Eigentumsdelikte Elmar Vogt, schmückte sich nach außen hin gern mit der TAFOK, doch zugleich hetzte er sie wie dressierte Hündchen immer an diejenigen Brennpunkte, die gerade die Nachrichten beherrschten. Momentan ging es um die internationale Verschiebung gestohlener Autos, in ein paar Wochen würde eine neue Sau durchs Dorf getrieben werden. Nein, solch stümperhafte Reformen, die vorgaben, die Krise bekämpfen zu wollen, waren in Wahrheit ihr ureigener Ausdruck. So allgegenwärtig war die Krise, dass Lemberger manchmal glaubte, sie sei das Leben selbst.

„Montezuma ist ein Labradorrüde,
beim Spaziergang wird er nicht müde",
rezitierte Christoph und lauschte dem Klang seiner eigenen Worte hinterher.
„Doch unser junger Wirbelwind
kuschelt auch wie ein kleines Kind."
Er tippte mit den Fingern auf den Tisch, als würde er Klavier spielen. Der Rotwein zitterte im Glas. Kerzenlichter tanzten in Dorotas Augen, die tief waren wie ein Bergsee in der Hohen

Tatra. In ihnen lag die Antwort auf jede nur erdenkliche Frage. Die richtige Frau. Der richtige Beruf. Alles richtig. Ein magischer Moment.

„Oder *eigenes* Kind?“, fragte er und gab sich selbst die Antwort. „Ja, das ist noch besser: *kuschelt wie ein eigenes Kind*.“

Sein Auftraggeber, der Betreiber eines spanischen Tierheims, wollte bei deutschen Residenten auf Mallorca und an der Costa Brava Interesse für seine Schützlinge wecken. Dafür setzte er auf Christophs interkulturelle Kompetenz und sein dichterisches Talent.

„Liebenswürdig, verschmust und nett … „

Um den nächsten Reim zu finden, musste er Dorota nur ansehen.

„… schläft er gerne mit im Bett.“

„Igitt!“, kommentierte sie. „Ist das nicht übertrieben?“

„Wieso? Hunde als Kinderersatz sind doch weit verbreitet. Danke, du bist und bleibst meine Muse!“

Das war nicht einfach so dahingesagt. Ihre bloße Anwesenheit brachte ihn auf Lösungen, über denen er vorher lange vergeblich gebrütet hatte.

„Wie kann man einen Hund Montezuma nennen?“, bemerkte sie.

Er setzte seine Lesebrille ab.

„Ich könnte ihn in Monty umtaufen … Wusstest du eigentlich, dass die Azteken wegen ihres Pantheismus untergegangen sind?“

Sie schüttelte den Kopf.

„Montezuma hat einen *Tempel der anderen Götter* errichten lassen, also für die, die er noch nicht kannte. Als die Spanier an Land gingen, hielt er sie für solche unbekannten Götter und ergab sich ihnen. Die Bilder im Kopf lähmten seine Widerstandskraft.“

„Warum erzählst du das jetzt?“

„Weil ich glaube, dass ich in mir drin auch so einen Tempel für das Unbekannte und Ungeplante hatte, als du in mein Leben getreten bist …“
„Heißt das, du kannst dich gegen mich nicht wehren?“
Er nickte. Sie stieß ihr Glas an seines.
„Dann verfüge ich jetzt, dass wir etwas Ungeplantes tun.“
„Nämlich?“
„Ins Bett gehen.“
„Aber ich bin noch gar nicht müde.“
„Ich habe nicht gesagt, Christoph, dass sofort ich schlafen will“, erwiderte sie mit Samt in der Stimme.
„Dass ich sofort schlafen will“, korrigierte er und klappte seine Mappe mit den Gedichten zu. „In diesem Fall wäre ich dabei.“
Dann musste er niesen. Das passierte ihm in letzter Zeit öfter, wenn er an Sex dachte.

Er hatte gerade die Gliederung seines Vortrages abgeschlossen, als Karnicki anrief und etwas von zwei Autodieben haspelte, die dringend vernommen werden müssten. Wenn er aufgeregt war, klang seine Eunuchenstimme noch schriller als sonst.
„Hilf mir bitte, Dominik, ich schaffe es nicht allein!“
Es war Lemberger ein Rätsel, wie man als gestandener Kriminalbeamter in normalen Alltagssituationen so schnell an den Rand eines Nervenzusammenbruchs geraten konnte.
„Ruhig Blut, Jörg“, wiegelte er ab. „Das hat wohl Zeit bis morgen.“
„Eben nicht, sie sitzen schon seit vier Uhr früh ein. Hätte Uvloff eine vernünftige Übergabe gemacht, wäre das nicht passiert!“
Verhaftete durften ohne richterliche Anhörung nur 24 Stunden festgehalten werden, ganze vier davon waren noch übrig. Über solche Pannen waren die Richter in der Regel gar nicht erfreut. *Die TAFOK bastelt sich ihre eigenen Gesetze,* würde es wieder

heißen. Und schuld war wieder einmal der Zoff zwischen Energiebündel Dennis Uvloff und dem gleichermaßen pedantischen wie phlegmatischen Karnicki!
„Jörg, ganz egal, wer von euch beiden das Ding verbockt hat, auch ich habe ein Recht auf meinen Feierabend!"
„Natürlich. Den hast du dir redlich verdient hat, gerade du, Dominik. Ich dachte nur…"
Wenn Karnicki anfing zu säuseln, bedeutete das nichts Gutes.
„Was dachtest du?"
„Dass du froh bist über jeden Moment, den du nicht mit Sandra zu Hause verbringen musst."
„Woher willst DU denn das wissen?"
„Hast du mir neulich erzählt."
„Das habe ich ganz bestimmt nicht, Jörg!"
„Vielleicht habe ich es auch zufällig mit angehört, als du mit Elena darüber gesprochen hast…"
Er hatte wieder gelauscht! Private Informationen von anderen sog er auf wie ein trockener Schwamm, aufgrund eigenen Mangels – keine Familie, keine Partnerin, keine Hobbys. Zu anderen Zeiten hätte er den perfekten IM abgegeben.
„Außerdem würde ich dir anbieten, deinen Dienst am 1. Mai zu übernehmen…", lockte der verhinderte IM.
Ein schlagendes Argument! Endlich ein freier Tag für die Familie, auch wenn Lemberger nicht wusste, ob sie nicht bereits andere Pläne hatte.
„Okay, bis gleich", seufzte er.
Er zog sich an und verließ leise die Wohnung. Den Fernseher ließ er laufen, damit Lea nicht merkte, dass sie ganz allein war.

„*Wiosna, ach to ty…*", schmachtete Marek Grechuta auf der Best-of-CD alter polnischer Chansons. *Frühling, da bist du ja endlich,* konnte das heißen oder auch: *Frühling, ach du schon wieder!* Das hing vom Kontext ab, doch Christophs Hirn verweigerte die Textanalyse. Ein wohliges Feierabendgefühl erfüllte ihn, bei dem sich Müdigkeit und Vorfreude die Waage hielten. Als Dorota aus dem Bad kam und unter seine Decke schlüpfte, nieste er so heftig, dass er noch einmal aufstehen musste, um ein Taschentuch zu holen. In diesem Moment klingelte das Telefon. Auf dem Display leuchtete eine 4664-Nummer. Der Polizei sagte man grundsätzlich nicht ab, egal zu welcher Tages- oder Nachtzeit sie anrief. Ihre Aufträge waren ordentlich bezahlt, und die Konkurrenz schlief nicht. Eine innere Stimme, die zu bedenken gab, dass auch einem Übersetzer und Dolmetscher ein Privatleben zustand, wurde von Lembergers forscher Begrüßung umgehend zum Schweigen gebracht:

„N´Abend, Herr Mollwitz, wir bräuchten Sie bei der TAFOK, und zwar sofort!"

Bei diesem Stichwort war Christoph sofort hellwach.

„Englisch, Spanisch oder Polnisch?"

„Heute mal wieder die Autodiebe."

„Sag ab!", flüsterte Dorota.

Er verdeckte die Sprechmuschel.

„Das geht nicht!"

Seine Muse rollte mit den Augen und trank den letzten Schluck Rotwein aus. Einen flüchtigen Abschiedskuss und drei Minuten später radelte er durch die Nacht. Er wusste genau, was sie jetzt dachte: *Du kannst nicht nein sagen, lässt dich von jedem ausnutzen!* Nicht nur, dass er sich nicht traute, einen Auftrag abzulehnen. Auch bei der Vernehmung, fand Dorota, würde er regelmäßig vor Mitleid zerfließen, wenn so ein Beschuldigter auf die Tränendrüse drückte, von den vielen hungrigen Mäulern anfing, die zu Hause zu stopfen waren, der todkranken Frau, den alten Eltern

auf ihrem Kleinbauernhof mit drei Hühnern und einem abgemagerten Hängebauchschwein. *Deine Gutgläubigkeit führt dich noch in die Küche des Teufels!* Aber das war ein Missverständnis. Christoph brauchte diese Abwechslungen vom Schreibtisch, die Ausflüge in eine völlig andere Realität. Im Übrigen stand er bei den polizeilichen Vernehmungen nur dann – rein gefühlsmäßig – auf Seiten der Beschuldigten, wenn Karnicki sie führte. Während hinter Lembergers Schreibtisch und bei den meisten seiner Kollegen Familienfotos oder selbstgemalte Kinderbilder hingen, las man bei Karnicki den beliebten Berliner Sinnspruch „Nett ist die Schwester von scheiße". Bloß nicht zu freundlich herüberzukommen, schien seine allgemeine Lebensmaxime zu sein. Insbesondere verachtete er die Polen, obwohl er selbst einen polnischen Namen trug. Seit Christoph ihn bei einer ihrer ersten Begegnungen darauf hingewiesen hatte, dass dieser in Polen eigentlich „itzki" und nicht „icki" ausgesprochen würde, war er bei Karnicki unten durch.
„Wir sind hier in Deutschland!", hatte er gegiftet, „und meine Familie hat nichts mit Polen zu tun!"
Christoph fühlte sich an seinen Vater erinnert, der als Kind die große Flucht aus Schlesien mitgemacht und nie ein gutes Haar an „den Polen" gelassen hatte. Irgendwann bekam er mit, dass Karnicki, wenn er abwesend war, von seinen Kollegen *Karnickel* genannt wurde. Das hatte er nun von seinem „icki".
Wie eine düstere Burg hob sich die alte Wehrmachtskaserne vom Nachthimmel ab. Hier waren verschiedene Dienststellen der Polizei untergebracht, darunter auch die TAFOK. Zur Hälfte gehörten ihr Mitarbeiter der Abteilung Autodiebstahl an, für die Christoph schon seit Jahren dolmetschte und mit deren Hilfe er bei der neuen Sondereinheit einen Fuß in die Tür zu bekommen hoffte. Schade, dass Dorota das nicht kapierte.

Er schloss sein Fahrrad an. Auf dem Weg zu einer ausgeglichenen Persönlichkeit musste er aushalten lernen, dass andere Menschen unterschiedliche Bilder von ihm hatten, dass Karnicki ihn nicht leiden konnte und er für Dorota der Unreife mit Abgrenzungsschwäche war. Morgen würde er ihr einen Riesenblumenstrauß kaufen. Mit diesen guten Vorsätzen betätigte er die Klingel zur Gesa, der Gefangenensammelstelle. Ein Wachpolizist entriegelte die schwere Eisentür.

2.

Der Vernehmungsraum in der Gesa war eine Zumutung für alle Sinne. Unter einer flackernden Neonröhre schwebten Nikotinschwaden, als stille Zeugen für die vorschriftswidrigen Raucherpausen des Aufsichtspersonals. Ein winziges Klappfenster zum Innenhof ließ kaum Luft herein, die vergilbten Wände waren übersät mit Schlieren und Rissen. Und die durchgesessenen Bürostühle garantierten Rückenschmerzen und Brummschädel. Ohne sie hatte Christoph diesen Raum noch nie verlassen.

Lemberger saß am Computer und schimpfte darüber, dass er so spät am Abend keine Schreibkraft mehr bekommen hatte und das verdammte Formular nicht fand. Während er auf den Bildschirm starrte, gab er Christoph eine kurze Einführung. Die beiden Verdächtigen waren in der vergangenen Nacht auf das Gelände eines Autohauses eingedrungen. Ein schlafloser Anwohner hatte die Polizei alarmiert, die die beiden festnehmen und einschlägiges Werkzeug sowie zwei Navigationsgeräte sicherstellen konnte. Nun warteten sie in den Zellen der Gesa auf ihre Vernehmung.

„Schauen wir mal, ob sie sich überhaupt äußern wollen", schloss der Kriminalbeamte.

Vom Flur her hörte man Schritte und eine hohe, genervt klingende Stimme: „Ein bisschen Tempo, wenn ich bitten darf!"

Karnicki erschien in der Tür und geleitete den ersten Beschuldigten zu einem wackeligen Holzstuhl. Dann ging er grußlos an Christoph vorbei und ließ sich neben seinem Kollegen nieder.

Der untersetzte Mann mit Sonnenstudioteint und dem üblichen Drei-Millimeter-Bürstenhaarschnitt polnischer Kleinkrimineller war nur mit T-Shirt, Jogginghose und Turnschuhen ohne Schnürsenkel bekleidet, eine Routinemaßnahme gegen Suizid-

versuche. Vom Unterarm bis zum Hals kringelte sich ein Schlangen-Tattoo. Er hieß Rudolf Frejtag, nicht gerade typisch für einen Polen.
Nachdem die persönlichen Daten übersetzt waren, wandte sich Karnicki an Christoph.
„Da wir knapp in der Zeit sind, geben Sie ihm durch die Blume zu verstehen, dass er gern die Aussage verweigern kann. Umso schneller kommen alle nach Hause."
„Durch die Blume?"
„Herrgott! Meinetwegen mit einem Sprichwort: Reden ist Silber, Schweigen ist Gold oder so. Nun machen Sie schon!"
Sprichwörter waren grundsätzlich ein Problem, da sie meist nicht direkt übertragbar waren. Glücklicherweise hatten sie kürzlich in Christophs Arabisch-Anfängerkurs an der Volkshochschule Redewendungen gesammelt.
„Es gibt da so ein Sprichwort", sagte er zu dem Schlangenmenschen. *„Wenn du redest, muss deine Rede besser sein als dein Schweigen."*
Frejtag nickte und begann zu plappern wie ein Wasserfall: Es handele sich um ein Missverständnis, sein Kumpel und er seien unschuldig, sie hätten in Berlin eine nächtliche Rast eingelegt, auf dem Weg von Stettin nach Amsterdam, wo ein Bekannter ihnen einen Job auf dem Bau in Aussicht gestellt habe. Den Namen des Bekannten habe er leider vergessen.
Karnicki winkte ab, nach dem Motto: *Sowieso alles gelogen.*
„Ihr Komplize hat bereits gestanden und die Hauptschuld auf Sie geschoben", behauptete er. „Deshalb rate ich Ihnen, meine Fragen ab jetzt wahrheitsgemäß zu beantworten."
Er zwinkerte Lemberger zu, was Christoph ebenso wenig entging wie dem kleinen Polen. Man musste schon ein ausgemachter Trottel sein, um auf einen solch plumpen Trick hereinzufallen.
„Was haben Sie auf dem Gelände des Autohauses gemacht?"

„Einen Spaziergang. Ich wusste nicht, dass das in Deutschland verboten ist."
„Ach, in Polen darf man auf Privatgelände herumspazieren?"
„Wir wollten uns die Autos ansehen, das Tor war offen."
„Nachdem Sie es aufgebrochen haben..."
Frejtags Blick folgte dem Flug eines im Raum kreisenden dicken Brummers, der immer wieder gegen das Netzgitter des Klappfensters flog.
„So etwas würden wir nie tun."
„Seltsam nur, dass Sie beide wegen ähnlicher Delikte vorbestraft sind. Ihr Freund ist sogar momentan auf Bewährung."
Jetzt saß die Fliege auf Frejtags Stuhllehne und putzte sich die Beine.
„Genau deshalb würden wir es nicht wieder tun. Wir haben aus unseren Fehlern gelernt. Das hat Ihnen Bogdan sicher auch gesagt."
„Wer?"
„Mein Freund, den Sie angeblich schon vernommen haben."
Die Fliege wechselte auf seinen Arm, krabbelte über das Tattoo.
„Sie scheint sich von Ihnen magisch angezogen zu fühlen", bemerkte Karnicki boshaft.
Die Hand des Schlangenmenschen schnellte über seinen Arm, schloss sich zur Faust und öffnete sich wieder: brummend trudelte das Insekt heraus. Karnicki verzog angewidert das Gesicht.
„Wo haben Sie die Navigationsgeräte gestohlen?"
Mit einer theatralischen Geste tippte sich Frejtag an den Kopf: „Zwei *Neger* haben uns aus dem Schlaf geklopft, denen haben wir die Navis abgekauft."
„Und die sprachen ganz zufällig Polnisch?"
„Ja, das hat mich auch gewundert. Aber der Preis war unschlagbar."

Das alles übersetzte Christoph mit der gleichen Unschuldsmiene, die der kleine Pole aufgesetzt hatte. Einerseits natürlich, um Karnicki ein bisschen zu ärgern. Andererseits konnte er während des Dolmetschens unmöglich über den Wahrheitsgehalt des Gesagten nachdenken. Erst hinterher würde er sich die Frage stellen, wo denn die beiden Schwarzen, die da am späten Abend in einem Villenbezirk am Rande Berlins unterwegs gewesen waren, ihr Polnisch gelernt haben sollten. Selbst er sprach nach zehn Jahren Nahkampferfahrung mit der polnischen Sprache immer noch – wie ihm Dorota versicherte – mit einem höchst belustigenden Akzent.
„Wie lange soll ich mir seine Lügengeschichten noch anhören?", fuhr Karnicki ihn an.
Auch so ein Thema: der Dolmetscher als Blitzableiter für den Ärger des Vernehmers. Oder als Klagemauer für den Beschuldigten. Auf jeden Fall zwischen zwei Stühlen.
„Wir wollten nach Holland fahren, um dort Arbeit zu suchen", beharrte der Schlangenmensch. „Die *Neger* müssen die Navis gestohlen haben, diese verdammten asozialen *Neger*!"
Es schien sich in Polen noch nicht herumgesprochen zu haben, dass man mit solchen Ausbrüchen nicht punkten konnte im Deutschland von heute. Denn dieses war kein Hort von Rassisten und Nazis, sondern ein veritables Einwanderungsland, dessen alteingesessene Bewohner vor allem von einer Angst getrieben wurden: sich gegenüber Menschen anderer Hautfarbe, sexueller Orientierung oder Religion in einer Weise zu äußern, die ihnen als diskriminierend ausgelegt werden könnte. Gerade Karnicki würde sich niemals als der Ausländerhasser outen, der er eigentlich war.
„Solche Töne hören wir hier gar nicht gern!", protestierte er prompt.

„Man sagt *Schwarzer* oder *Farbiger*", erläuterte Christoph auf Polnisch. „Es heißt ja auch nicht *Zigeuner*, sondern *Sinti und Roma*."

Mit empörter Miene richtete sich Frejtag auf.

„Ich bin selbst Zigeuner und stolz darauf. Mit *Sinti und Roma* will ich nichts zu tun haben! Wie kommen Sie dazu, so etwas zu behaupten?"

„Schluss mit den Privatgesprächen", unterbrach Karnicki in scharfem Ton. „Sie dolmetschen doch nicht zum ersten Mal, oder?"

„Ich wollte nur …", hob Christoph an, wurde jedoch sofort wieder unterbrochen.

„Mein Russisch ist immer noch gut genug, um zu verstehen, dass Sie über *Zigeuner* geredet haben. Übrigens sagt man heute *Sinti und Roma*. Auch das sollten Sie eigentlich wissen."

Christoph spürte, wie er rot anlief. Gern hätte er diesem beamteten Vollpfosten erklärt, dass es nicht auf das Wort selbst, sondern auf seinen Kontext ankam. Dass man die Bedeutung jedes beliebigen Satzes durch einen verächtlichen oder ironischen Unterton in ihr Gegenteil verkehren konnte. Dass sogar ein falsches Wort aus seinem Zusammenhang heraus richtig verstanden werden konnte, mit etwas gutem Willen. Aber genau daran mangelte es hier. Außerdem hätte er sich vom Sprachmittler in ein Subjekt mit eigener Meinung verwandeln müssen, was weder erwünscht noch professionell war. *Der Übersetzer ist ein Fährmann zwischen den Kulturen,* wie es im Studium immer so schön geheißen hatte. Bei Karnicki fühlte er sich wie der Fährmann auf dem See der Finsternis, dazu verurteilt, ewig hin- und herzufahren, bis er endlich auf jemanden traf, dem er an seiner Stelle das Ruder in die Hand drücken konnte.

„Wieso mussten wir eigentlich so lange auf unsere Vernehmung

warten?", protestierte der kleine Pole. „Sie dürfen uns nicht länger als einen Tag festhalten!"
„Da kennt er sich natürlich aus", brummte Karnicki. „Wir brechen ab, kommt sowieso nichts bei raus."
Das Telefon klingelte.
„Noch ein Dritter?", wunderte sich Lemberger. „Wieso steht das nicht in unserem Bericht?"
Er wandte sich an Karnicki.
„Unser Zeuge hat noch einmal bei der Wache angerufen und etwas von einem dritten Mann erzählt, der mit einem gestohlenen Wagen abgehauen sein soll. Kannst du da mal schnell vorbeifahren?"
„Aber es geht auf Mitternacht zu!"
„Es wäre wichtig, Jörg!"
„Kann ich nicht anrufen?"
„Der Mann ist über achtzig, gehbehindert und schwerhörig."
„Nehmen Sie´s ihm nicht übel", sagte Lemberger, als sein Kollege hinaus gerauscht war. „Er ist seit zwölf Stunden im Dienst und meint es nicht so."
„Ich glaube, er meint es genau so", rutschte es Christoph heraus, während er seinen gemarterten Rücken streckte.
Vom Gang her hörte er Frejtag, der zurück in seine Zelle geführt wurde, auf Polnisch brüllen:
„Sie wissen nichts!"
Karnickis Vernehmungstaktik war grandios gescheitert.

Der zweite Beschuldigte war ein muskelbepackter Hüne mit glatt rasiertem Schädel. Er ignorierte Christophs Gruß und stierte Lemberger an, der wieder mit dem Computer beschäftigt war. Als die Fliege sich vor ihm auf die Tischkante setzte, schlug er mit der geballten Faust zu und wischte die Reste des Insekts an seiner Hose ab. Christoph schüttelte sich. Kein gutes Omen.

„Ein reizender Zeitgenosse!“, murmelte der Kriminalbeamte. „Fragen Sie ihn schon mal, was er mit dem Einbruchswerkzeug in seinem Rucksack wollte. Vielleicht haben ihm das ja auch die *Neger* verkauft. Außerdem will ich seine DNS. Freiwillig als Speichelprobe oder zwangsweise als Blutprobe. Kann er sich aussuchen.“

Christoph wählte einen warmen, sanften Tonfall, um die Ansage zu übermitteln.

„*Kurwa,* dieses Würstchen kann mich kreuzweise“, wütete der Muskelprotz. „Fällt mir nicht im Traum ein, seine Fragen zu beantworten, und meine Speichelprobe gebe ich ihm gern in seine dumme Fresse.“

„Was blubbert er da?“, fragte Lemberger, ohne aufzusehen. „Ich habe nur *kurwa* verstanden. Er soll mir ja nicht frech kommen!“ Endlich hatte er das richtige Formular gefunden.

„Laut Personalausweis heißen Sie Bogdan Twardowski.“

Als Antwort gab es neuerliche Beschimpfungen: „Wieso lasst ihr mich den ganzen Tag in der Zelle sitzen? Das sind Gestapomethoden! Verdammte *Schwaben*!“

Im Polnischen war das die schlimmste Bezeichnung für die Deutschen, das Gegenstück zu den *Polacken*. Stand der Mann unter Drogen? Wieso trug er keine Handfesseln?

„*Gestapo*? Sie wissen doch gar nicht, was das ist!“, polterte Lemberger los. „Arbeiten Sie lieber mit uns zusammen. Schließlich sind Sie auf Bewährung. Verurteilt wegen Raubes und …“ – er suchte auf dem Bildschirm – „… gefährlicher Körperverletzung.“

Christoph wurde noch unbehaglicher zumute.

„Bleiben Sie bitte sachlich!“, bat er den Muskelprotz. „Ich bin verpflichtet, jedes Wort zu übersetzen.“

„Dann übersetz, du Armleuchter, ich habe keine Angst vor

diesem deutschen Schwein. Läuft er mir nochmal über den Weg, mache ich ihn platt!"

Was zu viel war, war zu viel. Umschalten auf Autopilot, Rückzug in die *unsichtbare Glaskabine* und eins zu eins übersetzen. Wenn einer unbedingt gegen die Wand fahren wollte...

Lemberger sah auf.

„Da hat er es ja geschafft, in einem Satz gleich zwei Leute zu beleidigen! Sind Sie bereit, die Äußerungen dieses Herrn zu bezeugen, Herr Mollwitz?"

Christoph nickte mechanisch. Ein Extra-Prozess, wo er sich nach seiner Zeugenaussage von dem Muskelprotz anhören durfte, dass der ihn wie eine Fliege zerquetschen würde, wenn sie sich auf der Straße begegneten. Dorota würde ausflippen: *Du bringst dich in die Küche des Teufels!*

„Und da er keine Speichelprobe abgeben will", stellte Lemberger fest, „kommen jetzt die Vampire, um sein Blut zu saugen. Huhu-huuuh!"

Er wedelte mit seinen Händen, als wolle er ein Kind erschrecken, ging zur Tür und ließ einen gellenden Pfiff über den Flur in Richtung Wachstube ertönen.

Aus seiner Glaskabine heraus nahm Christoph wahr, wie der Pole sich über den Schreibtisch beugte und aufsprang, einen schweren Metallkugelschreiber in der erhobenen Faust. Sah Lemberger in der Drehung erstarren. Wieso hatte er auch auf Handfesseln verzichtet? Wie konnte er den Kugelschreiber in Reichweite des Beschuldigten liegen lassen? Und warum musste er in ohnehin schon gereizter Atmosphäre diesen Unsinn mit den Vampiren anfangen? Drei Fehler auf einmal.

„Masz za to, gnoju!", brüllte der Muskelprotz, als er vorwärts stürmte und seine Faust mit der glitzernden Spitze auf Lembergers Kopf niedersausen ließ.

„Das hast du davon, verdammter Drecksack!", synchronisierte Christophs Autopilot.
Ganz großes Kino! Mit verschränkten Armen schaute er auf die Leinwand und streckte entspannt die Beine aus. Im nächsten Augenblick zappelte der Mann auf dem Linoleumboden des Vernehmungsraums, vier Wachpolizisten über ihm. Dann klickten die Handschellen.
Lemberger lehnte in der Tür und rieb sich die Schulter.
„Das war knapp. Herzlichen Dank für Ihr Bein!"
„Reiner Reflex", gab Christoph zurück.
Fast war es ihm peinlich. Ein Dolmetscher sollte nicht Hilfspolizist spielen, das wusste er aus den Seminaren, die sein Berufsverband regelmäßig zu diesem Thema veranstaltete. Schon in der Grundschule hatte er sich aus Prügeleien stets herausgehalten. Zudem war es kaum zehn Jahre her, dass er in seiner Studentenzeit auf diversen Demos mitgelaufen war, wo alles um ihn herum „Wir wollen keine Bullenschweine!" gebrüllt hatte. Und er hatte es zumindest mit gemurmelt. Vom links angehauchten Demogänger zum Hilfspolizisten. So änderten sich die Zeiten.
Nachdem ein herbeigerufener Arzt dem in seiner Zelle auf einer Bank fixierten Muskelprotz eine Blutprobe abgenommen hatte, wechselten sie in die Räume der Kripo, wo *unser Mädel,* wie Lemberger augenzwinkernd bemerkte, darauf wartete, Christophs Zeugenaussage aufzunehmen.

Dass Elena Simonides etwas Besonderes war, sah man auf den ersten Blick. Die naturrote Löwenmähne und die graugrünen Augen deuteten in Verbindung mit ihrem Namen auf eine deutsch-griechische Koproduktion hin. Sie war jung, hatte jedoch tiefe Augenringe. Vielleicht weil sie alleinerziehend war. Bei irgendeiner Vernehmung hatte Christoph eine entsprechende

Bemerkung von Lemberger aufgeschnappt. Bewundernd registrierte er, wie schnell sie im Zehn-Finger-System tippen konnte, senkte aber sofort den Blick, als sie ihn anblitzte. Und dann musste er peinlicherweise sogar niesen.

Lemberger bestand darauf, jede einzelne Beleidigung exakt zu protokollieren. Fast schien er zufrieden darüber, dass der Muskelprotz ihn angefallen hatte.

„Was hat er noch alles gesagt?", drängte er. „*Hurensohn* vielleicht? *Ich fick´ deine Mutter*?"

„Nein, das ist ein anderer Kulturkreis. Viele aus dieser polnischen Unterschicht reden nur in Flüchen und Schimpfwörtern. Das muss nicht beleidigend gemeint sein, die können sich einfach nicht anders ausdrücken."

„Müsste trotzdem für ein paar Extra-Monate reichen", kommentierte das *Mädel.*

„Hängt vom Haftrichter ab", entgegnete Lemberger. „Wer hat heute Bereitschaft?"

„Speyrich."

„Auch das noch!"

Richter Speyrich war in Polizeikreisen dafür berüchtigt, nur selten Untersuchungshaft zu verhängen. Selbst bei Intensivtätern vermochte er in der Regel keine *schädlichen Neigungen,* Flucht- oder Wiederholungsgefahr zu erkennen. Christoph konnte den Frust der Kripoleute verstehen. Da sicherten sie wochen- oder monatelang Spuren, schlossen Beweisketten, stellten dicke Stapel penibel geführter Unterlagen zusammen, erreichten vielleicht sogar, dass eine chronisch überlastete Staatsanwaltschaft Anklage erhob – und dann entschied so ein Richter Speyrich innerhalb von fünf Minuten, dass der Beschuldigte auf freien Fuß zu setzen sei.

Gegen halb drei geleitete Lemberger ihn zum Ausgang.

„Wenigstens für Sie dürfte sich das ja gelohnt haben. Guten Heimweg!“
Wie man´s nimmt, dachte Christoph. Die Nacht war halb vorbei und sein romantischer Abend mit Dorota entscheidend verkürzt worden. Vor der Kaserne empfing ihn ein kühler Wind. Als er auf sein Fahrrad steigen wollte, stellte er fest, dass es nicht mehr da war. Direkt vor der Polizeikaserne gestohlen! Erst wollte er bei der Wache klingeln, aber dann verwarf er den Gedanken, denn die Rahmennummer hatte er nie notiert. Also machte er sich zu Fuß auf den Heimweg. Das einzige, was ihn jetzt noch aufrechterhielt, war die Aussicht auf sein angewärmtes Bett.

Doch die Wohnung war kalt und leer. Auf dem Tisch stand noch sein halbvolles Rotweinglas, daneben lag das Blatt mit den Hundegedichten: *„Kuschelt auch wie ein eigenes Kind...“* Er leerte das Glas und ging schlafen. Elf Monate waren Dorota und er nun zusammen. Vor kurzem hatte er in einem geeigneten Moment angedeutet, dass er sich sogar vorstellen könne, ein Kind mit ihr zu haben. Um Himmels willen! Mit ihrem schreckverzerrten Gesicht hätte sie in jedem Horrorfilm mitwirken können. Beim anschließenden Wortschwall verfiel sie nach wenigen Sätzen ins Polnische, was dieser so kontrollierten Frau nur in Momenten äußerster Erregung passierte.
„Du verdienst wohl kaum genug, um eine Familie zu ernähren... Ich stecke mitten in meiner Diplomarbeit und habe nicht die polnische Provinz verlassen, um in Berlin als Hausfrau und Mutter zu versauern... Außerdem weiß ich gar nicht, ob wir beide wirklich zusammenpassen...“
Den letzten Satz hatte Christoph gleich wieder vergessen, doch in dieser Nacht bohrte er sich in sein Bewusstsein. Auch die Bilder von der Vernehmung kehrten zurück und verselbstän-

digten sich. Wutentbrannt ging der Muskelprotz mit einem Messer auf ihn los, er wehrte ihn mit gezielten Karatetritten ab und erntete dafür schmachtende Blicke von Elena Simonides. Ein Stück rauer Wirklichkeit war in seine wohlgeordnete Welt der Lexeme und Phoneme eingebrochen, und erstaunt stellte er fest – dies war der letzte Gedanke, den er im Halbschlaf zu fassen bekam – dass ihm das gut gefiel.

3.

Jozef Swiatelka schwebte über die nächtliche Autobahn zwischen Cottbus und Forst, vor sich die blauen Lichter seines Armaturenbretts. Der gepolsterte Luxussitz passte wie angegossen. Gute 50.000 Euro war der Wagen seiner Träume wert und wie geschaffen für die Steigungen und Serpentinen des heimischen Riesengebirges. Natürlich war sein Besitz noch keine angemessene Entschädigung für die erlittenen Verluste. Aber er bedeutete eine große Genugtuung – oder hätte eine bedeutet, würde nicht inzwischen neues Unheil drohen.
Vermittelt durch seinen Mechaniker, hatte er sich mit einem der Pförtner des Industriegeländes getroffen, auf dem Boudaris Halle stand. Der Mann hieß Jan Mokry und stammte aus Oberschlesien. Swiatelka musste nur andeuten, dass er betrogen worden war und einen geringen Betrag für ein paar Informationen in Aussicht stellen, schon hatte er ihn auf seiner Seite. Mokry schien eine herzliche Abneigung gegen die arabischen Autohändler entwickelt zu haben, die die Hallen gepachtet hatten.
„Überall schleusen sie ihre eigenen Leute ein", klagte er. „Wer nicht zu ihnen gehört, den lassen sie offen ihre Verachtung spüren. Und die Boudaris sind die Schlimmsten von allen. Tag und Nacht geben sich bei ihnen zwiespältige Gestalten die Klinke in die Hand."
In der Halle, die formell Boudaris jüngstem Sohn Zafer gehörte, lagerten jede Menge hochwertiger Autoteile, darunter Airbags, Kindersitze und Navigationsgeräte. Alles Artikel, die auch in Polen stark nachgefragt waren. Die Halle war gut gesichert, hatte aber laut Mokry einen Schwachpunkt: den gemeinsamen Keller mit der Nachbarhalle, die wegen Umbauarbeiten gerade

eingerüstet war. Dort konnte man einsteigen und musste dann nur noch die Verbindungstür im Keller aufbrechen.
Vorletzte Nacht war Swiatelkas alter Bekannter mit zwei Freunden nach Berlin gekommen, und gemeinsam waren sie gleich zur Tat geschritten. Alles war so, wie Mokry beschrieben hatte. In dieser Nacht wurde jedoch bei Boudari ein spezielles Geschäft getätigt. Das brennende Licht im Büroraum, die schwere Ledertasche neben dem Tisch, die noch qualmenden Kippen im Aschenbecher – all das hätte sie zum sofortigen Rückzug bewegen müssen. Leider hatten sie entscheidende Sekunden verloren, weil Rudolf und Bogdan unbedingt noch ein paar Navigationsgeräte mitnehmen wollten. Dann waren wie aus dem Nichts Boudaris russische Geschäftspartner aufgetaucht und hatten sofort geschossen.
Nur mit viel Glück hatten sie sich retten können, er selbst als Letzter. Die anderen waren zu Boudaris Autohaus in einem Berliner Innenstadtbezirk gefahren, wo die nächste Panne passiert war. Zwar war es dem Bekannten gelungen, den nagelneuen Geländewagen zu knacken und wegzufahren, doch seine beiden Kumpels hatten sich wie Anfänger von der Polizei erwischen lassen.
Dies war allerdings Swiatelkas geringste Sorge. Selbst wenn man den Männern den Einbruch in das Autohaus nachweisen konnte, hatte er vollstes Vertrauen in die Großzügigkeit der deutschen Justiz. Wer kein ernsthaftes Interesse an der Aufklärung Hunderter Autobrandstiftungen zeigte, der würde auch zwei kleine polnische Einbrecher laufen lassen. Viel mehr Kopfzerbrechen bereitete ihm die aus der Lagerhalle mitgebrachte Tasche. Als er ihren Inhalt sah, war ihm sofort klar, dass er mit seiner Revanche in ein Wespennest gestochen hatte. Am liebsten hätte er sie auf der Stelle zurückgebracht. Seine Landsleute

waren jedoch fest entschlossen, ihren Inhalt zu Geld zu machen. Wie konnte er es ihnen verdenken? Er selbst hatte ihnen den Mund wässrig gemacht. Außerdem saß er nur deshalb in diesem Wagen, weil er seinen Anteil an der Tasche abgetreten hatte.
Auf beiden Seiten der Autobahn glitzerte im Mondlicht das dünne Band der Neiße, die sich unauffällig zwischen Wiesen und Feldern hindurch schlängelte und doch zwei Welten trennte: Fremde von Heimat, Deutschland von Polen. Auf dem ersten Parkplatz hinter der Grenze machte Swiatelka Halt und rief Magda an.
„Jozef", meldete sie sich mit zitternder Stimme, „diese Frau hat wieder angerufen …"
„Später!", unterbrach er. „Versuch ein wenig zu schlafen. In drei Stunden bin ich da."
Als ihm gestern der Ernst der Lage bewusst geworden war, hatte er sie gebeten, mit den Kindern bei ihrer Schwester unterzutauchen, zumindest für die nächsten Tage. Nach Lodz, weit weg. Er selbst würde sie noch in dieser Nacht dort hinfahren.
„Ich kann nicht schlafen, Jozef."
„Es tut mir so leid, dass ich euch da mit hineinziehe …"
„Du hast getan, was du tun musstest", erwiderte sie und fügte mit seinen eigenen Worten hinzu: „Gott ist kein lieber Onkel, nicht wahr?"
Nein, ist er nicht, dachte er. *Seine Wege sind unergründlich, und ich muss verdammt aufpassen, dass ich nicht stolpere.*
Bevor er seine Fahrt fortsetzte, schickte er eine SMS an Jan Mokry. Es war nicht auszuschließen, dass Boudaris Leute die Einbrecher als Polen identifiziert hatten, dann mussten sie nur noch eins und eins zusammenzählen. Bisher hatte er vergeblich versucht, den Pförtner zu erreichen.
Bald tauchten vor ihm die düsteren Kämme des Riesengebirges

auf, während im Rückspiegel die ersten Schimmer der Morgenröte durch die Nacht brachen. Magda hatte recht: Alles, was jetzt geschehen würde, lag nicht mehr in seiner Hand.

Das Klack-Klack der Stöckelschuhe verfolgte Jan Mokry schon eine Weile. Zweimal hatte er sich nach der Frau umgedreht, und zweimal war ihm gewesen, als habe sie ihm zugezwinkert. Eine absurde Annahme für einen Gehbehinderten von Mitte Fünfzig, der von seinem früheren Leben als Bergmann in Oberschlesien so gezeichnet war, dass er auch für Ende Sechzig durchging. Was machte die attraktive Blondine im Morgengrauen in einem Industrieviertel zwischen Charlottenburg und Spandau? Er blieb stehen und tat so, als müsste er telefonieren. Eine weitere Nachricht von Swiatelka war eingegangen. Dieser Mann war schuld daran, dass neben einem Teil der Hallen auch beinahe sein Arbeitsplatz abgebrannt wäre. Nachdem er die SMS ungelesen gelöscht hatte, steckte er das Handy wieder ein und kramte in der Hosentasche nach einem Taschentuch, um sich den Schweiß von der Stirn zu wischen. Dabei musterte er seine Verfolgerin von Kopf bis Fuß: ihr seidenglänzendes Haar, das enge Sommerkleid, für das es eigentlich noch viel zu kühl war, die langen Beine, die ausgeprägten Rundungen – ein Traum in blond, wie dem alten Märchenbuch entsprungen, das einst bei seiner Großmutter im Regal gestanden hatte. Eine der bunten Jugendstilillustrationen darin hatte eine wunderschöne Fee in einem prächtigen weißen Gewand gezeigt, mit Zauberstab in der Hand. Wieder und wieder hatte er sie sich angesehen, als Verheißung auf ein anderes, besseres Leben war sie ihm erschienen, das irgendwann beginnen würde. Bitter lachte er auf. Er würde diese Fata Morgana jetzt überholen lassen und ihr hinterher schauen, bis sie um die nächste Ecke verschwunden war.

Doch sie ging nicht vorbei, sondern blieb dicht vor ihm stehen und hauchte ihm leicht ins Gesicht. Ihr Erdbeeratem machte ihn auf einen Schlag handlungsunfähig.
„Komm mit, Janek", sprach sie ihn in seiner Muttersprache an. „Ich will dir etwas zeigen."
Sie hakte ihn unter und führte ihn zu einem roten BMW, der wenige Meter weiter in derselben Straße geparkt stand. Natürlich wusste Jan Mokry nur zu gut, dass es keine Wunder gab, dass man nie etwas geschenkt bekam und alles im Leben seinen Preis hatte, aber der Erdbeerduft blockierte aufkommende Zweifel. Kaum hatte er auf dem Beifahrersitz Platz genommen, legte sich von hinten ein eiserner Griff um seinen Hals, und ein Tuch drückte sich vor seine Nase. Er bekam noch mit, wie der Wagen anfuhr, dann verlor er das Bewusstsein.

Als Lemberger zur Spätschicht wieder auf der Arbeit erschien, hatte der Fall eine unerwartet negative Wendung genommen. Der Autohändler, auf dessen Gelände die beiden Polen eingebrochen waren, ein gewisser Abdel Boudari, wollte keinen Strafantrag stellen, da weder etwas beschädigt noch gestohlen worden sei.
„Wie: nichts beschädigt? Das Schloss von der Einfahrt wurde aufgebrochen, wahrscheinlich mit dem Werkzeug aus Twardowskis Rucksack. Und was ist mit dem Auto, das der Zeuge vom Gelände hat wegfahren sehen? Jörg ist doch noch extra zu ihm hin."
„Der Zeuge hat Stein und Bein geschworen, dass ein Wagen vom Gelände gefahren wurde", erwiderte Uvloff. „Dunkler Van, mehr hat er nicht erkannt. Aber Boudari sagt, ihm fehlt kein Auto, das Schloss am Tor war schon vorher kaputt, die Navis gehören ihm angeblich auch nicht, und allein wegen Haus-

friedensbruch will er keine Anzeige erstatten."
Er hatte den Mann am Morgen aufgesucht und einen sehr zwiespältigen Eindruck gewonnen: „Während wir sprachen, hatte er die ganze Zeit einen dümmlich grinsenden Gorilla mit Goldkettchen hinter sich stehen, den er später als seinen Sohn Zafer vorstellte. Diese Autoklitsche riecht nach Geldwäsche."
„Oder Hehlerei", sagte Lemberger. „Würde sich ja anbieten. So verhält sich jedenfalls kein normaler Geschädigter. Wir sollten ihn mal unter die Lupe nehmen."
Sein Kollege deutete auf die Verbindungstür, hinter der sich Karnickis Büro anschloss.
„Der Korinthenkacker hat die Sache von Anfang an verpfuscht!"
„Hör auf, Dennis. Immerhin haben wir ja noch den tätlichen Angriff von Twardowski."
„Überraschung!", sagte Uvloff und zog eine Grimasse. „Richter Speyrich hat die sofortige Freilassung beider Beschuldigter verfügt."
„Was? Mit welcher Begründung?"
„Eli hat mit ihm gesprochen und ist dabei ziemlich laut geworden."
„Wo ist sie?"
„In Indien ..."
Uvloff deutete zum Flur.
„... am Ende des Ganges."
„Sehr witzig."
Als Lemberger den Materialraum betrat, reckten sich ihm zwei schlanke Füße in safrangelben Socken entgegen. Der dazugehörige Kopf stand 1,68 m tiefer und war fast so rot wie die Haare, die sich um ihn herum auf eine ausgerollte Gymnastikmatte ergossen.
„Entschuldige", begann er, „ich wusste gar nicht, dass du auch Yoga machst."

Genau wie Sandra.
Elena öffnete die Augen, ohne ihre Stellung zu verändern.
„Die beste Entspannungsmethode, die ich kenne."
„Noch besser wäre es, keinen überflüssigen Streit anzufangen. Wieso zankst du dich mit Speyrich herum? Du weißt doch, dass man mit dem Mann nicht diskutieren kann."
„Ich wollte wissen, wieso er die polnische Dampfwalze frei gelassen hat."
„Und?"
Sie rollte aus dem Kopfstand ab und ging in den Schneidersitz.
„Der Pole hat bei seiner Vorführung hoch und heilig versprochen, dass er sich einem etwaigen Gerichtsverfahren stellen wird, und unser guter Richter glaubt ihm aufs Wort. Deshalb gibt es keine U-Haft. Wiederholungsgefahr besteht auch nicht, denn wenn er freigelassen wird, kann er niemanden mehr während einer Vernehmung angreifen."
„Weil es keine Vernehmung gibt? Das entbehrt nicht einer gewissen Logik."
„Damit unterstellt er, dass du den Mann zu seinem Angriff provoziert hast."
„Wie ging das Gespräch weiter?"
„Ich habe Speyrich darauf hingewiesen, dass der Beschuldigte dir um ein Haar einen Kugelschreiber ins Auge gebohrt hätte. Darauf er: *Hat er aber nicht.* Der Mann muss aufgrund seiner laufenden Bewährung eine Gefängnisstrafe befürchten, sage ich, daher besteht akute Fluchtgefahr, und die Verhängung von U-Haft ist unumgänglich. *Vielleicht wären Sie besser Juristin geworden,* sagt er. *Als Polizistin müssen Sie sich leider auf die Zuarbeit für die Justiz beschränken.* Das tue ich gern, wenn die Justiz auch ihre Arbeit macht, sage ich. Darauf labert er los: *Menschen werden oft erst im Gefängnis zu Kriminellen gemacht; jeder Täter*

ist auch Täter gegen sich selbst, seine Tat ein Hilferuf an die Gesellschaft, eine Art Notwehr der Seele …“
„Schon klar“, sagte Lemberger. „Die Gesellschaft ist an allem schuld. So kennen wir den Herrn Speyrich. Was noch?“
„Ich konnte mir nicht verkneifen, ihm zu sagen, dass er besser Sozialarbeiter geworden wäre.“
„Nichts gegen Sozialarbeiter. Es gibt auch sehr gute.“
„Darum geht´s nicht!“, brauste sie auf. „Dieser Typ ist nicht naiv, sondern gemeingefährlich. Er hat seinen Beruf verfehlt und macht unsere Arbeit zunichte!“
Lemberger sah sie prüfend an.
„Bist du sicher, dass Yoga das Richtige für dich ist?“
„Weißt du was Besseres? Wie entspannst du dich, abgesehen vom Tauchen?“
„In meiner Therme. Wenn ich da rauskomme, fühle ich mich jedes Mal wie neugeboren.“

Christoph verbrachte den Vormittag mit einem neuen Auftrag. Endlich einmal keine Tierheimlyrik, auch kein Pachtvertrag oder Strafbefehl, sondern ein geisteswissenschaftliches Thema! Die Geschichte der schlesischen Hauptstadt Breslau, von ihren slawischen Anfängen über die deutsche Besiedlung des Mittelalters, die Habsburger- und Preußenzeit bis zur Katastrophe am Ende des Zweiten Weltkrieges, als die Nazis die Stadt zur „Festung“ erklärten und damit ihren Untergang besiegelten. Wer nach Kriegsende von den über 600000 Einwohnern nicht geflohen oder bei den Straßenkämpfen umgekommen war, wurde aus dem Trümmerhaufen vertrieben, der Polen zugeschlagen und in Wrocław umbenannt worden war.
Sein Vater hatte als Junge das Kriegsende südwestlich von Breslau bei Verwandten im Riesengebirge erlebt, nicht ahnend,

dass ihm die Odyssee, die ihn für sein ganzes Leben prägen sollte, noch bevorstand. Am Sonntag wurde er 75 Jahre alt, und bei der Geburtstagsfeier, zu der Mutter geladen hatte, wollte Christoph den Eltern Dorota vorstellen.

Nachmittags erreichte er sie endlich.

„Schade, dass du gestern gegangen bist", begann er. „Ich hätte mich gefreut, wenn …"

„Und ich hätte mich über einen gemeinsamen Abend gefreut!", fuhr sie ihm über den Mund. „Wieso kannst du nicht EINMAL einen Auftrag von der Polizei ablehnen?"

„Warum hast du nicht auf mich gewartet?"

„Erinnerst du dich, Christoph, als du letztlich angerufen wurdest und erst um vier Uhr früh zurückkamst? Vergiss bitte auch nicht, dass ich morgens zur Uni muss."

Mit „letztlich" meinte sie *letztens* oder *vor kurzem*. Neben dem leicht gerollten R waren es nur noch wenige stilistische Fehler, an denen man in Dorota die Polin erkannte, und ihr großer Ehrgeiz war es, auch diese zu tilgen. Niemand sollte merken, dass sie keine geborene Deutsche war.

„Vergess´ ich nicht. Aber ich bitte dich auch um Verständnis dafür, dass die Dolmetscherei meine Arbeit ist. Vielleicht können wir einfach versuchen, uns gegenseitig besser zu verstehen …"

„Ach ja, du kannst dich nicht streiten, ich vergaß es ganz", fauchte sie.

„In diesem Satz ist das Imperfekt falsch gewählt", korrigierte er. „Es müsste heißen: *Ich habe es ganz vergessen*, oder: *Ich hatte es ganz vergessen.*"

„Klugscheißer!"

„Wieso? Hast du mich nicht ausdrücklich gebeten, dich zu verbessern, wann immer mir etwas auffällt?"

„Du tust immer so bescheiden, Christoph, aber in Wirklichkeit

bist du ein Wichtigtuer, ein Blender, Aufschneider und Schaumschläger!"
Selbst wenn sie ihn beschimpfte, trainierte sie nebenbei noch ihren Wortschatz.
„Warum bist du so aggressiv?"
„Weil ich das Gefühl habe, dass du dich verzettelst. Du machst nicht das, was du eigentlich willst."
„Was will ich denn?", fragte er überrascht.
Offenbar wusste sie das besser als er selbst.
„Du wolltest große Literatur übersetzen, hast mir erzählt, dass die Gedichte von Wichura dich dazu gebracht haben, Übersetzer zu werden."
Ferdynand Wichura war einer der berühmt-berüchtigten polnischen *Selbstmorddichter* aus den siebziger und achtziger Jahren des vergangenen Jahrhunderts. Christoph hatte einen ganzen Aktenordner mit eigenen Übersetzungen von Wichuras Gedichten gefüllt, alles aus Liebe zur Literatur, ohne Auftrag und unbezahlt.
„Stimmt. Aber du weißt auch, dass ich leider keinen Verlag dafür gefunden habe."
„Weil du nicht richtig suchst! Stattdessen übersetzt du Vernehmungen von Autodieben oder Gedichte für ausgesetzte Hunde."
„Nicht *für*, sondern über Hunde."
„Jedenfalls für kümmerliches Geld."
„Die Leute von diesem Tierheim haben selbst nicht viel."
„Wenn sie anständige Texte wollen, sollen sie dich auch anständig bezahlen! Du verkaufst dich unter Wert! Und so, wie du beruflich nicht weißt, was du willst, ist es auch privat."
„Was soll das denn heißen?"
„Christoph, ich weiß nicht, ob du wirklich mit MIR zusammen sein willst."

„Natürlich will ich mit DIR zusammen sein. Mit wem denn sonst? Wann treffen wir uns?"
„Die nächsten Tage habe ich keine Zeit. Außerdem muss ich über uns nachdenken."
„Was ist mit übermorgen? Du weißt, dass mein Vater am 1. Mai Geburtstag hat", erinnerte er sie. Im selben Moment schwante ihm, dass er auf verlorenem Posten stand. Dass sich über Nacht zwischen ihnen Entscheidendes geändert hatte.
„Ich glaube nicht, dass das eine gute Idee wäre, Christoph."
Seine Ernüchterung war grenzenlos. Dorota wusste, wie wichtig ihm dieser Termin war.
„Vielleicht sollte ich ja auch mal ÜBER UNS nachdenken..."
Für seine Verhältnisse war das die ultimative Drohung. Wenn ihr noch irgendetwas an ihm lag, musste sie jetzt einhaken.
„Okay", stimmte sie sofort zu. „Dann mach´s gut."
„Du auch."

Viktor bezahlte sie nicht fürs Fragenstellen, sondern dafür, dass sie seine Aufträge ausführte. Trotzdem hätte sie gern gewusst, wieso er ihr diesmal einen Amateur als Partner zugeteilt hatte. Dass das Zielobjekt, das in der Ecke des alten Stellwerks wimmernd und mit gefesselten Händen vor ihr lag, beim Aufwachen in den Wagen uriniert hatte, nahm sie nicht persönlich. Anders als Niko. Ihr neuer Partner war unbeherrscht, schlug Mokry ins Gesicht, verhielt sich nicht professionell. Bei anderer Gelegenheit konnte ihn das zu einem Risiko machen. Wenn es nicht zu ihren Grundsätzen gehören würde, jegliche Emotionen außen vor zu lassen, wäre ihr dieser Typ zuwider gewesen: das aufgeschwemmte, teigige Gesicht mit den Pockennarben, sein arrogantes Lächeln. Wo nahm ein solcher Verlierer nur sein übersteigertes Selbstbewusstsein her?

„Was wollt ihr von mir?", jammerte das Zielobjekt.
„Du Kakerlake hast eine Riesendummheit begangen!", brüllte Niko auf Russisch.
„Ich … ich verstehe nicht."
„Außerdem hast du mein Auto vollgepisst!"
Schon schlug er wieder zu. Energisch schob sie Niko zur Seite.
„Lass mich mit ihm reden!"
Sie versorgte die blutende Wunde unter Mokrys Augenbraue mit einem Pflaster und redete auf Polnisch beruhigend auf ihn ein.
„Hör zu, Janek, wir benötigen eine bestimmte Information. Sobald wir sie haben, gehen alle ihrer Wege."
„Sind Sie Polin?", fragte Mokry, und in seinen Augen leuchtete Hoffnung, die Mutter der Dummen.
„Normalerweise gebe ich niemandem Auskunft über mein Privatleben", erwiderte sie. „Aber bei dir mache ich eine Ausnahme. Meine Mutter gehörte der polnischen Minderheit in Lviv an oder Lwów, wie die Polen sagen."
„Mein Vater stammt ebenfalls aus der alten polnischen Universitätsstadt Lwów!", rief er aus.
Sie lächelte.
„Da verbindet uns etwas."
Stockend begann er auf ihre Fragen zu antworten. Als sie erfahren hatte, was sie wissen wollte, strich sie ihm über das schüttere graue Haar.
„Nun erhol dich von dem Schrecken."
Sie klebte ihm ein zweites Pflaster auf den Mund und ging zu Niko, der in der anderen Ecke des Raums stand und ihr sichtlich verärgert zuschaute.
„Was mauschelst du mit diesem Wurm, Oksana?", zischte er. „Glaubst wohl, du kannst alles besser."

„Dummkopf!“, entgegnete sie, griff in seinen Gürtel und brachte ihn mit einem Beinhebel zu Fall. Dann setzte sie sich auf ihn und nestelte an seinem Hosenschlitz herum.
„Hey“, sagte er erstaunt, „können wir uns das nicht fürs Hotel aufheben?“
Nein, sie wollte es genau so, in Staub und Dreck, vor den Augen des Zielobjekts, wollte ihre Abscheu überwinden, Nikos aufwallende Begierde auskosten und seine Überraschung, dass sie unter ihrem Kleid keinen Slip trug. Viel mehr brauchte sie nicht, um zu kommen. Mit ihren Knien hielt sie ihn am Boden und ritt ihn wie ein störrisches Wildpferd, während er vor Schmerzen stöhnte:
„Nicht so hektisch, Baby!“
Als sie fertig war, stieg sie abrupt von ihm herunter, ohne sich um sein Jammern und Betteln zu kümmern. *Du musst noch viel lernen, BABY!* Vor allem, dass es nach ihren Regeln ging. Das hatte bisher noch jeder ihrer Partner geschafft.
Mokry sah ihr mit großen Augen entgegen.
„Jetzt trennen sich unsere Wege, Janek“, sagte sie. „Dreh dich um, damit ich dich von deinen Fesseln befreien kann.“
Als er ihr den Rücken zukehrte, streifte sie ihm einen dunkelblauen Gefrierbeutel über den Kopf und schnürte das Bändchen so schnell um seinen dicken, verschwitzten Hals, dass er gar nicht wusste, wie ihm geschah. Viel zu spät fing das Zielobjekt an zu zappeln, rang die gefesselten Hände hinter dem Rücken, warf sich auf den Bauch, wälzte sich hin und her und versuchte, den Beutel vor seinem Gesicht abzustreifen. Aber das war vergebliche Liebesmüh, denn im Gegensatz zu Niko war sie keine Amateurin.

4.

An der zweimal wöchentlich jeweils zum Schichtwechsel stattfindenden Lagebesprechung mit dem Chef nahmen alle TAFOK-Mitarbeiter teil. Kriminalrat Elmar Vogt war vom BKA gekommen und hatte sich in Rekordzeit unbeliebt gemacht. Er galt als unnahbar und inkompetent und war ein miserabler Zuhörer. Einige Kollegen versuchten, sich mit ihm gut zu stellen, die meisten hielten Distanz.

Vogt machte ein paar einleitende Bemerkungen zu den üblichen Personalverschiebungen rund um den 1. Mai, von denen auch die TAFOK nicht verschont blieb. Danach tastete sein Blick die Gesichter ab. Als er an ihm hängenblieb und ein boshaftes Lächeln um seine Lippen zuckte, ahnte Lemberger, was die Stunde geschlagen hatte.

„Da ist er ja", rief der Chef mit gespielter Erleichterung. „Was für ein Glück, dass er die Sache unbeschadet überstanden hat!"

Niemand reagierte. Das konnte nur der Auftakt zu einem seiner bösen Spielchen sein.

„Lassen Sie uns den Vorfall gemeinsam analysieren. Denn leider hat der Kollege Lemberger uns allen exemplarisch gezeigt, wie man es NICHT machen sollte."

Jemand murmelte etwas von *Kindergarten*.

„So hat er wesentliche Grundsätze der Eigensicherung missachtet", fuhr Vogt unbeirrt fort. „Polizeifachschule erstes Semester: keine spitzen Gegenstände in Reichweite liegen lassen. Aggressive Beschuldigte fesseln. Und natürlich nicht allein, sondern immer zu zweit vernehmen."

Er legte eine Kunstpause ein.

„Nun waren sie anfangs ja auch zu zweit. Erzählen Sie doch mal,

Kollege, wieso die zweite Vernehmung ohne Sie ablief."
„Weil... äh... die nochmalige Befragung eines Zeugen notwendig wurde", druckste Karnicki herum.
„Wer hat über die Notwendigkeit entschieden? Sie?"
Karnicki schüttelte den Kopf, wobei er jeden Blickkontakt mit Lemberger vermied. Damit war auch die Frage beantwortet, von wem der Chef die Details kannte.
„Kollege Lemberger hat sich selbst fahrlässig in diese Lage gebracht", donnerte Vogt, „Dabei hatte er noch enormes Glück, dass der *Dolmetscher* eingegriffen hat."
Die Süffisanz, mit der er dieses Wort betonte, sprach Bände. Genauso gut hätte er *Putzfrau* sagen können. Und das triumphierende Leuchten in den Augen zeigte, welches Vergnügen es ihm bereitete, ihn wie einen Schuljungen zu maßregeln.
„Ich bin ja als Freund deutlicher Worte bekannt. Um es klar zu sagen: Kollege Lemberger, Sie haben sich benommen wie ein Idiot!"
Lemberger hob die Schultern.
„Es ist passiert und wird mir eine Lehre sein. Leider kann ich die Zeit nicht zurückdrehen."
Der Chef schüttelte seine eigelbblond gefärbte Dauerwelle.
„Eine Lehre? Es geht doch nicht nur um Sie! Ihnen scheint überhaupt nicht bewusst zu sein, wie katastrophal die Sache hätte ausgehen können. Der Mann hätte ja auch auf den DOLMETSCHER einstechen können."
„Meine Meinung ist, wir sollten das Thema jetzt abschließen", meldete sich Valeri Smid zu Wort, ein zurückhaltender und gutmütiger Russlanddeutscher, den sonst kaum etwas aus der Reserve lockte.

„Genau, es gibt genug andere Sachen zu besprechen", pflichtete Jenny bei, die Jüngste im Team.
Weitere zustimmende Rufe ertönten.
„Eine verschworene Gemeinschaft, die bedingungslos zusammenhält, auch wenn einer versagt", raunte Vogt seiner neben ihm sitzenden rechten Hand, dem Ersten Kriminalhauptkommissar und Leiter der TAFOK Karl-Heinz Wiechmann so laut zu, dass alle es hören konnten. „Allerdings dürfen wir nicht zulassen, dass sich hier ein *Korpsgeist* breitmacht, der weder Kritik noch Selbstreflexion zulässt."
Er wandte sich wieder ans Plenum.
„Ich nehme zur Kenntnis, dass Ihnen die Fehleranalyse zu mühsam ist. Deshalb brechen wir das ab und kommen zu den einzelnen Ermittlungsständen. Herr Meister, was macht die *Dracula*-Sache?"
Stefan Meister war erst vor kurzem von der Drogenfahndung zum Team gestoßen, weil er wegen einer chronischen Erkrankung seiner Frau die vielen Nachteinsätze nicht mehr leisten konnte. Ruhig referierte er den Ermittlungsstand bei einer Serie von nächtlichen Einbruchsdiebstählen in Bankfilialen. Die aus Moldawien stammenden und mit gefälschten rumänischen Pässen reisenden Täter durchbrachen mit gestohlenen Autos die Außenmauern, sprengten die Geldautomaten und verschwanden ebenso schnell, wie sie gekommen waren. Sie machten sich nicht einmal die Mühe, ihre Gesichter zu verdecken. Doch die Fotos aus den Überwachungskameras nutzten wenig, denn die Bande war hochmobil – sie konnte heute in Deutschland, morgen in Österreich und nächste Woche in Frankreich zuschlagen. Im Zeitalter der offenen Grenzen waren die Kriminellen bestens vernetzt, besaßen die schnelleren Wagen, die gefährlicheren Waffen und – falls doch einmal etwas schiefging – hervorragende

Anwälte. Die Polizei hinkte immer den entscheidenden Schritt hinterher.
Danach war Dennis Uvloff an der Reihe mit einem Bericht über die rasante Ausbreitung neuer synthetischer Rauschmittel aus Osteuropa im Berliner Raum. Das passte, denn der Zappelphilipp des Teams wirkte stets selbst wie auf Speed. Beim Sitzen wippte er unentwegt mit den Füßen, bewegte sich grundsätzlich nur im Laufschritt fort, und wenn er sprach, verschluckte er manchmal ganze Silben. Ebenso voreilig war er in seinen Urteilen.
Erst jetzt fiel Lemberger auf, dass Uvloff gar nicht im Raum war. Seinen Part übernahm Sibel. Sie war nicht gut vorbereitet und verstrickte sich in Einzelheiten. Vogt, der konkrete Polizeiarbeit bekanntermaßen als Zumutung ansah und immer nur über die groben Linien informiert werden wollte, würgte sie nach wenigen Minuten ab.
„Reicht schon, besprechen Sie die Details mit dem Kollegen Wiechmann!"
Es fehlte nur noch der Dauerbrenner *Wegfahrsperre*, dann würde er sich vom Acker machen, und die Farce hatte ein Ende. Lemberger sah zu Elena hinüber, die die Augen geschlossen hielt und offenbar ihre unterbrochene Yogasitzung fortsetzte.
„Ein ganz wichtiges Problem dürfen wir nicht vergessen ..."
Vogts neues Lieblingsthema waren einige rätselhafte Diebstähle von Neuwagen mit modernsten Wegfahrsperren. Wahrscheinlich bekam er Druck von irgendeinem Richter oder Politiker, der selbst zu den Opfern gehörte. So lief das heutzutage leider.
„Mit diesem Thema sollte sich endlich eine spezielle Ermittlungsgruppe befassen, das hatte ich ja schon mehrmals angeregt. Also, Freiwillige vor!"
Verstohlen blinzelte Lemberger in die Runde. Alle saßen da mit gesenktem Blick, wirklich wie im Kindergarten. Natürlich war

es überfällig, dass sich jemand an die Offenlegung des mafiösen Geflechts aus computerkundigen Meisterdieben, Mittelsmännern bei Servicewerkstätten und vermögenden Kunden in Osteuropa machte. Doch an solchen Zusammenhängen war Vogt ebenso wenig interessiert wie an eigenständig denkenden Mitarbeitern. Nein, seine Ermittlungsgruppe würde in stupider Fleißarbeit einen riesigen Datenfriedhof anlegen. Das bedeutete unzählige Überstunden für eine Totgeburt, deren einziger Nutzen darin bestand, dass sie sich vom Chef gut verkaufen ließ und seinen weiteren Aufstieg auf der Karriereleiter beförderte.
„Schweigen im Walde", kommentierte Vogt verächtlich und wandte sich an seinen Statthalter. „Nächste Woche muss das Projekt starten, ich baue auf Sie."
„Lasst mich bitte nicht hängen, Kollegen", bat Wiechmann mit gequältem Gesichtsausdruck, nachdem der Chef den Raum verlassen hatte. „Wenn es bis übermorgen keine freiwilligen Meldungen gibt, muss ich jemanden bestimmen."
Beim Hinausgehen hörte Lemberger Jenny etwas von einem *dämlichen Wessi* zischen, was ihm ins Bewusstsein rief, dass die Hälfte der TAFOK-Mitglieder aus der ehemaligen DDR stammte. Während im Alltag von den alten Trennlinien nichts zu spüren war, brachen sie im Konfliktfall auch über zwanzig Jahre nach dem Mauerfall wieder auf. Dann stand Vogt plötzlich für den kalten und arroganten Westen, der in eine heile Welt voller Nestwärme und Aufrichtigkeit eingebrochen war. Dass dieses verklärte Bild keineswegs der Realität entsprach, wusste Lemberger als ehemaliger West-Berliner mit Ostverwandtschaft noch aus eigener Anschauung.
Im Büro fuhr Uvloff auf seinem Drehstuhl vor dem Computer auf und ab. Lemberger würgte ihn scherzhaft von hinten.
„Na, du Schwänzer? Hast Glück gehabt, dass Vogt sein Pulver

schon verschossen hatte, als du dran warst."
Uvloff schüttelte ihn ab.
„Für wen schwänze ich denn, du Depp?"
„Schon der zweite heute, der mich beschimpft. Heißt das etwa, du hast für mich recherchiert?"
„Ja, und dabei habe ich mich in deinen Autohändler verguckt: diverse Verfahren wegen Hehlerei, aber nie verurteilt. Der Gorilla ist sein jüngster Sohn Zafer und hat eine Riesenlatte an Vorstrafen: Diebstahl, Hehlerei, gefährliche Körperverletzung, Beleidigung, bei zwei weiteren Söhnen sieht es ähnlich aus. Und nun halt dich fest: Boudari selbst ist seit sechs Wochen Ziel besonderer Maßnahmen des LKA."
„Heißt was?"
„Er wird abgehört, weshalb, wollen sie nicht sagen, *Datenschutzgründe*!"
„Interessant", murmelte Lemberger. „Und alle wegen Hehlerei ..."
Dass das LKA an Boudari dran war, konnte nur bedeuten, dass mehr dahintersteckte als kleinere Schiebereien. Wenn er in großem Stil gestohlene Autos umfrisierte und weiterverkaufte, war ihm verständlicherweise auch nicht daran gelegen, einen Diebstahl in seinem eigenen Laden anzuzeigen.
„Ich hätte eine Idee, wie wir an die Daten vom LKA herankommen", fügte er hinzu.
Harry aus seiner Tauchclique arbeitete dort und schuldete ihm einen Gefallen.
„Außerdem würde ich mir gern selbst ein Bild von dieser schrecklich netten Familie machen. Wo wohnt er?"
„Ist gerade nach Kleinmachnow gezogen."
„Ach, nee!", entfuhr es Lemberger.
Da, wo er selbst immer hingewollt hatte. Kleinmachnow, der Inbegriff der Speckgürtel-Idylle. Wo die Welt noch in Ordnung

war. Und wo sie längst wohnen würden, würde Sandra nicht so an ihrem *Szenekiez* kleben.
„Kommst du morgen früh noch mal mit, Dennis? Ich will wissen, wie dieser Mann tickt."
„Frag doch Sibel!", schlug Uvloff vor.
Die Angesprochene schüttelte den Kopf.
„Meine Familie stammt aus Istanbul, wir sind Aleviten. Was habe ich mit libanesischen Clans zu schaffen?"
„Was sind *Aleviten*?"
„Das willst du gar nicht wissen. Genauso gut könnte ich sagen: *Frag Uvloff!* Dein Name klingt auch nicht gerade urdeutsch."
„Aber nordisch. Mein Vater hat mir mal erzählt, dass wir von Wikingern abstammen."
„Dann hätte er dich wohl eher Leif oder Sören genannt. Mach dir nichts vor, Dennis."
Uvloff ließ seine Fingerknochen knacken.
„Weißt du, dass es mich total anmacht, wenn eine Frau so streng mit mir redet? Da werde ich ganz gefügig und anschmiegsam ..."
Sibel lachte.
„Nein danke, ich stehe auf richtige Männer, nicht auf unreife Jungs."

Im April 1945 hatte der fanatische Gauleiter Hanke die halbe Breslauer Innenstadt von Zwangsarbeitern planieren lassen, um einen Flugplatz anzulegen, von dem er sich in letzter Minute aus der von den Russen belagerten „Festung" ausfliegen ließ. Diese Episode verdeutlichte wie in einem Brennglas das gesamte Spektrum der nationalsozialistischen Verbrechen: erst hatten die Nazis fremde Völker versklavt, dann das eigene Volk in Geiselhaft genommen und sich schließlich feige aus dem Staub gemacht. Hinterlassen hatten sie nichts als verbrannte Erde.

GENAU WIE DOROTA!
Nach ihrem Telefonat hatte Christoph noch etliche Male versucht, sie zu erreichen, aber sie ging nicht ans Handy und beantwortete auch keine SMS. Danach war er in eine Art Schockstarre verfallen, die jede konzentrierte Arbeit an seinem Übersetzungsprojekt unmöglich machte. Aus heiterem Himmel hatte sie ihn abserviert. Und mit welch perfider Begründung: *Du machst nicht das, was du eigentlich willst.*
Zugegeben, trotz einiger Jahre Berufserfahrung hatte er sich am Markt noch keinen Namen gemacht, musste nehmen, was er kriegen konnte. Aber in den vergangenen zehn Monaten hatte sie das nicht gestört. Er hatte nie ein Hehl aus seinen Schwächen gemacht, ihr nichts vorgespielt. Wieso war ihr jetzt plötzlich bewusst geworden, dass sie mit einem *Wichtigtuer, Aufschneider* und *Schaumschläger* zusammen war?
Aus dem Bücherregal, das die gesamte vier Meter lange Wand seines Zimmers ausfüllte, suchte er den Ordner mit Ferdynand Wichuras Gedichten heraus. Sein ureigenes Projekt. Viele Monate unbezahlter Arbeit für einen ebenso sentimentalen wie unausrottbaren Glauben an die Kraft der Sprache. Höchste Zeit für einen neuen Anlauf: die Verlagssuche intensivieren, Buchmessen und Lesungen besuchen, Kontakte knüpfen. Er blätterte in den Gedichten und las sich fest:

Die Welt erstarrt
und stille Wolken stehen.
Mein Schritt verharrt.
Es scheint, das Leben schläft.
Ich würd´ dich gerne wiedersehen.

Mit Wichuras Versen schlichen sich die Gedanken an Dorota wieder ein, da half auch die Glaskabine nichts. Als das Telefon klingelte, griff er so hastig nach dem Hörer, dass der vor ihm liegende Stapel aus Skripten und Wörterbüchern über die Tischkante kippte und auf die Dielen krachte. Aber nicht Dorota war am Apparat, sondern Lemberger:

„Hallo, Herr Mollwitz, ich wollte mich noch einmal bei Ihnen bedanken. Hoffentlich sind Sie gut nach Hause gekommen."

„Ich schon. Nur mein Fahrrad leider nicht."

Er berichtete von dem Diebstahl. Der Kriminalbeamte bedauerte und versprach, ihn in nächster Zukunft immer als Ersten anzurufen, wenn polnische Straftäter auftauchten. Nach dem Erlebnis mit dem Muskelprotz war Christoph sich keineswegs sicher, ob er das wirklich wollte.

Lemberger räusperte sich. Offenbar gab es noch einen anderen Grund für seinen Anruf.

„Welchen Eindruck hatten Sie von unseren beiden Autodieben?"

„Dass sie etwas ausgeführt haben, was sich ein anderer ausgedacht hat. Keiner von beiden wirkte wie ein Superhirn."

„So sehe ich das auch. Haben Sie eigentlich verstanden, was der kleine Pole seinem Kumpel auf dem Gang zugerufen hat?"

„*Sie wissen nichts!* hat er gebrüllt."

„Das klingt so, als ginge es noch um etwas anderes als Einbruch und Autodiebstahl…"

„Können Sie ihn nicht ein zweites Mal befragen?"

„Nein, sie wurden inzwischen entlassen."

„Auch der freundliche Herr, der sich Ihren Kugelschreiber ausgeborgt hat?"

„Auch der", entgegnete Lemberger. „Schließlich hat er ihn mir gleich zurückgegeben. Der Haftrichter war der Auffassung, dass die Sache damit erledigt ist."

„Enttäuscht Sie das?"

Kaum hatte er die Frage ausgesprochen, bereute Christoph sie

schon. *Unangemessen persönlich.* Als hätte Lemberger ihn gefragt, ob er Liebeskummer habe.
„Enttäuscht sein kann man nur, wenn man etwas anderes erwartet hat."
„Klar. Na, dann ..."
„Bis zum nächsten Mal, Herr Mollwitz."

Nach dem Telefonat mit dem Dolmetscher erfasste Lemberger eine Welle der Unzufriedenheit. Tag für Tag strampelte man sich ab, vernachlässigte die Familie, saß sich den Rücken krumm, riskierte körperliche Angriffe und damit die eigene Gesundheit. Und wofür das alles? Um sich von einem Vorgesetzten mit sadistischen Neigungen demütigen zu lassen. Um mit ansehen zu müssen, wie ein unfähiger Richter mit einem einzigen Federstrich die eigene Arbeit zunichtemachte. Natürlich war er enttäuscht! Höchste Zeit, den Akku aufzuladen. Noch zehn Wochen bis zur nächsten Tauchreise.
Als er aufblickte, bemerkte er, dass Elena ihn über den Tisch hinweg ansah.
„Vogt ist nur auf der Durchreise", versuchte sie zu trösten. „Karrieristen wie er werden immer automatisch nach oben gespült."
„Was es nicht besser macht", erwiderte er. „Das ganze System ist faul!"
„War das nicht früher auch so?"
„Früher haben solche Verhältnisse Revolutionen ausgelöst. Heute fährt man in Tauchurlaub, gegen den Frust. Oder macht Yoga."
Eine Bilderfolge lief durch seinen Kopf: Menschenmassen, die durch unbeleuchtete Straßen zogen. Ihr Ruf war wie ein lauter werdendes Donnergrollen: *Auf die Straße, auf die Straße!* Obwohl es nur Fernsehbilder gewesen waren, hatten sie sich ihm tief ins

Gedächtnis gegraben. *WIR sind das Volk!*
Wiechmanns Kopf erschien in der Tür. Er deutete auf Elena.
„Mit dir habe ich ein Hühnchen zu rupfen. Es wäre gut, wenn du dabei sein könntest, Dominik."
Sie folgten ihm in sein Büro. Eli warf Lemberger einen erstaunten Blick zu, aber auch er hatte keine Ahnung, worum es ging.
„Elena", begann der Teamchef, „Richter Speyrich hat mich angerufen. Er behauptet, du hättest ihn als *Riesenarschloch* bezeichnet."
Sie verzog das Gesicht.
„Da muss er sich verhört haben."
„Dass er seinen Beruf verfehlt hat, besser Sozialarbeiter geworden wäre, ein Dummschwätzer und Riesenarschloch ist – das alles willst du nicht gesagt haben?"
„*Riesenanspruch* habe ich gesagt."
„Was soll das heißen?"
„Dass sich hinter seinem Glauben an das Gute im Menschen ein Riesenanspruch verbirgt, mit dem er alle Beteiligten überfordert. Nur um sich selbst edel und gut zu fühlen, lässt er einen vorbestraften Schläger frei und bringt normale Bürger in Gefahr. Diese Zusammenhänge habe ich versucht, Speyrich zu erklären. So ein Feedback kann für ihn ja auch hilfreich sein, oder?"
Wiechmann legte die Stirn in Falten.
„Der Richter hat etwas anderes verstanden. Er war am Telefon sehr aufgebracht, sprach von Menschenverachtung und verbaler Gewalt."
„Nicht zu fassen!"
„Dienstaufsichtsbeschwerde will er einlegen."
„Bitte sehr. Wie heißt es so schön: Da steht wohl Aussage gegen Aussage."

„Du weißt, dass das Wasser auf Vogts Mühlen ist. Es geht nicht nur um dich, den Ärger hat das ganze Team."
„Ich lasse mir nicht den Mund verbieten", sagte sie trotzig.
„Das ist vergeudete Energie, Elena. Wir alle kennen den Mann und werden ihn nicht ändern. Dieser Konflikt ist überflüssig wie ein Kropf. Oder wie siehst du das, Dominik?"
„Ich sehe das so, dass das eine Sache zwischen euch beiden ist."
„Na hör mal!", brauste Eli auf. „Für wen habe ich mich denn so reingehängt?"
„Hatte ich dich gebeten, Speyrich anzurufen und zu beschimpfen?"
Wiechmann nickte.
„Wir erwarten von dir, dass du deine Emotionen im Zaum hältst und die Konsequenzen deines Handelns reflektierst. Habe ich recht, Dominik?"
„Hast schon irgendwo recht, Kalle", entgegnete er. „Andererseits – so engagiert, wie du jetzt hier Moral predigst, würde ich dich gern auch mal deine Meinung gegenüber Vogt vertreten sehen."
Wiechmann lief rot an vor Ärger und zeigte auf die Tür.
„Ich weiß nicht, wie lange ich mir diesen Affenzirkus mit euch noch antue", gab er ihnen mit auf den Weg.
„Dieses Riesenarschloch von Speyrich macht uns systematisch das Leben schwer", schimpfte Eli draußen auf dem Flur. „Und er hat keinen Vorgesetzten, der ihn deswegen zur Rede stellt. Auch keine Kollegen, die ihm zum Dank noch in den Rücken fallen."
„Weißt du, an wen du mich erinnerst?", sagte er. „An meine Tochter: genauso trotzig, genauso kindisch – mit einem Unterschied: sie ist erst acht!"
Ihr Blick traf ihn wie ein Laserstrahl. Wenn sie gekonnt hätte, hätte sie ihn wohl in diesem Moment in kleine Scheiben geschnitten.

Am ersten sonnig-warmen Nachmittag des Frühjahrs lagerte eine Gruppe Punks mit ihren Hunden vor der Emmauskirche. Saxophonklänge wehten aus einem offenen Fenster über die gut gefüllte Straßenkneipe am Lausitzer Platz, in der vier ehemalige WG-Bewohner versuchten, an alte Zeiten anzuknüpfen. Christoph hatte gehofft, das Treffen würde ihn auf andere Gedanken bringen und sich besonders auf Holger gefreut. Dieser begrüßte ihn mit der gewohnt festen Umarmung, aber danach tauchte er ab, beteiligte sich nicht am Gespräch, sondern starrte nur mit glasigem Blick ins Leere und blies Tabakkringel in die Luft.

In den letzten fünf Jahren hatten sie sich alle zweifellos auseinander entwickelt. Florian war ein gefragter Dozent. Shreena arbeitete als Tanzpädagogin. Und er selbst konnte erstmals in seinem Leben Visitenkarten verteilen.

„*Christoph Mollwitz, Übersetzungsdienstleistungen, Englisch, Spanisch, Polnisch*", las Florian. „Wie warst du gleich auf Polnisch gekommen?"

Diese Frage stellte er sich auch manchmal. Eine Erklärung lautete, dass ihm beim Russischen das Erlernen der kyrillischen Buchstaben zu mühsam gewesen war, so dass er quasi auf halber Strecke hängengeblieben war. Eine andere Erklärung hatte irgendwie mit seiner Familiengeschichte zu tun und war nur schwer in Worte zu fassen.

„Weil es eine wunderschöne Sprache ist. Außerdem ist Polen unser Nachbar, und wir haben eine lange gemeinsame Geschichte."

Shreena zwinkerte ihm zu.

„Dorota nicht zu vergessen, oder? Ich würde sie gern mal wiedersehen."

Auf Shreenas Fete hatten sie sich vor einem knappen Jahr kennengelernt.

„Momentan schreibt sie in jeder freien Minute an ihrer Diplomarbeit."
„Und was übersetzt du gerade?", wollte sie wissen.
„Werbetexte für ein spanisches Tierheim und eine Stadtgeschichte von Breslau."
„Warst du nicht mal an richtiger Literatur interessiert?"
„Ja, aber dafür müsste ich regelmäßig Lesungen besuchen oder zur Buchmesse fahren."
Er warf Holger einen aufmunternden Blick zu. Zu diesem Thema hatte wohl auch er einiges beizutragen. Doch Holger schnipste wortlos seinen Zigarettenstummel auf den Bürgersteig, stand auf und verschwand in Richtung Toiletten, wobei er leicht wankte.
„Ist er jetzt schon von einem Pils betrunken?", fragte Florian. „Oder hat er vorher wieder..."
Er machte eine Saugbewegung an seiner zur Röhre geformten Hand.
„Vielleicht hat er einfach ein Problem damit", gab Shreena zurück, „dass hier alle beruflich ihr Schäfchen ins Trockene bringen, während er sich weiter mit seinem Schreiben quält. Aber um das zu verstehen, müsstest du über ein Minimum an Empathie verfügen."
Holgers großer Traum war immer gewesen, schreibend die Welt zu verändern. Dafür studierte er seit geschätzten 30 Semestern Germanistik, verzichtete auf Komfort und Karriere. Auf einem eigenen Blog verfasste er flammende Anklagen gegen Ungleichheit, Ausbeutung und Rassismus. Auch an Prosa hatte er sich versucht, bisher leider nur für die Schublade. *Bin halt ein Typ mit Ecken und Kanten,* pflegte er zu sagen. *Das ist für viele unbequem.*
Florian öffnete die beiden obersten Knöpfe seines Markenhemds und setzte eine sorgenvolle Miene auf.

„Du hättest was Besseres verdient als diesen Loser!“
„Meinst du etwa dich selbst?“, höhnte sie. „Mich nur über Werbestrategien, Unternehmensbilanzen und Gewinnoptimierung zu unterhalten – das würde mich zu Tode langweilen!“
„Vielleicht habe ich ja noch andere Themen auf Lager…“
„Ich bin nicht neugierig.“
Schon zu WG-Zeiten hatte Florian sich erfolglos um Shreena bemüht. Auch damals war der Umgangston rau gewesen. Jetzt aber glitt er ab ins Gehässige. Sie hatten sich wirklich total auseinanderentwickelt.

Die Sauna in der Therme war nur mäßig gefüllt, was mit dem warmen Frühlingswetter zu tun haben mochte. Wie immer, wenn er Harry sah, freute sich Lemberger schon auf die nächste Tauchreise. In wenigen Wochen würde es wieder so weit sein.
An einem langen Bürotag vor vier Jahren war er in einem Reisekatalog auf eine Woche Schnupperkurs am Roten Meer gestoßen. Drei Kollegen hatten sich spontan angeschlossen und damit die Tauchclique aus der Taufe gehoben.
Verstrickt in seine familiären Sorgen – der Stress mit Sandra hatte schon begonnen – war er am Strand von Eilat ins Wasser gestiegen und zwei Stunden später als neuer Mensch wieder herausgekommen. Dort unten bei den Korallenbänken, die nur die Spitzen ausgedehnter Unterwassergebirge bildeten, in der berauschenden Vielfalt der Farben und Formen, inmitten von Schwärmen schillernd bunter Fische, schrumpften Berge von Problemen in sich zusammen, weitete sich der Blick für das Wesentliche, für die Schönheit und Einzigartigkeit des Lebens.
Seitdem fuhren sie jedes Jahr, und immer zehrte er noch viele Wochen im Alltag davon. Er hatte versucht, Sandra sein Erlebnis zu beschreiben, aber kaum Interesse gespürt. Bald gab er es auf,

irgendjemandem davon zu erzählen. Man musste es persönlich erlebt haben.
Auf der letzten Reise im vergangenen Sommer machten sie in 40 Meter Tiefe Fotos von einem Schiffswrack. Harry blieb immer weiter zurück, während die anderen schon ans Auftauchen gingen. An den Augen merkte Lemberger, dass etwas nicht stimmte, an Harrys weit aufgerissenen Augen. Er schwamm zurück und nahm ihn ins Schlepptau. An Land konnte Harry sich an nichts erinnern. Tiefenrausch! Wahrscheinlich hatte Lemberger ihm das Leben gerettet. Deshalb konnte er ihn ab und zu um etwas bitten, einen Gefallen jenseits des normalen Dienstweges.
„Wieso wird Boudari abgehört? Hehlerei?"
Harry strich sich den Schweiß von Armen und Beinen.
„Die ganze Latte: Verdacht auf Hehlerei, Betrug, Geldwäsche. Zuständig ist der Kollege Kummerow."
„Bodo Kummerow, der alte Stinkstiefel?"
„Genau der. Zum Glück war er heute nicht im Büro. Seine Kollegin hat mich eine ziemlich dicke Akte durchblättern lassen. Der jüngste Boudari-Sohn …"
„Zafer …", fiel Lemberger ein.
„Er hat eine Halle angemietet, in der der Clan seine krummen Geschäfte abwickelt. Vermutet das LKA."
„Wo ist diese Halle?"
„In Charlottenburg-Nord. Eigenartigerweise ist das Gelände vorgestern abgebrannt."
„Etwa der Großbrand neben der Stadtautobahn?"
„Genau der. In den letzten Tagen gab es beim alten Boudari ein erhöhtes Anrufaufkommen, in einem babylonischen Sprachengewirr. Sehr viel auf Arabisch, aber auch Russisch, Englisch und Polnisch, die Übersetzer kommen gar nicht hinterher. Und in drei Tagen soll eine wichtige Transaktion mit *den Polen* über die

Bühne gehen, um halb zehn in einem Lokal am Hermannplatz."
„Mit *den Polen*? Mit wem genau, worum geht es?"
Harry schüttelte den Kopf.
„Mehr habe ich nicht. Kummerow kriegt die Sachen selbst nur scheibchenweise geliefert."
Lemberger dachte nach. Um spezielle Observierungskräfte anzufordern, war die Zeit zu knapp und der Verdacht gegen Boudari zu vage. Außerdem war übermorgen Feiertag. Er musste die Sache mit seinem eigenen Team durchziehen.
„Wollen sich Kummerows Leute das anschauen?", fragte er vorsichtshalber.
Harry verneinte.
„Denen geht es nur ums Abhören und Dokumentieren."
„Dann übernimmt die TAFOK. Ich habe einen Verdacht, worum es bei dieser Transaktion gehen könnte."
„Du meinst, *die Polen* sind eure Autodiebe? Der Kerl, der auf dich losgegangen ist?"
„Andernfalls müsste der Zufall schon ziemlich groß sein."
„Steckt Boudari mit ihnen unter einer Decke? Versicherungsbetrug?"
„Nein, dann hätte er den Diebstahl gemeldet. Wie auch immer: die Sache stinkt. Kannst du mich auf dem Laufenden halten?"
„Ich versuch´s", seufzte Harry. „Was gibt´s sonst bei dir? Zu Hause alles beim Alten?"
„Sieht man mir das an?"
„Man sieht, dass du zu wenig schläfst."
„Seit Sandra sich mit diesen Weibern trifft, quält sie mich mit ihrer Paartherapie: *Wir leben nicht im Gleichgewicht, müssen endlich an unserer Beziehung arbeiten* und so weiter."
„Wenn man an seiner Beziehung *arbeiten* muss, ist meist sowieso alles zu spät."

Harry hatte gut reden. Mit vierzig hatte er die zweite Scheidung hinter sich gebracht, und Kinder waren auch nicht im Spiel.
„Was hältst du davon, wenn wir demnächst mal zusammen ins *Aphrodite* gehen?", schlug er vor. „Dort triffst du keine frustrierten Emanzen, sondern selbstbewusste Frauen, die dir das geben können, was du brauchst und dabei noch Spaß haben."
Das neue Großbordell an der Stadtautobahn galt als modernes Dienstleistungszentrum, in dem die Prostituierten auf eigene Rechnung arbeiten konnten. Jeder zweite Bus in Berlin fuhr mit *Aphrodite*-Reklame herum. Lemberger hatte Bedenken.
„Und wenn mir dort meine Kunden aus der Gesa über den Weg laufen?"
„Quatsch! Der Laden ist supersauber, diskret und wird von kultivierten Leuten besucht. Überleg es dir."

Noch vor wenigen Jahren hatten sie sich in ihrer verqualmten WG-Küche nächtelang die Köpfe heiß geredet, über Gott und die Welt. Holgers politischer Idealismus, Florians arrogante Bürgerlichkeit, Shreenas Hang zu Esoterik und *Veränderung muss bei jedem Einzelnen anfangen* und seine eigene ausgleichende Art waren eine gute Mischung gewesen. Mittlerweile lebten sie in verschiedenen Welten, das musste man akzeptieren. Christoph beschloss, noch kurz auf Holgers Rückkehr vom Klo zu warten und sich dann zu verabschieden.
Ein Blick über die Nachbartische machte klar, dass das Milieu, dem alle hier angehörten – mit Ausnahme von zwei Glatzköpfen, die mit dem Rücken zu ihm saßen und eher nach Gerüstbauern aussahen – nicht mehr seines war. Dem Äußeren und ihrer Sprache nach zu urteilen, waren etliche der Kneipengäste Erste-Mai-Touristen, die für ein paar Tage aus ihren westdeutschen Kleinstädten angereist waren, um in Kreuzberg Revolution zu spie-

len. Auch Holger und er hatten früher regelmäßig an diesem Ritual teilgenommen. Einen Abend lang in dem Gefühl schwelgen, das kapitalistische System aus den Angeln heben zu können, das alles Menschliche seinem Verwertungszwang unterwarf und aus kurzfristigem Profitinteresse Natur und Umwelt zerstörte. Für ein paar Stunden in einer Gemeinschaft Gleichgesinnter aufgehen, eingehakt in die dicht geschlossenen Reihen der Schwarzvermummten, in ihre machtvollen Sprechchöre einstimmen. Sich an der Angst und Abscheu der von ihren Balkonen herunter gaffenden Spießer weiden, an den Polizeiketten, die hektisch aufzuschließen versuchten, wenn alle Demonstranten wie auf Kommando losrannten. Ein Riesenerlebnis! Doch schon am Tag darauf war der Rausch verflogen, begannen wieder die Mühen des Alltags. Obwohl sich seine politischen Grundüberzeugungen kaum geändert hatten, war Christoph diesem Milieu in dem Maße entwachsen, wie er sich eine eigene Existenz aufgebaut hatte. *Wenn man in Arbeit steht, sieht das Leben anders aus.* Diesen Satz hätte auch sein Vater sagen können, aber deshalb war er nicht weniger wahr.

Holger erschien in der Tür des Cafés und begann sich zwischen den engen Stuhlreihen hindurchzuzwängen. Was hatte er die ganze Zeit auf dem Klo getrieben?

„*Kurwa*!“, brüllte jemand, es klirrte auf dem Gehwegpflaster, und ein schaumiges Rinnsal strömte in Richtung Bordstein. Offenbar hatte Holger, der seinen Weg ungerührt fortsetzte, ein fremdes Bier umgestoßen. Der Bulligere der beiden Glatzköpfe sprang auf und schüttelte seine Faust hinter ihm. Der zweite zog ihn zurück auf den Stuhl und entblößte dabei einen vollständig tätowierten Arm. Erst jetzt erkannte Christoph die beiden Autodiebe aus der Gesa.

„Seht euch diese Typen an“, zischte Holger, als er seinen Platz

wieder eingenommen hatte. „Nazis wie aus dem Bilderbuch!"
„An deiner Stelle würde ich ihnen einfach ein neues Bier bestellen", schlug Florian vor.
„Kommt nicht in die Tüte!"
„Das sind Polen…, begann Christoph.
„Na und – glaubst du etwa, in Polen gibt es keine Nazis? Die sind international vernetzt."
„Ich kenne sie, denn gestern früh habe ich bei der Polizei ihre Vernehmung gedolmetscht!"
Einen Moment lang herrschte Stille.
„War ja klar, dass ER sich irgendwann eine goldene Nase verdienen würde", knurrte Holger mit einem Seitenblick auf Florian. „Aber dass DU es nötig hast, für die Bullen zu arbeiten, enttäuscht mich echt."
„Ich bin nur der Dolmetscher", rechtfertigte sich Christoph und ärgerte sich zugleich darüber. „Sie rufen höchstens zweimal im Monat an, wegen Vernehmungen von irgendwelchen Kriminellen."
„*Vernehmungen von Kriminellen* – wenn ich so was schon höre!"
Auf einmal wurde sein ehemals bester Freund lebendig. Oder hatte er auf dem Klo tatsächlich was genommen?
„Kriminalität ist eine Erfindung der Herrschenden, hast du das immer noch nicht kapiert? Auch ich als Autor kann jederzeit als Krimineller diffamiert werden, wenn denen meine Themen nicht passen."
Florians Augen funkelten boshaft.
„Dazu müsstest du aber erst mal etwas veröffentlichen…"
Holger klatschte mit der Hand auf den Tisch, dass die Gläser hüpften.
„Hast du eine Ahnung, unter welchem politischen Druck die Verlage stehen? Was ich schreibe, DÜRFEN die gar nicht bringen!"

Shreena streichelte ihrem Freund den Rücken.
„Irgendwann wirst du es schaffen", tröstete sie.
In diesem Moment standen die beiden Glatzköpfe auf und entfernten sich in Richtung Hochbahn. An der nächsten Straßenecke drehte sich der Muskelprotz noch einmal um und zeigte den ausgestreckten Mittelfinger. Holger hielt es nicht länger auf seinem Stuhl.
„Nazis raus!", brüllte er mit gereckter Faust in der Pose eines Rotfrontkämpfers aus der Zeit der Weimarer Republik.
Die Gespräche um sie herum erstarben. Köpfe drehten sich, mit fragenden Mienen und alarmierten Blicken. Die Köter der Punks begannen zu bellen.
So sah er sich selbst am liebsten, dachte Christoph. Der Aktivist, der auf allen Ebenen für die gute Sache kämpfte. Der mehr Mut zeigte als damals ihre Großeltern aus der *Mitläufer-Generation*. Nachgeholter Widerstand mit klarem Feindbild, schwarz und weiß sauber voneinander getrennt, ohne Zwischentöne. Auch in seinen Romanfragmenten wimmelte es von brutalen Neonazis, raffgierigen Bankern, gewissenlosen Pharma-Unternehmern, korrupten Politikern und rassistischen Polizisten. Hatte Christoph ihn früher für seine konsequente Haltung bewundert, überkam ihn jetzt die Erkenntnis, dass Holger stehen geblieben war, dass die Schubladen in seinem Kopf nicht mehr ausreichten, eine immer komplexer werdende Wirklichkeit zu erfassen, dass in seiner klammernden Umarmung vielleicht auch der Wunsch mitschwang, die Zeit festzuhalten. Sein ehemals bester Freund, der keinen Selbstzweifel kannte, der nie Fragen stellte, weil er die Antworten immer schon vorher wusste, war ein Ausgeschlossener – weil er sich selbst ausschloss.
Florian erhob sich und klopfte auf den Tisch.
„Es wird mir hier zu peinlich mit euch. Wir sehen uns in fünf

Jahren. Die einzige, die sich vorher bei mir melden kann, bist du…"

Er nickte Shreena zu, doch sie verabschiedete ihn mit dem gleichen Gruß, den eben der Muskelprotz gezeigt hatte.

5.

Am nächsten Morgen verließen sie Berlin in südlicher Richtung über Teltow.
„Hier habe ich nach der Wende als 16-jähriger Landarbeiter ein Arbeitslosenseminar mitgemacht", meinte Uvloff, als sie das alte Diakonissenhaus passierten. „Unsere Melkerinnen wurden alle zu Sozialpädagoginnen umgeschult, während mir der Berater den Tipp gab, mich bei der Polizei zu bewerben. Bis heute verstehe ich nicht, wie er auf diese Idee kam."
„Ich auch nicht", flachste Lemberger.
Er mochte den hibbeligen Peter Pan, der nie erwachsen wurde und privat noch immer auf der Suche nach der Richtigen war. Altersmäßig trennten sie keine zehn Jahre, gefühlt war es eine ganze Generation.
Die Teltower Altstadt umfuhren sie über das neue Gewerbegebiet, eine langgestreckte Discounter-, Baumarkt- und Parkplatzwüste, halb Amerika, halb DDR. Mit den Straßen und Häusern verhielt es sich wie mit den Menschen: die einen steckten tief in ihrer Vergangenheit, die anderen hatten sich herausgeputzt, als seien sie völlig geschichtslos und existierten nur in der Gegenwart. Am liebsten waren ihm diejenigen, die die Spuren der Zeit nicht übertünchten; das galt für Häuser wie für Menschen.
In Kleinmachnow durchquerten sie ein Labyrinth kopfsteingepflasterter Seitenstraßen, bis die Frauenstimme aus dem Navigationsgerät verkündete: *„Sie haben Ihr Ziel erreicht."*
Hinter einer zwanzig Meter langen Einfahrt mit anliegendem Carport thronte ein bonbonfarben verputzter Palast, die doppelflügelige Tür von antikisierenden Säulen eingefasst. Bis auf das zum Grundstück gehörende Kiefernwäldchen schien alles

brandneu zu sein, die Hecke bestand aus Setzlingen, den hohen Stahlzaun entlang lagen frische Sandhäufchen. Zwei Handwerker montierten gerade das Einfahrtstor. An ihnen vorbei betraten sie das Grundstück. Lemberger drückte auf die Klingel neben der Tür.

Der muskulöse junge Mann, der ihnen öffnete, hatte offenbar die Handwerker erwartet. Doch sein Erstaunen hielt nicht lange an, auch Polizeimarke und Ausweis schienen ihn nicht im Mindesten zu beeindrucken.

„Was wollt ihr denn hier? Ihr könnt nicht einfach unangemeldet bei uns zu Hause aufkreuzen!"

Lemberger fand in Uvloffs Blick Bestätigung: ihr Gegenüber war Boudaris jüngster Sohn Zafer.

„Dem da", der Sohn zeigte auf Uvloff, „hat mein Vater schon alles gesagt. Mehr gibt´s nicht zu besprechen."

„Wenn Sie gestatten, würde ich mir darüber gern eine eigene Meinung bilden."

Seine Höflichkeit schien den jungen Mann nur noch zusätzlich zu reizen.

„Was soll das Gelaber? Mein Vater ist nicht da, also verpisst euch, ihr Penner!"

Er wollte die Tür schließen, doch Lemberger stellte seinen Fuß in den Spalt.

„Wir haben mit dem Autohaus telefoniert. Holen Sie ihn her, dann habe ich nicht gehört, was Sie gerade gesagt haben."

Aus dem Augenwinkel sah er Uvloff seitlich am Gürtel nach seinem Pfefferspray tasten. Bevor das Gespräch weiter eskalieren konnte, tauchte hinter dem Sohn ein älterer Mann von gedrun-

gener Statur auf, mit schütterem, braungefärbtem Haar. Sein ockerfarbenes Sakko biss sich mit einem giftgrünen Oberhemd. Auf den ersten Blick ähnelte er dem ehemaligen italienischen Regierungschef Berlusconi.
„Herr Boudari?“, rief Lemberger. „Wir hätten noch ein paar Fragen!“
Mit rauer Stimme bellte der Autohändler ein paar arabisch klingende Laute, woraufhin sein Sohn widerwillig zurückwich und sich mit stampfenden Tritten entfernte. Eine Tür knallte.
„Kommen Sie bitte herein“, sagte Boudari mit einladender Geste. „Trinken Sie Tee?“
Sie lehnten dankend ab und folgten dem Mann in eine prächtige Empfangshalle. An der Decke hing ein überdimensionierter Kronleuchter. Geradezu führte eine geschwungene Treppe nach oben, zu beiden Seiten ging jeweils ein Flur ab. Die hintere Wand der Halle wurde von einer Sofalandschaft ausgefüllt, eingerahmt von üppig verzierten Kommoden. In einer Ecke plätscherte ein künstlicher Brunnen, an den Wänden prangten farbige Teppiche. Zu dritt nahmen sie Platz auf dem Riesensofa. Lemberger nickte anerkennend.
„Hier werden Sie sicher gute Geschäfte machen.“
Boudari schenkte ihm ein mitleidiges Lächeln.
„Ich bin extra hierher gezogen, um Beruf und Privatleben besser trennen zu können. Da Sie keinen Tee trinken wollen, kommen wir am besten gleich zur Sache – was kann ich für Sie tun?“
Lemberger stellte sich als Leiter der Ermittlungen zu dem Einbruch im Autohaus vor und äußerte sein Unverständnis darüber, dass kein Strafantrag gestellt worden sei.
„Harmlose Touristen aus Polen, die sich ein paar schöne Wagen aus der Nähe anschauen wollten“, winkte der Autohändler ab. „Ich halte nichts davon, wegen jeder Kleinigkeit sofort die Polizei

zu rufen. Viele Dinge kann man auch so klären."
„Das mag in Ihrem Land gelten", mischte sich Uvloff ein. „Hier in Deutschland wird das Recht vom Staat definiert und durchgesetzt, nicht von jedem Einzelnen, wie es ihm gerade passt."
Boudari zog ein Smartphone aus der Tasche und ließ es auseinanderklappen.
„Meine Familie und ich – wir sind alle deutsche Staatsbürger. Das ist auch unser Land. Wir kennen unsere Rechte, und deshalb rufe ich gleich meinen Anwalt an und teile ihm mit, dass Sie mich vernehmen wollen. Vermutlich wird er mir raten, die Aussage zu verweigern."
„Das ist keine Vernehmung, ich wollte mir nur einen eigenen Eindruck verschaffen. Darf ich fragen: Ihr Sohn und Sie leben zusammen, wirtschaften aber getrennt?"
Der Autohändler steckte das Smartphone wieder ein.
„Alle Eltern freuen sich, wenn die Kinder möglichst lange in ihrer Nähe bleiben, nicht wahr?"
Lemberger wiegte den Kopf hin und her.
„Manche Eltern freuen sich auch, wenn ihre Kinder selbständig werden und ihren eigenen Weg gehen. Aber sagen Sie bitte, Herr Boudari: Sie sind freundlich und umgänglich. Wie kommt es, dass Ihr Sohn einen ganz anderen Ton am Leibe hat?"
„Er hat viele schlechte Erfahrungen gemacht."
„Selbst wenn das so wäre, ist es keine Entschuldigung für schlechtes Benehmen."
„Wie viele Kinder haben Sie?", fragte Boudari.
„Zwei."
„Sehen Sie, ich habe neun. Und ich war bemüht, alle zu anständigen Menschen zu erziehen. Aber irgendwann – da geben Sie mir sicher recht – ist die Erziehung durch die Eltern abgeschlossen."

„Ja, da gebe ich Ihnen recht."
„Hoffentlich ermitteln Sie nicht deshalb so hartnäckig, weil meine Familie und ich einen Migrationshintergrund haben. Nach dem Motto: Diese Araber müssen alle irgendwie kriminell sein."
„Um Gottes willen! Wir ermitteln völlig unabhängig von Herkunft oder Religion."
„Ich bin froh, dass Sie das sagen. Woher wir kommen, wer wir sind und welches Schicksal uns erwartet, ist schließlich nicht unser Verdienst. Alles ist vorherbestimmt."
„Dann war wohl auch der Brand in der Lagerhalle vorherbestimmt", bemerkte Lemberger. „Und der Einbruch in Ihr Autohaus am selben Abend. Oder war das einfach Zufall?"
„Wie gesagt, aus meiner Sicht hat es keinen Einbruch gegeben."
„Aber dass Ihre Halle abgebrannt ist, würden Sie nicht bestreiten, oder?"
Der Autohändler verschränkte die Arme vor der Brust.
„Sie gehört meinem Sohn."
„Vielleicht hat er ja deshalb so schlechte Laune. Hoffentlich ist er gut versichert."
„Das müssten Sie mit meinem Sohn besprechen. Vorausgesetzt, Sie sind zuständig für die Untersuchung dieses Brandes."
„Sind wir nicht. Aber wenn wir den Eindruck gewinnen, dass die beiden Vorfälle zusammenhängen, werden wir uns natürlich mit unseren Kollegen austauschen."
„Ich denke nicht, dass da etwas zusammenhängt, Herr… Wie war Ihr Name?"
„Lemberger."
„Haben Sie eine Karte für mich?"
Boudari nahm die ihm gereichte Visitenkarte entgegen und steckte sie ein. Dann sah er auf seine klobige Armbanduhr und erhob sich.

„Und jetzt entschuldigen Sie mich bitte."
Sie folgten ihm zur Tür. Draußen drehte sich Lemberger noch einmal um.
„Eines muss ich noch loswerden, Herr Boudari. Ich arbeite leider schon zu lange bei der Polizei, um an Zufälle zu glauben."
Schlagartig verschwand das Lächeln aus Boudaris Gesicht.
„Auch ich glaube nicht an Zufälle. Sicher hat der Brand in der Halle für Zafer etwas zu bedeuten. Ebenso wie Ihr Besuch heute bei mir an diesem wunderbaren Ort."
Er wies mit einer ausholenden Handbewegung über sein Grundstück.
„Von so einer Lage können Sie als Polizeibeamte nur träumen, was?"
Lemberger glaubte seinen Ohren nicht zu trauen.
„Wie die meisten Menschen, die auf ehrliche Weise ihr Geld verdienen", gab er zurück.
„Das tue ich auch", sagte der Autohändler. „Aber ich hätte es nie zu etwas gebracht, wenn ich gegen die anderen gearbeitet hätte. Meine Devise hieß immer: Kooperation zum beiderseitigen Vorteil."
Lemberger hob die Hand zu einer Art Abschiedsgruß.
„Ich verstehe das so, dass Sie mit uns kooperieren wollen. Meine Karte haben Sie ja."
„Puh!", machte Uvloff, als sie wieder im Auto saßen. „Was war das denn für ein unmoralisches Angebot?"
Lemberger winkte ab.
„Ein Mann, der gern spielt und austestet, wie weit er gehen kann."
Sein Kollege schüttelte den Kopf.
„Ich habe mich bemüht, meine Kinder zu anständigen Menschen zu erziehen – wenn drei von den neun als Intensivtäter geführt werden…"

„Vielleicht ist es ihm ja bei den anderen sechs gelungen."
„Haha! Man erntet, was man sät! Trotzdem ein intelligenter Bursche, er spricht ein ausgezeichnetes Deutsch."
„Intelligent? Sagen wir: verschlagen, schlau genug, um die Diskriminierungskarte zu spielen. Sollte du nachher noch ein bisschen Zeit haben, tu mir den Gefallen und recherchiere weiter. Ich will alles wissen über Boudari und seinen Clan!"

Um ihn herum war Stille. Draußen vor dem Fenster hatte es aufgehört zu regnen. Nebelschwaden umhüllten die Gipfel des Riesengebirges, das unheilvoll den Horizont besetzte. Swiatelka brauchte nach dem Aufwachen einige Minuten, um den Kopf klar zu bekommen. Seine Berliner Werkstatt war abgebrannt. Die Familie hatte er weggebracht. Seit seiner Rückkehr am frühen Morgen war er allein im Haus.
Während der langen nächtlichen Fahrt hatten Magda und er nicht gewagt, sich zu unterhalten, aus Angst, die Kinder, die vor Aufregung nicht schlafen konnten, würden etwas aufschnappen. Beim Abschied hatten sie dann in strömendem Regen auf der Straße gestanden. Typisch Lodz! Er kannte die Heimatstadt seiner Frau gar nicht ohne regenglatte Fahrbahnen und düster herabhängende Wolken.
„Jozef, ich habe solche Angst!"
„Wir schaffen das, mit Gottes Hilfe."
„Diese Frau, die immer anruft…"
„Was wollte sie diesmal?"
„Gedroht hat sie mir: *Ihr Mann wollte leider nicht auf uns hören…* Wer sind Sie, habe ich gefragt, warum lassen Sie uns nicht in Ruhe? *Wir lernen uns bald persönlich kennen, ich freue mich schon darauf. Danach werden Sie und Ihre Kinder Ruhe haben, dessen können Sie gewiss sein!* Sie hat so gestelzt geredet, so förmlich.

Mit einem seltsam gerollten R, das mich an alte polnische Filme der Vorkriegszeit erinnerte. Dabei klang die Stimme ganz jung. Ich glaube, sie ist Ukrainerin…"
Sie begann wieder zu weinen.
„O mein Gott, Jozef, das ist die Mafia, was habt ihr nur getan!"
Einen Moment war er in Panik geraten, hatte in Berlin angerufen und noch einmal seinen Bekannten beschworen, die Tasche zurückzubringen, dabei aber auf Granit gebissen. So wie er Magda beschwichtigt hatte, hatte sein Bekannter ihn beschwichtigt:
„Wir müssen die Nerven behalten, Jozef. Sie werden zahlen!"
Wenigstens war die Familie in Sicherheit. Wenn sie jetzt kämen, würden sie nur ihn erwischen. Er schlug seine Bibel auf, in der er die wichtigsten Stellen mit Bleistift markiert hatte:
Du bereitest vor mir einen Tisch im Angesicht meiner Feinde. Du salbest mein Haupt mit Öl und schenkst mir voll ein. Gutes und Barmherzigkeit werden mir folgen mein Leben lang, und ich werde bleiben im Haus des Herrn immerdar!
Eine Weile ließ er die Worte des Psalms auf sich wirken. Dann machte er sich daran, das zusätzliche Türschloss anzubringen, das er gekauft hatte.

Lembergers erster Gang in der Kaserne führte ihn zu Wiechmann. „Kalle, ich weiß, dass du es nicht leicht hast und dass du dein Bestes für uns gibst."
Doch so leicht war der stellvertretende Chef nicht zu besänftigen.
„Nicht einen Tag lang wünsche ich dir das, was ich permanent durchmache! Zerrieben zu werden zwischen Vogts Launen und einem Team, das sich benimmt wie eine pubertierende Schulklasse. Der eine hat ständig was zu meckern, der nächste benimmt sich wie ein hyperaktives Kind, und ständig muss man auf der

Hut sein, damit kein Unsinn angestellt wird. Aber dass nun auch du mich vor Elena bloßstellst…"
„Entschuldige, Kalle, in Zukunft kannst du dich auf mich verlassen!"
Er schilderte den Fall Boudari und begründete die geplante Überwachungsmaßnahme ganz altmodisch mit seinem Bauchgefühl. Wiechmann war alles andere als begeistert.
„Woher weißt du von diesem Treffen am Hermannplatz?"
„Heißer Tipp aus dem LKA."
„Hoffentlich hast du dich nicht nur deswegen entschuldigt, weil du was von mir willst."
„Natürlich nicht!"
„Na gut. Aber morgen ist der 1. Mai, die meisten Kollegen sind im Großeinsatz. Ihr müsst also entsprechend vorarbeiten. Und hinterher lieferst du mir gleich den Bericht."
„Versprochen."
An diesem Vormittag war eine weitere Entschuldigung fällig, denn auf dem Blick, mit dem Elena ihn begrüßte, lastete noch die gestrige Kränkung. Lemberger stupste sie am Arm.
„Tut mir leid. Hast es ja nur gut gemeint."
„Du entschuldigst dich bei mir – dass ich das noch einmal erleben darf… Wie war´s bei Boudari?"
Sandra hatte vor einiger Zeit etwas Ähnliches geäußert. War er wirklich so verstockt und verhärtet, dass man sich wunderte, wenn er einen eigenen Fehler zugab?
„Lem, ich hab´ dich was gefragt…"
„Zwiespältig", sagte er. „Der Mann ist mir nicht geheuer."
Auf einem Rundgang über den Flur trommelte er seine Kandidaten zusammen. Neben Elena und Karnicki sollten auch Uvloff, Jenny und Smid mit von der Partie sein. Sibel fiel wegen einer Fortbildung aus.

„Wir haben zwei Parteien im Spiel. Die beiden polnischen Glatzenheinis plus ein Komplize, der Boudaris Wagen gestohlen hat. Den Geschädigten selbst, der keine Strafanzeige stellen will und den das LKA für den Kopf einer Hehlerbande hält. Und natürlich sein Intensivtäter-Sohn, dem die Lagerhalle abgebrannt ist."

Er wandte sich an Uvloff.

„Was hast du über Boudari herausbekommen?"

Uvloff trommelte mit den Fingern auf der Tischplatte.

„Ist vor fünfundzwanzig Jahren während des libanesischen Bürgerkrieges nach Berlin geflüchtet, machte einen Import-Export-Laden auf, bevor er auf Gebrauchtwagen umstieg. Zwei seiner drei Ehefrauen leben im Libanon, wo der Glückliche mehrere Häuser besitzen soll."

Eli und Jenny warfen sich einen vielsagenden Blick zu.

„Und jetzt ist er auch noch in den Speckgürtel gezogen", ergänzte Lemberger. „Ein Märchen aus tausendundeiner Nacht, könnte man meinen. Oder eine Karriere wie aus dem Lehrbuch der kriminellen Familienclans. Phase eins: Vermögenserwerb durch Straftaten. Phase zwei: Absicherung des Erreichten, legale Investitionen, bürgerliches Image. Dabei hören die kriminellen Aktivitäten nicht auf, sie werden nur raffinierter und weniger brutal."

„Vielleicht war der Wagen, der ihm abhanden gekommen ist, selbst gestohlen", mutmaßte Smid.

„Warum sollte er sich dann mit den Dieben treffen", gab Eli zu bedenken. „Was können die überhaupt voneinander wollen?"

Lemberger nickte.

„Das ist genau die Frage, was diese beiden Parteien miteinander zu bereden haben. Dennis, kannst du mal bitte einen Moment die Füße still halten? Da wir sie nicht abhören können, versuchen wir, in ihre Nähe zu gelangen und beschränken uns ansonsten aufs Observieren. Wer kommt mit wem in welchen Fahrzeugen? Wie lange reden sie, wohin fahren sie danach? Wir machen Fotos, dokumentieren, stellen Verbindungen her und gleichen unsere Erkenntnisse hinterher mit denen des LKA ab."

„So ganz verstehe ich trotzdem nicht, wieso wir so einen Aufwand treiben", warf Eli ein. „Rein rechtlich betrachtet haben wir nichts in der Hand."

„Noch nicht."

„Du bist sicher, dass das keine persönliche Antipathie ist, die dich treibt?", bohrte sie.

„Na, hör mal! Ein Geschädigter, der prophylaktisch mit seinem Anwalt droht, falls man auf die Idee kommen sollte, bei ihm näher hinzuschauen – da muss man doch hellhörig werden. Der Dolmetscher sagte mir, dass der eine Pole dem anderen auf dem Gang zugerufen hat: *Sie wissen nichts!* Ich möchte, dass wir übermorgen mehr wissen!"

„Wieso hast du mit dem Dolmetscher gesprochen?", fragte Karnicki mit argwöhnischem Blick.

„Um mich noch einmal für seine Hilfe zu bedanken. Was hast du eigentlich gegen ihn?"

„Er ist nicht mein Fall."

„Du bist auch nicht jedermanns Fall", stichelte Uvloff.

Lemberger klatschte in die Hände.

„An die Arbeit, Leute. Wiechmann hält uns für übermorgen den Rücken frei, dafür müssen wir heute ranklotzen."

Alle gingen auseinander. Vor Karnicki schloss Lemberger die Tür.

„Jörg, ich habe eine Frage an dich. Warum hast du mit Vogt gesprochen?"

Karnicki errötete.

„Er hat mich… äh… zu sich zitiert und wollte wissen, wie es

zu dem Angriff gekommen ist. Ich musste ihm alles detailliert beschreiben."
„Du warst doch gar nicht dabei!"
„Aber du hast es mir hinterher erzählt. Außerdem hatte er das Protokoll vor sich liegen."
„Wieso fragt er mich nicht selbst?"
„Weil er nicht mit dir kann."
„Schön, dass du so gut mit ihm kannst ..."
„Er hat mich überrumpelt, Dominik. Was hätte ich denn machen sollen?"
„Vielleicht einfach mal *nein* sagen?"

In den letzten Jahren hatte sich Christoph die zähe Disziplin erworben, die man brauchte, um den ganzen Tag allein am Schreibtisch Texte zu bearbeiten. Heute fiel ihm jedoch schon nach einer halben Stunde die Decke auf den Kopf. Wichuras Gedicht, das er mit Stecknadeln an die Wand hinter seinem Schreibtisch gepinnt hatte, strahlte wie ein Störsender:

Gib acht!
Schau nicht zurück,
dass nicht das Ungetüm erwacht
von deinem lauten Blick!
Wie´s dir wohl geht und wo dein Weg verläuft,
und ob du mir entgegenkommst ein Stück?

Das Ungetüm, das erwacht, war, waren seine eigenen Gedanken. Wie hatte er diese Frau ziehen lassen können! Warum hatte er sich nicht intensiver um sie bemüht, ihr nicht stärker gezeigt, wie viel sie ihm bedeutete? Es war ja ein Wunder, dass sie es überhaupt so lange mit ihm ausgehalten hatte. Weil sie LEBTE, während er seine Zeit mit drögen Texten vergeudete. Weil sie gern tanzte und shoppte. Kleider und Schmuck liebte. Hatte er ihr jemals Schmuck geschenkt?

Ein Anruf vom Amtsgericht Lübbenau im Spreewald erlöste ihn aus seinen Grübeleien. Dort war die Dolmetscherin erkrankt, und man bat ihn, zur Mittagszeit ihre Vertretung zu übernehmen. Bei seinem Car-Sharing-Unternehmen holte er sich den nächsten freien Wagen und machte sich auf den Weg.

Es ging um den sogenannten *Enkeltrick* oder – wie die Staatsanwaltschaft dieses Vergehen im Justizdeutsch nannte – die *Vortäuschung eines Näheverhältnisses*. Betrüger suchten sich aus den Telefonbüchern Vornamen heraus, die auf ältere Menschen hindeuteten und gaben sich als Verwandte aus. „Rate mal, wer dran ist?“ lautete die übliche Eingangsfrage. Dann beklagte der vermeintliche Enkel oder Großneffe eine plötzliche finanzielle Notlage. Ob man kurzfristig einen größeren Betrag leihen könne? Ein guter Freund würde es abholen. Trotz ihrer Plumpheit funktionierte die Masche erstaunlich oft. Diesmal hatte die angerufene Rentnerin jedoch Verdacht geschöpft und die Polizei benachrichtigt.

Man wusste zwar, dass hinter dem Enkeltrick ein von Polen aus gesteuertes Netzwerk steckte. Doch da man an die Hintermänner nicht herankam, drehte sich die Verhandlung in Lübbenau wieder einmal nur um die beiden kleinen Fische und ihren persönlichen Hintergrund. Der Erste hatte seinen Vater früh durch einen Unfall verloren und war mit sieben Geschwistern in beengten Verhältnissen aufgewachsen. Um nicht zu hungern, war er kriminell geworden. In Polen gab es keine nennenswerte Sozialhilfe. *Hilf dir selbst, dann hilft dir Gott*, lautete die allgemeine Devise.

Dass der Mann diese Informationen nur auf Nachfrage und eher schamhaft preisgab, machte sie glaubwürdig. Als die Richterin seinen Lebenslauf noch einmal zusammenhängend vortrug, begann er zu weinen. Kein Theaterspiel, sondern echte Erschütterung. *Jeder Mensch ist auf der Suche nach seiner Geschichte,* dachte Christoph. *Wer sie findet, erkennt sich selbst. Und auch die anderen erkennen einen.*

Dem zweiten Angeklagten entging die Betroffenheit nicht, die sich auf den Mienen von Richterin, Schöffen und Staatsanwältin abzeichnete.

„Ich habe auch sieben Geschwister", flüsterte er Christoph zu. „Teilen Sie das unbedingt der Frau Richterin mit!"

„Damit entwerten Sie alles, was Ihr Freund gerade gesagt hat!"

„Sie müssen es übersetzen!"

„Sagen wir vier", beschwor ihn Christoph und wandte sich ans Gericht: „Der andere Herr möchte hinzufügen, dass er es ebenfalls nicht leicht hat zu Hause, auch er wohnt noch mit vier Geschwistern zusammen."

„Vier nein, Hohegericht!", rief der Trittbrettfahrer auf Deutsch dazwischen, „sieben Schwester!"

Die Richterin warf Christoph einen irritierten Blick zu. Wieder blieb der Ärger an ihm hängen!

„Ein sprachliches Missverständnis", entschuldigte er sich. „Zufälligerweise haben beide Angeklagte jeweils sieben Geschwister."

Das Gericht zog sich zu einer längeren Beratung zurück und verhängte danach Freiheitsstrafen, die es zur Bewährung aussetzte. Doch die Freude, die das Wort *Bewährung* bei den Angeklagten auslöste, ebbte schnell ab, als Christoph ihnen übersetzte, dass ihr Auto als Tatwerkzeug beschlagnahmt worden war. Kaum war das Urteil gesprochen, zerstreuten sich die Beteiligten in alle Winde. Klar, morgen war Feiertag! Richterin und Staatsanwältin streiften ihre Roben ab, die Protokollführerin packte

ihre Sachen, selbst die beiden Justizangestellten schienen es eilig zu haben. Einer von ihnen übergab den Delinquenten zwei Plastiktüten mit ihren Habseligkeiten.
„Wir haben kein Geld, und unsere Handys sind alle", sagte der Mann mit den vielen Geschwistern. „Wie sollen wir jetzt nach Polen kommen? Wir sprechen kein Deutsch, wissen nicht einmal, wo wir hier sind!"
Der Uniformierte sah Christoph aus wässrigen Augen an.
„Nüsch mein Brobläm", ließ er die Männer in breitem Sächsisch abblitzen.
„Bitte fahren Sie uns zur Autobahn, von dort können wir trampen!", bat der Trittbrettfahrer.
Christoph zögerte. Ein tückisches Urteil, bei dem die eigentliche Strafe in der abendlichen Freilassung ohne Geld in einem fremden Land bestand – wie sollten die beiden nach Polen gelangen, ohne erneut Straftaten zu begehen? *Deine Gutgläubigkeit führt dich in die Küche des Teufels…* Vielleicht war er wirklich der Fährmann auf dem See der Finsternis, dazu verdammt, alles zu verstehen und zwischen allen zu vermitteln. Aber den entscheidenden Punkt hatte Dorota nicht begriffen: Auch wenn er mit seiner Fähre an den Menschen und ihrem Elend oft dicht vorbei ruderte – er ruderte eben VORBEI.
„Sie können uns hier nicht zurücklassen!", wiederholte der Geschwister-Erfinder mit Nachdruck.
„Doch, ich kann", sagte er, bevor er sich schnellen Schrittes entfernte, „Ihr schafft das schon."

Als Lemberger nach Hause kam, lag Lea in ihrem Zimmer und las. Sandra und Aaron waren wie üblich unterwegs. Während er für seine Tochter und sich Spaghetti kochte, verfolgte er im Radio die Berichte von der *Walpurgisnacht* in Mitte und Kreuzberg.

Die seit Jahren ritualisierten Ausschreitungen waren in vollem Gange. Krawalltouristen aus aller Herren Länder tobten sich unter dem Vorwand des Kampfes für soziale Gerechtigkeit an Schaufenstern, Müllcontainern, geparkten Autos und natürlich an den eingesetzten Kollegen aus. Das versprach nichts Gutes für den morgigen 1. Mai. Spätestens übermorgen würde wieder das übliche Politikergezänk beginnen. Die einen würden behaupten, die hohe Polizeipräsenz habe die Gewalt erst provoziert. Die anderen würden dagegenhalten, ohne sie wäre alles noch viel schlimmer gekommen. Eines stand außer Zweifel: diese Gesellschaft war aus dem Lot. Und mit ihr seine eigene Familie. Nur zu Lea hatte er noch einen Draht.

„Papa, du wolltest mir erklären, woher das Böse kommt“, fing sie an, als sie zusammen am Abendbrotstisch saßen.

„Weißt du, wenn man sich das Leben als Wohnung mit unterschiedlichen Zimmern vorstellt, gibt es dort vielleicht auch einen Raum, in dem DAS BÖSE wohnt. Ich glaube, die Menschen geraten manchmal zufällig in diesen Raum, aus Gedankenlosigkeit oder Gewohnheit. Oder weil sie vergessen haben, was wirklich wichtig ist …“

Sie nickte nur kurz, als seien ihr solche Gedanken mit ihren acht Jahren vollkommen vertraut.

„Ist es eigentlich böse, wenn man ein Geheimnis für sich behält?“

„Nein.“

„Haben alle Menschen ein Geheimnis?“

„Klar.“

„Welches ist deins, Papa?“

„Dann ist es ja kein Geheimnis mehr“, erwiderte er lächelnd.

„Stimmt“, antwortete Lea mit großem Ernst. „Also darf ich auch eins haben, oder?“

6.

Mitten in der Nacht erwachte er durch ein lautes Wimmern und fand Sandra im Bad vor, wie sie vor der Toilettenschüssel kniete und erbrach.

Erschrocken strich er ihr übers Haar.

„Fass mich bloß nicht an!", stöhnte sie.

Lemberger kochte in der Küche einen Pfefferminztee und stellte ihr die Tasse auf den Nachttisch. Dann schaltete er sich im Wohnzimmer das Nachtprogramm ein. Bei einem Uraltwestern mit John Wayne blieb er hängen. Das waren noch Zeiten, als die Männer die Frauen beschützten und die Frauen sich beschützen ließen.

Den Angriff während der Vernehmung hatte er Sandra verschwiegen. Auch, dass er sich wegen seiner nachlassenden Reaktionsschnelligkeit sorgte. Schon lange erzählte er ihr nichts mehr von der Arbeit. Seine *Sprachlosigkeit* war ja einer ihrer Lieblingsvorwürfe. Ließ man den albernen Psycho-Anspruch beiseite, permanent die eigene Befindlichkeit erforschen zu müssen, wie Sandra dies mit ihren Freundinnen praktizierte, hatte der Vorwurf einen wahren Kern. Eigentlich wiederholte er in seiner eigenen Familie das, was er früher seinen Eltern vorgeworfen hatte: dass sie nie von sich erzählt hatten.

Erst als junger Erwachsener hatte er erfahren, dass er väterlicherseits aus einer assimilierten jüdischen Familie stammte. Sein Urgroßvater Erich Lemberger war ein hochdekorierter Frontoffizier des Ersten Weltkrieges gewesen. Als die Nazis an die Macht kamen, hielten alte Kameraden schützend die Hand über die Familie. Der Großvater heiratete eine „Arierin" und überlebte allen Schikanen zum Trotz den Krieg in Berlin.

Lemberger hatte sich diese Story mit distanziertem Interesse angehört und lange nicht gewusst, was sie mit ihm zu tun hatte. Bis er eines Tages einen Neonazi in der Vernehmung sitzen hatte, keine dumpfbackige Schlägertype, sondern intelligent und bis ins Mark verdorben.
„Wie war gleich der Name?", fragte der Bursche lauernd. „Das klingt so jüdisch…"
Dabei musterte er ihn mit einem Blick, der das Blut in den Adern gefrieren ließ. Es war der Jahrhunderte alte Blick des Antisemitismus, der mit klinisch-kaltem Interesse Nasen und Schädel vermaß. Der ohne Zaudern bereit war, Menschen, die er als minderwertig einstufte, zu Versuchszwecken in Eiswasser zu setzen oder wie Ungeziefer zu vernichten. In diesem Moment hatte Lemberger den Atem der Geschichte gespürt. Das hatte ihm ins Bewusstsein gerückt, was er instinktiv schon immer gewusst hatte: für eine funktionierende Gesellschaft zählten nicht Herkunft und intellektuelle Bildung, sondern nur gemeinsame Grundwerte.
Der gestrige Besuch in Kleinmachnow hatte ihn weniger deswegen aufgewühlt, weil der Autohändler sich von seinem ergaunerten Geld eine fette Villa ausgerechnet dort hingestellt hatte, wo er selbst gern gewohnt hätte, als vielmehr wegen des Geredes von der Diskriminierung: *Nicht ich bin verantwortlich, die Gesellschaft ist schuld!* Dieses Denken hatte sich in den vergangenen Jahren wie ein Virus ausgebreitet, bis hinunter zum letzten Bettler in der U-Bahn, der sein auswendig gelerntes Verslein herunterleierte: *Bitte unterstützen Sie mich, damit ich nicht kriminell tätig werden muss!* Jemand soff sich um den Verstand, ver-

spielte sein Geld, wurde zum x-ten Mal gewalttätig – schuld war die Gesellschaft! Wer sollte eigentlich diese ominöse Gesellschaft sein, wenn die Masse ihrer Mitglieder jede Verantwortung für das Gemeinwesen von sich wies und sich selbst als ausgegrenzte und diskriminierte Minderheiten hinstellte: Frauen, Arbeitslose, Migranten, Behinderte, Rentner, Homosexuelle, Bisexuelle, Transsexuelle – wer blieb da überhaupt noch übrig? Nur Leute wie er selbst, die brav ihre Steuern abdrückten und ansonsten den Mund hielten. Nein, gerade weil die Gesellschaft sich aus so vielen unterschiedlichen Gruppen und Individuen zusammensetzte, brauchte sie verbindende Werte. Nur, welche das sein sollten, wusste er nicht zu sagen. Sonst hätte er seine Erkenntnisse vielleicht auch auf die vier Individuen übertragen können, die hier in der Wohnung nebeneinanderher lebten. *Fass mich bloß nicht an!*

Er trat ans Fenster. Eine seit langem angekündigte Fassadensanierung hatte begonnen. Seit gestern stand ein Baugerüst vor dem Haus, durch dessen Gestänge der Morgen leuchtete. Am weiten Himmel zerfaserte der rosa Kondensstreifen eines einsamen Düsenjägers. Stünde die Welt Kopf, könnte er auch ein Boot auf dem Ozean sein, unterwegs zu den ultimativen Tauchgründen, in denen man von allen Sorgen erlöst war.

Sie trafen sich in einem Café am Hackeschen Markt, wo Alex an Wochenenden und Feiertagen morgens abhing, wenn er die Nacht durchgetanzt hatte. Drei Wochen hatten sie sich nicht gesehen, so lange benötigte Christoph üblicherweise, um sich von ihren Treffen zu erholen. Alex war Sportpsychologe, Fitness-Trainer und in allem sein genaues Gegenteil. Schon oft hatte er sich gefragt, was die Basis ihrer Freundschaft war. Wahrscheinlich ging es genau um dieses Gefälle: hier der Stubenhocker und Bücherwurm, der die Berichte aus dem wirklichen Leben aufsog wie ein trockener Schwamm; dort der extrovertierte Lebemann mit gepflegter Langhaarfrisur, der immer Zuhörer und Bewunderer suchte.

„Wie läuft´s frauenmäßig?"

Christophs Eingangsfrage war gefährlich, denn wenn sein Freund erst einmal loslegte, war er meist kaum zu bremsen. Da war die Studentin, die an einem von Alex´ Kursen teilnahm und danach – *grins-zwinker* – ganz speziellen Einzelunterricht erhielt. Ein paar Tage später steckte ihm eine gutaussehende Brünette beim Aussteigen aus dem ICE einen Zettel mit ihrer Telefonnummer zu, ohne vorher ein Wort mit ihm gewechselt zu haben. Höhepunkt der vergangenen drei Wochen war jedoch die Partybekanntschaft, die in seiner Dachgeschosswohnung landete. Alex´ detailfreudige Schilderung wurde zu einer Wohnungsführung der besonderen Art: sie begann auf dem Küchentisch aus edlem Kirschholz, setzte sich fort auf dem Schaffell vor dem Kamin und der weiträumigen Terrasse mit Aussicht auf ganz Berlin und endete in seinem superelastischen französischen Bett.

Christoph bekam Muskelkater vom bloßen Zuhören und musste niesen.

„Weißt du, die heutigen Frauen sind viel unkomplizierter und lockerer drauf als früher", fasste Alex seine Ausbeute von drei Wochen zusammen, und *früher* klang so, als wäre er über fünfzig und nicht Anfang dreißig. „Die fragen nicht vorwurfsvoll: Was willst du mit deinem Schwanz, und warum hast du überhaupt einen Schwanz, sondern die wollen einfach Sex haben und Spaß dabei!"

„Mannomann!", sagte Christoph anerkennend und nieste erneut. Sein Freund warf ihm einen besorgten Blick zu.

„Ich werde jetzt besser gehen, bevor du mich ansteckst! Außerdem muss ich dringend schlafen."
Er reckte den Hals nach der Kellnerin.
„Bei dir sonst alles okay?"
Christoph schnäuzte sich die Nase.
„Ich brauche deinen Rat. Es geht um Dorota."
Mit einem Seufzer ließ Alex sich zurück auf seinen Stuhl sinken. Den umwerfenden Erfolg bei Frauen hatte er ja nicht nur seinen dunklen Locken und einem schier unerschütterlichen Selbstbewusstsein zu verdanken, sondern auch der Tatsache, dass er sie durchschaute. Dass er sich nicht blenden ließ von ihren Zicken und Macken, ihrer coolen Fassade. Dass er das Verwirrspiel um *Neins*, die *Ja* und *Jas*, die *Nein* bedeuteten, beherrschte, jene Sprache verstand, in der Christoph so dringend Nachhilfe benötigte. Dass er vielleicht eine Antwort auf die Frage parat hatte, wieso eine Frau, mit der man elf Monate in scheinbarer Harmonie zusammen gewesen war, aus nichtigem Anlass einen künstlichen Streit vom Zaun brach und verschwand.

„Ich fände es schön, wenn du den Käse und die Wurst nicht immer in der Verpackung auf den Tisch legen würdest."
Das waren die ersten Worte, die Lemberger an diesem 1. Mai von seiner Frau zu hören bekam.
„Und ich hätte es schön gefunden, wenn du mich anders begrüßt hättest", gab er zurück.
„Bist du irgendwie mit dem falschen Bein aufgestanden?"
Er atmete tief durch.
„Ich habe nicht gut geschlafen, was vielleicht auch damit zusammenhängt, dass ich nachts aufstehen und Tee kochen musste."
„Meine Güte, du MUSSTEST ja nicht …"
Aaron kam gähnend herein geschlurft, setzte sich an den Früh-

stückstisch und begann auf seinem Handy herumzutippen.
„Wann bist du letzte Nacht nach Hause gekommen, Großer?", fragte Lemberger.
Sein Sohn reagierte nicht.
„Legst du bitte das Handy weg? Dann können wir uns besser unterhalten."
„Vielleicht will ich mich gar nicht unterhalten."
Lembergers angedeuteter Griff nach dem Handy reichte aus, dass Aaron es rasch vom Tisch nahm.
„Ich habe gegen eins in dein Zimmer geschaut, da warst du noch nicht da."
„Bin halt etwas später gekommen."
„Das muss aber viel später gewesen sein", beharrte er. „Ich habe nämlich noch eine Weile ferngesehen. Hast du dich wenigstens gut amüsiert?"
„Na, klar. Und hast du dich auch gut amüsiert?"
„Wie meinst du das?"
„Nachts beim Fernsehen – da laufen doch fast nur Pornos."
Aaron duckte sich noch schneller, als Lemberger über den Tisch langen konnte. Sein Schlag ging ins Leere.
„Dominik!", rief Sandra.
Er war aufgesprungen und holte zur nächsten Ohrfeige aus. Im letzten Moment hielt er inne. Der Gesichtsausdruck seines Sohnes schwankte zwischen Erschrecken und Triumph.
„So etwas steht dir nicht zu", wies Sandra ihn zurecht. „Geh auf dein Zimmer! Du kannst später frühstücken."
Aarons Bemerkung offenbarte schmerzhaft, dass er längst gecheckt hatte, wie es um die Beziehung seiner Eltern stand. Natürlich hatte er das! Lemberger schüttelte den Kopf über sich selbst. Er war auf die Provokation eines Pubertierenden hereingefallen. Selbstbeherrschung, Impulskontrolle, Deeskalation – alles weg.

Sandra warf ihm einen ungewohnt nachsichtigen Blick zu. „Schau doch mal nach unserer Feenprinzessin. Vielleicht lässt sich ja das gemeinsame Frühstück noch retten."

„Ich fühle mich weggeworfen wie …"
Christoph rang um Worte. Wo andere munter drauflos plapperten, musste er jedes einzelne Wort mühsam zutage fördern und sorgfältig abwägen, ehe er es aussprechen konnte. Das war schon immer so gewesen, jedenfalls wenn es um seine eigenen Belange ging.
„… wie ein benutztes Taschentuch. Mittlerweile frage ich mich, was sie überhaupt von mir wollte. Sie ist hübsch, intelligent, kann gut tanzen, hätte ganz andere Männer haben können."
„Hm", überlegte Alex, „um das besser einschätzen zu können, müsstest du sie mir endlich einmal vorstellen."
„Kommt nicht in Frage!"
Sein Freund lachte.
„Du bist ihr hinterher gedackelt, das kommt bei keiner Frau gut an. Vielleicht hat sie aber auch etwas zu verbergen."
„Was denn?"
„Einen anderen Typen. Irgendwelche Probleme, von denen sie dir nichts erzählt hat …"
„Wir waren immer offen zueinander. Jedenfalls ich zu ihr."
„Das kann ich mir vorstellen."
Alex´ sarkastischer Unterton war nicht zu überhören.
„Immer aufrichtig, immer ohne zweite Haut, ohne eine Rolle zu spielen – das wäre mir auf die Dauer echt zu anstrengend!"
„Ich will ja nicht mit DIR zusammen sein, sondern mit Dorota! Das Verrückte ist: selbst wenn ich ihr jetzt gegenübersäße, wüsste ich nicht, was ich ihr sagen sollte, außer dass ich unbedingt mit ihr zusammen sein will …"

„Ein Übersetzer, der nicht die richtigen Worte findet – dann formulier doch mal in ein paar Sätzen, WARUM."
„Weil sie für mich perfekt ist. Sie regt mich an. Ich atme auf in ihrer Gegenwart, kann arbeiten, während sie neben mir sitzt. Wir können zusammen lachen. Weil sie ist, wie sie ist."
„Wie ist sie denn?"
„Ätherisch und handfest zugleich. Mit einem Blick wie Mondschein. Einer Haut wie Samt. Einem scharfen Verstand, ohne verkopft zu sein. Sie ist wie ein warmer Mairegen. Ein Kinderlied. Ein Gedicht von Goethe."
Alex gähnte herzhaft.
„Weiß sie das alles?"
„Eigentlich sollte sie es gemerkt haben."
„Was nützt die Liebe in Gedanken? Niemand kann in deine Hirnwindungen hineinsehen. Du musst sie stellen, sie dazu bringen, dass sie dir zuhört: *Es ist eine Menge passiert zwischen uns, Dorota, deshalb lasse ich mich nicht einfach wegwerfen wie ein benutztes Taschentuch. Und jetzt habe ich dir etwas Wichtiges zu sagen!* Männlich musst du dich verhalten. Das ist es, was sie letztlich alle von uns erwarten."
„Also doch …"
„Natürlich, du Rindvieh!"
„Danke", sagte Christoph. „Wenn sie das nächste Mal anruft, werde ich …"
„MÄNNLICH habe ich gesagt", unterbrach Alex. „Warte nicht auf ihren Anruf, sondern fahr ihr hinterher. Kämpfe um sie!"

Der Raum hinter der blauen Tür lag im Halbdunkel, die Vorhänge waren noch zugezogen. Lea stellte sich schlafend, hatte die Decke über den Kopf gezogen.
„Schatz, ich weiß, dass du schon wach bist …"

Keine Reaktion. Sanft rüttelte Lemberger an dem zusammengekrümmten Bündel.
„Frühstück!"
Er lupfte die Decke und schreckte zurück vor einem dunklen, haarigen Etwas: Carlo, dem Riesenteddy, der offenbar in Gnaden wieder in ihr Bett aufgenommen worden war. Ihre üblichen Verstecke – im Kleiderschrank, hinter dem Schreibtisch, unter dem Sitzsack – alle leer!
„Komm bitte raus, Lea, wir wollen frühstücken!"
Ein Luftzug streifte sein Gesicht. Hinter dem Vorhang war das Fenster nur angelehnt. Er riss es auf, war mit einem Satz draußen auf dem Baugerüst. Links, rechts, niemand. Zehn Meter unter ihm nur der leere Bürgersteig.
„Lea?"
Über ein paar alte Eisensprossen stieg er die Dachschräge hoch.
„Hallo, Papa!"
Da stand sie in ihrem blauen Feenkostüm mit Flügelchen, ganz am Rand, wo es steil abfiel zum Hof. *Rühr dich nicht von der Stelle,* wollte er sagen, brachte aber nur ein Krächzen zustande.
Ihr Arm deutete nach oben.
„Schön, oder?"
Mächtige Wolkengebirge thronten am Himmel, mittendrin brachen die Sonnenstrahlen hindurch – das Ölgemälde eines alten niederländischen Meisters. Atemberaubend schön war das, so schön, dass ihm schwindlig wurde.
„Du siehst traurig aus, Papa."
Eine falsche Bewegung, und sie würde abstürzen! Er zwang sich zur Ruhe, und glücklicherweise kehrte seine Stimme zurück:
„Komm her zu mir, dann verrate ich dir mein Geheimnis!"
„Au ja, und ich dir meins!"
Wie über einen Schwebebalken trippelte sie die Dachkante ent-

lang. Endlich bekam er ihre Hände zu fassen, zog sie zu sich heran, schob sie über die Schräge aufs Baugerüst, die Leiter hinab und durchs Fenster zurück in ihr Zimmer.
Eine ganze Weile lag er, seine Tochter im Arm, auf ihrem Delphin-Teppich, versuchte ruhig und gleichmäßig zu atmen, die Bilder wegzuatmen. Wie sie kopfüber in die Tiefe stürzte. Wie er sich hinter ihr her warf, weil endgültig alles sinnlos geworden war. *Wie konntest du mir so einen Schrecken einjagen?*
„Ich höre dein Herz klopfen, Papa", brach sie das Schweigen. „Du weißt ja, dass ich im Feental zaubern gelernt habe … Ich kann aber nicht nur zaubern, sondern auch fliegen. Das ist mein Geheimnis!"
„Und wohin wolltest du fliegen?"
„Ins Feental, wegen Carlo. Er hat große Probleme. Und was ist jetzt dein Geheimnis?"
„Es hat auch mit dem Feental zu tun", sagte er. „Ich weiß, wie man hinkommt: das Sonnentor in den Wolken – da ist der Eingang."
Ihre Augen leuchteten.
„Woher weißt du das?"
„Weil ich dort gewesen bin!"
„Also weißt du auch, dass Carlo unter den Einfluss der Schwarzen Hexe geraten ist? Und welche Gefahr dem Feental droht?"
„Gefahr?"
„Die Einhörner verlieren ihre Hörner. Die Wölfe können nicht mehr heulen. Den Löwen fallen über Nacht die Zähne aus. Aber das Schlimmste ist, dass die Flügel der Feen verwelken. Dann können sie nämlich nicht mehr fliegen."
„Und da wolltest du ausprobieren, ob deine Flügel auch … ?"
„Ja."
„Die Schwarze Hexe kommt ja aus dem Vernichtungsland, wo alles leblos und grau ist", ließ er seiner Phantasie freien Lauf.

„Nun versucht sie, das Feental unter ihre Herrschaft zu bringen. Deshalb hat die Königin allen Feen vorläufig ein Flugverbot erteilt. Sie will nicht, dass einer von euch etwas passiert."
„Aus dem Vernichtungsland", hauchte Lea. „Das wusste ich nicht. Du musst mir helfen, Papa!"
„Wobei?"
„Carlo zu retten."
„Vorher müssen wir aber etwas Grundsätzliches klarstellen. Du weißt, dass unsere Wirklichkeit und das Feental zwei verschiedene Welten sind. Das weißt du doch, oder?"
Ihr trotziger Blick ließ zumindest daran zweifeln, dass sie es akzeptierte.
„Es ist wichtig, diese beiden Welten nicht zu vermischen. Wir können im Feental fliegen, aber nicht vom Dach unseres Hauses. Solange ich Angst haben muss, dass du aus dem Fenster kletterst, kann ich dir mit Carlo nicht helfen."
„Ich verspreche, nicht mehr aus dem Fenster zu klettern", erklärte Lea feierlich.
„Gut, dann gehen wir jetzt frühstücken."
Sie umarmte ihn.
„Du bist meine Zaubertochter!", flüsterte er.
„Und du mein ..." – sie drückte ihm einen nassen Kuss auf die Wange, während sie nach dem Wort suchte – „... Bereitschaftspapa!"
Sandra hatte den Tisch schon halb abgeräumt.
„Echt super, unser gemeinsames Familienfrühstück!", ätzte sie.
Lemberger warf ihr einen beschwörenden Blick zu.
„Wir waren zusammen im Feental ..."
Kopfschüttelnd rauschte sie hinaus.
„Du wirst wirklich immer kindischer!"

Wie immer hatte sich Mutter große Mühe gegeben. Ein Tulpenstrauß stand auf dem liebevoll gedeckten Tisch, vor jedem Teller lag ein von Ostern aufgespartes Schokoladenhäschen, und es duftete nach frisch gebackenem schlesischem Mohnkuchen. An der Wand prangte im Goldrahmen wie eh und je die *Schneekoppe* oder *Śnieżka,* wie sie heute hieß. Auch Christophs Bruder Rüdiger war mit seiner Frau zum Brunch gekommen, trotzdem war die Stimmung gedrückt. Schwierig waren solche Familientreffen immer gewesen, weil die Familie schwierig war, dominiert von der ewigen Dynamik zwischen einem stockautoritären Vater, gegen den sich die beiden Söhne auflehnten, und einer unentwegt vermittelnden und abwiegelnden Mutter, die alle Konflikte mit einer süßlich-verlogenen Harmoniesoße übergoss. Seitdem Vater an Alzheimer erkrankt war, war alles anders, wenn auch nicht unbedingt leichter geworden. Jahrzehntelang verhärtete Fronten hatten sich aufgelöst, alte Gewissheiten stimmten nicht mehr. Welch böse Ironie, dass ausgerechnet er, der den Wert eines Menschen zeitlebens nur nach dessen Leistungsfähigkeit und Willenskraft beurteilte, der Mitleid für ein Zeichen von Schwäche hielt, nun selbst zum Pflegefall geworden war, abhängig von der aufopferungsvollen Fürsorge seiner Frau.

„Dorota konnte leider nicht", teilte Christoph mit, als alle am Tisch saßen. „Sie ist im Stress wegen ihrer Diplomarbeit."

„Wie schade", bedauerte Mutter. „Wir würden sie gern kennenlernen, nicht wahr, Arthur?"

Vater nickte.

„Dann hätte er endlich eine funktionierende Nachttischlampe."

„Nein, es geht um Christophs Freundin", erklärte Mutter geduldig. „Stell dir vor, sie ist auch aus Breslau."

„Aus Breslau?" Auf Vaters Gesicht zeichneten sich Erstaunen

und Bestürzung ab. „Da würde ich sie dringend bitten, mir meine Märklin-Eisenbahn mitzubringen. Sie steht auf dem Dachboden."
„Schlagen die neuen Medikamente nicht an?", fragte Rüdiger. „Es ist ja noch schlimmer als beim letzten Mal."
Vater richtete sich auf und fuchtelte mit den Armen. Mit seinen militärisch kurz geschnittenen grauen Haaren und den hageren Gesichtszügen sah er aus wie die Karikatur eines preußischen Generals.
„Beim letzten Mal hat Fräulein Pacholke vergessen, sie mitzugeben. Wenn das nochmal passiert, müssen wir uns nach einem neuen Dienstmädchen umsehen!"
Christoph klopfte ihm besänftigend auf die Schulter.
„Hast ja recht, Papa. Ich kümmere mich um die Eisenbahn und mache Fräulein Pacholke Dampf."
„Dampf", echote Vater. „Ja, sie dampft durch das halbe Riesengebirge, auf dem Weg von Hirschberg nach Schreiberhau. Hat Onkel Heinz alles ganz toll nachgebaut, maßstabsgetreu."
„Bei uns gibt´s auch jede Menge tolle Neuigkeiten", fiel Rüdiger ein.
Seine Frau und er waren beide in der IT-Branche tätig und schafften es bei jedem Familientreffen, ihre banalen Alltagserlebnisse in epischer Breite auszuwalzen, bis alle ganz kribbelig wurden. Heute drehten sich ihre Erzählungen um den geplanten Kauf einer neuen Couchgarnitur und eine Umstrukturierung in Rüdigers Unternehmen. Nach kurzer Zeit schaltete Christoph ab. Vielleicht war es ein Glück, dass Dorota nicht mitgekommen war. Der Eindruck, den sie hier gewann, konnte sich nur negativ für ihn auswirken. Andererseits wäre es gerade deshalb ein guter Beziehungstest gewesen.
„Was ich dich schon lange mal fragen wollte", nutzte er eine kleine Gesprächspause, um den gerissenen Faden mit Vater

wieder aufzunehmen. „Nach Kriegsende habt ihr doch im Riesengebirge noch eine Zeit lang mit Polen zusammen gelebt, oder?"
Vater lehnte sich zurück und heftete seinen Blick auf das Gemälde an der Wand.
„Außerhalb der Saison haben Onkel Heinz und Tante Erika immer ein Bett frei. Und die Zimmer sind alle mit Blick auf die Schneekoppe. In fünf Minuten ist man bei der *Kirche Wang*, von dort geht es hinein in Gottes schöne Welt!"
„Ihr habt im Haus von Onkel Heinz gewohnt, bis die Polen kamen, nicht wahr? Dann mussten die deutschen Familien raus, und polnische zogen ein. Aber in der Übergangszeit haben sie noch eine Weile in denselben Häusern zusammen gelebt. Kannst du dich daran erinnern?"
„Niederschlesien ist nie polnisch gewesen!", brauste Vater auf. „Auf einmal heißt es: *Raus, raus!*, und man wird aus seinem Haus geworfen wie ein räudiger Hund!"
Mutter zog die Augenbrauen hoch, und Rüdiger räusperte sich laut, aber Christoph ließ sich nicht beirren.
„Hatten die Polen, die bei euch einquartiert wurden, auch Kinder?"
„Kinder", murmelte Vater, als würde er das Wort wie ein Bonbon von einer Backe in die andere schieben. „Die wohnen jetzt alle in unserer Wohnung, und wir sind unters Dach gezogen. Ziemlich eng. Von denen bekommen wir Milch und Eier, dafür gibt ihnen Tante Erika von unserem Eingemachten: Schmorgurken, Bohnen, Kürbis aus eigenem Anbau. Auch Pilze und Blaubeeren, die wir im Wald gesammelt haben. Nur kein Brot, das kommt von Bäcker Pietsch."
Mutter nickte.
„Der beste Bäcker in Krummhübel, nicht wahr, Arthur?"
„Sogar die Polen wollten, dass er bleibt", fuhr Vater fort. „Eines

Tages kam ein betrunkener russischer Soldat und hat seine Frau belästigt. Als er dazwischen ging, hat der Russe ihn einfach erschossen. Die Frau hat sich noch am selben Tag aufgehängt."
„Das ist traurig", sagte Christoph. „Weißt du noch, wie die Leute hießen, die bei Onkel Heinz ins Haus gezogen sind?"
„Wenn es nach ihnen ginge, könnten wir bleiben. Aber die Miliz lässt das nicht zu. Kamil hat uns gewarnt, sonst hätten wir nicht einmal Zeit gehabt, das Nötigste zu packen. *Raus, raus!* Das ganze Dorf, zu Fuß bis nach Hirschberg. Über Stock und Stein. Wer hinfiel, blieb einfach liegen. Am Bach haben uns Banditen die letzten Habseligkeiten weggenommen. Wie heißt noch dieser Bach zwischen Krummhübel und Raschken? Jedes Frühjahr wird er zu einem reißenden Fluss, wie heißt er noch gleich ..."
Vater sank in sich zusammen und starrte auf den Mohnkuchen.
„Wieso musstest du das jetzt aufwühlen?", sagte Rüdiger kopfschüttelnd. „Das hat dich doch nie interessiert!"
Jahrelang hatte sich Christoph mit Vater über Politik gestritten, war gegen eine Wand aus *ewiggültigen Wahrheiten* angerannt, hatte sich aufgerieben, bis beide Seiten allmählich verstummten. Doch für Vaters konkrete Erlebnisse hatte er sich nie interessiert, da musste er seinem jüngeren Bruder recht geben. Den Verlust der Heimat hatte er immer als eine Art Strafe für die Verbrechen der Nazis angesehen. Vater war zwar erst zehn Jahre alt gewesen, als der Krieg zu Ende ging, und die Mitgliedschaft in der Hitlerjugend konnte man ihm nicht ernsthaft zum Vorwurf machen. Aber seine Eltern, Christophs Großeltern, hatten Hitler gewählt – nahm er jedenfalls an. Hatten sie wirklich? Wenn er ehrlich war, wusste er kaum etwas über die Geschichte seiner Familie. Ihre Verstrickung in das NS-System hatte er allein dadurch als gegeben angesehen, dass sie in dieser Zeit ihr Leben gelebt hatten. Darin bestand ihre Schuld. Mit dem gleichen

Recht würden seine Nachkommen – so er denn jemals welche haben würde – ihn später für Schuldenkrise, Klimakatastrophe und den Hunger in der Dritten Welt verantwortlich machen. Lauter kleine Holgers: vorwurfsvoll, selbstgerecht, unerbittlich. Keine angenehme Aussicht.

„Vater muss sich ausruhen", seufzte Mutter. „Erzähl noch rasch etwas von dir, Christoph."

„Gestern hatte ich einen interessanten Fall."

Er erklärte, was es mit dem *Enkeltrick* auf sich hatte.

„Da musst du dir keine Sorgen machen", beruhigte Mutter. „Wir passen auf. Nicht wahr, Arthur?"

Mit einem Ruck schreckte Vater aus seiner Erstarrung auf.

„Greif mal einem nackten Mann in die Tasche! Sie haben uns ja alles weggenommen an der Rothwasser, zwischen Krummhübel und Raschken."

„Ist dir der Name also doch noch eingefallen", lobte Christoph.

Vater kicherte.

„Das müssen wirklich ausgesprochen dumme Räuber sein! *Enkeltrick* – wir haben doch gar keine Enkel!"

Nachmittags wollte Sandra unbedingt zum Frühlingsfest im Kiez, auf dem ihre beste Freundin Heti mit einer Trommelgruppe auftrat. In farbenfrohen Gewändern bewegten sich die Frauen zum Rhythmus der Musik und lachten dabei, oder besser gesagt, sie zeigten die Zähne, denn dieses Lachen war eine Demonstration. *Seht her,* wollte es sagen, *wir sind so unglaublich locker und lässig mit unserem südamerikanischen Temperament und unserer weiblichen Sinnlichkeit, alles andere als typisch deutsch!* Alle waren sie dort versammelt: Heti, deren Ex vor Jahren mit einer Jüngeren durchgebrannt war und die seitdem ihren Männerhass kultivierte. Wann immer Lemberger Gesprächsfetzen aufschnappte, hörte er Verbiestert-Negatives: „Das würde ich mir nicht bieten lassen", „Du musst endlich an dich denken", „DEM würde ich ja was erzählen". Die Erzieherin Gundula, die mit ihrer psychologischen Halbbildung jedes Gespräch auf *Geschwisterkonstellationen* und *frühkindliche Sozialisationsphasen* brachte und Allgemeinplätze als welterschütternde eigene Erkenntnisse vortrug. Oder die dicke Kerstin, in einen bunten Sack gekleidet und mit magischen Steinketten behängt, die in ihrer Wohnung unverkäufliche Kunst fabrizierte und von der Sandra immer schwärmte: „So eine tolle Frau!", worauf Lemberger nur dachte: *Wieso ist sie dann so fett? Warum findet sie keinen Partner?*

Sie standen nach der Trommelvorstellung um Heti herum, eine Traube gackernder und glucksender Hühner. Lemberger wurde immer missmutiger. Sandra zog ihr Ding durch, und er selbst musste einen Sack Flöhe namens Lea hüten. Ständig lief sie weg, verschwand im Gedränge und er hinter ihr her, was sie als eine Art Einkriegespiel missverstand. Natürlich stolperte sie irgendwann und schlug sich das Knie auf. Zum Glück hatte er ein Pflaster dabei.

Nichts davon bekam Sandra mit, doch als er seine maulende Tochter wieder einmal von der Straße zog, motzte sie ihn plötzlich vor ihren Freundinnen an: „Lass sie endlich ihre eigenen Wege gehen!"

„Du verstehst gar nicht, was Sache ist!"

„Ich verstehe sehr wohl. Aber du kannst nicht an einem Tag nachholen, was du das ganze Jahr über versäumst!"

Er hatte sich auf den Tag mit der Familie gefreut, irgendwie doch noch auf eine Wende zum Besseren gehofft. Nachdem Sandra mit diesem Auftritt seine Hoffnungen zerstört hatte, überwältigte ihn das Bedürfnis, etwas für sich selbst zu tun. Also ließ er Frau und Tochter stehen und fuhr in die Therme, wo er sich ins warme Solebecken legte. Wolken zogen jenseits der Plexiglasabdeckung über ihn hinweg. Bleiben oder gehen? Wenn er auszog, würden die Kinder öfter an den Wochenenden zu ihm kommen, womöglich hätte er dann mehr Zeit für sie als bisher. Nur wofür? Früher hatten Aaron und er mit der Carrerabahn gespielt. Heute gab es für gemeinsame Unternehmungen keinen Raum mehr und keine Ideen.

Durch die dunkler werdenden Wolken fielen erste Tropfen, kurz darauf trommelte ein Platzregen aufs Dach. Das war´s für Sandras Kiezfest. Gut auch für die Lage in Kreuzberg und seine dort eingesetzten Kollegen, der Schauer würde die Leidenschaften abkühlen.

Er wechselte hinüber ins Schwimmbad, tauchte im kalten Wasser vier Meter tief auf den Grund und ließ langsam den Atem entweichen. Von oben fiel das Licht wie durch einen Tunnel in seinen unterirdischen Raum. Für einen Moment stand die Zeit still. Als er wieder auftauchte, brachte er einen Satz mit: *Besser ein Ende mit Schrecken als ein Schrecken ohne Ende.*

Nach dem beklemmenden Kaffeekränzchen bei seinen Eltern stieg Christoph am Görlitzer Bahnhof aus und stürzte sich ins Getümmel. Es gab einen kurzen, kräftigen Regenguss, der jedoch die gute Stimmung auf den Straßen nicht trüben konnte. Die feuchte Abendluft duftete nach fernen, unbekannten Welten. Leute saßen mitten auf der Fahrbahn, irgendwo sang einer zur Gitarre: „If you wanna live high, live high…“ Mannschaftstransporter der Berliner Polizei patrouillierten im Schritt-Tempo durch die Nebenstraßen. Eigentlich waren die sich in diesen Wochen häufenden Demonstrationen Ausdruck purer Lebensfreude, eine Art Begrüßungsritual für den Frühling. Nach dem langen Berliner Winter ging man auf die Straße, um zu demons-

trieren, dass man noch nicht tot war.
Als vermummte Autonome begannen, aus Müll und Autoreifen Straßenbarrikaden zu errichten und diese anzuzünden, machte er sich auf den Heimweg. Er wollte sich nicht ablenken, wollte die eigenen Erinnerungen aushalten, die bei jedem Schritt schmerzhafter wurden. Die Bergmannstraße, Ort seines ersten Rendezvous mit Dorota. Oben am Schinkel-Denkmal, wo es zwischen ihnen begonnen hatte zu knistern. Bezaubert war er gewesen und zugleich auf der Hut, darauf gefasst, immer kleiner zu werden, wie immer, wenn er sich verliebte. Aber dieser Effekt war nicht eingetreten. Vor dem abendlich illuminierten Wasserfall am Fuße des Kreuzberges hatten sie sich das erste Mal geküsst. Warum tat er sich das an? Es war sinnlos und selbstzerstörerisch, einer Frau nachzuhängen, die ihm so offensichtlich die kalte Schulter zeigte. *Vortäuschung eines Näheverhältnisses* – das traf den Nagel auf den Kopf: *Der Angeklagten Dorota Milewska wird vorgeworfen, ein vielversprechendes Näheverhältnis vorgetäuscht bzw. aus niedrigen, für den Geschädigten nicht nachvollziehbaren Beweggründen aufgelöst zu haben. Aufgrund der Schwere ihrer Schuld kann die gegen sie verhängte Strafe NICHT zur Bewährung ausgesetzt werden!*
Die Hoffnung, die beim Klingeln seines Handys schlagartig aufkeimte, strafte alle seine Vorsätze Lügen: Er würde das Urteil sofort aufheben, wenn sie es sich anders überlegt hatte, wenn sie doch noch etwas für ihn empfand!
„*Dzień dobry*“, sagte eine Männerstimme.
„*Dzień dobry*“, entgegnete er und formulierte im Kopf schon die Absage. Er war es leid, für ein lächerlich geringes Honorar immer dieselben Geburts- und Heiratsurkunden zu übersetzen.
„Sie sind mir empfohlen worden“, begann der Mann.
„Von wem?“

„Von meiner Cousine Dorota. Ich heiße Mariusz."
Sie hatte nie von ihm erzählt. So vieles wusste er nicht von ihr. Mariusz war geschäftlich in Berlin und suchte dringend einen Dolmetscher. Dorota halte sich seit einigen Tagen bei ihren Eltern in Breslau auf, erklärte er. Auf sein Drängen habe sie ihm seine Nummer gegeben. Es gehe um eine sehr wichtige Besprechung, die ihn kaum länger als eine Stunde in Anspruch nehmen werde.
„Wie geht es ihr?", fragte Christoph. „Ist alles in Ordnung?"
„Ich denke schon."
„Warum ist sie zu ihren Eltern gefahren?"
„Keine Ahnung."
„Gut, ich werde da sein", sagte er, nachdem er Zeit und Treffpunkt notiert hatte.
Zu spät fiel ihm ein, dass er vergessen hatte, einen Preis zu vereinbaren. Doch diesen Auftrag hätte er auch kostenlos übernommen, so groß war seine Sehnsucht nach Dorota und allem, was irgendwie mit ihr in Verbindung stand.

7.

Auch in diesem Jahr war es am Abend des 1. Mai zu gewalttätigen Ausschreitungen gekommen. Karnicki hatte, wie versprochen, seinen Innendienst übernommen und davon ebenso wenig mitbekommen wie Elena und Uvloff, die sich die halbe Nacht mit vergeblichem Lauern auf die *Dracula*-Bande um die Ohren geschlagen hatten. Dafür war Valeri Smid, der die „Revolutionäre Mai-Demo für Frieden, Respekt und totale Gerechtigkeit“ in Zivil begleitet hatte, von einem Pflasterstein am Knie getroffen worden und fiel für die geplante Observierungsmaßnahme aus. Stefan erklärte sich spontan bereit, für ihn einzuspringen.
Kurz vor neun fuhren sie los. Während eine unentwegt gähnende Elena auf den Hermannplatz zusteuerte, hielt Lemberger über Funk Kontakt mit Karnicki und Uvloff.
Die beiden waren bereits vor Ort und observierten den Platz vom obersten Stock des großen Warenhauses. Von dort aus sahen sie Boudari und seinen Sohn Zafer um neun Uhr ein Schnellrestaurant auf der gegenüberliegenden Seite des Platzes betreten, wo sie sich in der dazugehörigen Caféecke niederließen. Dass die Zielpersonen bereits eine halbe Stunde vor dem verabredeten Termin eintrafen, beide erst minutenlang telefonierten und hinterher wild gestikulierend miteinander zu streiten schienen, verstärkte den Eindruck, dass es bei dem anstehenden Geschäft um etwas Wichtiges gehen musste.
Jenny und Stefan platzierten sich an einem der Nebentische. Elena und er würden das Geschehen vom Platz selbst aus im Blick behalten. Zwischen den beiden Kollegen im Kaufhaus gab es schon wieder Zoff. Uvloff wollte die Position halten, Karnicki hingegen in den Wagen umziehen, der nahe dem Schnellrestaurant

am Straßenrand stand. Lemberger gab Karnicki recht. Es war sinnvoll, die Kräfte am Ort des Geschehens zu bündeln.
Da sie am Hermannplatz keinen Parkplatz fanden, stellten sie ihren Wagen zwei Querstraßen weiter ab und gingen ein Stück zu Fuß. Es war zehn nach neun.
Nach wenigen Schritten blieb Eli stehen und sog die Luft ein: „Riechst du das auch?"
Nachts hatte der Regen den gelben Blütenstaub der Straßenlinden auf die Gehwege gespült. In ihren süßlichen Duft mischte sich mit gleicher Intensität eine andere Note, die offensichtlich von den zahlreichen Häufchen mitten auf dem Bürgersteig ausging, zwischen denen sie regelrecht Slalom laufen mussten. Man sah viele Tupfer von frischem Grün, aber die ganze Straße dünstete nach – Hundescheiße.
„Das ist der Frühling von Neukölln!", bemerkte er, während er sein Funkgerät im Ohr verstöpselte. „Wahrscheinlich wächst das hier mittlerweile an den Bäumen."
Wann immer er in diese Gegend kam, schien sie ihm noch ein Stück weiter heruntergekommen. Überall Ein-Euro-Shops, Handyläden und Spielhöllen, beschmierte Hausfassaden und zerstörte Telefonzellen. Noch ein Stück fremder. Die fröhlichbunten Multikulti-Zeiten zwischen Sonnenallee und Karl-Marx-Straße waren längst vorbei, hier dominierte nur noch eine Kultur. Die Tücher, mit denen sich die Frauen verhüllten, wurden immer dunkler und ließen immer weniger von ihren Gesichtern erkennen. Viel zu viele der dazugehörigen Männer saßen in den Teehäusern zwielichtiger „Kulturvereine", viel zu viele ihrer Söhne lungerten auf der Straße herum. Es war lange her, dass

Lemberger Bekannte gehabt hatte, die hier wohnten. Sie alle hatten die Gegend spätestens dann verlassen, wenn ihre Kinder schulpflichtig wurden, waren nach und nach fortgezogen, unaufhaltsam, wie die Elben aus Mittelerde.

Elena und er überquerten die Straße und drängten sich durch eine Rotte von Junkies, die oben die Treppe zum U-Bahnhof verstellten, wo sie von ihren Dealern aus einer der sich hier kreuzenden U-Bahnlinien problemlos mit Nachschub beliefert werden konnten. Dann umrundeten sie einmal den Platz.

Der Hermannplatz, der die Grenze zwischen Kreuzberg und Neukölln markierte, war eine breite Spange zwischen zwei Fahrbahnen und überwachungstechnisch ein Alptraum: rechts das riesige Kaufhaus, in dessen Obergeschoss Uvloff und Karnicki gestanden hatten, links kleine Läden und Lokale mit unübersichtlichen Höfen und Hinterausgängen. An den beiden Stirnseiten gingen sechs große Straßen ab, hinzu kamen diverse U-Bahnausgänge. In der Mitte des eigentlichen Platzes stand die Bronzeskulptur *Tanzendes Paar*, rings herum wurden auf einem orientalischen Basar Lebensmittel, Haushaltswaren und Kleidung feil geboten. Noch war nicht viel Betrieb. Vorwiegend ältere, beleibte Frauen mit Kopftüchern wackelten zwischen den Marktständen umher und füllten ihre Einkaufsroller, neben dem Denkmal fotografierte irgendein Schnösel eine hochgewachsene Blondine im kurzen rotbraunen Lackledermantel, wie beim Fotoshooting für eine Modezeitschrift.

Lemberger schaute auf die Uhr. Noch eine Viertelstunde. Hoffentlich lohnte der Aufwand. Sie nahmen ihre Beobachterposition am Stehtisch einer Dönerbude ein, wo Elena sich einen Riesenbecher schwarzen Kaffee holte. Dort hatten sie freie Sicht auf das Schnellrestaurant, von dem sie nur durch die Fahrbahn in Richtung Sonnenallee getrennt waren. Die Zielpersonen saßen weiterhin in einer Sitzecke am Ende des Raumes. Boudari telefonierte schon wieder. Den Tisch davor belegten Jenny und Stefan, lebhaft ins Gespräch vertieft. Über den Kopfhörer waren Bruchstücke zu vernehmen. Es ging um Stefans chronisch kranke Frau, ein Thema, das ihn naturgemäß sehr beschäftigte.

„Haltet ruhig ein bisschen Händchen", witzelte Lemberger, „dann ist die Tarnung perfekt."

Jenny wandte kurz ihr Gesicht zur Straße und schnitt eine Grimasse.

„Das ist ja der Hammer…", trötete Karnicki in sein Ohr.

Vom Columbiadamm her steuerten zwei Männer auf den Eingang des Schnellrestaurants zu. Der eine war ein drahtiger Handwerkertyp von Anfang dreißig mit Jeansweste und Pferdeschwanz. In dem anderen erkannte Lemberger zu seinem Erstaunen Christoph Mollwitz.

Karnickis Stimme wurde unangenehm hoch.

„Der Dolmetscher hängt mit drin! Tut aber immer, als könnte er kein Wässerchen trüben."

„Schrei nicht so, Jörg", murmelte Lemberger in sein Mikro. „Jenny und Stefan sofort raus!"

„Aber dann kriegen wir nicht mit, worum es geht", widersprach Karnicki.

„Mollwitz kennt sie vom Sehen, wir können nicht die ganze Aktion gefährden!"

Glücklicherweise klappte das Manöver. Kaum hatten die Neuankömmlinge in der Sitzecke Platz genommen, standen die beiden Kollegen auf und verließen das Lokal. Der Dolmetscher saß mit dem Rücken zur Tür und schien keinen Verdacht geschöpft zu haben.

Sie hatten sich auf dem U-Bahnsteig getroffen. Dorotas Cousin war älter als er und machte einen angespannten Eindruck. Christoph brannte darauf, mehr über Dorota zu erfahren, doch für Smalltalk oder auch nur ein paar Worte zu der geplanten Transaktion war keine Zeit.

„Wir müssen pünktlich sein", drängte Mariusz, „von diesem Geschäft hängt sehr viel für mich ab."

Christoph war sich unsicher, wie viel der Cousin über seine Beziehung zu Dorota wusste. Wahrscheinlich hatte sie niemandem von ihm erzählt, sie war ja die Diskretion in Person.

„Wohnen Dorotas Eltern direkt in Breslau?", fragte er unvermittelt, als sie an einer Ampel warten mussten.

„Nein, in Krzyki, einem südlichen Vorort", lautete die Antwort. Da Mariusz seinen Schritt noch einmal beschleunigte, blieb Christoph nichts anderes übrig, als ihm über den ganzen Hermannplatz hinterherzulaufen.

Hier um die Ecke hatte er früher jahrelang gewohnt und konnte sich gut vorstellen, wieder herzuziehen. Einst im schmuddeligen Hinterhof der Stadt gelegen, war die Gegend momentan sehr angesagt, nicht nur bei Künstlern und Studenten. In diesem bunten und anregenden *Melting pot* der Kulturen und Mentalitäten konnte man den ganzen Tag in einem der unzähligen Cafés sitzen und den unterschiedlichen Sprachen und Akzenten lauschen. Da die Spekulation mit Wohnraum entsprechend zunahm, stiegen die Mieten. Alte Bewohner zogen fort, neue nahmen ihren Platz ein. Die Gegend um den Hermannplatz war die ganze Welt im Miniformat, ein Gleichnis des Lebens: permanent im Wandel.

Mariusz betrat ein Schnellrestaurant und steuerte auf zwei unfreundlich dreinblickende Männer zu. Der Ältere trug einen hellen Anzug, der Jüngere ein schwarzes Oberhemd mit Goldkette. *Pate* und *Bodyguard,* das konnte ja heiter werden. Er nickte den beiden zu, als er sich neben dem Cousin niederließ, aber es kam keine Reaktion. Die Stimmung war so eisig, dass er den Gedanken verwarf, sich einen Milchkaffee zu bestellen. Auch Mariusz wollte nichts trinken.

„Kommen wir gleich zur Sache", begann er. „Ich habe etwas, das Sie interessiert. Meine Frage wäre, wie sehr es Sie interessiert."

„Um was für ein Objekt handelt es sich?", hakte Christoph nach. „Das müsste ich schon wissen, um übersetzen zu können."

„Um eine Tasche. Besser gesagt, um deren Inhalt."

„Was denn nun?"

„Übersetz einfach, was ich gesagt habe. Der *Arab* versteht mich schon."

Schon wieder jemand, der nicht imstande war, klar zu formulieren, worum es ging. Und der überhaupt keine Ahnung hatte, dass damit auch Übersetzungsfehler vorprogrammiert waren, die hinterher gern dem Dolmetscher angelastet wurden.

„Wie sehr interessiert Sie die Tasche beziehungsweise deren Inhalt?", wandte er sich an den Älteren. „Wie viel Geld möchten Sie dafür aufwenden?"

„ER soll sagen, was er will!", lautete die unfreundliche Antwort.

Christoph übersetzte und sah Mariusz fragend an.

„Hunderttausend", entgegnete dieser auf Deutsch, ohne eine Miene zu verziehen.

Das Lachen des *Paten* klang wie ein defekter Staubsauger.

„Ihr wisst nicht, was ihr da macht. Diese Sache ist zu groß für euch. Eure einzige Chance: schnell die Tasche zurückgeben und euch freuen, dass ihr LEBT. Versteht ihr das?"

„Das ist nicht sein letztes Wort", sagte Mariusz zu Christoph. „Diese Arabs wollen doch immer feilschen."

Der junge Begleiter knurrte etwas auf Arabisch, so schnell, dass Christoph nur ein einziges Wort verstand: „noun", *Freund*.

Darauf begann der Ältere zu schimpfen und holte aus, als wolle er zuschlagen.
„Es gibt da so ein Sprichwort", rutschte es Christoph heraus. *„Bas enti t´achke, lesem jkoum djauebak, ´achsan min sukuutak."* *Wenn du redest, muss deine Rede besser sein als dein Schweigen.*
Der *Pate* starrte ihn an, wie vom Schlag getroffen.
„Sie sprechen Arabisch?"
„Ich habe angefangen, es zu lernen", antwortete Christoph auf Deutsch. „Entschuldigen Sie, ich hätte mich nicht einmischen sollen."
„Kein Problem", lächelte der Mann, aber seine Augen lachten nicht mit. „Ich will Ihnen mit einem anderen Sprichwort antworten: *Hast du ein Geheimnis, ist es dein Gefangener. Lässt du es frei, bist du sein Gefangener.*"
„Du sollst für mich dolmetschen und keine Privatgespräche führen", sagte Mariusz irritiert und wandte sich erneut an den *Paten*: „Wollen Sie nicht wissen, wo die Tasche ist?"
„Das wissen wir sowieso."
„Und warum treffen wir uns dann überhaupt?"
„Jeder soll die Chance bekommen, einen Fehler wiedergutzumachen."
„Ich steige hier aus", sagte Christoph zu Mariusz. „Mit einem solchen Geschäft will ich nichts zu tun haben."
Dorotas Cousin zuckte die Achseln.
„Dann kriegst du auch kein Geld."
„Ich will dein Geld nicht!"
Als er aufstand, griff Mariusz in seine Jackentasche und reichte ihm einen Briefumschlag.
„Hier, von Dorota."
Christoph steckte den Umschlag ein und wandte sich zum Gehen.
„Wenn du rausgehst, fangen die Probleme an", drohte der *Pate*.

„Große Probleme!“
„Ich bin nur der Dolmetscher“, erwiderte er.
An der Tür drehte er sich noch einmal um. Alle drei Männer hatten ihre Handys am Ohr.

„Das ging ja schnell“, wunderte sich Lemberger neben der Dönerbude, als Mollwitz das Café verließ und sich in Richtung U-Bahn entfernte.
Elena tippte ihn an und deutete in Richtung Markt.
In der Gasse zwischen den Verkaufsständen ragte das Denkmal mit den beiden Bronzefiguren empor. Auf seinem Sockel stand die Ledermantel-Blondine. Das Objektiv der Digitalkamera in ihren Händen zielte auf das Schnellrestaurant. Von ihrem Begleiter war nichts zu sehen. Lemberger pfiff durch die Zähne und nickte Eli zu. Sie knautschte ihren leeren Kaffeebecher in einen überfüllten Mülleimer und machte sich auf zum Denkmal.
„Zwei alte Bekannte aus Richtung Sonnenallee“, meldete Karnicki.
Die beiden Männer, die sich auf dem Gehweg näherten, konnten unterschiedlicher nicht aussehen, obwohl sie die gleichen billigen Jogginganzüge trugen. Der eine war ein braungebrannter Gnom mit tätowierten Armen, der andere ähnelte einer Riesenbulldogge. Sie machten einen so aggressiven Eindruck, dass entgegenkommende Passanten ihnen ängstlich auswichen.
Lemberger wurde mulmig zumute. Er hatte ganz richtig vermutet: Boudaris *Polen* waren seine Autodiebe! Jetzt war es wichtig, den Überblick zu behalten, Ruhe zu bewahren. Wie unten im Meer, wenn der Sauerstoff knapp wurde. Von Elena und der Blondine war nichts mehr zu sehen. Am anderen Ende des Platzes verschwand der Dolmetscher gerade im U-Bahneingang, und ein paar Meter hinter ihm löste sich aus einer Gruppe von Passanten ein Mann, in dem er den Begleiter der Blondine erkannte.

„Der Verdächtige ist ca. 30 Jahre alt", gab er an Stefan durch, „kurze dunkelblonde Haare, braune Lederjacke, schwarze Jeans, gepflegte Erscheinung. Stell bitte die Personalien fest! Alle anderen rüber zum Schnellrestaurant!"

Gerade als Twardowski und Frejtag den Eingang des Lokals erreichten, stürzte ihnen der Pferdeschwanz entgegen und rief ihnen etwas zu. Gemeinsam rannten sie in den laufenden Verkehr hinein. Autos bremsten und hupten, doch die Männer hatten schon die andere Seite der Fahrbahn erreicht und kletterten wenige Meter von der Dönerbude entfernt über die Absperrgitter auf den Basar.

Die beiden Kollegen aus dem Auto kamen die Straße herunter gelaufen und schlossen zu Jenny auf. Auf der Seite des Schnellrestaurants blieben sie stehen, der Verkehr war zu dicht. Karnicki warf Lemberger einen fragenden Blick zu. Wozu die Hektik? Boudari saß immer noch seelenruhig an seinem Platz. Welchen Grund hatten sie überhaupt, die Männer zu verfolgen?

„Uns interessiert auch dieses Pärchen", sprach Lemberger in sein Mikro. „Elena ist an der Frau dran, Stefan an dem Mann. Bleibt einfach, wo ihr seid, aber geht mir aus Boudaris Blickfeld."

Sein Handy klingelte.

„Dominik", meldete sich Harry, „ich habe was zu deinem heutigen Treffen."

„Später, ist gerade ungünstig."

„Nee, hör mal kurz zu", beharrte sein Tauchkumpel. „An dem Abend, als das heutige Treffen bei Boudari vereinbart wurde, gab es in derselben Funkzelle mehrere Anrufe auf Arabisch, aber auch zwei interessante SMS, eine auf Englisch, die andere auf Russisch."

„Aus Boudaris Räumen heraus?"

„Gut möglich. Auf jeden Fall in unmittelbarer Nachbarschaft zu seinem Autohaus. Die erste Nachricht lautet: *Viktor glaubt, dass du ihn mit dem Brand gelinkt hast*, die zweite: *S. hat das Baby, wir kümmern uns um ihn. Erledigt den Rest!*"

„Danke, Harry", sagte Lemberger und trennte die Verbindung. Russisch war nicht gut, schon gar nicht in Kombination mit Arabisch.

„Eli, hörst du mich? Wir haben eine dritte Partei im Spiel, möglicherweise Russen. Sei vorsichtig!"

Keine Antwort.

Er verließ seinen Standort an der Dönerbude und ging ihr hinterher. Mittlerweile hatte sich der Basar gut gefüllt. Orientalische Musik dudelte, Verkäufer riefen ihre Angebote aus. Vom Denkmal aus konnte er die Hauptachsen des Marktes einsehen. Vier breite Gänge in alle Himmelsrichtungen, etliche kleinere Seitengänge. In einem davon meinte er über die Planen der Marktstände hinweg Elenas wippenden roten Pferdeschwanz zu erkennen, der sich schnell durch einen Strom von Hinterköpfen bewegte. Wieso rannten alle?

Ein dumpfer Knall, wie von einem Chinaböller. Leute drehten sich um. Tauben flogen auf. Aus dem Seitengang, in dem Lemberger eben noch Eli erspäht zu haben glaubte, stieg Rauch empor. Erst ein Schrei, dann viele Schreie. Menschen kamen um die Ecke in den Hauptgang gelaufen, rissen andere mit, eine ältere Frau stolperte und fiel hin. Einige hielten direkt auf Lemberger zu. Es schien ihm, als würden sie sich in Zeitlupe bewegen. Was war hier los? Afghanistan? Die Panik sprang ihn von hinten an und legte sich eiskalt in seinen Nacken. *S. hat das Baby,* flüsterte sie, *erledigt den Rest.*

„Explosion auf dem Hermannplatz", gab er an die Zentrale durch. „Ich wiederhole: schwere Explosion auf dem Hermannplatz! Erbitte Verstärkung!"

Er hörte die eigene Stimme als langgezogenes Blubbern, als würde er versuchen, unter Wasser zu sprechen. Warum waren die Leute im Nebengang schon vor dem Knall gerannt? Seine Hand suchte das Schulterholster. Es war jahrelang her, dass er die Dienstwaffe gezogen hatte. *Tu etwas!*
Zu beiden Seiten des Hauptgangs duckten sich die Händler hinter ihren Ständen. Eine Mutter rannte mit ihrem Kinderwagen. Ihr angstverzerrtes Gesicht half ihm, seine Lähmung zu überwinden. Mit gezogener Waffe lief er los und bog in den Seitengang ein.
Das Chaos war offensichtlich. Umgestürzte Stände. Melonen, Gurken, Tomaten und Auberginen lagen palettenweise auf dem Pflaster, darüber hingen dünne Rauchschwaden. Ein Mann stützte sich auf seinen Stand. Seine grüne Schürze hing ihm in Fetzen vom Leib. Als Lemberger sich näherte, sah er auf, das Gesicht voller Ruß. Der Nachbarstand war nur noch ein Trümmerhaufen, unter Gemüsekisten ragten zwei Beine mit Sportschuhen hervor, zwischen heruntergerissenen bunten Tüchern und Gewändern krümmte sich eine Frau. Lemberger steckte die Waffe zurück ins Halfter, kniete sich neben sie und strich ihr die langen schwarzen Haare aus dem Gesicht. Zwei dunkle Augen blickten ihn an. An Hals und Nacken färbte sich ihre Bluse rot. Stoßweise schoss Blut aus einem kreisrunden Loch in der Schulter.
Er streifte seine Jacke ab und legte sie der Frau als Polster auf die Schulter. Dann nahm er ihre Hand und presste sie darauf.
„Sie müssen drücken!“
Von dem Kistenstapel her kam ein Stöhnen, die Beine bewegten sich. Er schob die obersten Kisten herunter und wuchtete die zusammengebrochene Gemüsetheke beiseite. Darunter erkannte er, trotz der Abschürfungen im Gesicht, Rudolf Frejtag.

„Sind Sie verletzt? *Are you hurt?*"
Der kleine Pole schüttelte benommen den Kopf.
Lemberger vernahm Schritte hinter sich.
„Helfen Sie dem Mann!", sagte er und wollte sich aufrichten, da traf ihn in der Drehung ein heftiger Schlag ins Gesicht. Im nächsten Moment lag er selbst am Boden. Alles drehte sich im Kreis.
„*Kurwa*!", fluchte eine bekannte Stimme, es folgte ein Wortschwall auf Polnisch. Minutenlang kämpfte er gegen Schwindel und Übelkeit, in einem Wirbel aus Geräuschen und Schreien, die er nicht zuordnen konnte.
„Lem!"
Er wollte antworten, doch sein Mund war voller Blut. Mit einem Auge konnte er wieder sehen, erkannte über sich Elenas erschrockenes Gesicht.
„Lem, wir müssen hier weg!"
Mit ihrer Hilfe rappelte er sich auf und spuckte das Blut aus. Sein Kopf dröhnte, als wäre er auf einer Betonplatte aufgeschlagen. Eli legte einen Arm um seine Taille, in der anderen Hand hielt sie ihre Waffe auf das Ende des Seitengangs gerichtet. Auf sie gestützt, humpelte er ein paar Schritte zurück bis zu einem Stand, an dem er sich festhalten konnte.
Aus zwanzig Metern Entfernung sah er, wie Frejtag vergeblich aufzustehen versuchte. Neben ihm umklammerte Elena ihre Pistole mit beiden Händen. Dabei zitterte sie so stark, dass sie das Ziel – was auch immer es war – verfehlen musste. Als er ihrem Blick folgte, sah er am Ende des Seitengangs eine Gestalt abwechselnd auftauchen und wieder verschwinden: das Lack-Model mit den blonden Haaren. Die Frau bewegte sich flink und geschmeidig wie eine Zirkusartistin, kam Stand um Stand näher, in der Hand eine Pistole mit Schalldämpfer. Schon stand

sie dort, wo er eben noch gelegen hatte, direkt neben Frejtag, der es inzwischen in die Vierfüßlerposition geschafft hatte. Was nun folgte, schien so irreal, dass Lembergers Verstand sich weigerte zu glauben, was sein Auge sah. Die Frau hielt dem kleinen Polen die Waffe an den Kopf und drückte zweimal ab. Plop-Plop machte es, dann sackte er in sich zusammen.
„Verdammter Mist!“, schrie Eli und gab mehrere Schüsse hintereinander ab. Holzsplitter spritzten vom Gestänge des Standes, hinter dem die Killerin abgetaucht war.
Klick! Elenas Magazin war leer und die Blondine wieder da. Doch sie schoss nicht, sondern beugte sich vor und verschwand hinter den Ständen. An ihrer Stelle tauchte ein Mann mit auffällig breitem Gesicht auf. Er hob den Arm wie zu einem Abschiedsgruß und bleckte die Zähne, als würde er sie auslachen. Diese gruselige Kaspervorstellung musste ein Ende haben! Lemberger fingerte an seinem Schulterhalfter und torkelte vorwärts, aber Eli zog ihn zurück.
„Nein, Lem!“
Über den Akkord aus Verkehrslärm, Sirenen und Schreien legte sich als irritierend fremder Laut ein metallisches Kollern auf Steinpflaster. Der Breitmaulfrosch hatte einen Würfel gerollt, und ihnen blieb nur, das Ergebnis abzuwarten. Auf einmal durchströmte Lemberger eine tiefe Ruhe. Sequenzen von Bildern spulten sich durch seinen Kopf. Die Gesichter seiner Kinder, auch Sandras. Tauchen im Roten Meer. Ein Delfin, den er zwischen den Korallenschluchten hindurch verfolgte, aber das Tier entwand sich mit eleganten Schwüngen. Auf einmal merkte er, dass er in eine Unterwasserhöhle geraten war, aus der er nicht mehr herausfand. Er saß in der Falle. Hatte den Raum betreten, in dem das Böse wohnte.
„In Deckung!“, hörte er Eli hinter sich schreien.

Gehorsam legte er sich auf den Boden. Die Einhörner verlieren ihre Hörner, die Wölfe können nicht mehr heulen. Den Löwen fallen die Zähne aus. Und den Feen verwelken die Flügel.
Ein Knallblitz wie aus einer riesigen alten Kamera. Für den Bruchteil einer Sekunde war es gleißend hell. Dann versank er in Dunkelheit.

8.

In der imposanten Säulenhalle des U-Bahnhofs Hermannplatz versenkte sich Christoph in die Betrachtung der bunten Emaillekacheln an den Wänden, die aus den Goldenen Zwanzigern des vergangenen Jahrhunderts stammten. War der zwielichtige Cousin doch zu etwas nütze gewesen! Am liebsten hätte er den Briefumschlag sofort aufgemacht, aber die einfahrende U-Bahn war so voll, dass er nur einen Stehplatz neben der Tür fand. Es herrschte ein angespanntes Schweigen, niemand sprach oder lachte. Auf der Suche nach einem Ruhepol für seine Augen verfing er sich an der nächsten Tür im unangenehm stechenden Blick eines Mannes. Schnell schaute er weg. Manche Leute fühlten sich schon provoziert, wenn man sie nur kurz ansah. Spontan beschloss er, die Übersetzungsarbeit an seinem Buch aufzuschieben, sich ein Café zu suchen und dort in Ruhe Dorotas Post zu öffnen.

Der Mann an der Tür sah völlig normal aus: kurze Haare, Lederjacke, um die dreißig. Trotzdem starrte er ihn unverwandt an. Christoph drängte sich zehn Meter weiter durch den Gang. Von einem Bildschirm an der Wagendecke wurden wechselnde Slogans ausgestrahlt: *Berlin ist tolerant* blinkte es vor einer Regenbogenfahne, es folgte ein giftgrünes *Wir gehören alle zusammen,* schließlich ein *Zeig Rassisten die Rote Karte.* Dann ging es mit dem Regenbogen von vorne los. Die optische Dauerberieselung, kontrastiert von den mürrisch-abweisenden Mienen der Fahrgäste, hatte etwas Totalitäres. Wie immer, wenn ein schöner Traum zur allgemein verbindlichen Norm erklärt wurde. Bei *Wir gehören alle zusammen* tauchte der Glotzer wieder auf. Ohne Christoph auch nur einen Moment aus den Augen zu lassen, schubste er sich durch die Menge und ließ sich auch durch böse Blicke und gereizte Bemerkungen nicht abhalten. Langsam wurde es ihm unheimlich. Er konnte den Mann doch nicht vor allen Leuten zur Rede stellten: *Wieso folgen Sie mir? Was gucken Sie so aggressiv?*

Am Südstern kam ihm durch seine Tür der Zufall zu Hilfe, in Gestalt eines alten Bekannten. Dieser sah noch verhärmter aus als bei ihrem letzten Zusammentreffen. Aus einer zu großen Weste wuchs ein dünner Hals mit Totenkopfschädel, der von einem geblümten Kopftuch bedeckt war. Die spindeldürren nackten Ärmchen hielten eine Kindergitarre. Auch heute eröffnete er seinen Auftritt mit dem Spruch, der berlinweit zu seinem Markenzeichen geworden war:

„Bitte um eine Spende für meine Zuversicht!"

Trotz der Enge wichen die Leute zurück, während Christoph sich noch weiter in die Nische neben der Tür drückte. Jetzt hatte er zwischen sich und dem Stalker eine undurchdringliche Menschenwand.

Der Zuversichtsmann – das wusste er von früheren Begegnungen – litt an einer unheilbaren Krankheit und machte jeden Tag in den Öffentlichen Musik, damit er sich hochwertiges Essen leisten konnte. Meist verhunzte er mit seiner dürren Schrakelstimme alte deutsche Volkslieder, so auch heute:

Die Sonne scheint nicht mehr,
so schön als wie vorher,
der Tag ist nicht so heiter,
so liebreich gar nicht mehr.

Dieses Lied hatte Christoph zum letzten Mal in seiner Schulzeit gehört. Und auch wenn der Zuversichtsmann keinen richtigen Ton traf, berührte ihn der Text schmerzlich.

Das Feuer kann man löschen,
die Liebe nicht vergessen,
das Feuer brennt so sehr,
die Liebe noch viel mehr.

Die Bahn erreichte die Station Mehringdamm, wo immer viele Leute ein- und ausstiegen. Er drückte dem Sänger ein Eurostück in die Hand, drängte gleich hinter ihm hinaus, schob sich am Zug entlang bis zur nächsten Tür, wartete, bis sein Verfolger ebenfalls auf dem Bahnsteig stand und stieg wieder ein. Dann ging er im Wagen zurück zu der Tür, aus der er eben ausgestiegen war. Räuber und Gendarm: er drinnen, der andere draußen, immer mit gegenseitigem Blickkontakt. Als das rote Warnlämpchen aufleuchtete, hatte es der Stalker gerade zurück in die U-Bahn geschafft. Im selben Moment zwängte sich Christoph durch die zuschlagenden Türflügel endgültig hinaus und ließ die Bahn passieren. In den Augen des in der Masse eingeklemmten Mannes, der hinter dem Fenster langsam an ihm vorbeirollte, loderte etwas, das er unter anderen Umständen – wäre dies zwischen Menschen, die sich völlig unbekannt waren, nicht ausgeschlossen – für puren Hass gehalten hätte.

Kaum war er nach Polen zurückgekehrt, wurde Swiatelka von Selbstzweifeln geplagt. Das leere Haus wirkte abweisend, die chromblitzende Karosse in seiner Einfahrt wie ein Fremdkörper. Welcher Teufel hatte ihn geritten, diese Aktion in Gang zu bringen? Die bösen Vorahnungen wurden zur Gewissheit, als er Mariusz′ panische Stimme am Telefon hörte:

„Sie haben Rudolf umgebracht!"
Kurz darauf brachte sogar der polnische Rundfunk die Meldung von dem Anschlag in Berlin. Rudolf war tot, der kleine, lustige Rudek, der nie um eine Antwort verlegen gewesen war. Unfassbar! Swiatelka sprach seine üblichen Gebete, was eine gewisse innere Beruhigung zur Folge hatte. Doch Verbindung vermochte er nicht herzustellen. Gott schien unbekannt verzogen. *Kein Anschluss unter dieser Nummer...*
Vom Gebirge her brausten Ausläufer eines heftigen Frühjahrssturms heran, wirbelten durch die alten Pappeln neben seinem Garten. Ehe den anderen Ähnliches zustieß und sich die Katastrophe potenzierte, musste er handeln. Vielleicht konnte er Mariusz und Bogdan dazu bewegen, die Tasche zurückzugeben. Wenn Rudolfs Tod überhaupt einen Sinn haben konnte, war es dieser: umzukehren von dem Irrweg, den er eingeschlagen hatte.

Seit Jahren hatte er keinen handgeschriebenen Brief mehr erhalten. Dorotas wunderschöne Schrift machte ihm in ihrem fast perfekten Deutsch schmerzhaft bewusst, was er verloren hatte:

Christoph,
ich kann nicht mit dir zusammen sein, immer deutlicher sehe ich die Unmöglichkeit. Wenn ich dir sagen könnte: hier hast du dich falsch verhalten. Aber außer, dass du mehr deine eigenen Überzeugungen finden, ein bisschen mehr du selbst sein solltest, kann ich nichts kritisieren. Es ist mehr eine Ahnung: dass wir die gleichen Schwächen haben, zu ähnlich uns sind.
Dorota

Sein Problem war, dass er zu viel bei den anderen war. In die anderen konnte er sich hervorragend hineinversetzen, hatte als Dolmetscher gelernt, ihre Gedanken zu antizipieren, bevor

sie diese aussprachen. Dafür nahm er seine eigenen Gedanken nicht mehr wahr.
Ganze Kolonnen von Feuerwehrfahrzeugen und Krankenwagen rasten heulend an ihm vorbei. Eine passende Untermalung für die Weltuntergangsstimmung, die ihn erfasst hatte. Zugleich begann sein Handy zu klingeln. Karnicki war dran und schien wieder einmal blendender Laune zu sein:
„Mollwitz, wo stecken Sie, verdammt noch mal?"
Er war jetzt nicht in der Lage, zu dolmetschen.
„Wo Sie sind, will ich wissen!"
„In einem Café neben den Yorck-Kinos. Ist es so dringend?"
„Bewegen Sie sich nicht von der Stelle", brüllte Karnicki. „Ich hole Sie ab!"
Was für eine lächerlich hohe Stimme! Der Mann, den sie *Karnickel* nannten – gut vorstellbar, dass sich hinter seiner ganzen Gereiztheit und Pampigkeit so ein ängstliches und verhuschtes Tier verbarg.
Wenig später raste ein Opel mit aufgesetztem Blaulicht auf die Einfahrt von Riemers Hofgarten. Christoph schob seine Lesebrille über die Stirn und stieg widerwillig zu, unter den abschätzigen Blicken des Kreuzberger Alternativpublikums, das die Cafés rund um die Yorck-Kinos bevölkerte. *Wartet nur, wo ihr alle später mal arbeiten werdet!*
Der Polizist würdigte ihn keines Blickes. Kein Gruß, kein Wort, die ganze Fahrt über. *Nett ist die Schwester von scheiße.* Mit Blaulicht und Martinshorn ging es am Stau auf dem Mehringdamm vorbei, über den Platz der Luftbrücke und den Tempelhofer Damm, schließlich durch ein sich öffnendes Schiebetor in den Innenhof des Polizeipräsidiums. Von dort hasteten sie ins Gebäude. Schon wieder musste er hinter jemandem her dackeln! Der Geruch von altem Bohnerwachs verstärkte noch das flaue

Gefühl im Magen, und zum Dank dafür, dass er Karnicki durch endlose Flure hinterher lief, ließ der ihm fast eine schwere Glastür ins Gesicht fallen. Im letzten Moment konnte er sie abfangen.
Dass du ein bisschen mehr du selbst sein solltest…
Abrupt blieb er stehen.
„Suchen Sie sich bitte einen anderen Dolmetscher", rief er dem vor ihm stapfenden Büttel hinterher. „Ich stehe heute nicht zur Verfügung. Schönen Gruß an Herrn Lemberger."
Karnicki machte auf dem Absatz kehrt und fegte auf ihn zu. Kaum hatte Christoph es sich versehen, wurde er in den Polizeigriff genommen und den Gang hinunter geschubst.
„Was soll das?", ächzte er. „Lassen Sie mich los!"
Statt einer Antwort stieß der Polizist ihn mit dem Kopf gegen eine Tür, so dass seine Lesebrille vom Kopf fiel.
„Rein hier!", zischte er und drückte mit dem Ellbogen die Klinke. Christoph schaffte es gerade noch, die Brille aufzuheben. Dann stolperte er, von Karnicki geschoben, in einen Raum, in dem ein knappes Dutzend Anzugträger an zwei zusammengestellten Tischen saßen. In seinem ganzen Leben war er noch nie so gedemütigt worden!
„Hab´ ihn!", quäkte sein Peiniger in die Runde.
Christoph erkannte zwei Leute aus der Kaserne: Lembergers Kollege Stefan Meister und die stets mit zu viel Schmuck behängte Sabine Dragoner, zuständig für Tötungsdelikte. Für beide hatte er schon gedolmetscht, und nun sahen sie ihn an wie einen Aussätzigen. Anwesend waren auch Lembergers Chef Vogt, ein LKA-Riese namens Kummerow sowie ein Herr Neumayer vom polizeilichen Staatsschutz, der das Wort führte. Er stellte sich vor als Leiter einer eilig gebildeten Sonderkommission, und was Christoph nun erfuhr, machte ihn sprachlos: sein Auftrag am Hermannplatz überwacht, Schüsse und Handgranatenex-

plosionen auf dem Markt gegenüber, Tote und Verletzte. Auch Lemberger verletzt. Dorotas Cousin mit den beiden Autodieben verbandelt, von denen einer auf offener Straße regelrecht hingerichtet worden war. Unglaublich! Seine Gedanken rasten im Kreis. Es war doch ein normaler Dolmetschauftrag gewesen. Jedenfalls hatte es anfangs so ausgesehen. *Hunderttausend für eine Tasche.* Oder den Inhalt einer Tasche.

Neumayer und Karnicki wechselten mit ihm in einen Nebenraum, der mit Computer und Drucker ausgestattet war.

„Vorerst werden Sie nur als Zeuge vernommen", begann Neumayer, als sie Platz genommen hatten. „Ich mache Sie aber darauf aufmerksam, dass Sie im Laufe der Vernehmung auch zum Beschuldigten werden können. Sie müssen sich daher nicht äußern, wenn Sie sich selbst belasten würden."

Christoph schüttelte den Kopf, als er sich die Belehrung anhören musste, die er anderen selbst x-mal auf Polnisch vorgetragen hatte.

„Herr Mollwitz, es sind Menschen zu Schaden gekommen, darunter auch ein Kollege von uns. Laut uns vorliegenden Zeugenaussagen stehen Sie im dringenden Verdacht, in diesen Vorfall verwickelt zu sein."

„Wie geht es Herrn Lemberger? Ist er schwer…?"

„Darüber erteilen wir keine Auskunft", fuhr Karnicki ihm über den Mund, „schon gar nicht Ihnen. Wir raten Ihnen dringend, die Wahrheit auf den Tisch zu legen, und zwar von Anfang an."

Natürlich die Wahrheit, was denn sonst? Auf Wunsch auch von Anfang an. Christoph berichtete von seinem Streit mit Dorota, dem Anruf ihres Cousins und dass er den Auftrag in der Hoffnung angenommen hatte, dadurch Kontakt zu seiner Freundin herstellen zu können. Er beschrieb den *Paten* und seinen *Bodyguard* und fasste das kurze Gespräch im Café zusammen.

„Was sollte verkauft werden?", drängte Neumayer. „Um was für eine Tasche ging es? Welchen Inhalt hatte sie?"
„Ich weiß es nicht."
„Wo wohnt der Mann, den Sie Mariusz nennen?"
„Keine Ahnung. Und ich nenne ihn nicht Mariusz, sondern so hat er sich mir vorgestellt."
„Wieviel Geld haben Sie für den Auftrag erhalten?"
„Nichts. Das Gespräch nahm einen beunruhigenden Verlauf, deshalb bin ich mittendrin gegangen. Das sagte ich ja schon."
„Arbeiten Sie öfter ohne Bezahlung?", höhnte Karnicki. „Also, ich könnte mir das nicht leisten."
„Ich hatte mich so gefreut, von Dorota zu hören, dass ..."
„Beantworten Sie gefälligst meine Frage!"
„Nein, normalerweise arbeite ich nicht ohne Bezahlung."
Karnicki warf Neumayer einen triumphierenden Blick zu. *Jetzt haben wir ihn!*
„Wo hält sich Ihre Freundin jetzt auf?"
„In Polen bei ihren Eltern."
„Die Adresse!"
Christoph rang die Hände.
„Irgendwo bei Breslau. Ich hatte gehofft, ihr Cousin würde ..."
„Ich glaube Ihnen kein Wort", unterbrach Karnicki. „Hören Sie, die Fahndung nach Ihren Freunden läuft, auch die Grenze wird verstärkt überwacht. Es wäre besser für Sie, wenn Sie kooperieren."
„Es sind nicht meine Freunde, und alles, was ich weiß, habe ich gesagt. Bis auf eine Sache: Auf der Fahrt vom Hermannplatz hatte ich in der U-Bahn das Gefühl, verfolgt zu werden. Da war so ein merkwürdiger Typ, der ..."
„Ersparen Sie uns die Märchenstunde, vergeuden Sie nicht unsere Zeit!"
„Wenn das so ist", sagte Christoph, „möchte ich an dieser Stelle von

meinem Recht Gebrauch machen und die Aussage verweigern."
Neumayer zuckte die Achseln.
„Wir brauchen noch Name und Anschrift Ihrer Freundin in Berlin. Und halten Sie sich die nächsten Tage zu unserer Verfügung."

Die Ärzte diagnostizierten bei Lemberger aufgrund des Tritts ins Gesicht eine Jochbeinschwellung, Prellungen sowie eine leichte Gehirnerschütterung. Dem Auge selbst war zum Glück nichts passiert. Zwei Tage sollte er zur Beobachtung im Krankenhaus bleiben. Viel schlimmer war, dass ein Zahn im Oberkiefer gelockert war und ihn der Zwang quälte, diesen ununterbrochen mit der Zunge zu befühlen. Sandra besuchte ihn noch am selben Nachmittag mit Lea im Krankenhaus. Seine Tochter erschrak, als sie ihn sah, und Sandra griff sogar kurz nach seiner Hand, doch schon nach einer halben Stunde verabschiedeten sie sich.
In den Nachrichten drängte das Geschehen auf dem Hermannplatz alle anderen Themen in den Hintergrund. In Brennpunktsendungen wurden Terrorexperten interviewt. Kommentatoren fragten mit bangen Mienen, ob der Anschlag womöglich fremdenfeindlich motiviert gewesen sei. In einer live übertragenen Pressekonferenz von Polizei und Innensenator wurde die Einrichtung einer Sonderkommission *Basar* angekündigt und versichert, es werde in jede nur erdenkliche Richtung ermittelt. Bisher schienen alle im Dunkeln zu tappen. Klar war nur, dass zwei Menschen erschossen und drei weitere durch Handgranaten schwer verletzt worden waren. Neben dem Polen Frejtag war auch die junge Frau türkischer Herkunft gestorben, der Lemberger seine Jacke unter den Kopf gelegt hatte. Anfang zwanzig war sie gewesen.
Abends kam Elena vorbei.

„Oje", sagte sie, als sie ihn erblickte. „Aber immer noch besser als angeschossen, oder?"
Lemberger verzog die nicht lädierte Gesichtshälfte.
„Kann ich nicht beurteilen", lallte er. „Was hast du zu bieten?"
Sie zeigte auf ihre beiden Ellbogen, die mit großen Pflastern beklebt waren.
„Die Frau hat mich ganz schön durch die Luft geschleudert. Ein Profi, in jeder Hinsicht."
Als die drei Polen über den Markt gelaufen waren, hatte das fotografierende Model plötzlich eine Pistole mit Schalldämpfer gezogen. Eli, die wenige Meter hinter ihr gewesen war, konnte ihr gerade noch die Waffe aus der Hand schlagen. Bei dem anschließenden Gerangel ging ihr Funkgerät kaputt. Der Blondine gelang es, sich aus ihrer Umklammerung zu befreien, dann tauchte der Breitmaulfrosch auf und warf die erste Handgranate.
„Ich traute meinen Augen nicht, als er dieses Ding in der Hand hatte und den Splint herauszog. Wie im Film, Lem!"
Sie war in Deckung gehechtet, hatte die Frau aus den Augen verloren und sie erst wiedergefunden, nachdem Lemberger von dem bulligen Polen niedergestreckt worden war.
„Was ist mit ihrem ersten Begleiter?", wollte er wissen. „Der am Denkmal die Fotos geschossen und dann unseren Dolmetscher verfolgt hat?"
Stefan hatte den Mann auf dem U-Bahnhof verloren. Die Aufnahmen der dortigen Überwachungskameras waren nicht gespeichert worden. *Verfluchter Datenschutz!* Christoph Mollwitz hatte man bereits vernommen, ohne dass er etwas zur Klärung beitragen konnte. Während Karnicki davon überzeugt war, dass er mit den Polen unter einer Decke steckte, überwog bei den anderen der Eindruck, dass er zwar sträflich naiv war, aber die Wahrheit sagte und zufällig in die Sache hineingeraten war.

Nach der Rückkehr der beteiligten Teammitglieder in die Kaserne hatte Vogt getobt und den Einsatz am Hermannplatz als *Desaster* bezeichnet. Er hatte schwere Vorwürfe wegen der Planung erhoben, und da Lemberger nicht greifbar gewesen war, hatte Wiechmann alles einstecken müssen.
„Stell dir vor, diesmal ist er nicht eingeknickt, sondern hat sich vor dich gestellt", schloss Elena. „Es geschehen noch Zeichen und Wunder."

Christoph konnte sich nicht erinnern, jemals einen trüberen Tag verlebt zu haben. Während er vor dem Computer hockte, griffen die Zweifel, die ihn seit Dorotas Weggang bedrängten, auch auf seine Arbeit über. Wer las die Texte, die er übersetzte? Wer hatte Sinn für die sprachlichen Feinheiten, um die er sich bemühte? Von der Polizei würde er jetzt wohl keine Aufträge mehr erhalten. Und an der Stadt Breslau interessierte ihn nur noch, in welcher Straße Dorotas Eltern wohnten.
Sein bisheriges Leben war der Lesesaal einer Bibliothek gewesen, bis an die Decke vollgestellt mit Bücherregalen. Dorota hatte darin eine Geheimtür geöffnet, von deren Existenz er vorher nichts geahnt hatte: frische Luft war hereingeströmt, unbekannte Wünsche und Sehnsüchte hatten sich entfaltet. Mit dieser Frau hätte er sich alles vorstellen können: woanders hinziehen, zusammenwohnen, ja sogar eine Familie gründen. Seit er sie kannte, hatte er das orientierungslose Taumeln zwischen tausend unverbindlichen Möglichkeiten satt. Die Geheimtür war allerdings nur deshalb aufgegangen, weil er irrtümlicherweise geglaubt hatte, sie teile seine Gefühle
Er riss sich vom Bildschirm los. Nur raus aus der Wohnung! Im Vorderhauskorridor klebten kanariengelbe Blätter. Monika, die Hausmeisterin, hatte wieder einmal eine Mitteilung

„An allen Mietern" ausgehängt, in der sie mahnte, den Müll nicht neben die Tonnen zu werfen und die Haustür nicht mit dem Fuß aufzutreten. Keiner nahm sie ernst, zumal alle wussten, dass der Eigentümer das Haus bewusst verwahrlosen ließ. Von einer Luxusmodernisierung wurde gemunkelt, von saftigen Mieterhöhungen danach. Für Christoph ein geeigneter Zeitpunkt, um etwas Neues zu suchen, am liebsten natürlich zusammen mit Dorota. Auch das war jetzt in weite Ferne gerückt.
Ein lauer Wind wehte. *Wiosna, ach to ty* – Frühling, ach du schon wieder! Fast automatisch lenkten ihn seine Schritte in den nahen Schlosspark. Hier waren sie am Anfang ihrer Beziehung oft spazieren gewesen. Damals hatten sich an den Bäumen viele winzige Windmühlenflügel gedreht, wunderbar schillernd und nicht zu fassen, wie die Frau an seiner Seite. Heute präsentierten dieselben Bäume frisch geplatzte Knospen, ein grünes Tageslichtfeuerwerk als Abschiedsfeier. Die Bäume schlagen aus – endlich wusste er, was das bedeutete. In seinem Ohr begann ein dürres Männlein zu krächzen:

Mein Herz ist nicht mehr mein,
ach, könnt´ ich bei dir sein,
so wäre mir geholfen
von aller meiner Pein.

Er verließ den Schlosspark durch den hinteren Ausgang, zur Kanalbrücke, unter der gerade ein Frachtkahn durchfuhr. Am Heck flatterte die weißrote Fahne. Und was stand in schmutzigen Lettern darunter: „Wrocław"! Kurz flammte der Impuls auf, von der Brücke auf den Kahn zu springen und als blinder Passagier mitzufahren. Blind vor Liebeskummer. *Wir haben die gleichen Schwächen* – was meinte Dorota damit? War sie in Schwierigkeiten? Bis sie ihm nicht ins Gesicht sagte, dass es aus war, würde er sie nicht aufgeben. Vielleicht war es noch nicht zu spät. Bring sie dazu, dass sie dir zuhört! Aber wie sie finden? Breslau hatte über eine halbe Million Einwohner.

In dem angrenzenden Industriegebiet war er noch nie gewesen. Riesige Kraftwerksschornsteine pusteten so viel Wasserdampf in die Luft, dass man meinen konnte, sie wären für die gesamte Wolkenproduktion am Himmel verantwortlich. Einen Häuserblock weiter nahm er Brandgeruch wahr. Absperrgitter vor einer eingestürzten Lagerhalle, durch die leeren Fensterhöhlen der Außenmauern sah man verkohlte Dachbalken. Im Eingangsbereich stand ein Feuerwehrwagen, wahrscheinlich als Brandwache. Er erinnerte sich, vor kurzem in den Nachrichten von einem Großbrand gehört zu haben. Den gepflasterten Weg, der auf das Gelände führte, säumten ausgebrannte Autowracks. So musste es im Krieg ausgesehen haben.

Eine seltsame Befriedigung breitete sich in ihm aus, vielleicht weil er ein äußeres Bild für seinen inneren Zustand gefunden hatte. Es gab ja keinen schlimmeren Schmerz als den namenlosen, keine tiefere Traurigkeit als die, in der man stumm versank. Heraus führten allein die richtigen Worte, wie Pflöcke in den Sumpf gesetzt. Und so schwor er sich beim Anblick der niedergebrannten Halle, nicht eher zu ruhen, bis er Dorota zur Rede gestellt hatte.

Das Feuer kann man löschen,
die Liebe nicht vergessen,
das Feuer brennt so sehr,
die Liebe noch viel mehr.

9.

Lemberger war schlaflose Nächte gewöhnt, aber die Nacht im Krankenhaus stellte alles bisher Erlebte in den Schatten. Die Wunden in seinem Gesicht brannten, sobald sie mit dem Kissen in Berührung kamen, das zugewachsene Auge tränte. Alle paar Minuten schreckte er hoch und rang nach Luft. Immer wieder die Bilder der Hinrichtung. *Plop-plop*. Der kleine Pole, der zur Seite kippte und mit dem Kopf ungebremst auf den Steinboden schlug. Die Frau, die sich verneigte, als würde sie für ihre Tat Applaus erwarten. Verfiel er für Minuten doch in Halbschlaf, kamen Alpträume in Endlosschleife. In einem davon drückte er eine weinende Sandra an sich, immer fester, bis er zu seinem Entsetzen feststellte, dass sie nicht mehr atmete. Ihre Augen waren glasig und seine Hände in Blut getränkt.

Erst das Frühstücksfernsehen erlöste ihn. Darauf trainiert, mit aufgesetzter Fröhlichkeit bunte Zerstreuungsthemen zwischen den Werbeblöcken zu präsentieren, mühten sich die Moderatoren mit einem Anschlag ab, von dem es keine Bilder und kaum neue Informationen gab. Der Tenor der Berichterstattung hatte sich über Nacht geändert. Nun blühten die Spekulationen. Von schweren polizeilichen Fehlern war die Rede. Zivilbeamte seien vor Ort gewesen, hätten aber nicht adäquat reagiert. Zeugen wollten Maskenmänner mit Maschinenpistolen gesehen haben, die auf alles schossen, was sich bewegte. Verwackelte Handyfotos kursierten und heizten die Gerüchteküche an. Ein türkisches Boulevardblatt berichtete, eine „blonde Bestie" habe es gezielt auf Türken abgesehen, und die blutüberströmten Opfer hätten viel zu spät ärztliche Hilfe erhalten. Dieser Bericht wurde wiederum von deutschen Medien unter dem Tenor

„Migranten werden unruhig" aufgegriffen. Politiker forderten rückhaltlose Aufklärung. Innerhalb weniger Stunden heizte sich die Stimmung spürbar auf.

Nachts im Hotelzimmer hatte Niko versucht, sie zu nehmen und sich eine blutige Nase geholt.
„Was stellst du dich so an, Oksana", hatte er gejault. „Wir haben doch schon miteinander geschlafen!"
„Haben wir nicht, du Kretin! Wage es nicht, mich noch einmal anzufassen…"
Danach hatte er sie zwar in Ruhe gelassen, sie aber dafür gleich nach dem Aufstehen mit Vorwürfen bombardiert: Das Höllentheater auf dem Platz sei ihre Schuld gewesen. Wenn sie sich nicht hätte irritieren lassen, wäre er nicht gezwungen gewesen, die Handgranaten einzusetzen.
Natürlich hatte auch sie sich die Aktion anders vorgestellt. Wer konnte ahnen, dass es dort nur so wimmelte von Bullen in Zivil! Als sie im Begriff war, die drei Zielobjekte mitten im Gedränge zu eliminieren, war ihr die rothaarige Hexe in die Quere gekommen. Es war unprofessionell von ihr gewesen, sie nicht erledigt zu haben. Was hatte sie davon abgehalten? Vielleicht der Mut dieser Frau. Oder ihr Blick, in dem ein unbändiger Lebenshunger gebrannt hatte, der sie an sich selbst erinnerte.
Als kleine Verkehrspolizistin hatte sie einmal in Lviv angefangen, tagtäglich von Lärm und Abgasen umgeben. Es folgten Jahre bei der Drogenfahndung, in einem Abgrund aus Elend, Tod und Korruption, in dem sie gelernt hatte, dass die Unterscheidung zwischen Gut und Böse ein alberner Kinderglaube war und dass es im Leben allein darum ging, schneller und rücksichtsloser zu sein als die Anderen. Dann kam der Wechsel zu einem privaten Sicherheitsdienst nach Kiew, wo sie sich als Leibwächterin für

Oligarchenfrauen und als Schuldeneintreiberin bewährt hatte. Von dort war sie an Viktor weiterempfohlen worden, und bisher war sie bei ihm einigermaßen zufrieden gewesen. Damit dies so blieb, musste sie eigenständig arbeiten können. Das hatte sie Viktor gesagt, als sie ihm gestern Bericht erstattet hatte. Auch deshalb musste der aktuelle Auftrag schnell und erfolgreich zu Ende gebracht werden.
Viktor war ein Kontrollfreak. Er überprüfte nicht nur regelmäßig die Handys seiner Mitarbeiter, sondern spickte ihre Autos mit Minisendern – damit er immer wusste, wo sich jeder gerade befand. Das Treffen zwischen dem Araber und den Polen war seine Idee gewesen. Denn er bestand darauf, dass alle zur Verantwortung gezogen wurden, die an dem dreisten Diebstahl in der Lagerhalle beteiligt waren, schon um seinem neuen Handelspartner Boudari zu demonstrieren, wie wichtig die Einhaltung klarer Regeln war.
„Wir sind dazu verdammt, uns gut zu verstehen, nicht wahr?“, orakelte Niko, als könnte er ihre Gedanken lesen.
Sie saßen sich im Frühstücksraum des kleinen Hotels gegenüber, in dem sie übernachtet hatten, und seit seinem morgendlichen Exklusivgespräch mit Viktor hatte er Kreide gefressen. Er war mit seinem Handy extra hinausgegangen und hatte hinterher ganz geheimnisvoll getan. Ein Käsegesicht mit Pokerface! Sicher war ihm von Viktor ordentlich der Kopf gewaschen worden.
Nun funkelte er sie mit einem idiotisch verliebten Blick an.
„Woran denkst du gerade?“
„Daran, dass mir gleich das Frühstück hochkommt, wenn du mich noch länger so ansiehst.“
Es gab Typen, die konnte man treten und demütigen, soviel man wollte, sie krochen einem nur noch unterwürfiger vor den Füßen herum.

„Weil du so wahnsinnig charmant bist, Oksana", lächelte er, „habe ich eine kleine Überraschung für dich organisiert."
Auf einen Wink von ihm verließ die Dame an der Rezeption ihren Platz hinter der Theke und steuerte lächelnd auf sie zu, in den Händen eine Bleikristallvase mit einem riesigen Strauß roter Rosen.
„Alles Gute zur Hochzeit!", strahlte sie und stellte die Blumen auf den Tisch, bevor sie sich wieder entfernte.
Oksana sah sich im Frühstücksraum um. Zwei ältere Pärchen und eine ausländische Jugendgruppe, aus Spanien oder Italien. Alle merkten auf, als die Rosen hereingetragen wurden.
„Bist du übergeschnappt?", zischte sie. „Soll sich hier jeder an uns erinnern?"
Frech griff er nach ihrer Hand und führte sie an seine Lippen. Um nicht noch mehr Aufsehen zu erregen, musste sie ihn gewähren lassen.
„Du bist nicht auf dem laufenden Stand, Oksana. Viktor hat mir heute Morgen die Leitung der Aktion übertragen. Wir haben die Weisung, als Paar zu reisen, also verhalte dich entsprechend! Dein Liebster schenkt dir Blumen, für die wunderbare Nacht, die wir miteinander verbracht haben. Wie würde wohl eine ganz normale, frisch verheiratete Ehefrau darauf reagieren?"
Er beugte sich vor, packte sie am Nacken und presste seinen Mund auf ihre Lippen. Am liebsten hätte sie ihm ihr Knie zwischen die Beine gerammt. Oder die Zunge abgebissen, die schamlos in ihren Mund drang. Nur die fremden Blicke, die ihr im Rücken brannten und die kichernden Jugendlichen hielten sie davon ab. Dazu kam der Ärger über sich selbst, dass sie Nikos Bauernschläue unterschätzt hatte. *Das wirst du bereuen,* dachte sie. *Sobald wir fertig sind, wirst du es bitter bereuen!*
Endlich lockerte er seinen Griff.

„Du Nutte bist ganz schön krank", säuselte er ihr ins Ohr. „Aber so eine Nummer wie letzte Nacht ziehst du nicht noch einmal mit mir ab. Und falls du jetzt irgendwelche finsteren Absichten gegen mich hegen solltest, musst du eines wissen, was man vergessen hat, dir mitzuteilen: Viktor ist mein Onkel. Denke bitte daran, wenn wir beide gleich wieder aufs Zimmer gehen und uns vor der Arbeit noch etwas entspannen."

In Krankenhäusern lauerten heimtückische Keime, zu essen gab es einen zerkochten Fraß, und meist kam man in schlechterer Verfassung heraus, als man hineingegangen war. Deshalb entließ sich Lemberger nach der Visite selbst, immer noch mit Brummschädel und gegen den ausdrücklichen Rat der Ärzte. Ein Taxi brachte ihn pünktlich auf die Minute zur Kaserne. Er wusste von Elena, dass dort eine Sonderbesprechung stattfand, an der neben allen in die Hermannplatz-Aktion involvierten Mitarbeitern auch Frank Neumayer vom Staatsschutz teilnehmen würde.
„Ich dachte, Sie wären krank", bemerkte Vogt in vorwurfsvollem Ton. „Aber wenn Sie jetzt schon mal da sind, will ich auch Ihren Bericht hören."
Lemberger schilderte detailliert die Vorbereitung und Durchführung der Aktion. Danach fasste Neumayer extra für ihn noch einmal die bisherigen Erkenntnisse zusammen.
Nach Verlassen des Schnellrestaurants waren der Pole „Mariusz" und seine beiden Begleiter mitten auf dem orientalischen Wochenmarkt von einer Unbekannten beschossen worden. Ihr Mittäter – *der Breitmaulfrosch* – hatte zwei Handgranaten geworfen, ein weiterer Mann war vorher zusammen mit der Frau bei einem Fotoshooting am Denkmal beobachtet worden. „Mariusz" und Bogdan Twardowski waren ebenso im Chaos verschwunden wie die drei Verdächtigen. Über die Frau wusste

man nur, dass sie wahrscheinlich gar nicht blond war. Vor dem in die Luft gesprengten Gemüsestand hatte man eine Kunsthaarperücke gefunden, die nun nach DNA-Spuren untersucht wurde. Die sichergestellten Splitter der Handgranaten stammten wahrscheinlich aus Uraltbeständen der Roten Armee. Die benutzte Waffe war eine tschechische Ceska. Bisher waren sechs Projektile sichergestellt worden, zwei davon aus dem Kopf von Rudolf Frejtag.
Boudari hatte erklärt, nichts mit der Sache zu tun zu haben und jede Aussage zu seinem Treffen im Schnellrestaurant verweigert. Er wurde von dem einschlägig bekannten Anwaltsbüro Vanderbrugge vertreten, das seine Dienste mit Vorliebe im Rocker- und Zuhältermilieu anbot.
„Unter uns gesagt", kommentierte Lemberger, als Neumayer seinen Bericht beendet hatte, „ist die Wahl dieses Anwalts ein weiteres Indiz dafür, wie tief Boudari in die Organisierte Kriminalität verstrickt ist."
„Leider sind wir nicht mehr *unter uns*, Kollege Lemberger", entgegnete Vogt. „Die Öffentlichkeit lauert auf Fehler der Polizei und wird jedes Wort auf die Goldwaage legen. Ihre Mutmaßungen bringen uns nicht weiter."
„Ich bin nicht für die Öffentlichkeitsarbeit zuständig, sondern für die Aufklärung eines versuchten Autodiebstahls, aus dem sich alles Weitere entwickelt hat", verteidigte er sich. „Wir glauben, dass die Polen sich nach dem Einbruch in Boudaris Autohaus mit ihm treffen wollten, um einen Deal zu machen. Auch unser Dolmetscher hat das bestätigt."
„*Unser* Dolmetscher", brummte Karnicki. „Das kann er jetzt vergessen."
„Sie haben mich schon wieder nicht verstanden, Kollege Lemberger!" Vogt wurde lauter.

„Solange Sie keine Beweise dafür vorlegen, gehört ein Zusammenhang zwischen dem von Ihnen observierten Gespräch und der Tat auf dem Hermannplatz ins Reich der Spekulationen."
Lembergers Kopf begann wieder zu pochen.
„Soweit ich weiß, ist das LKA an Boudari dran…", wandte er sich an Neumayer. „Dieses Material müsste helfen, diesen Zusammenhang zu belegen."
„Da geht es um etwas ganz anderes."
„Woher wissen Sie das? Zuständig ist meines Wissens der Kollege Kummerow, und der ist gerade auf Dienstreise."
Neumayer wedelte mit seinem Zeigefinger durch die Luft.
„Wir beide arbeiten in dieser Sache eng zusammen, und ich kann Ihnen versichern, dass er kein brauchbares Material hat."
„Unmöglich!", mischte sich Elena ein. „Boudari wird sechs Wochen lang abgehört, und es gibt keine verwertbaren Erkenntnisse?"
„Die Maßnahme gegen Boudari ist beendet."
„Wieso?"
„Dazu kann ich nichts sagen. Aber seine Anwälte haben eine Einstweilige Verfügung erwirkt und lassen gerichtlich prüfen, ob die Persönlichkeitsrechte ihres Mandanten verletzt wurden."
„Wir haben im Vorfeld die Information erhalten, dass von Boudaris Räumen aus auf Russisch telefoniert wurde", warf Lemberger ein. „Dieses Material muss dringend ausgewertet werden."
„Wie gesagt, Spekulationen helfen uns nicht weiter."
„Handgranaten, Schalldämpfer, Perücke", polterte Uvloff. „Das waren professionelle Auftragskiller, die kurz eingereist und nach Ausführung der Tat sofort wieder abgetaucht sind. Wie blind muss man sein, um darin nicht die Handschrift der russischen Mafia zu sehen?"
Wieder keine Antwort. Leider wurden Uvloffs Beiträge häufig

durch seine hastige Sprechweise und eine ungeschickte Wortwahl entwertet. Lemberger rieb sich die Wange, er hatte den plötzlichen Schmerz lokalisiert. Es war der lockere Backenzahn.
„Nach unseren Erkenntnissen geht es eindeutig um einen Konflikt zwischen rivalisierenden Banden im Bereich der organisierten Kriminalität“, murmelte er, während er den Zahn mit seiner Zunge bearbeitete.
„Nach Ihren Erkenntnissen“, höhnte Vogt. „Ihre Eigenmächtigkeit hat uns doch dieses Debakel beschert!“
„Wie meinen Sie das?“
„Sie hätten spezielle Observierungskräfte anfordern müssen!“
„Dafür war die Zeit zu knapp.“
Der Zahn hing nur noch an einem Faden.
„Wären Sie vorher zu mir gekommen, hätte ich den Einsatz niemals genehmigt.“
Dieses Argument war lächerlich. Vogt hatte nie den geringsten Zweifel daran gelassen, dass für konkrete Aktionen der Teamchef zuständig war und er mit Detailfragen jeglicher Art nicht behelligt zu werden wünschte. Lemberger warf Wiechmann einen Seitenblick zu.
„Der Einsatz war mit dem zuständigen Kollegen abgestimmt, und man konnte in keiner Weise absehen, was sich daraus entwickeln würde. Im Übrigen hat besonders Frau Simonides durch ihr beherztes Eingreifen Schlimmeres verhindert. Deshalb weise ich den Vorwurf zurück.“
„Ach was, Sie haben hier nichts zurückzuweisen! Ich weiß nicht, warum ich überhaupt noch mit Ihnen diskutiere. Sie und die TAFOK sind sowieso raus. Zuständig ist nur noch die Soko *Basar*. Die Soko ermittelt natürlich in alle Richtungen, muss aber von einem fremdenfeindlichen Anschlag ausgehen. Auch deshalb ist es gut, dass der Staatsschutz mit im Boot sitzt.“

„Russen schießen auf Polen in einem Stadtteil, der zu siebzig Prozent von Türken und Arabern bewohnt wird“, widersprach Uvloff. „Es ist unsinnig, eine Tat *fremdenfeindlich* zu nennen, wenn alle fremd sind. Wir leben nun einmal in einer multikriminellen Gesellschaft!“

Lemberger sah zu seinen beiden Kolleginnen hinüber. Obwohl er Uvloffs geradlinige Art schätzte, war es ihm unangenehm, wenn er in ihrer Gegenwart solche Reden führte. Aber weder Sibel noch Elena schienen sich angesprochen zu fühlen. Beide waren in Deutschland aufgewachsen, Polizistinnen aus Leidenschaft und schätzten es nicht, wenn ihr Migrationshintergrund hervorgehoben wurde.

„Versteht doch bitte, Kollegen“, appellierte Neumayer. „Wir können uns nicht leisten, dass hinterher wieder die Presse über uns herfällt, mit dem Vorwurf: Die Polizei hat die rechtsextreme Variante vernachlässigt.“

Seit der Pannenserie um die Aufklärung von Neonazi-Morden an Kleinunternehmern mit Migrationshintergrund, als man nur in Richtung Organisierte Kriminalität ermittelt und die Augen vor einem möglichen rassistischen Motiv verschlossen hatte, waren die Ermittlungsbehörden hoch sensibilisiert. Aber war das ein Grund, die offensichtliche Realität zu ignorieren?

„Welche Anhaltspunkte gibt es für diese Variante“, fragte Lemberger.

Vogt schlug mit der flachen Hand auf den Tisch.

„Jetzt platzt mir aber gleich der Kragen! Nochmal zum Mitschreiben: Die rechtsextreme Variante kann gegenwärtig keineswegs ausgeschlossen werden. Das ist auch der Standpunkt von Polizeiführung und Innensenator, und danach richten sich unsere Maßnahmen. Ende der Durchsage.“

Neumayer sah auf die Uhr und nickte Vogt zu.

„Wir müssen zur Soko.“

Stefan Meister und er erhoben sich und verließen grußlos den Raum. Was nahmen die sich heraus? Was wurde hier eigentlich gespielt? Und wie zum Teufel kam Stefan in die Soko?

Uvloff meldete sich mit erhobenem Arm, aber Vogt ignorierte ihn.

„Nächstes Projekt für die TAFOK: die Ermittlungsgruppe *Wegfahrsperre*. Da sich keine Freiwilligen gemeldet haben, würde ich gern dem Kollegen Lemberger diese verantwortungsvolle Aufgabe übertragen."

Lemberger spürte Blutgeschmack im Mund.

„Ich komme gerade aus dem Krankenhaus, und vielleicht ist es unter diesen Umständen doch besser, wenn ich mich ein paar Tage krankschreiben lasse."

Das Maß war voll! Sie brauchten ihn nicht, also würde er sich nehmen, was ihm zustand. Ein paar Tage Zeit für Gesundheit, Familie und alle übrigen Baustellen in seinem Leben.

„Eine letzte Frage: Ist Bornemann über die Entwicklung informiert?"

Er hielt große Stücke auf Direktionsleiter Bornemann, Vogts Vorgesetzten. Dieser hätte nie zugelassen, dass die berechtigten Einwände des Teams so abgebügelt wurden.

„Hier vertrete ich die Direktionsleitung!", stellte Vogt apodiktisch fest.

Uvloff sprang auf.

„Ich möchte noch was sagen", rief er sichtlich erbost, „und zwar zu dem polnischen Staatsbürger, der während der Vernehmung unseren Kollegen angegriffen hat. Haftrichter Speyrich hat ihn laufen lassen, weil er keine Wiederholungsgefahr sah. Nun hat derselbe Mann Lem auf dem Hermannplatz ins Gesicht getreten. Es ist nicht das erste Mal, dass der Richter daneben liegt. Elena hat gestern ihr Leben riskiert, deshalb müssen Sie mit ihm über das Disziplinarverfahren reden."

„Das eine hat mit dem anderen nichts zu tun. Der Richter besteht auf diesem Verfahren."
„Und wir bestehen darauf, dass er mit seinen Entscheidungen nicht die Gesundheit von Polizeibeamten gefährdet", beharrte Uvloff und setzte sich abrupt zurück auf seinen Stuhl.
Krachend brach dieser unter ihm zusammen. Mit rotem Kopf rappelte Uvloff sich auf.
„Sie können ja nicht einmal SITZEN, ohne Ihre Gesundheit zu gefährden!", ätzte Vogt. „Auf keinen Fall werde ich für Kollegin Simonides die Kastanien aus dem Feuer holen. Es ist nicht meine Schuld, wenn sie sich wieder einmal im Ton vergriffen hat."
Elena erhob sich und verließ den Raum, wobei sie etwas zischte, was wie „Penner" klang.
„Haben Sie das auch gehört?", fragte Vogt den Teamchef.
Wiechmann sah in die Runde, die ihn schweigend anstarrte. Dann schüttelte er den Kopf.
„Damit der Kollege Uvloff seine überschüssigen Energien abbauen kann", sagte Vogt mit versteinerter Miene, „übernimmt er die neue Ermittlungsgruppe. Ohne weitere Diskussion."
Lemberger fummelte sich mit zwei Fingern im Mund herum. Als Wiechmann ihn irritiert ansah, hielt er ihm die geöffnete Hand entgegen: darin lag sein blutverschmierter Backenzahn.

Messer im Marmeladenglas, rostige Türangel, lange Fingernägel, die über eine Schultafel kratzten – solche Assoziationen drängten sich Christoph auf, als er schon wieder Karnickis Stimme hörte. Je enger dieser Unsympath ihm auf die Pelle rückte, desto mehr verabscheute er ihn. Jetzt rief er sogar schon bei ihm zu Hause an. Vielleicht würde er morgen vor der Tür stehen und seine Wohnung durchsuchen wollen.
„Wir waren bei Ihrer angeblichen Freundin", schnarrte es aus

dem Telefon. „Die Frau kennt Sie überhaupt nicht, was ich mir übrigens schon gedacht hatte. Nun bricht Ihr Lügengebäude Stück für Stück zusammen! Die einzige Chance, einigermaßen glimpflich aus der Sache herauszukommen, ist, alles zuzugeben."
Was erzählte der Mann für einen Bockmist! Wie konnte er mit Dorota geredet haben, wenn sie in Polen war? Oder war das wieder eine seiner lächerlichen Finten?
„Was soll ich zugeben, Herr Karnicki?"
„Dass Sie die polnischen Autodiebe schon vorher kannten. Was ja nicht bedeuten muss, dass Sie Kenntnis von geplanten Straftaten hatten. Aber ich brauche Namen und Adressen."
„Ich verstehe, Sie wollen mir eine goldene Brücke bauen."
„So könnte man es ausdrücken." Der Polizist klang geschmeichelt. „Also, ich höre ..."
„Dann hören Sie gut zu", sagte Christoph. „Gleich nach diesem Telefonat werde ich ein Gedächtnisprotokoll anfertigen und mir überlegen, ob ich Anzeige gegen Sie erstatte wegen Anstiftung zu einer Straftat. Sie haben mich nämlich gerade aufgefordert, die Unwahrheit zu sagen."
„Wie Sie wollen", schnaubte Karnicki. „Nach allem, was Sie sich geleistet haben, sollten Sie aber nicht glauben, dass Sie noch einmal von uns angefordert werden. Dafür werde ich sorgen!"
„Für SIE würde ich sowieso nicht mehr dolmetschen, Herr Karnicki, selbst wenn Sie mich auf Knien anflehen würden."
Kaum hatte er aufgelegt, klingelte es schon wieder. Glaubte diese Karikatur von einem Kriminalbeamten wirklich, er könne durch Telefonterror ein falsches Geständnis erpressen?
Doch diesmal war es Mutter.
„Dein Vater ist seit eurem Gespräch über Breslau völlig aus dem Häuschen", klagte sie. „Nachts schläft er schlecht, und am Tage erzählt er nur von der Flucht."

„Er hat das nie verwunden", sagte Christoph.
„Deshalb sollt ihr die Vergangenheit ruhen lassen, denn ich muss es ausbaden! Kannst du dir vorstellen, was das für mich bedeutet, mit jemandem zusammenzuleben, der geistig nur noch in seiner Kindheit lebt? Die gesamte Zeit unserer Ehe ist wie ausgelöscht, er erinnert sich an nichts mehr, und als ich gestern ins Zimmer kam …"
Mitten im Satz begann sie zu weinen.
„… da hat er mich mit Fräulein Pacholke angeredet!"
„Es tut mir so leid! Soll ich morgen vorbeikommen?"
„Momentan besser nicht. Versprich mir aber bitte, dass ihr beim nächsten Mal nur über unverfängliche Themen sprecht."
Er versprach es, obwohl es unverfängliche Themen mit Vater nie gegeben hatte. Erst jetzt, da dieser von der einstürzenden Welt seiner Erinnerungen mitgerissen wurde und Christoph nur die Rolle des Zuschauers blieb, wurde ihm klar, dass Vater und er schon immer in voneinander völlig getrennten Welten gelebt hatten. Anstatt zu versuchen, die durch unterschiedliche Lebenserfahrung bedingten Differenzen wegzudiskutieren, hätte er deren Unüberbrückbarkeit einfach anerkennen sollen und damit viel Zeit und Nerven gespart.
Dass Gesprächskultur völlig überschätzt wurde, zeigte sich auch mit Dorota. Was waren all ihre Gespräche wert, wenn sie sich über die wirklich wichtigen Dinge offenbar nie unterhalten hatten? Er wusste nichts von ihrem Leben, außer dass sie Diplompädagogik studierte und in einer kleinen Wohnung in Friedrichshain wohnte, mit Ofenheizung und Außenklo. Kein einziges Mal war er dort gewesen. Sie hatte es nie gewollt, weil ihr, die selbst in ärmlichen Verhältnissen in Polen aufgewachsen war, der morbide Charme der alten Berliner Hinterhäuser ein Gräuel gewesen war. Ein paarmal hatte sie eine andere Polin im

Haus erwähnt, zu der sie manchmal einen Kaffee trinken ging. Vielleicht wusste ja diese Frau, wo Dorotas Eltern wohnten.
Kurz entschlossen fuhr er nach Friedrichshain. Der Anblick ihrer Hausnummer an einer heruntergekommenen Mietskaserne ließ sein Herz schneller schlagen. Im offenen Hausflur lagen zerknüllte Werbezettel, eine verschimmelte Matratze lehnte an der Wand im Hof. Als er den Seitenflügel betrat, hörte er Punkmusik, die immer lauter wurde, je höher er stieg. Er erreichte den obersten Stock. An der Tür, hinter der die Musik dröhnte, klebte ihr Namensschild. Niemand reagierte auf sein Klingeln. Erst als er mit der Faust gegen die Tür bummerte, wurde geöffnet. Ohrenbetäubender Lärm schlug ihm entgegen und der süßliche Geruch von Marihuana. Vor ihm stand eine Frau mit Dreadlocks und jeder Menge Piercings in Lippe und Nase.
„Schon wieder die Polizei?"
In ihrer rauen Stimme war ein wohlbekannter Akzent nicht zu überhören.
„Ich möchte zu Dorota", rief er auf Polnisch. „Sind Sie eine Freundin?"
Ihre Antwort verstand er nicht.
„Könnten Sie kurz die Musik leiser machen?"
Sie brüllte etwas nach hinten in die Wohnung, worauf die Musik verstummte.
„Ich BIN Dorota."
„Nein, ich meine Dorota Milewska."
„Was willst du von mir? Typen wie dich mag ich nicht!"
„Aber das ist unmöglich…"
„Piotr!", röhrte die Frau.
Eine verwahrloste Gestalt in Unterhose tauchte hinter ihr auf, halb Punk, halb Penner.
„Spierdalaj!", lallte er. *Verpiss dich!*

„Ich wollte nur…", hob Christoph an.
Der Pennerpunk riss die Küchentür auf und pfiff. Mehrere große Hunde drängten trappelnd und bellend in den Korridor.
Auf dem Weg nach unten nahm Christoph immer zwei Stufen auf einmal. Oben knallte die Tür, danach setzte die Musik wieder ein. Nur in seinem Kopf herrschte Totenstille.

10.

Da Lemberger den Eindruck hatte, dass auch die Nachbarzähne des ausgefallenen Backenzahns zu wackeln begannen, bat er seine Zahnärztin um einen Sondertermin. Dann legte er sich aufs Sofa. Wie sollte er die Krankschreibung überstehen? Leer wirkte die Wohnung schon bedrückend genug. Doch wenn alle zu Hause waren, war die dicke Luft fast mit Händen zu greifen. Ihre gemeinsame Unfähigkeit, die aufgestauten Konflikte zu lösen, sie auch nur anzusprechen, hatte die Atmosphäre vergiftet. Doch im Gegensatz zu ihm selbst hatte Sandra immerhin einen konstruktiven Vorschlag gemacht.

Das Klingeln des Telefons riss ihn aus seinen Gedanken.

„Neumayer und Vogt haben uns gelinkt", schimpfte Elena los. „Die Geschichte mit den Rechtsextremen ist ein reines Ablenkungsmanöver. Ich glaube, sie tappen völlig im Dunkeln, wollen nur Zeit gewinnen und lästige Quertreiber ausschalten. Was sie auch geschafft haben. Dennis hat die neue Ermittlungsgruppe am Hals, und du bist raus, oder?"

„Eine Woche", bestätigte er. „Ich bereue es jetzt schon. Mir fällt hier schon nach zwei Stunden die Decke auf den Kopf!"

„Wenn du reden willst, kannst du jederzeit anrufen", bot sie an. „Ich gehe oft sehr spät ins Bett."

„Lieb von dir!"

„Vielleicht interessiert dich, was ich gerade herausgefunden habe: Vor drei Wochen wurde in Berlin die Autowerkstatt eines polnischen Staatsbürgers namens Jozef Swiatelka durch Brandstiftung zerstört, Täter unbekannt. Bei seiner Vernehmung hat er einen konkreten Verdacht geäußert."

„Unser Autohändler?"

„Bingo. Natürlich hat Boudari alle Vorwürfe bestritten, das Verfahren wird voraussichtlich aus Mangel an Beweisen eingestellt. Drei Wochen später brennt nun die Halle seines Sohnes ab, in seinen Laden wird eingebrochen und ein Auto gestohlen. Zwei Polen werden verdächtigt, aber er will keine Anzeige erstatten."
„Klar, die machen das unter sich ab. Wie bist du darauf gestoßen?"
„Indem ich alle Fälle von Brandstiftung mit polnischen Beteiligten aus den letzten Monaten überflogen habe. Dabei habe ich noch etwas gefunden: Seit vier Tagen ist ein Pförtner von dem abgebrannten Fabrikgelände verschwunden. Der Mann ist schwerbehindert, seine Frau hat ihn als vermisst gemeldet. Auch er ein Pole. Wir sollten mögliche Verbindungen zu unseren Autodieben prüfen."
„Miro!", fiel ihm ein.
Mirosław Zuch arbeitete als Verbindungsoffizier im deutsch-polnischen Polizeizentrum in Świecko, gleich hinter der Oder. Er sprach gut Deutsch und war ebenfalls ein begeisterter Freizeittaucher. Vor einem Jahr hatten sie sich beim letzten Polizeikongress in Wien kennen gelernt, und bald darauf hatte ihn Lemberger – abseits des Dienstweges und nach Rücksprache mit Wiechmann – eingeladen, für eine Woche in der Kaserne zu hospitieren. Dabei hatte der polnische Kollege tiefe Einblicke in die Polizeiarbeit einer Millionenstadt gewonnen. Am beeindruckendsten war für ihn der Wust an Formularen gewesen, mit denen sich ein deutscher Polizist herumschlagen musste. Lemberger hatte ihn durch Berlin geführt und zu sich nach Hause zum Abendessen eingeladen, wo Miro Sandra bei der Begrüßung die Hand geküsst und sich vor Komplimenten über das Essen und

die Kinder überschlagen hatte. Seitdem drängte er bei jeder Gelegenheit auf einen privaten Gegenbesuch mit der ganzen Familie in seiner Heimatstadt Poznań, deshalb hatte Lemberger den Kontakt in letzter Zeit auf Sparflamme gehalten. Die Wahrheit, dass sie als auseinanderfallende Familie zu einer solchen Unternehmung nicht in der Lage waren, hätte zweifellos den Rahmen ihres Kontaktes gesprengt. Nun aber gab es einen fachlichen Grund, sich bei ihm zu melden.

Die haben uns gelinkt. Das erinnerte ihn an Harrys Anruf unmittelbar vor dem Anschlag, der im anschließenden Chaos untergegangen war. An Ausruhen war jetzt nicht mehr zu denken.

Es war ungewöhnlich, sich innerhalb weniger Tage zweimal mit jemandem zu verabreden, den man sonst nur selten sah. Doch bei ihrem verunglückten Treffen in Kreuzberg war kein Raum für ein persönliches Gespräch gewesen. Als Jaqueline – wie Shreena hieß, bevor sie Buddhistin wurde – damals in die WG eingezogen war, war Christoph ein paar Wochen lang in sie verknallt gewesen. Dann hatte er sich in realistischer Beurteilung seiner Chancen auf eine Rolle als Kummerkastenonkel beschränkt. Denn so gut sie aussah, so kompliziert gestalteten sich ihre Beziehungen. Umso erstaunlicher, dass sie nun schon etliche Jahre mit Holger zusammen war.

Im Rahmen ihres aktuellen Projekts saß sie jeden Nachmittag in der Kantine der Deutschen Oper, meist umgeben von einer Traube hipper Kulturszenetypen. Heute fand er sie allein an einem Tisch vor, rauchend. Sie umarmten sich zur Begrüßung.

„Danke, dass du Zeit hattest“, begann er. „Und schön, dass du allein bist.“

„Denk bloß nicht, ich bin gern permanent von Leuten umgeben. Aber wann hast du am Theater schon Gelegenheit, wirklich allein zu sein? Deshalb beneide ich dich. Du teilst dir die Arbeit ein, wie du willst, bist dein eigener Chef, nimmst dir Auszeiten, wenn du sie brauchst…"

Wie Holger inszenierte sich auch Shreena gern als unverstandene Künstlerin, doch eigentlich war sie eine Betriebsnudel und liebte das Gewusel am Theater. Christoph ahnte schon, worum es in Wirklichkeit ging: um die Schwierigkeiten ihres Zusammenlebens mit einem Autor, der seine Werke aus Protest gegen die Kommerzialisierung der Literatur nicht veröffentlichte und sich für die meisten Jobs zu schade war. Was hatte sie eigentlich von dieser Beziehung? Kinder wollte er natürlich auch keine, wegen der drohenden Klimakatastrophe und dem Hunger in der Dritten Welt.

„Hast du schon mal daran gedacht, ihn rauszuwerfen?", fragte er.

„Wie bitte?"

„Hast du nicht gerade an Holger gedacht?"

Erstaunt sah sie ihn an.

„Kannst du Gedanken lesen?"

„Ach was. Ich merke einfach nur manchmal, welche Richtung ein Gespräch nimmt. Das bringt die Dolmetscherei so mit sich."

„Solche Töne kenne ich gar nicht von dir. Warum willst du, dass ich mich von ihm trenne? Ihr wart doch mal so gut befreundet…"

„Waren wir. Sorry, mir ist das nur so rausgerutscht."

Sie nahm einen tiefen Zug und ließ ihren Blick in die Ferne schweifen.

„Weißt du, ich schätze ihn unheimlich für seinen Idealismus und sein politisches Engagement. Ich glaube auch an sein Schreiben, und deswegen sehe ich ihm nach, dass er in seinem Eifer manchmal die Menschen um sich herum nicht richtig wahrnimmt."

„Dann ist ja alles okay."

Shreena drückte ihren Zigarettenstummel aus und vergrub das

Gesicht in beiden Händen. Er legte ihr die Hand auf die Schulter. Sie schüttelte den Kopf und tupfte sich eine Träne aus dem Augenwinkel.
„Jetzt heule ich hier los und weiß selbst nicht, warum. Manchmal würde ich mich einfach freuen über eine kleine Geste der Zuneigung. Er hat sich so verbissen in sein Schreiben und die Politik..."
„Sorry für die blöde Bemerkung eben", entgegnete er. „Eure Beziehung geht mich nichts an. Eigentlich wollte ich dich nur fragen, wie du an Dorota geraten bist."
Einmal im Jahr lud Shreena zu einer rauschenden Fete ein, auf der Trommler aus Jamaika, russische Akkordeonspieler oder brasilianische Tänzerinnen für Stimmung sorgten. Bei der letzten hatte Christoph Dorota kennengelernt.
„Sie hat bei uns geputzt. Hat sie dir das nie erzählt?"
Nein, hatte sie nicht. Natürlich nicht.
„Wir haben doch so eine große Wohnung", fügte sie fast entschuldigend hinzu. „Und sie suchte neben dem Studium dringend einen Job. Ich hatte einen kleinen Durchhänger mit Holger und sie Ärger mit einem Typen in Polen. Deshalb haben wir ein paarmal gequatscht."
„Was war das für ein Typ?"
„Sie wollte sich trennen, schaffte es aber nicht, weil er so an ihr klebte. Die Einzelheiten habe ich vergessen."
„Wie hast du sie erlebt?"
„Dorota? Tough und abgeklärt. Eine Frau, die viel erlebt hat und weiß, was sie will. Ehrlich gesagt, hatte ich mich ein bisschen gewundert ..."
„Worüber?"
„Dass ihr so einfach zusammen gekommen seid. Irgendwie ist sie dein genaues Gegenteil."

„Wie meinst du das?"
„Ich will dich nicht verletzen ..."
„Du verletzt mich höchstens, wenn du nicht offen zu mir bist."
„Sie wagt etwas, ändert ihr Leben, befreit sich, formuliert klar ihre Wünsche."
„Und ich?"
„Naja, du gehst selten aus dir heraus, bist irgendwie in dir selbst gefangen."
„Zum Beispiel?"
„Zum Beispiel, als wir beide uns kennenlernten ..."

„Dominik, wie geht es dir?", begrüßte ihn sein Tauchkumpel vom LKA.
„Schon viel besser. Hauptsache, schnell raus aus dem Krankenhaus. Sag mal, kurz bevor das Theater auf dem Hermannplatz losging, hast du was von SMS in allen möglichen Sprachen erzählt, Englisch, Russisch und ..."
„Warte mal kurz."
Harry legte den Hörer hin. Nach zwei Minuten war er wieder da.
„Viktor glaubt, dass du ihn mit dem Brand gelinkt hast! Meinst du die?"
„Ja, diese SMS belegt die Verbindung zwischen Boudari und den Russen", folgerte er. „Und Viktor – vermutlich der Chef der Russen – traut Boudari zu, dass dieser selbst hinter dem Brand in Zafers Lagerhalle steckt. Aber du sagtest, es seien auch Nachrichten in Polnisch eingegangen. Boudari spricht Arabisch, Viktors Leute Russisch, und miteinander verständigen sie sich auf Englisch. Wer von denen spricht Polnisch?"
„Keiner. In der Akte taucht immer wieder so ein Pole auf. Es geht um die Gespräche, die er von Berlin aus nach Polen führt."
„Weißt du noch, wie er heißt?"

„Irgendwas mit S – Swa, Swi …"
„Swiatelka?"
„Ja, genau."
„Was macht der in Boudaris Akte?"
„Keine Ahnung. Woher kennst du den Mann?"
„Ich kenne ihn gar nicht", sagte Lemberger. „Aber ich würde gern mehr über ihn wissen. Alles, was du in Erfahrung bringen kannst."

Auf dem Weg zur U-Bahn ließ Christoph sich durch die Fußgängerzone treiben. Werbebotschaften blinkten, Musik dudelte aus Boutiquen und Kaufhäusern, alle paar Schritte wurde man angequatscht. Junge Oberhemden-Typen wollten Handyverträge abschließen, zwei mit Kopftüchern verhüllte Frauen stellten sich aufdringlich in den Weg und präsentierten ohne Vorwarnung großformatige Farbfotos von blutig verstümmelten Bombenopfern aus irgendwelchen fernen Ecken der Welt. Dinge und Menschen schrien nach Aufmerksamkeit. Nur einer nicht. Neben einem Brunnen, in dem ketschupverschmierte Currywurstpappen schwammen, kauerte ein Bettler, den Kopf in seinen Armen vergraben. Eine Insel der Stille in einem Meer künstlicher Reize. In der Blechdose vor ihm lag eine frische Magnolienblüte. Es gab noch etwas, das er schön fand. Deshalb legte Christoph eine Münze dazu.
So ganz nebenbei hatte Shreena ihm mitgeteilt, er hätte damals bei ihr Chancen gehabt, wenn er sich mehr bemüht, sich zu erkennen gegeben, zu seinen Gefühlen gestanden hätte. Offenbar ging ihm jede realistische Selbsteinschätzung ab. Und wer sich selbst nicht kannte, täuschte sich auch leicht in anderen.
Einen einzigen wahren Satz hatte Karnicki von sich gegeben, der allerdings nicht auf ihn zutraf, sondern auf Dorota: *Ihr Lügengebäude bricht zusammen.* Er war ein halbes Jahr mit einem

Phantom zusammen gewesen, das sich seine Identität von einer Punkerin geliehen hatte. Wieso? *Wir haben die gleichen Schwächen. Sind uns zu ähnlich.* Was war denn ihre Schwäche? Dass sie ihm etwas vorgemacht hatte? Ihm seine Gutgläubigkeit vorgeworfen und ihn zugleich belogen hatte? Nein, Dorotas Weggang hatte nichts damit zu tun, dass er nicht genug gekämpft hatte. Er war ihr nicht einmal wichtig genug gewesen, um ihm ihre Gründe zu erklären, das war die bittere Wahrheit.

Monika, die Hausmeisterin, schraubte im Flur an der Haustür herum. Als sie ihn erblickte, richtete sie sich auf und strich sich mit dem Schraubendreher die strähnigen Haare glatt.

„Zwei Leute haben nach Sie gefragt."

Unwillkürlich machte er einen Schritt zurück.

„Was für Leute?"

„Ein Pärchen, Mann und Frau. Auf jeden Fall Ausländer."

„Haben sie gesagt, was sie wollten?"

Sie schüttelte den Kopf.

„Sind das Ihre Kunden?"

„Nein. Wenn sie nochmal kommen, sagen Sie am besten, ich bin für längere Zeit verreist."

Hinter der blauen Tür lag Lea auf dem Delfinteppich, völlig versunken in ihr Buch. Sie schaute nicht einmal auf, als er leise ihr Zimmer betrat. Teddy Carlo war mit Wollfäden an einem Tischbein festgebunden, um ihn herum saß ein gutes Dutzend Puppen in den verschiedensten Größen.

„Könnt ihr mir nicht die Fesseln lockern?", fragte Lemberger mit verstellter Stimme. „Ich verspreche auch, nichts Böses mehr zu tun."

„Das hast du schon so oft versprochen", antwortete seine Tochter, ohne ihre Lektüre zu unterbrechen.

„Aber diesmal meine ich es ernst", versicherte Carlo.
„Du versprichst immer das Blaue vom Himmel herunter, und dann machst du genau das Gegenteil. Deshalb bleibt den Feen keine andere Wahl, als dich einzusperren."
Belustigt stellte Lemberger fest, dass seine Tochter die Moralpredigten ihrer Eltern wortgetreu in Ermahnungen an ihren Teddy verwandelte.
„Würdet ihr mir noch einmal erklären, was mir eigentlich vorgeworfen wird?"
Lea legte seufzend ihr Buch beiseite.
„Du stehst im Bann der Schwarzen Hexe und hast ihr versprochen, alle Feen ins Vernichtungsland zu bringen, obwohl du weißt, dass sie dort getötet werden sollen."
Auch seine inhaltlichen Anregungen hatte sie in ihre Phantasien eingebaut. Vielleicht funktionierte das ja noch einmal, diesmal in eine konstruktivere Richtung.
„Ihr habt recht", brummte der Teddy. „Ich war schwach und habe mich von der Schwarzen Hexe nicht befreien können. Jetzt sehe ich, dass sie mir die ganze Zeit falsche Versprechungen gemacht hat…"
„Was hat sie dir versprochen?"
„Dass sie mich aus einem hässlichen Zottelbären in einen schönen Prinzen verwandelt, wenn ich mache, was sie sagt. Endlich habe ich begriffen, dass ich gut bin, wie ich bin. Ich will ein Bär sein und hoffe, dass ihr mich auch so mögt."
„Natürlich mögen wir dich so, wie du bist", bekräftigte seine Tochter. „Und du bist überhaupt nicht hässlich!"
„Wenn ihr mich losbindet, verspreche ich euch, dass ich ins Vernichtungsland gehe und die Schwarze Hexe besiege. Bitte gebt mir eine allerletzte Chance!"
Lea kniete sich vor den Tisch und band ihren Teddy los.

„Wir glauben dir und hoffen, dass du diesmal dein Versprechen hältst."

Obwohl er die CD lange nicht mehr gehört hatte, hatte sie nichts von ihrer heilsamen Wirkung verloren. Die Klänge von Mozarts Requiem zogen ihn an Tausenden unsichtbarer Fäden empor und versetzten ihn in eine Art Trancezustand, in dem die Gedanken sich kühl und klar in seinem Bewusstsein abbildeten wie Eisblumen am winterlichen Küchenfenster. *Du wagst so wenig, bist in dir selbst gefangen.* Auch wenn Shreena Gründe hätte, erst einmal vor ihrer eigenen Tür zu kehren, hatte sie damit ins Schwarze getroffen. Sonst würden ihre Worte nicht so weh tun.
Ein lautes Pochen an der Tür schreckte ihn auf. Es war kurz vor Mitternacht. Mühsam erhob er sich und sah durch den Spion. Vor der Tür stand Mariusz. Christoph öffnete einen Spalt breit.
„Bist du verrückt, hier aufzukreuzen?", sagte er auf Polnisch. „Jeder Polizist in Berlin sucht nach euch."
„Wieso gehst du nicht ans Telefon?"
„Man muss nicht permanent erreichbar sein, schon gar nicht für Leute, die andere ins Unglück stürzen."
„Dankbar solltest du mir sein, dass ich dich warne!", schimpfte der Cousin. „Du bist hier nicht sicher, sie wissen alles."
„Wer weiß alles?"
„Die Leute, die Rudolf erschossen haben."
„Mit dieser Sache habe ich nichts zu tun!"
„Das interessiert die nicht, auf einen Toten mehr oder weniger kommt es ihnen nicht an. Du musst abhauen, sofort!"
„Wohin denn? Nein, ich bleibe hier."
Mariusz zuckte die Achseln.
„Dorota hat mir aufgetragen, dich zu warnen. Das habe ich hiermit erledigt."

„Du hast mit Dorota gesprochen?“
Der Cousin hob an zu einer Erwiderung, hielt inne und lauschte. Unten im Hausflur knarrte die Tür. Man hörte Schritte, aber es wurde kein Licht gemacht. Mariusz schlüpfte in Christophs Wohnung und schloss leise die Tür.
„Sie sind schon hier!“
Er lief ins große Zimmer, dessen Fenster nach hinten zum Garten hinausgingen, öffnete die Balkontür, kletterte auf die Brüstung und war im nächsten Augenblick in der Dunkelheit verschwunden.
Panik stieg in Christoph auf. Er griff nach Rucksack und Jacke, zog seine Schuhe an und trat auf den Balkon. Vom Flur her knallte es, als würden sie die Tür eintreten. Aus zweieinhalb Meter Höhe sah der Rasen aus wie ein großer, dunkler See. Ein paar Meter weiter hörte er ein Rascheln in den Büschen, wo sich der Cousin auf das Nachbargrundstück vorarbeitete. Von dort gab es einen offenen Hof zur Straße. Christoph setzte sich auf die Brüstung und ließ seinen Rucksack fallen. Dann sprang er hinterher.

11.

S. hat das Baby… S wie Swiatelka! Lemberger saß in seiner Küche vor einer großen Kanne Tee und versuchte, die vorhandenen Puzzleteilchen zusammenzusetzen. Die Polen hatten aus der Halle etwas mitgenommen, was Boudari unbedingt zurückhaben wollte – die Tasche, von der der Dolmetscher gesprochen hatte? Nach dem Treffen waren sie von Viktors Leuten angegriffen worden, am helllichten Tage auf einem belebten Platz vor zahlreichen Zeugen, mit alten Handgranaten der Sowjetarmee. Das Vorgehen der Russen war so brutal wie stümperhaft gewesen. Vielleicht waren sie gar keine Profis mit eigenen Zielen, sondern nur Handlanger, die für Boudari die Drecksarbeit machten. Doch wie ließ sich diese Verbindung nachweisen? Und warum hatte das LKA Swiatelka abgehört, wenn er lediglich als Geschädigter bei einer Brandstiftung vernommen worden war? Nicht seine körperlichen Blessuren machten ihn krank, sondern dieses Stochern im Nebel. *Nur kurz ausruhen!* Kaum lag er im Schlafzimmer auf dem Bett, trieben ihm seine Gedanken ab wie gefallene Blätter in einem reißenden Bach. Araber und Russen hatten sich verbündet, um gemeinsam das Feental zu überfallen. Der Riesenteddy sollte in Boudaris Auftrag die Prinzessinnen töten.

Als er aufwachte, war es stockdunkel um ihn herum. Er hatte den ganzen Abend verschlafen. Nur im Wohnzimmer brannte noch Licht, auf dem Sofa thronte Sandra mit versteinertem Gesicht, eine antike Rachegöttin. Als hätten sich Jahrhunderte der Fremdheit und Feindschaft zwischen sie geschoben.

„Du schläfst noch gar nicht?“, brach er das Schweigen.

„Wo denn? Du blockierst mein Bett.“

Unser Bett, dachte er. *Unser ehemaliges Ehebett.*
Sie zeigte auf den Glastisch, wo ein unscheinbarer DinA-4-Umschlag lag.
„Den hat dein LKA-Kollege abgegeben. Er wollte nicht, dass ich dich wecke."
„Harry", sagte er und griff nach dem Umschlag.
„Erst muss ich mit dir reden", verfügte Sandra.
Es klang wie eine Drohung.

Christoph ließ sich im hohen Gras abrollen und war im nächsten Moment wieder auf den Beinen. Ein Stehaufmännchen, nicht stark, aber zäh. Damals in der Schule war er ein miserabler Fußballspieler gewesen, doch immer einer der Besten in Bodenturnen. Er hatte Übungen beherrscht, bei denen Körpergefühl und ein gutes Timing gefragt waren: Handstandüberschlag, Flugrolle, Salto. Nun, da er es brauchte, war alles wieder da. Die Verblüffung über diese Entdeckung war so groß, dass er für einen Augenblick seine Angst vergaß.
Immer noch waren oben aus der Wohnung wuchtige Schläge gegen die Tür zu hören. Er folgte dem Cousin durch die Büsche und über einen hölzernen Jägerzaun in den Nachbarhof und hielt ein letztes Mal inne. Der Krach hatte aufgehört, wahrscheinlich waren sie schon in seiner Wohnung. Nur Mariusz´ Schritte hallten im Durchgang des Nachbarhauses wider.
Auf der Straße wartete mit laufendem Motor ein schwarzer Geländewagen, eines jener lauten und Sprit fressenden SUV-Monster, deren Anzahl auf deutschen Straßen immer mehr zunahm, allen Umweltschutz-Debatten zum Trotz. Ungeduldig winkte der Cousin aus der hinteren Tür. Zwei Sekunden später fuhren sie los. Von dem schmächtigen Mann am Steuer war nur der Hinterkopf mit graumelierten Schläfen zu erkennen, daneben

saß ein stiernackiger Riese: der Muskelprotz! Zum Aussteigen war es zu spät, außerdem hatte er keine Wahl, zu tief saß der Schock über die Eindringlinge. Ohne Mariusz´ Warnung wäre er nicht rechtzeitig weggekommen. Er dachte an die wutverzerrte Fratze des U-Bahn-Glotzers. Diese Typen hätten wohl kaum nur mit ihm reden wollen.

Über den nächtlichen Kaiserdamm rasten sie auf den Stadtring nach Osten. Als Erster meldete sich der Muskelprotz zu Wort. Ohne sich umzudrehen, zeigte er mit dem Daumen hinter sich: „Wieso muss diese Ratte mit uns fahren?"

„Weil sie ihn sonst umgelegt hätten", ließ sich Dorotas Cousin vernehmen.

„Na und? Jetzt müssen wir es tun. Wir sollten kurzen Prozess machen und ihn dann in einem See versenken."

„Du sollst nicht töten, spricht der Herr im fünften Gebot", erklang die sonore Stimme des Graumelierten am Steuer. „Wer sich an seine Gebote nicht halten will, kann gern hier aussteigen."

Vom Regen in die Traufe! Kaum war er den Einen mit knapper Not entkommen, debattierten die Anderen, ob sie ihn umbringen sollten. Beruhigenderweise hatte hier offenbar der Fahrer das Sagen. Aber der Muskelprotz ließ nicht locker.

„Er arbeitet mit den Bullen zusammen und wird sie auf unsere Spur bringen. Deshalb muss er weg!"

„Halt endlich dein Maul, Schwachkopf", schimpfte Mariusz. „Hast du nicht schon genug Unheil angerichtet? Steckst die Lagerhalle in Brand ..."

„Was hat denn der Arab mit Jozefs Auto gemacht? Der Herr spricht doch auch: *Auge um Auge, Zahn um Zahn,* stimmt´s, Jozef?"

„Das ist das Alte Testament, Bogdan." Der Fahrer schlug den Ton eines geduldigen Sonderschullehrers an. „Wir schöpfen unsere Hoffnung jedoch aus der Gnade Jesu Christi, der uns lehrt, einander zu verzeihen und nicht Gleiches mit Gleichem zu vergelten. Übrigens wäre das alles nicht passiert, wenn ihr euch rechtzeitig zurückgezogen hättet. Aber ihr musstet ja unbedingt die Navis holen. Eure Gier hat uns in diese Situation gebracht."

Bogdans wulstige Lippen verzogen sich zu einem Flunsch.

„Ich wollte doch nur…"

„Erst kriegst du den Hals nicht voll", fuhr der Cousin ihm über den Mund, „dann zündest du die Halle an, und schließlich trittst du auch noch diesem Bullen gegen den Kopf. Wer weiß, ob du ihn nicht umgebracht hast, du Dumpfbacke!"

„Er ist nicht tot", warf Christoph ein.

„Gott sei Dank!", kommentierte der Fahrer. „Gepriesen seiest du, Maria!"

Der Muskelprotz schnaufte und unternahm einen neuen Anlauf, sich zu rechtfertigen.

„Ich hatte den Scheißbullen bei der Vernehmung gewarnt: Wenn ich ihn wiedertreffe, ist er dran. Außerdem dachte ich, er wollte Rudolf verhaften."

„Du DACHTEST?", höhnte Mariusz. „Du kannst doch gar nicht denken mit deinem Spatzenhirn. Der Bulle wollte ihm helfen. Hättest du ihn nicht getreten, wäre Rudolf noch rechtzeitig weggekommen. Sein Tod ist deine Schuld, allein deine Schuld! Wieso konnte diese Schlange nicht dich erschießen statt ihn? Du bist den Dreck unter seinen Fingernägeln nicht wert, du nichtsnutzige, fette Made! *Hundeblut*, verdammt nochmal, alle Teufel sollen dich holen!"

„Lass mich in Ruhe!" Bogdans Gejaule erreichte die Stimmhöhe eines Kastraten. „Warum hackst du so auf mir herum?"

„Weil das die Wahrheit ist, mit der du leben musst bis an das

jämmerliche Ende deiner Tage, du Hohlbirne. Du bist schuld an Rudolfs Tod! Deshalb wirst du es auch seiner Familie sagen – bin gespannt, was sie mit dir anstellen werden…"
„Nein, das kann ich nicht, bitte!"
Der Angegriffene warf dem Fahrer neben ihm einen hilfesuchenden Blick zu, aber dieser sah stur geradeaus.
„Vielleicht stechen sie dir die Augen aus", fuhr Mariusz ungerührt fort, „schneiden dir deinen winzigen Pimmel ab oder reißen dir die Finger- und Fußnägel einzeln aus. Glaub mir, sie haben viel Phantasie in diesen Dingen."
„Hör auf, hör endlich auf!"
„Jetzt heulst du herum wie ein Biber, du Waschlappen! Elende Missgeburt! DICH sollte man während der Fahrt aus dem Auto werfen, dreimal überfahren und die Reste hinterher in einem See versenken!"
„Ich werde seine Familie benachrichtigen", schaltete sich der Fahrer erneut ein. „Letztlich habe ich euch in diese Sache hineingezogen. Und nun besudelt nicht länger Rudolfs Andenken mit euren unwürdigen Streitereien! Entschuldige dich bei unserem Gast, Bogdan!"
Doch der Muskelprotz war völlig in sich zusammengesunken und muckste sich nicht mehr. Der Graumelierte nickte Christoph über die Schulter zu:
„Wir haben uns noch gar nicht vorgestellt. Ich bin Jozef. Wie ich höre, beherrschen Sie unsere Sprache ausgezeichnet, und dafür möchte ich Ihnen meine Anerkennung ausdrücken. Ich selbst habe zehn Jahre in Berlin gelebt, bin aber in der deutschen Sprache leider nicht über die notwendigen Grundkenntnisse hinausgekommen. Abgesehen natürlich von meinem Fachgebiet."
„Das ist bei mir gar nicht so viel anders."
„Es ist mir eine Ehre, einen so bescheidenen und sympathischen

Deutschen mitzunehmen. An welchem S-Bahnhof können wir Sie absetzen?"
Christoph zögerte mit der Antwort. In seine Wohnung konnte er vorerst nicht zurück. Er hoffte, dass Monika die Reparatur der Tür veranlasste. Eigentlich war in solchen Dingen auf sie Verlass. Geld und Ausweis hatte er auch dabei.
„Breslau", sagte er kurz entschlossen. „Wrocław meine ich – wenn möglich, würde ich gern nach Wrocław fahren."
Er sah zu Mariusz hinüber, der regungslos zum Fenster hinaus starrte.
„Ich habe dort etwas Wichtiges zu erledigen."
„Aber…", fing der Muskelprotz erneut an.
„Wir fahren nur bis Jelenia Góra", erwiderte der Fahrer. „Von dort kommen Sie problemlos mit dem Zug weiter."

Dieser Gegner war ohne jeden Skrupel, ging bedenkenlos über Leichen. Unbeteiligte waren zu Schaden gekommen, Rudolf auf der Strecke geblieben. Bei dem Deutschen brachen sie ein, während er sich in der Wohnung aufhielt, seine eigene Familie wurde durch Telefonterror vertrieben. *Du hast keine Ahnung, mit wem du dich da angelegt hast,* lautete die Botschaft, und Swiatelka konnte nicht leugnen, dass er Angst hatte, weniger um sich selbst als um die Menschen, die nur dadurch ins Visier seines Gegners gerieten, dass sie sich zufällig in seiner Nähe befanden.
Die Gespräche im Wagen waren abgeebbt, alle wirkten völlig erschöpft. Er suchte im Radio nach seinem Lieblingssender, der 24 Stunden am Tag fromme Gesänge und Gebete ausstrahlte, aber die Grenze war noch zu weit weg.
Gott war verstummt, schien sich von ihm entfernt zu haben. Das war sein gutes Recht. Der große Rätselhafte war frei, sein Geist wehte, wo er wollte, und wenn es ihm gefiel, würde er wieder-

kommen. Er selbst konnte nichts anderes tun, als demütig auf ein Zeichen zu warten und konkrete Vorsichtsmaßnahmen zu ergreifen, denn er musste mit allem rechnen. Sogar damit, dass sie ihm jetzt in diesem Moment auflauerten, irgendwo auf dem Heimweg. Deshalb war es klug, die Route zu ändern.
Kurz hinter Cottbus verließ er die Autobahn. Über einsame Landstraßen ging es durch endlose Wälder, wo er jeden Verfolger sofort bemerken würde. Bei dem kleinen deutschen Dorf Podrosche überquerte er die Grenze. Halb zwei zeigte die leuchtende blaue Uhr in seinem neuen Wagen, und endlich gab es Empfang. Die vertrauten polnischen Kirchenlieder waren wie Balsam auf seiner Seele.

Während seine Mitfahrer vor sich hin dösten, starrte Christoph durchs Fenster in die Dunkelheit. Der eintönige Singsang aus dem Radio, unterbrochen von salbungsvollen Lobpreisungen aller möglichen katholischen Heiligen, ging ihm auf die Nerven. Er wagte aber nicht, etwas zu sagen. Solange dieser Jozef christliche Lieder hörte, hatte er hoffentlich nichts zu befürchten.
Auf beiden Seiten der Neiße erstreckten sich ausgedehnte Wald- und Heidegebiete, in denen es sogar Wölfe geben sollte. Er bildete sich ein, im Vorbeifahren einen mit glühenden Augen am Straßenrand stehen gesehen zu haben; vielleicht war es aber auch nur ein Reh gewesen. Kindliche Urängste – allein im Wald, vom Wege abgekommen, unter die Räuber gefallen zu sein – wurden vom Willen des Erwachsenen in Schach gehalten, den eingeschlagenen Weg fortzusetzen.
Endlich nahte wieder ein Ort. Im kalten, gelben Licht der Peitschenmasten erhaschte er einen Namen: Lubań. Die Freiflächen zwischen hässlichen Plattenbauten aus kommunistischer Zeit und den wenigen alten Häusern deuteten auch fast siebzig

Jahre nach Ende des Zweiten Weltkrieges auf schwere Kriegsschäden hin. Hie und da tauchte am Straßenrand eine jener amerikanisch anmutenden Protzvillen auf, wie sie überall in Polen von den neureichen „Heimkehrern" hingestellt wurden, die nach der Wende ihr Glück in Westeuropa gesucht hatten. In demselben Landstrich hatte sein Vater vor fast einem Menschenleben die Heimat verloren.

Plötzlich fiel es ihm wie Schuppen von den Augen: Lubań war *Lauban*, eine Etappe der großen Flucht, ein Bestandteil des wichtigsten Kapitels in Vaters Lebenserzählung. *Krummhübel, Hirschberg, Löwenberg, Lauban* – Namen wie Schall und Rauch, auf keiner Landkarte mehr zu finden und doch in Christophs Langzeitgedächtnis fest verankert. Ihre Aufrufung verwandelte ihn in jenen Zehnjährigen zurück, dem Vaters Worte noch etwas bedeutet hatten. So alt war auch der Junge gewesen, der in den chaotischen Wochen nach Kriegsende mit Onkel und Tante über eben diese Straßen gezogen war. Kurioserweise hielten sie sich momentan beide in derselben Gegend auf, er im Heute, Vater in der Erinnerung, gekettet an sein Trauma. Aus der Angst und Verzweiflung des Jungen von damals waren im Laufe der Jahrzehnte abgestandene Wut und wehmütige Verklärung geworden. In der Nachkriegszeit lautete die allgemeine Devise: *Zähne zusammenbeißen und nach vorne schauen!* Später wurde jeder Ausdruck von Trauer um die verlorene Heimat unter Rechtsextremismusverdacht gestellt, auch von ihm, dem eigenen Sohn. Heute schämte er sich dafür. Die Vertriebenen hatten für das ganze Land gebüßt und als Dank nur Hass und Verachtung von jenen geerntet, die viel weniger verloren hatten. Je größer der zeitliche Abstand, desto unerbittlicher und kälter wurden die Reaktionen gegenüber den *Ewiggestrigen*. Auch Holger und er hatten an den Demonstrationen gegen die alljährlichen *Schlesier-*

treffen teilgenommen, hatten eine Handvoll alter Menschen verhöhnt und niedergeschrien: „Deutsche Opfer sind keine Täter!" Der Tiefpunkt einer Argumentation, die nicht nach Einzelschicksalen und individueller Verantwortung fragte, sondern die Kollektivschuld aller wie selbstverständlich voraussetzte. In seinem politischen Testament hatte Adolf Hitler dem deutschen Volk jede Existenzberechtigung abgesprochen, wenn es den Krieg verlieren sollte. Die *Nie-wieder-Deutschland*-Schreier waren es, die Hitlers letzten Willen erfüllten, Leute wie Holger und seine Freunde vom Schwarzen Block. Die überall nur Nazis sahen – weil sie besessen waren von Nazis!

„*Halleluja!*", jaulte eine Stimme im Radio.

Christoph beugte sich vor.

„Wäre es möglich, die Musik ein wenig leiser zu stellen?"

Ohne ein weiteres Wort drückte der Fahrer den Ausknopf.

Es war Ewigkeiten her, dass sie gemeinsam auf den Polstern gesessen hatten. Damals waren allerdings keine drei Meter Abstand zwischen ihnen gewesen.

„Ich mache mir Sorgen um Lea", begann Sandra. „Sie erzählt derart wilde Storys, dass einem angst und bange wird. Vorhin ging es um ein *Vernichtungsland,* in dem ihre Puppen getötet werden – was führt ihr da für merkwürdige Gespräche? Findest du wirklich, dass das angemessene Themen für sie sind?"

„Ich versuche, mir Zugang zu ihrer Welt zu verschaffen."

„Was soll das heißen?"

„Dass sie in eine Parallelwelt der Feen und Elfen abdriftet, in der sie nicht mehr erreichbar ist."

„Du redest ja von ihr wie von einer Geisteskranken!", protestierte sie. „Das ist vollkommen normal für ein Mädchen von acht Jahren!"

„Sie glaubt, dass sie fliegen kann ...“
„Begreifst du nicht, dass *fliegen* für etwas ganz anderes steht? Für sie ist das ein wichtiger Entwicklungsschritt hin zu einer eigenständigen Persönlichkeit. Merkst du nicht, wie du sie einschränkst? Jetzt schließt du ja sogar schon ihr Fenster ab und versteckst den Schlüssel. Das ist doch nicht mehr normal! Es macht mich unendlich traurig, dass du das nicht siehst mit deinem Tunnelblick! Und ich würde dich dringend bitten, dich mit solchen Gesprächen zurückzuhalten, zumal du die nächsten Tage viel zu Hause sein wirst.“
Er sah Lea auf der Dachkante balancieren, den Blick auf das Loch in der Wolkendecke gerichtet, den Eingang zum Feental. Was wäre wohl passiert, wenn er sich zurückgehalten hätte?
„Stattdessen könntest du dich mehr um Aaron kümmern. Wenn hier einer abdriftet, ist er es.“
„Wieso das denn?“
„Neulich habe ich bei ihm so was gerochen – ich glaube, er hat angefangen zu kiffen.“
„Was? Gleich morgen früh stelle ich sein Zimmer auf den Kopf!“
Sie verzog das Gesicht, als bereite ihr die bloße Tatsache, dass sie sich mit ihm auf ein längeres Gespräch einlassen musste, körperliche Schmerzen.
„Habe ich längst gemacht. Er streitet alles ab. Aber seine schulischen Leistungen verschlechtern sich stetig. Ich glaube, er braucht einfach mehr Zuwendung, und zwar von einem Mann.“
Ich würde dich dringend bitten, du musst endlich, dein Tunnelblick, begreifst du das denn nicht?
Wie ein großer, dummer Karpfen klappte er den Mund auf und schloss ihn gleich wieder.
„Sag schon!“, drängte sie.
Es hatte keinen Sinn. Vermintes Gelände, alle Übergänge zu-

gemauert. Sandra saß oben im Wachturm und feuerte auf jedes Wort, das er losließ. Und wenn er stillhielt, feuerte sie auch. *Großer, dummer Karpfen!*

„Ich habe keine Hoffnung mehr für uns", brachte er schließlich heraus. „Du?"

„Nicht mehr, seit du mir bei der Paartherapie den Korb gegeben hast. Ein neutraler Vermittler, der das tut, was wir selbst nicht mehr können: wertungsfrei zuhören und herausarbeiten, auf welchem Stand wir beide jeweils sind – das war meine letzte Hoffnung."

„Was soll das bringen? Wir brauchen keinen Dritten, um zu begreifen, dass wir auf entgegengesetzten Gleisen unterwegs sind ..."

Ihre Augen glitzerten. In einer Reflexbewegung streckte er den Arm nach ihr aus.

„Lass mich bloß in Ruhe!", presste sie hervor und war im nächsten Augenblick im Bad verschwunden.

Christoph kannte niemanden in Berlin, der gläubig war. Wirklich gläubig in dem Sinn, dass man nicht nur einmal im Jahr an Heiligabend in die Kirche ging, sondern sein alltägliches Leben von einem höheren Wesen dominiert sah. Obwohl das bei näherem Hinsehen auch wieder nicht stimmte, wenn er an den Buddha-Altar in Shreenas Wohnzimmer dachte, vor dem regelmäßig mit Sonnenblumenkernen gefüllte Schälchen als Opfergaben standen. Ganz zu schweigen von Holger, der seine Weltrevolution herbeisehnte wie die Zeugen Jehovas den Tag von Armageddon.

„Darf ich Sie etwas fragen? Was gibt Ihnen diese Musik?"

Der Fahrer drehte leicht den Kopf zur Seite, ohne seinen Blick von der Straße zu lassen.

„Sie erinnert mich an eine Gewissheit, die mir im Alltag schnell verloren geht: dass mein Leben einen Sinn hat.“
„Hatten Sie denn Grund, am Sinn Ihres Lebens zu zweifeln? Oder ist das zu persönlich gefragt?“
„Nein. Es gab in meinem Leben einen bestimmten Moment, in dem Gott mir ein Angebot gemacht hat. Dieses Angebot habe ich angenommen.“
„Was war das für ein Moment?“
Jozef ließ sich Zeit mit der Antwort. Die weißen Markierungsstriche auf der dunklen Fahrbahn, auf der sie durch die Nacht rasten, wurden von den Scheinwerfern des Wagens verschluckt.
„Meine Mutter starb, als ich vierzehn war. Auf die Frage nach dem Warum habe ich von Gott niemals eine Antwort erhalten. Doch er hat mir etwas anderes gesagt: *Ich will mit dir sein. D*ieses Versprechen hat er bis heute gehalten.“
„Muss man erst jemanden verlieren, um an Gott glauben zu können?“
„Nein, aber man sollte wohl einen eigenen Mangel, die eigene Unvollkommenheit empfinden können. Wer dafür keinen Sinn hat, kann wahrscheinlich auch nicht glauben.“
Der Muskelprotz ließ im Schlaf ein lautes Grunzen ertönen.
„Und wie ist das bei Ihnen? Sind Sie gläubig?“
Christoph schüttelte im Dunkeln den Kopf.
„Ich verstehe nicht, wieso ich die Verantwortung für mein Leben auf einen Gott abwälzen soll. Die Vorstellung, dass ich für mein Leben selbst verantwortlich bin, gefällt mir viel besser.“
„Das bin ich auch“, bekräftigte Jozef. „Er hat mir keine einzige meiner Entscheidungen abgenommen.“
„Wozu brauchen Sie ihn dann?“
„Das ist nicht die richtige Frage. Wenn Sie einen sehr guten Freund haben, fragen Sie auch nicht, wozu Sie ihn brauchen.“

„Was bedeutet das: Gott ist Ihr Freund?"

„Dass er mich überall hin begleitet, auch auf meinen Irrwegen. Dass er mich kennt und mir hilft, mich selbst zu erkennen, in meinen Stärken wie in meinen Schwächen. Was auch sehr unangenehm sein kann. Denken Sie bloß nicht, der Glaube macht einem das Leben leichter. Das Gegenteil ist der Fall."

12.

Zwanzig Kilometer hinter Lubań steuerte Jozef eine Raststätte an. Er parkte ein Stück abseits, neben den Mülltonnen.
„Männer, ich brauche dringend eine Pause!"
Mariusz bestellte eine Suppe, der Muskelprotz einen Riesenteller voller fettiger, gräulicher Würste. Jozef beschränkte sich, ebenso wie Christoph, auf einen schwarzen Tee mit Zitrone.
„Wie kommt ein Deutscher auf die Idee, Polnisch zu lernen", fragte er. „Aus familiären Gründen?"
„Mein Vater ist in Breslau geboren, hat aber bis Kriegsende hier in der Nähe bei Verwandten gelebt. Ein eigenartiger Zufall, dass wir gerade durch diese Gegend fahren."
„Es gibt keine Zufälle, junger Mann."
„Was haben Deutsche in Polen verloren?", knurrte der Muskelprotz.
„Damals war hier Deutschland", rutschte es Christoph heraus.
Alle starrten ihn an. Doch die Schrecksekunde war schnell überwunden. Er hatte es satt, sich dafür entschuldigen zu sollen, wer er war, was er dachte und wie viel er wusste.
„Meine ganze Familie stammt aus Schlesien, unser Stammbaum reicht bis in die Zeit der Habsburger zurück. Die Nazis haben das Land verspielt, aber das ändert nichts an der historischen Wahrheit, oder?"
„Die historische Wahrheit ist, dass Deutsche und Polen immer gegeneinander gekämpft haben", presste Mariusz in verächtlichem Ton hervor.
Ich kann dich nicht ausstehen! sagte sein Blick, doch Christoph beschloss, die hartnäckige Unfreundlichkeit des Cousins zu ignorieren.

„Das stimmt nicht", widersprach er. „Es gibt kaum zwei Völker in Europa, deren Geschichte enger miteinander verwoben ist. Erst die Germanen an der Weichsel, dann die Slawen vor Kiel. Namen wie Berlin, Leipzig, Dresden sind slawischen Ursprungs. Später zogen deutsche Siedler ostwärts oder wurden von den polnischen Königen gerufen. Für die Polen war ihre Sprache erst ein unverständliches Gekrächze, daher wurden sie „Niemcy" genannt, *die Stummen*. Trotzdem vermischten sie sich mit ihnen und lebten in den alten Grenzgebieten jahrhundertelang friedlich miteinander. Die meisten Städte im heutigen Polen wurden nach Magdeburger Recht gegründet. Das Bürgertum sprach Deutsch, Wörter wie *Rathaus* oder *Bürgermeister* sind in die polnische Sprache eingegangen."

Der Muskelprotz lachte.

„Was für ein Spinner!"

„Auch wenn diese Themen zu hoch für dich sind, Bogdan, musst du deswegen nicht beleidigend werden", tadelte Jozef.

„Sie haben also Polnisch gelernt, weil Ihr Vater aus Breslau stammt und Breslau heute polnisch ist?", wandte er sich zurück an Christoph.

So hatte er das noch nie gesehen.

„Nein, ich finde es allgemein wichtig, sich für fremde Sprachen und Kulturen zu öffnen und das Eigene zu hinterfragen. Deshalb habe ich ja auch Englisch und Spanisch gelernt."

„Aber warum ausgerechnet Polnisch? Vielleicht in Opposition zu Ihrem Vater?"

„So auch wieder nicht", wehrte er ab. „Polen ist unser Nachbar, ich mag Land und Leute, die Mentalität, die Literatur…"

„Ich glaube, Polen interessiert dich einen Scheißdreck“, meinte Mariusz. „Ich habe noch nie einen Deutschen getroffen, der sich wirklich für Polen interessiert. Ihr interessiert euch doch nur für euch selbst.“
„Seit zehn Jahren mühe ich mich mit der polnischen Sprache“, verteidigte sich Christoph. „Warum sollte ich das tun, wenn ich kein Interesse …“
Mitten im Satz brach er ab. Schluss mit den Rechtfertigungen! Selbst wenn seine Sprachenwahl etwas mit dem Verhältnis zu Vater zu tun hatte und ihm das bisher nicht bewusst gewesen war, ging das einen Stiesel wie Mariusz einen feuchten Kehricht an!
„Wieso lernst du eigentlich kein Deutsch für deine *Geschäfte* in Deutschland?“, ging er zum Gegenangriff über. „Dann bräuchtest du keinen Dolmetscher, den du hinterher nicht einmal bezahlen kannst. Was ist das überhaupt für ein bescheuerter Vorwurf, dass die Deutschen sich nicht für Polen interessieren? Wie sieht´s denn umgekehrt aus? Hunderttausende Polen sind nach Deutschland gegangen, aber doch nicht aus Interesse an der deutschen Kultur, sondern weil sie sich ein besseres Leben erhofften. Des Geldes wegen! Und trotzdem wurden gemischte Ehen geschlossen, haben die einen sich in die anderen verliebt. So war es immer, und so ist es heute wieder.“
„Recht hat er“, stimmte Jozef zu. „Anstatt uns gegenseitig Vorwürfe zu machen, sollten wir nach vorne schauen. Wir leben alle zusammen in einem vereinten Europa.“
Mariusz winkte mürrisch ab.
„Europa kann mich mal!“
Christoph stand auf und nahm einen holzgetäfelten Abgang hinunter zur Toilette. Die Diskussion war ebenso sinnlos, wie die Gesellschaft unerfreulich war. Bis Jelenia Góra musste er noch

durchhalten. Nach Hirschberg, dem Tor zum Riesengebirge, wie es in Vaters Kindheit geheißen hatte. Von dort würde er allein weiterreisen. Er öffnete das Toilettenfenster, das ebenerdig nach hinten hinausging. Wenige Meter entfernt standen die Mülltonnen. Dahinter glänzte im Schein einer Laterne die Silhouette ihres Wagens.

Sein Handy schnarrte. Überrascht sah er auf die Uhr: kurz vor drei. Die Nachricht war von Lemberger: Bitte um Rückruf. Wahrscheinlich war sie irgendwann gestern abgeschickt worden und jetzt erst angekommen.

Bin verreist, simste er zurück. *Gruß und gute Besserung.*

Im nächsten Moment klingelte es. Der Kriminalkommissar war dran.

„Oh“, sagte Christoph erschrocken. „Habe ich Sie etwa geweckt?“

„Nein“, hörte er Lembergers Stimme. „Ich bin oft nachts wach. Gut, dass Sie sich melden. Können Sie reden?“

„Klar. Wie geht es Ihnen?“

„Besser. Aber ich mache mir Sorgen um Sie. Wie sind Sie in diese Sache hineingeraten?“

„Reiner Zufall. Ich bekam den Auftrag, ein Verkaufsgespräch zu dolmetschen. Seitdem ist der Teufel los. Man hat mich in der U-Bahn verfolgt und vor wenigen Stunden sogar versucht, gewaltsam in meine Wohnung einzudringen. Wäre ich nicht aus dem Fenster gesprungen und weggelaufen ...“

„Wieso haben Sie nicht die Polizei gerufen?“

„Es ging alles zu schnell. Und Ihre Kollegen glauben mir nicht.“

„Haben Sie die Einbrecher gesehen?“

„Nein, aber meine Hausmeisterin sagt, ein Mann und eine Frau hätten nach mir gefragt ...“

Klingt nach den Killern vom Hermannplatz, ergänzte er in Gedanken. Immer schlimmer wurde der Schlamassel, in den er geraten

war! Dieser Neumayer hatte ihm befohlen, sich der Polizei zur Verfügung zu halten. Sie würden ihn erneut vernehmen, und dann kam sowieso heraus, mit wem er nach Polen gereist war.
„Noch etwas", gab er sich einen Ruck. „Ich bin gerade mit den gesuchten Polen unterwegs. Sie haben bei mir geklingelt, kurz bevor meine Wohnung aufgebrochen wurde, da bin ich einfach mit ihnen mitgefahren. Das ist die Wahrheit."
„Wo sind Sie jetzt?"
Nichts in Lembergers Tonfall verriet, ob er ihm Glauben schenkte oder nicht.
„In Niederschlesien, nahe Jelenia Góra. Morgen fahre ich weiter nach Breslau."

Oksana lag auf dem Bett einer billigen Absteige in einem Berliner Rotlichtviertel und dachte an Babuschka. Immer wenn sie ihre Gedanken um den Engel ihrer Kindheit kreisen ließ, der sie so viel zu verdanken hatte, ging es ihr besser. Im Umkehrschluss bedeutete das, dass die gegenwärtige Lage nicht gut war. Sie war sogar beschissen. Nachdem Niko und sie den Dolmetscher knapp verpasst hatten, hatte Viktor sie angewiesen, die Jagd abzubrechen und dem Signal nicht weiter zu folgen. Stattdessen sollten sie auf neue Instruktionen warten. Wobei sie dies alles nur über Niko, das Käsegesicht, wusste, denn Viktor redete ja nicht mehr mit ihr.
Dass Niko feist, plump und brutal war, störte sie nicht besonders. So wie er waren die allermeisten Typen. Der entscheidende Grund dafür, dass sich ihre anfängliche Gleichgültigkeit gegen ihn in Ekel verwandelt hatte, war, dass er sich vom Chef protegieren ließ. Bis vor kurzem hatte sie Viktor für einen Profi gehalten, weil er das ehrgeizige Ziel verfolgte, sich mit seinen Kristallen über das tschechisch-bayerische Grenzgebiet auszudehnen und

einen Fuß in die deutsche Hauptstadt zu bekommen. Allmählich stellte sich heraus, dass er genauso korrupt und in archaischem Clandenken befangen war wie all die anderen russischen Möchtegerngangster aus der Ostukraine. Einem Stümper wie Niko die Leitung eines solchen Unternehmens zu übertragen, weil er sein Neffe war, hieß, das Leistungsprinzip auszuhebeln und gegen die eigenen Interessen zu handeln. Dass sie sich von dem Käsegesicht auch noch vögeln und demütigen lassen musste, war nur das Tüpfelchen auf dem I.

Momentan stand er unter der Dusche und würde dort noch eine Weile bleiben. Sie beschloss die Gelegenheit zu nutzen und Viktor anzurufen.

„Was soll das?“, motzte der Chef los. „Ich habe keine Zeit.“

Der Empfang war schlecht, im Hintergrund dröhnten Fahrgeräusche. Nicht zu überhören war jedoch der respektlose und verächtliche Tonfall, den er ihr gegenüber in letzter Zeit anschlug. Das allein war Grund genug, sich nach einem neuen Chef umzusehen.

„Es ist wichtig“, beharrte sie.

„Fass dich kurz, wir sind unterwegs.“

„Wohin denn?“

„Das nachzuholen, was du versäumt hast.“

Für alles, was schieflief, musste sie neuerdings als Sündenbock herhalten.

„Viktor, wenn du willst, dass ich besser werde, solltest du mich wieder allein arbeiten lassen. Gib mir noch eine Chance!“

„Du hattest deine Chance und hast mich schrecklich enttäuscht, Oksana. Das passiert mir kein zweites Mal!“

Bevor er sich in einen neuerlichen Wutausbruch hineinsteigerte, legte sie auf. Sie wusste ja, was er sagen würde. Dass sie Niko als weisungsberechtigten Partner akzeptieren müsse, weil sie über seinen Kopf hinweg mit Boudari gekungelt und dadurch sein Vertrauen zerstört habe. Dabei hatte er selbst sie zur Kontaktperson gemacht, wegen ihrer guten Englisch- und Polnischkenntnisse. Sie hatte Boudari lediglich eine kleine Gefälligkeit erwiesen und Swiatelkas Frau angerufen, um ein bisschen Druck zu machen. Der Chef musste aufpassen, dass er den Bogen nicht überspannte. Niemand ließ sich gern dauerhaft wie ein Hund behandeln.

Während der Deutsche auf Toilette war, nahm Swiatelka sich Mariusz zur Brust.
„Was soll das Gezanke mit dem Dolmetscher? Machen wir uns lieber Gedanken, wie wir die Tasche loswerden, ohne noch mehr Menschenleben zu gefährden."
„Ich denke an nichts anderes", entgegnete Mariusz. „Und mir ist auch schon was eingefallen. In Breslau kenne ich ein paar Türsteher von Diskotheken ..."
„Es gibt doch Zufälle", murmelte Bogdan kopfschüttelnd.
„Quatsch nicht dazwischen! Ich kenne ein paar Türsteher, die uns die richtigen Kontakte vermitteln können."
„Wir sollten das Teufelszeug vernichten", entgegnete Swiatelka. „Es bringt nur Unglück. Ich habe euch wegen des Autos engagiert, nicht um Drogen zu verkaufen."
„Engagiert hast du uns, aber leider nicht bezahlt." Mariusz´ Ton wurde schneidend. „Unsere Bezahlung sollte sein, was wir bei den Arabs finden. Und nun haben wir tatsächlich etwas gefunden, das uns alle reich machen kann."
Wieder schüttelte Bogdan den Kopf und steckte sich eine halbe Wurst in den Mund. Dazu nuschelte er etwas Unverständliches. Irgendwie waren sie wie Kinder, schwierige Kinder, die man ständig beaufsichtigen musste, damit sie keinen Unsinn an-

stellten: Riesenbaby Bogdan, Mariusz, das ewig unzufriedene Nervenbündel und der quirlige, chronisch gut gelaunte Rudolf – Gott sei seiner Seele gnädig!

Der Deutsche kam von der Toilette zurück und setzte sich wieder auf seinen Platz. Er wirkte angespannt.

„Du frisst wie ein Schwein", ließ Mariusz seine Aggressionen an Bogdan ab, „Ekelhaft, wie dir das Fett aus dem Maul trieft…"

Swiatelka brachte ihn mit einer Handbewegung zum Schweigen. „Was willst du uns eigentlich die ganze Zeit sagen, Bogdan?"

„Du hast gesagt, es gibt keine Zufälle", brachte der bullige Mann schmatzend hervor und zeigte durch das Fenster auf den Parkplatz. „Aber ich könnte schwören, dass ich diese Typen kenne."

Swiatelka sah angestrengt durch die beschlagene Scheibe hinaus auf den schummrig beleuchteten Parkplatz. Weiter hinten standen einige Lastwagen, vorne ein paar Pkw´s.

„Wen meinst du denn? Ich sehe niemanden."

„Aus dem Geländewagen dort sind welche ausgestiegen, die sahen aus wie die Arschlöcher, die vor ein paar Tagen in der Halle auf uns geschossen haben. Erst liefen sie auf dem Parkplatz herum, aber jetzt sehe ich sie nicht mehr. Was die wohl hier wollen…"

Mariusz sprang auf.

„Uns natürlich, du verdammter Vollidiot! Dumm wie Sauerkraut! Da sitzt er bräsig herum, frisst sich voll und wartet, bis wir alle abgeknallt werden!"

„Wie viele sind es, Bogdan?"

Der Angesprochene hielt drei Finger in die Höhe.

Swiatelka kannte die Örtlichkeiten von unzähligen Rastpausen zwischen Berlin und Jelenia Góra. Er zeigte auf die Treppe zur Toilette.

„Dort runter!"

Sie rannten los, vorbei an den Toiletten und durch den Hinterausgang hinaus. Er sprang ins Auto und startete. Bogdan saß neben ihm, der Deutsche hinten, aber wo war Mariusz? Ohne die Scheinwerfer einzuschalten, manövrierte er in weitem Bogen langsam über den Parkplatz und hielt hinter einem Lkw, auf Höhe des Eingangs. Aus dem Dunkel kam eine Gestalt angerannt und riss die Hintertür auf. Schwer atmend warf sich Mariusz auf den Sitz. Swiatelka gab Gas, kurz darauf fuhren sie auf der Straße nach Jelenia Góra.

„Wo warst du?"

„Ihre Reifen platt machen. Wie haben die uns gefunden? Ist vielleicht der Wagen markiert?"

„Er ist sauber", erwiderte Swiatelka. „Ich habe ihn auf Minisender überprüft."

„Ich will sofort dein Handy sehen", fuhr Mariusz den Deutschen an.

„Wieso denn das?"

„Geben Sie ihm bitte Ihr Mobiltelefon!"

Swiatelka sagte das höflich, aber in einem Ton, der keinen Widerspruch duldete. Mariusz nahm das Gerät, tippte auf den Tasten herum und pfiff durch die Zähne:

„Mit wem hast du gerade telefoniert?"

„Das war privat."

„Mitten in der Nacht, ja? Von der Toilette aus, als keiner von uns dabei war..."

Er betätigte den Scheibenheber und warf das Handy in die Dunkelheit.

Bogdan deutete anklagend auf den Deutschen:

„Ich habe euch gleich gesagt, dass er sie auf unsere Spur bringt! Aber ihr wolltet ja nicht auf mich hören..."

Fieberhaft überlegte Swiatelka, was zu tun war. Er bezweifelte, dass der Deutsche ein doppeltes Spiel spielte. Aber auch wenn er sie nur unabsichtlich auf ihre Spur gebracht hatte, konnten sie nicht mehr nach Jelenia Góra. Nachbarn und Freunde schieden als Anlaufadresse aus. Seine Gegner schienen gründlich über ihn informiert zu sein. Im Geiste ging er einige andere Möglichkeiten durch, die in Frage kamen. Dann schlug er den Weg in die Berge ein.

Gleich nach dem Telefonat mit dem Dolmetscher rief Lemberger beim zuständigen Abschnitt an und meldete den vermuteten Einbruch in Mollwitz´ Wohnung. Dort war der Vorfall schon bekannt. Hausbewohner hatten wegen nächtlicher Ruhestörung die Polizei alarmiert, die eine durchwühlte Wohnung mit eingetretener Tür vorgefunden und diese daraufhin versiegelt hatte. In dem von Harry abgegebenen Umschlag befanden sich das kopierte Protokoll von Mollwitz´ Vernehmung sowie eine Mappe mit kopierten Fotos. In einer handschriftlichen Notiz schrieb Harry, Swiatelka sei laut Aussage eines Informanten des Staatsschutzes ins Drogengeschäft verstrickt und habe versucht, Boudari zu erpressen. Aufgrund dieser Information sei das Handy des Polen abgehört worden.
Lemberger klappte die Mappe auf. Die erste Aufnahme zeigte ihn selbst, zusammen mit Elena am Currywurststand, die zweite Karnicki und Uvloff im Auto. Dann kamen Stefan und Sibel, kurz nach Verlassen des Schnellrestaurants. Das fotografierende Pärchen am Denkmal. Der *Breitmaulfrosch* beim Schlendern zwischen den Marktständen. Noch einmal die blonde Frau, die direkt in die Kamera zu blicken schien. Der Dolmetscher auf dem Weg zur U-Bahn. Der *Fotograf* vor der Treppe zum U-Bahnhof. Eli im Hauptgang des Marktes, mit einem Gesichtsausdruck zwischen entgeistert und erschrocken, vielleicht just in dem

Moment, als sie die Pistole in der Hand des Models entdeckte. Das war das letzte Foto. Lemberger atmete tief durch. Die Tragweite dessen, was Harry da geliefert hatte, war noch gar nicht abzusehen.

13.

Entspannend sollte sie wirken, die Fototapete an der Decke des Behandlungsraums, mit Wellen, die auf einen Südsee-Palmenstrand zurollten. Aber auch der Schmerz breitete sich wellenförmig aus. Lemberger musste an die Fernsehbilder damals vom Tsunami denken, an die arglosen Urlauber, die lachend auf die Flut am Horizont zeigten, ihr sogar entgegen liefen. *Rennt doch weg*, wollte man ihnen zurufen, *rettet euch!*
Bevor die nächste Schmerzwelle über ihn hinweg rauschte, kniff er sich mit aller Macht in den Oberschenkel. Die Zahnärztin runzelte die Stirn.
„Ich würde Ihnen trotzdem gern die Spritze geben, gleich wird es noch schlimmer."
Er verabscheute Betäubungsspritzen, wegen des stundenlangen Taubheitsgefühls danach, außerdem, was hieß schon schlimm nach so einem Tritt ins Gesicht? Ganz zu schweigen von dem, was dem kleinen Polen passiert war. Die Angst vor dem Schmerz war meist schlimmer als der Schmerz selbst. Es ging ja lediglich darum, die Umgebung seines ausgeschlagenen Backenzahns für ein Implantat vorzubereiten.
Letzte Nacht hatte er noch mehrmals vergeblich versucht, Mollwitz zu erreichen. Zurück blieb ein ganz schlechtes Gefühl. Wenn der Dolmetscher mit der polnischen Bande unterwegs war, war er wirklich naiver, als die Polizei erlaubte und befand sich möglicherweise in akuter Lebensgefahr. Vor seinem Zahnarzttermin hatte er Eli gebeten, persönlich bei Mollwitz′ Wohnung vorbeizufahren. In diesem Moment musste sie vor Ort sein.
Die Zahnärztin wechselte den Bohrer. Vor dem Fenster, auf der

anderen Straßenseite, lungerten ein paar Jugendliche am Eingang zum Volkspark herum. Der eine von ihnen sah mit seinem blonden Haarschopf und der weißblauen Jacke von weitem aus wie sein Sohn. Ein Mann kam auf sie zu, begrüßte sie, dann verschwanden alle aus seinem Blickfeld. *Ich glaube, er hat angefangen zu kiffen.* Heute Morgen hatte er, als alle aus dem Haus waren, Aarons Zimmer auf den Kopf gestellt, ohne Ergebnis. Nein, sein Sohn war gerade in der Schule und würde nie Drogen nehmen, dazu liebte er seinen Sport viel zu sehr.

„Jetzt schleife ich noch die Ränder ab, dann sind wir fertig."

Die Zahnärztin brachte den Stuhl in Rückenlage, beugte sich über ihn und versperrte dabei den Blick auf den Palmenstrand. *Die Angst vor dem Schmerz ist schlimmer als der Schmerz selbst.* Mit seiner Krankschreibung würde es zwischen Sandra und ihm noch krampfiger werden. Lemberger stellte sich einen gigantischen Bohrer vor, der die morsche, faulige Substanz ihrer Ehe aushob, dabei tiefer und tiefer bohrte, bis am Ende nur eine entkernte, leere Fassade blieb. War man da mit Abriss und Neubau nicht günstiger dran? Die Kinder wurden größer, die Wohnung war abbezahlt. Noch fühlte er sich jung genug, um von vorn anzufangen.

So nah war er der Zahnärztin noch nie gewesen. Während sie mit verschiedenen Instrumenten in seinem Mund hantierte, wanderten seine Augen über ihren schlanken, straffen Hals. Beim Einatmen hob sich ihre Brust, gab den Blick frei auf einen mit Spitzen gesäumten BH. Wie viele Monate hatten sie nicht mehr miteinander geschlafen, Sandra und er?

Die Zahnärztin nahm das Gerät heraus. Sie hatte kleine Schweißperlen auf der Stirn und wirkte genervt.

„Beim nächsten Mal nehmen Sie bitte die Spritze, sonst kann ich nicht arbeiten."

Gerüchteweise hatte er gehört, dass sie solo war. Seltsam für eine so attraktive Frau um die vierzig!
„Würden Sie sich mal auf einen Kaffee einladen lassen?", nuschelte er.
Sie entfernte die Wattepolster aus seinem Mund.
„Wie bitte?"
„Ob wir irgendwann einen Kaffee trinken gehen ..."
Ihrem überraschten Blick folgte die schnelle Abfuhr.
„Das sieht leider schlecht aus in nächster Zeit."
„Kein Problem", nickte er. „Irgendwann, meinte ich. Auf Wiedersehen."
„Wiedersehen", echote sie. „Und grüßen Sie Ihre Frau!"
Diese Spitze hätte sie sich sparen können. Neben der Garderobe im Wartezimmer hing ein großer Spiegel. Mit der Gestalt, die er darin erblickte, würde er als Frau allerdings auch nicht ausgehen wollen: blaues Auge, verschrammte Wange, übermüdet, verlebt – ein Penner, der im Suff die Treppe hinuntergefallen war.

Christoph erwachte durch einen Sonnenstrahl, der genau auf sein Gesicht fiel. Das Kopfkissen roch nach fremdem Waschmittel. Einen Moment lang war er orientierungslos. Dann kamen nach und nach die Ereignisse der vergangenen Nacht zurück. Weil niemand wusste, wie die Verfolger sie nachts auf einer Raststätte mitten in der Pampa aufspüren konnten, hatte Jozef spontan seine Pläne geändert. Auf Schleichwegen war er an Jelenia Góra vorbei ins Gebirge gefahren, bis nach Karpacz. Dort hatte er eines der letzten Häuser des Ortes angesteuert, eine Art Gehöft mit ein paar einfach ausgestatteten Fremdenzimmern. Eine Frau in Schürze und Gummistiefeln war aus dem Stall gekommen und hatte in die Scheinwerfer geblinzelt. Nach einer kurzen Umarmung mit Jozef hatte sie allen umstandslos

Zimmer im Hauptgebäude zugewiesen. Christoph war in einer kleinen Mansarde aufs Bett gefallen und sofort eingeschlafen.
Der Blick aus dem Fenster ließ die nächtlichen Strapazen vergessen. Auf der einen Seite die Dächer der alten Gründerzeitvillen von Karpacz, ehemals Krummhübel, auf der anderen der Riesengebirgskamm, gekrönt von der Schneekoppe mit ihrer ufoförmigen Wetterwarte. Vom Ort her, der sich in langen Serpentinen hinunter ins Tal zog, waren Hammerschläge und Hundegebell zu hören, man roch die Steinkohlenschwaden, die als lehmfarbene Dunstglocke über dem gesamten Hirschberger Tal lagen. Erneut sah Christoph seinen Vater als Zehnjährigen, wie er die steilen Hänge von Krummhübel hinab stolperte, um im Auftrag von Tante Erika frische Semmeln bei Bäcker Pietsch zu holen.
Jeder Mensch hatte seine eigene Art und Weise, Verlusterlebnisse zu verarbeiten. Jozef war der Schmerz über den Tod seiner Mutter auch nach Jahrzehnten noch immer anzumerken. Bei Vater hatte es vierzig Jahre gedauert, bis er in der Lage gewesen war, nach vorn zu schauen, etwas Neues anzufangen und eine eigene Familie zu gründen. Erst jetzt begriff Christoph, wieso sein Vater so viel älter war als er.
Im Treppenhaus war alles still. Er nahm sich das Handtuch, das über einem Stuhl hing und suchte das Gemeinschaftsbad auf. Unter der heißen Dusche kam der Ärger über den Verlust seines Handys hoch. Schuld war Mariusz´ infame Behauptung, dass er es war, der ihnen die Verfolger auf den Hals gehetzt hatte. Er musste sich schleunigst von dieser gefährlichen Reisegesellschaft trennen und irgendwie nach Jelenia Góra gelangen. Von dort gingen die Züge nach Breslau.

Sie trafen sich bei ihrem Stamm-Thailänder, wo sie in letzter

Zeit oft zusammen aßen, nachdem die Kantine in der Kaserne zu Jahresbeginn eingespart worden war.
Frühmorgens war Elena zu Christoph Mollwitz nach Hause gefahren und hatte dessen Wohnungstür versiegelt vorgefunden. Die stark nach Alkohol riechende Hauswartsfrau hatte den nächtlichen Radau im Hinterhaus miterlebt und erinnerte sich an einen Mann mit Kapuzenjacke sowie eine auffällig schlanke und gutaussehende Frau mit langen schwarzen Haaren. Als die beiden ihren Hund kläffen hörten, hätten sie die Flucht ergriffen und sie dabei fast über den Haufen gerannt. Zu einer genaueren Personenbeschreibung war sie nicht in der Lage.
„Das Karate-Model vom Hermannplatz", folgerte Eli, „diesmal vielleicht mit ihren echten Haaren. Was wollen die Russen bloß von dem Dolmetscher – vorausgesetzt, er ist da wirklich zufällig hineingeraten?"
Lemberger überlegte.
„Möglicherweise glauben sie dasselbe wie Jörg, nämlich, dass er mit den Polen gemeinsame Sache macht. Hast du Vogt was erzählt?"
„Natürlich nicht. Soll er nach seinen Nazis suchen, bis er schwarz wird."
Er berichtete von dem Telefonat mit Harry, verschwieg jedoch das nächtliche Gespräch mit dem Dolmetscher.
„Boudaris Überwachung wird eingestellt und Swiatelkas Handy abgehört?", wiederholte sie ungläubig.
„Das ist noch nicht alles..."
Er reichte ihr die Aufnahmen, die Harry ihm gebracht hatte. Kopfschüttelnd betrachtete sie eine nach der anderen.
„Es hieß doch, das LKA hätte keinen Observierungstrupp vor Ort."
„Sie müssen mindestens zu zweit gewesen sein", sagte er und leg-

te die beiden letzten Aufnahmen nebeneinander: der Dolmetscher am U-Bahneingang und die erschrockene Elena auf dem Markt. „Beides wurde etwa zur selben Zeit aufgenommen. Kannst du dich an diesen Moment erinnern?“

„Klar.“

Sie deutete auf die Marktstände im Hintergrund.

„Genau hier hat die Blondine die Waffe aus ihrem Lackrock gezogen. Zwei Sekunden später wälzten wir uns schon auf dem Pflaster.“

„Weißt du, was das heißt?“

„Das heißt, Kummerows Leute haben sich zurückgezogen, anstatt einzugreifen. Lem, das ist eine gigantische Sauerei! Aber was können wir tun?“

„Zuerst muss ich mit Kummerow sprechen. Außerdem will ich mich heute noch mit Miro treffen. Ich hoffe, dass er Zeit hat.“

„Heute noch? In deinem Zustand?“

„Er sitzt direkt an der Oder, kaum 80 Kilometer von Berlin entfernt. Die eine Stunde Autofahrt schaffe ich locker. Zu Hause gehe ich ein wie ein Primeltopf.“

„Du willst also, dass wir an der Sache dranbleiben…“

„Ich denke, das sind wir unserem Dolmetscher schuldig.“

Dienstlich war Kummerow nicht zu erreichen, aber Lemberger hatte von Harry auch seine Handynummer erhalten.

„Dominik? Solltest du nicht im Krankenhaus liegen?“

In Kummerows tiefem Bass klang Befremden durch. Offenbar fühlte er sich überrumpelt.

„Danke für deine Fürsorge, Bodo“, entgegnete Lemberger, entschlossen, diesen Effekt für sich zu nutzen. *„Hinfallen ist keine Schande, wohl aber liegenbleiben* – oder so ähnlich. War deine Dienstreise erfolgreich?“

Kummerow lachte gequält.
„Was willst du? Ich habe alle Hände voll zu tun, wie du dir vielleicht denken kannst."
„Gestern bei der Besprechung mit Neumayer sind ein paar Fragen offen geblieben, die nur du beantworten kannst. Wieso wurde die Überwachung von Boudari eingestellt?"
„Wie kommst du darauf, dass er überwacht wurde?"
„Neumayer hat sich verquatscht", log Lemberger.
„Die Verdachtsmomente, die wir gegen ihn hatten, haben sich nicht bestätigt."
„Er soll nichts mit Hehlerei und der Verschiebung gestohlener Autos zu tun haben? Veräppel mich nicht, Bodo! Boudari hat überall seine schmutzigen Finger drin. Je tiefer man gräbt, desto mehr findet man. Wieso hört ihr auf zu graben?"
„Weil sich die bestehenden Verdachtsmomente nicht bestätigt haben. Mehr kann ich dir nicht sagen. Und jetzt muss ich Schluss machen."
„Noch eine Frage: Wieso überwacht ihr das Telefon eines polnischen Bürgers, der polizeilich bisher nur als Opfer einer Brandstiftung in Erscheinung getreten ist?"
„Wovon redest du?"
„Von Jozef Swiatelka. Dafür gibt es sicher einen Gerichtsbeschluss, oder?"
Das Schweigen am anderen Ende war beredt. Er war kein guter Lügner, der Kleiderschrank mit der Opernsängerstimme.
„Sag mal, gehörst du der Soko überhaupt an?"
„Unser Team wird von Stefan Meister vertreten."
„Du heißt nicht Stefan Meister."
„Lass den Zuständigkeitsscheiß, Bodo, und beantworte meine Frage!"
„Das kann ich nicht, es geht um laufende Ermittlungen."

„Das Verfahren gegen Boudari stellt ihr ein, und gegen Swiatelka wird weiter ermittelt? Das ist nicht dein Ernst! Außerdem habe ich Aufnahmen vom Hermannplatz gesehen, kurz vor dem Anschlag. Alle Verdächtigen sind gestochen scharf fotografiert. Vorher hieß es aber, ihr wollt nicht observieren. Sonst wären wir dort niemals aufgekreuzt."

„Wie kommst du an meine Akte, Dominik? Ich glaube dir nicht, dass Neumayer sich verquatscht hat. Wenn es bei uns ein Leck gibt, aus dem du Informationen abschöpfst, werde ich es finden und stopfen!"

„Bodo! Ich habe bei dieser Sache nur einen Backenzahn verloren. Andere schweben möglicherweise in Lebensgefahr. Weil ihr nicht mit offenen Karten spielt."

Die Antwort war ein bitteres Lachen.

„Mit offenen Karten – du machst dir keine Vorstellung…"

„Dann klär mich auf."

„Wir hatten Boudari auf dem Schirm, bis von oben die strikte Anweisung kam, dass wir uns zurückzuziehen hätten", brummte Kummerow. „Es geht um einen internationalen Drogenring, der von einem Ukrainer namens *Viktor* angeführt wird. Der Staatsschutz glaubt, dass diese Gruppierung auch hinter dem Anschlag auf dem Hermannplatz steckt. Sie sind neu in Deutschland und meinen wohl, sich lautstark einführen zu müssen. Ohne handfeste Beweise kann Neumayer damit aber nicht an die Öffentlichkeit."

„Ich höre immer Neumayer", stöhnte Lemberger. „Warum lässt du dir von ihm die Butter vom Brot nehmen? Und wieso wird Swiatelka abgehört?"

„Weil er eine polnische Bande anführt, die ebenfalls ins Rauschgiftgeschäft strebt. Es geht hier um einen reinen Bandenkrieg, verstehst du?"

„Wie kommst du darauf? Nach unseren Erkenntnissen sind die Polen lediglich kleine Autoknacker."
„Frag Neumayer."
„Wer hat die Fotos gemacht?"
„Wir nicht. Mehr sage ich nicht."
„Bodo, bitte!"
„Kein Wort mehr, ich habe dir schon zu viel verraten."

Neumayer war aus anderem Holz geschnitzt als Kummerow: unter einer freundlich-forschen Oberfläche biss man auf Granit. „Wir wissen beide, Kollege Lemberger, dass Sie aus dem Fall raus sind und ich Ihnen deshalb keine Informationen geben kann. Außerdem sind Sie krankgeschrieben. An Ihrer Stelle würde ich die Zeit nutzen, um mich zu erholen."
„Ich kann mich nicht erholen, wenn ich Sorge haben muss, dass sich der Dolmetscher, mit dem ich seit Jahren vertrauensvoll zusammenarbeite, in Lebensgefahr befindet."
„Es gibt da so ein altes Sprichwort", entgegnete Neumayer süffisant. „Wer sich in Gefahr begibt…"
„Er ist ohne eigenes Verschulden in diese Sache hineingeraten!"
„Ach ja? Ihr Dolmetscher hat sich zusammen mit einer Bande polnischer Krimineller aus dem Bundesgebiet abgesetzt."
„Das wissen Sie auch schon? Dann können Sie mir bestimmt auch sagen, ob Ihre ukrainischen Drogenhändler die Polen und den Dolmetscher verfolgen."
Es entstand eine kurze Pause, dann hatte Neumayer sich wieder gefangen.
„*Unsere* ukrainischen Drogendealer? Hat Kummerow geplaudert? Naja, ist auch egal. Um Ihre Frage zu beantworten: Das ist nicht auszuschließen. Aber in der gegenwärtigen Situation sind uns die Hände gebunden. Rufen Sie ihn doch an, Ihren Dolmetscher,

und sagen Sie ihm, dass er sich von diesen Leuten fernhalten soll."
„Er ist nicht zu erreichen!"
„Da kann ich Ihnen nicht weiterhelfen. Wenn die Brüder sich auf dem Territorium eines anderen Landes gegenseitig umbringen wollen, wird niemand sie daran hindern können."
„Wie bitte? Erst machen Sie sich die Mühe, Boudari und Swiatelka wochenlang zu überwachen, dann lassen Sie sie einfach ausreisen und waschen Ihre Hände in Unschuld? Was ist das für ein armseliger Plan?"
„Der Plan war, beide Gruppierungen, Polen und Ukrainer, auf deutschem Gebiet hochzunehmen. Alles war vorbereitet, doch leider sind sie uns über irgendwelche Schleichwege entwischt. Alles Weitere ist jetzt natürlich Aufgabe der polnischen Polizei."
„Natürlich", wiederholte Lemberger. „Und natürlich haben Sie auch schon Kontakt mit der polnischen Polizei aufgenommen …"
„Wir sind im Begriff."
„Das dachte ich mir. Waren das eigentlich Ihre Leute, die die Fotos auf dem Hermannplatz gemacht haben? Sie könnten wichtige Zeugen sein."
Nach einer kurzen Pause hatte Neumayer sich wieder gefangen. „Sie wissen ebenso gut wie ich, dass wir unsere Mitarbeiter nicht preisgeben können. Aber es ist ein Riesenskandal, dass Kummerow alles weitertratscht wie ein altes Waschweib!"
„Kummerow hat damit nichts zu tun", entgegnete Lemberger. „Und den Riesenskandal gibt es, wenn dem Dolmetscher etwas passiert, weil Sie nicht aus dem Knick kommen!"
„Dann hoffen wir, dass ihm nichts passiert."
„Ja, denn sonst lässt sich das nicht unter der Decke halten, irgendwie wird es an die Medien durchsickern …"
„Meinen Sie?"

Er war außerstande, seine Wut noch länger zu zügeln. Dieses Ausmaß an Ignoranz war unerträglich!
„Und wenn ich persönlich nachhelfe! Dann werden wir sehen, wie weit Sie kommen mit Ihrer Heimlichtuerei!"
Am anderen Ende piepte es. Der Mann vom Staatsschutz hatte aufgelegt.

Totaler Stillstand auf beiden Spuren. Waren sie eben noch mit Tempo 180 in Richtung Dresden gerast, standen sie nun auf freier Strecke neben grasendem Vieh, und die Minuten dehnten sich ins Unerträgliche. Da es keine Hinweise auf eine Baustelle gegeben hatte, musste ein Unfall passiert sein. Nikos Hand glitt vom Lenkrad auf ihren Oberschenkel und tastete sich zwischen ihre Beine vor. Sein dümmlich-arrogantes Grinsen sprach Bände. Mit seinem Onkel im Rücken glaubte er sich alles erlauben zu können! Wortlos drehte sie sich von ihm weg und sah direkt in die Glotzaugen einer Kuh. Das war sie selbst: fremder Willkür unterworfen, nicht mehr Herrin ihres Schicksals. Tiefer konnte man nicht sinken. Hinter ihnen bahnte sich ein Rettungswagen eine Gasse, schob sich mit Sirenengeheul vorbei.
Nach Polen ging es, zurück in den Osten, weil die Russen gestern Nacht erneut versagt hatten, Sergej, Timur und der Chef selbst. Zu dritt waren sie von vorn in ein Lokal hineingelaufen, das die Zielobjekte im selben Moment über den Hinterausgang verlassen hatten. Obendrein hatten sie sich die Reifen zerstechen lassen. Viktor hatte getobt und sie beide sofort nach Polen beordert. Wieder musste sie das Versagen anderer ausbügeln. Sie hatte die Nase voll vom Osten, sie hatte die Nase voll von diesen Losern, und vielleicht gehörte beides zusammen. Es gab niemanden mehr, der sie dorthin zurück zog. Niemanden, außer Babuschka natürlich.

Babuschka hieß eigentlich Olga Topolovskaya und war nicht ihre leibliche Großmutter, sondern eine Nachbarin in dem Haus, in dem sie aufgewachsen war. Immer konnte sie zu ihr flüchten, wenn Vaters schwere Schritte im Treppenhaus dröhnten und bevor der allabendliche Alptraum losging: Mutters Schreie, das Weinen der Geschwister, das Klirren von Glas und das betrunkene Gebrüll des Monsters, in das Vater sich unter Wodkaeinfluss verwandelte. Bei Babuschka schlüpfte sie unter die Bettdecke und fand endlich Schlaf. Babuschka stellte keine Fragen und wertete nicht. Niemals hatte sie ihr Vertrauen missbraucht. Unter den Wölfen, mit denen Oksana heulte und in deren Gegenwart sie nicht die geringste Schwäche zeigen durfte, wenn sie nicht selbst zerrissen werden wollte, sehnte sie sich plötzlich nach Babuschkas bedingungsloser Liebe.

Mit elf hatte sie Vater zum ersten Mal beim Jugendamt angezeigt. Geschehen war nichts. „Er wird meine Mutter umbringen!", hatte sie gefleht und nur Achselzucken der stupiden Fürsorgerinnen geerntet. Eines Tages war sie aus der Schule gekommen und hatte Mutter in der Küche liegend gefunden. Ihre Augen standen offen, und in ihrem Hinterkopf steckte eine halbe Wodkaflasche. Vater lag schnarchend im Bett, die andere Hälfte der Flasche noch in der Hand. Sie war in die Küche gelaufen und hatte das schärfste und spitzeste Messer geholt. Was danach passiert war, wusste außer ihr nur Babuschka.

Endlich ging es weiter. Hinter einer Kurve blinkten zahlreiche Blaulichter. Ein Polizist in gelber Warnweste winkte die Autos an der Unfallstelle vorbei. Auf dem Seitenstreifen lag ein Körper unter einer Decke. Sie schloss die Augen und stellte sich intensiv vor, statt des Unbekannten würde Niko dort liegen. Oder Viktor. Am besten beide zusammen.

Innerlich war sie schon dabei, sich von ihrem bisherigen Auftraggeber zu verabschieden. Auch Viktor war nur eine Zwischenetappe auf dem Weg zu einem Chef, der sie zu würdigen wusste und entsprechend behandelte. Sie war sich sicher, dass dieser Mann existierte, irgendwo zwischen Berlin, London und Paris. Dorthin strebte sie, dort gehörte sie hin, unter freie Individuen mit Stil und Lebensart. Was natürlich nicht das kleinbürgerliche Familienidyll mit Ehemann und Kindern bedeutete, sondern in erster Linie Geld, einen schnellen Wagen und ein schickes Apartment, in dem sie tun und lassen konnte, was sie wollte. Darauf zu warten, dass dieser Mann auf sie aufmerksam wurde, war illusorisch. Sie musste sich selbst auf die Suche nach ihm machen. Möglicherweise hatte sie ihn ja auch schon gefunden.

Rudolfs Familie hatte die Nachricht von seinem Tod bereits am Montag von der polnischen Polizei erhalten. Trotzdem hatten sie auf seinen Anruf gewartet. Swiatelka kannte den alten Ludwik Frejtag und seine Sippe seit Urzeiten. Jeder im Dorf kannte sie. Sie gehörten zu den Zigeunern, die der polnische Staat nach dem Krieg in den menschenleeren Westgebieten angesiedelt und sesshaft gemacht hatte. Außerdem war der Alte ein gläubiger Katholik, wie er selbst.

„Hat er gelitten, Jozef?"

„Es ging ganz schnell."

„Bist du dabei gewesen?"

„Ich habe aus zwanzig Metern Entfernung zugesehen. Das war das Allerschlimmste: ihm nicht helfen zu können. Aber diese Leute hätten das gleiche mit uns allen gemacht."

„Diese Leute, sagst du…"

Die Stimme des Alten wurde heiser.

„Leider habe ich vergeblich versucht, ihn von diesen Leuten mit ihren krummen Geschäften abzubringen. Aber du… Ich

dachte, du wärst seit langem davon weg."
„Das war ich auch..."
Er rang um Worte: „Ludwik, Gott ist mein Zeuge... Was kann ich dir sagen? Ich fühle mich schuldig!"
„Rudolf war erwachsen", krächzte der Alte. „Er wusste, was er tat. Trotzdem bitte ich dich, nicht zu seiner Beerdigung zu kommen. Du nicht und die beiden anderen auch nicht."
„Natürlich", sagte Swiatelka. „Das verstehe ich."
„Albert will dich noch sprechen."
Swiatelka kannte Rudolfs Bruder von Kindesbeinen an und hatte immer ein gutes Verhältnis zu ihm gehabt. Heute stellte ihm Albert nur eine einzige Frage:
„Wer war es?"
Nachdem er die Antwort vernommen hatte, legte er ohne Abschiedsgruß auf, und Swiatelka ahnte, dass in diesem Moment eine jahrzehntelange Freundschaft ihr trauriges Ende gefunden hatte.

14.

„Could I speak with Mister Mirosław Zuch?“
Erst nachdem er den Satz ausgesprochen hatte, fiel ihm ein, dass die Telefonistin im deutsch-polnischen Polizeizentrum sicher auch Deutsch verstand.
„One moment, please…“
Kurz darauf vernahm er die Stimme seines polnischen Kollegen. Dieser schien wie immer bester Laune zu sein.
„Dominik, ich freue mich, dich zu hören?“
„Die Freude ist ganz auf meiner Seite“, sagte Lemberger. „Alles in Ordnung bei dir?“
„Ja. Und bei dir?“
„Miro, ich brauche dringend Informationen in einer etwas heiklen Angelegenheit, das heißt, wir müssten das informell machen. Entschuldige, dass ich so mit der Tür ins Haus falle…“
Informell war ein gutes Wort für Polen, hatte er festgestellt. Was deutsche Beamte sofort hellhörig gemacht hätte, war für ihre polnischen Kollegen kein Problem.
„Informell, natürlich“, bestätigte Miro. „Und du SOLLST mit der Tür ins Haus fallen. Wann kommt ihr endlich zu Besuch?“
„Vorerst würde ich dich gern allein besuchen. Am liebsten noch heute.“
„Heute? In zwei Stunden habe ich Pause.“
„Das würde sehr gut passen. Lässt du dich in Słubice zum Kaffee einladen?“
„Ich persönlich habe eine neue Maschine in unserer Dienststelle angeschafft“, erwiderte Miro. „Sie produziert besseren Kaffee als alles, was wir bekommen in dem alten Räubernest. Aber vorher muss ich in Frankfurt eine Besorgung machen. Wir können

uns verabreden um 14 Uhr auf der Stadtbrücke, von dort fahren wir zusammen ins Polizeizentrum."
Als alteingesessener Bewohner der traditionsreichen und vornehmen Bürgerstadt Poznań, zu Deutsch Posen, pflegte Miro eine dünkelhafte Verachtung gegen die polnischen Grenzorte an Oder und Neiße, die seiner Meinung nach vorwiegend von Schmugglern, Autodieben und Prostituierten bewohnt wurden. Der Eindruck, den Lemberger bei seinen bisherigen kurzen Besuchen von Słubice gewonnen hatte, war positiv. Im Vergleich zu dem sterilen Stadtzentrum von Frankfurt wirkte die Schwesterstadt am rechten Oderufer zwar ärmlicher, aber dafür mit ihren kleinen Geschäften und den vielen Menschen auf den Straßen quicklebendig.
„Hoffentlich sprengt das nicht deine Pause, Miro."
„Meine Pause dauert so lange, wie es notwendig ist. Bis später!"
Was für eine Wohltat nach den vorangegangenen Telefonaten! Lemberger wusste nicht, ob diese Mischung aus Zuvorkommenheit und Anarchie typisch polnisch war – auf jeden Fall war sie typisch für Miro.
In der Küche stieß er auf Aaron, der gerade sein Mittagsgeschirr zusammenräumte.
„So früh schon zu Hause? Ich habe dich gar nicht kommen hören …"
„Das Training ist ausgefallen."
„Du bist heute Vormittag nicht zufällig im Volkspark gewesen?"
Aaron schüttelte den Kopf.
„Ich dachte, ich hätte dich vielleicht von weitem gesehen."
„Meine Güte", lautete die patzige Antwort. „Natürlich war ich in der Schule. Außerdem bin ich dir mit fast sechzehn wohl keine Rechenschaft mehr schuldig."
Meine Güte, keine Rechenschaft schuldig – alles typische Versatzstücke aus Sandras Repertoire.

„Bitte nicht in diesem Ton!", sagte er bemüht ruhig.
Aaron rauschte hinaus.
„Lass mich in Ruhe!"
„Was habe ich dir eigentlich getan?", rief Lemberger ihm hinterher, da knallte auch schon die rote Tür.
Sein erster Impuls war, hinterherzulaufen und den Jungen zur Rede zu stellen, aber es wurde Zeit, nach Frankfurt aufzubrechen. An einem der nächsten Tage, nahm er sich fest vor, würde er ein ausgiebiges Gespräch mit Aaron führen. Auch Lea musste er mehr Zeit widmen. Sonst würden ihm nach seiner Frau auch noch die Kinder entgleiten.

Über knarrende Treppenstufen schritt Christoph zwei Stockwerke hinunter, immer den Stimmen nach, die aus einem der Zimmer drangen. Er klopfte an, um sich zu verabschieden und Mariusz nach der Adresse von Dorotas Eltern in Breslau zu fragen. Die drei Polen saßen um einen Tisch herum und frühstückten.
„Ich weiß die Adresse nicht auswendig", behauptete der Cousin.
„Dann gib mir ihre Telefonnummer."
Keine Reaktion. *Was für ein Idiot!*
„Ich bleibe hier so lange stehen, bis du die Nummer herausrückst. Das ist ja wohl das Mindeste, nachdem du mein Handy aus dem Fenster geworfen hast!"
Genervt seufzend holte Mariusz sein Handy hervor, tippte darauf herum und begann eine Nummer vorzulesen.
„Moment, ich will sie selbst sehen …"
Mit Kugelschreiber schrieb sich Christoph die Nummer, die auf dem Display leuchtete, auf seinen Handrücken.
„Bevor wir hier fertig sind, kannst du sowieso nicht gehen", bemerkte der Cousin.

„Wieso nicht?"
„Weil wir dir nicht vertrauen können."
Da Jozef nicht widersprach, war es wohl klüger, auf Protest zu verzichten. Er würde sich einfach aus dem Haus schleichen und den nächsten Zug oder Bus nach Jelenia Góra nehmen.
„Könnte ich auch einen Kaffee und etwas zu essen bekommen?", fragte er und deutete auf den Frühstückstisch.
„Selbstverständlich", sagte Jozef. „Wird gleich serviert."
Christoph nickte und kehrte zurück in sein Zimmer. Kurz darauf erschien Mariusz und knallte ihm ein Tablett mit einer Tasse schwarzem Kaffee, einem Brötchenkorb und Aufschnitt auf den Tisch. Wie der Wärter dem Häftling.
„Guten Appetit! Freut mich, dass …"
„Dass ich so einsichtig bin?", ergänzte Christoph. „Das bin ich doch immer."
Er goss sich Kaffee ein und holte ein Buch hervor, um zu signalisieren, dass er sich geduldig beschäftigen würde. Kaum war der Cousin verschwunden, packte er rasch seine Sachen zusammen. Seine Hand lag schon auf der Klinke, da wurde von außen ein Schlüssel im Schloss herumgedreht. Er riss an der Tür, doch zu spät. Sie hatten ihn eingesperrt.

Nachdem Lemberger den Berliner Ring hinter sich gelassen hatte, passierte er zügig die wenigen Zwischenstationen auf dem Weg zur Oder: Fürstenwalde, Bad Saarow, die Spree. Bis vor wenigen Jahren hatte er das Grenzgebiet nur unter polizeilichen Aspekten gekannt: auf der deutschen Seite die Industriebrachen aus dem Erbe der ehemaligen DDR, leer stehende oder teilvermietete Lagerhallen, ideal als Verstecke für gestohlene Fahrzeuge, die dort umgespritzt oder mit neuen Fahrgestellnummern versehen wurden. Auf der polnischen Seite ärmliche Dörfer, in denen es unzählige *Schrauber* gab, die ältere Wagen ausweideten und brauchbare Ersatzteile auf den Automärkten der umliegenden Städte anboten.

Seit die Tauchrunde den Helenesee südlich von Frankfurt als Übungsrevier entdeckt hatte, weitete sich sein Blick für die Schönheit des Oderlandes: das Schlaubetal mit seinen alten Wassermühlen, das Barockkloster in Neuzelle, wo die Mönche nach einem Rezept aus dem Mittelalter ein zuckerhaltiges Schwarzbier brauten, das nicht „Bier" genannt werden durfte, und als größte Attraktion die südlich des Spreewaldes neu entstehende Lausitzer Seenlandschaft. Dort wurden nach und nach die canyonartigen alten Braunkohlegruben geflutet, und es entstand ein wahres Paradies für Tauchfreunde. In der kommenden Sommersaison wollten sie es einweihen.

Kurz hinter Müllrose rief Vogt an. Da Lemberger nicht abnahm, musste er auf die Mailbox sprechen: „Mir wurde zugetragen, dass Sie weiterhin an dem Fall dran sind … ein Unding … Missbrauch der Krankschreibung … Hiermit untersage ich Ihnen ausdrücklich … dienstliche Weisung!"

Der Wortschwall seines Vorgesetzten ließ ihn kalt. Keiner konnte ihm verbieten, zur Reha nach Polen zu fahren, und allein der Gedanke, dass er es endlich geschafft hatte, aus dem Korsett seiner dienstlichen Zwänge auszubrechen, machte ihn schon wieder ein ganzes Stück gesünder. Allerdings wunderte er sich über den kurzen Draht zwischen Neumayer und Vogt. Überhaupt war die nervöse Reaktion auf einige harmlose Nachfragen sehr erstaunlich und warf neue Fragen auf.

Er führte ein kurzes Telefonat mit Harry, der ihm eine wichtige Information übermittelte. Dann überholte er den endlosen Lkw-Stau vor der Autobahnbrücke über die Oder und nahm die Ausfahrt nach Frankfurt.

Niemand kannte seine alte Jugendliebe Jadwiga, nicht einmal Magda. Seit vielen Jahren tauschten sie nur noch Weihnachtskarten aus. Nachdem ihr Mann bei einem Autounfall ums Leben gekommen war und die Kinder aus dem Haus waren, führte Jadwiga ganz allein den kleinen Bauernhof in den Bergen und stand jeden Morgen um halb fünf auf, um ihre Tiere zu versorgen. Swiatelka war ihr unendlich dankbar, dass sie ihn und seine Mitfahrer ohne Nachfragen aufgenommen hatte. Hier konnten sie in Ruhe beratschlagen, wie sie aus dieser Sache unbeschadet herauskamen. Dafür war es wichtig, dass es keine Querschüsse mehr gab, auch nicht durch den Deutschen.

„Und?", fragte er, als Mariusz ins Zimmer zurückkehrte.

„Natürlich wollte er abhauen. Gut, dass deine Bekannte den Schlüssel zur Hand hatte. Also, was machen wir?"

Seit über einer Stunde drehten sich ihre Diskussionen im Kreis. Mariusz hatte angeblich jemanden gefunden, der bereit war, die *Kristalle* zu verkaufen und verlangte, dass er ihn mit der Tasche nach Breslau fuhr.

„Allen sollte klar sein, in was für ein Wespennest wir gestochen haben", gab Swiatelka ein weiteres Mal zu bedenken, „und dass wir jeden gefährden, den wir da mit hineinziehen."

„Diese Leute können gut auf sich selbst aufpassen."

„Wie kannst du sicher sein, dass sie nicht versuchen, dich übers Ohr zu hauen?"

„Vorerst bekommen sie nur einen Teil der Ware. Dann sehen wir ja, wie es läuft. Bogdan und ich können jedenfalls nicht von Diskothek zu Diskothek ziehen und den Stoff verticken. Das müssen Profis machen."

„Merkst du nicht, wie dieses Teufelszeug uns alle immer tiefer ins Unheil zieht?"

„Was schlägst du vor, Jozef?"

„Dass wir die Tasche zurückgeben. Das ist nicht euer Business und meines schon gar nicht. Ich werde euch dafür entschädigen."
„Das kannst du nicht!"
„Doch! Ich zahle euch die Fahrt nach Berlin und eure Unkosten. Hat Boudari nicht zu dir gesagt, wir sollten uns freuen, dass wir noch am Leben sind? Er hat recht."
„Ich will aber ein anderes, besseres Leben!"
„Mariusz, der Reichtum, den du mit dieser Tasche verbindest, ist eine Fata Morgana. Du müsstest ins Drogengeschäft einsteigen, mit allen Risiken, die damit verbunden sind. Und selbst wenn du etwas verkaufen solltest, beruht jeder Zloty, den du damit verdienst, auf dem Unglück anderer Menschen."
Er wandte sich an Bogdan.
„Neulich habe ich Fotos von Leuten gesehen, die süchtig sind nach den *Kristallen*. Nach wenigen Monaten sehen sie aus wie Zombies. Ihre Gehirne werden regelrecht zerfressen. Wollt ihr das wirklich?"
Mariusz lachte auf.
„Den brauchst du nicht zu fragen, der schafft das auch mit Wodka."
Bogdan sah verdutzt drein.
„Redet ihr über mich? Was schaffe ich?"
„Wenn man einen Irrweg erkannt hat, muss man ihn auch wieder verlassen!", sagte Swiatelka zu Mariusz. „Ich will zurück auf Null."
„Es geht nicht zurück auf Null! Rudolf ist tot, und dafür müssen sie bezahlen. Außerdem wollen sie uns sowieso umbringen, ob wir ihnen das Zeug zurückbringen oder nicht."
„Aber im Buch Hiob steht geschrieben: *„Siehe, die Furcht des Herrn, das ist Weisheit, und Böses meiden, das ist Erkenntnis."*
„Jozef, ich habe die Nase voll von deinem frommen Getue! Du bist ein Schwärmer, noch schlimmer als der Deutsche! Wenn

dein Gott so allmächtig ist, wie du immer behauptest, wird er uns schon helfen ..."
„Rudolf hat er leider nicht geholfen", warf Bogdan ein.
Nein, das hatte er nicht. Swiatelka dachte an das Telefonat mit Ludwik Frejtag. An dieser Tasche schieden sich die Geister und trennten sich die Wege. Er konnte Mariusz nicht auf seinen Weg zwingen, sondern nur einen eigenen Schlusspunkt finden.
„Gut, ich fahre euch nach Breslau", sagte er. „Danach will ich von dieser Tasche und ihrem Inhalt nie wieder etwas hören."
Mariusz hob sein Glas.
„Auf Rudolf. Mögen seine Mörder in der Hölle schmoren!"

Lemberger parkte an der Viadrina und setzte seinen Weg zu Fuß fort. Auf der Oderpromenade wehte ihm ein milder Wind ins Gesicht. Der Fluss führte Hochwasser, wie jedes Frühjahr, wenn in den Sudeten die Schneeschmelze eingesetzt hatte. In den bräunlichen Fluten trieben Äste und Zweige, drehten sich in kleinen Strudeln. Es roch nach Aufbruch und Neuanfang. Er ging ein paar Treppenstufen hoch zur Stadtbrücke und passierte die verlassene Grenzkontrollstelle. Mitten auf der Brücke wartete ein Mann, mit Einkaufstüten beladen, und winkte ihm zu. In Zivil wirkte er wie ein biederer Familienvater, was er ja auch war. Seine markanten persönlichen Merkmale hatten sich seit ihrer letzten Begegnung vor einem knappen Jahr nicht verändert: Halbglatze, Schnurrbart, Bauchansatz. Als Lemberger näher kam, runzelte er die Stirn.
„Dominik, wie siehst du aus?"
Er berichtete seinem polnischen Kollegen kurz, was geschehen war.
„Der Anschlag in Berlin!", wiederholte Miro überrascht. „Natürlich habe ich davon gehört, auch ein Pole wurde erschossen.

Aber dass du betroffen bist …"
„Nachher erzähle ich dir ausführlich." Er deutete auf die Tüten. „Was hast du gekauft?"
„Die Kinder haben bald Geburtstag!"
Miro hatte zwei Jungen von acht und zehn Jahren, die leidenschaftlich gern Lego spielten, Beim gemütlichen Ausklang des letzten Polizeikongresses hatten Fotos die Runde gemacht, die die beiden Söhne mit ihrem Vater beim Bau einer ganzen Landschaft aus Schnellstraßen, Parkhäusern und Flughäfen zeigten.
Sie wechselten auf die andere Seite, passierten das Collegium Polonicum und liefen auf dem Damm eines Oderarms nach Słubice hinein. Miros Wagen stand neben einem großen Parkplatz, der zu einem mehrstöckigen Neubau gehörte. An dessen Fassade blinkte eine verschnörkelte Leuchtreklame: *Aphrodite*. So eine Überraschung! Ob Harry schon von dieser Dependance wusste?
„Das vornehmste Haus in ganz Słubice", kommentierte Miro sarkastisch. „Viele Kunden kommen aus Deutschland."
„Ich wusste nicht, dass es in Polen schon eine Filiale gibt."
„Geht immer schneller", sagte Miro spöttisch. „In paar Jahren haben wir euch eingeholt. Oder sogar überholt. Nicht nur bei Supermarktketten, auch bei Bordellen."
„Davon bin ich überzeugt", erwiderte Lemberger. „Wusstest du, dass Polen schon seit Jahren eines der begehrtesten Auswanderungsziele für Deutsche ist?"
„Das fällt schwer zu glauben …"
„Im Ernst!"
Interessiert besah er sich die Nummernschilder der Autos auf dem Parkplatz. Tatsächlich kamen etliche aus Berlin, nicht die schlechtesten Marken. Vor einem silberfarbenen Mercedes blieb er stehen. Das Kennzeichen kam ihm bekannt vor, Gewissheit

brachte der kleine Aufkleber mit den Umrissen der Insel Sylt. Miro klappte den Kofferraum seines Wagens zu.
„Kann ich helfen?“
„Du hilfst mir schon genug.“
„Sicher werde auch ich Anliegen haben, Dominik, in der Zukunft ...“
„Na gut. Ich glaube, dieser Wagen gehört einem Bekannten von mir. Es wäre für mich wichtig zu wissen, ob er sich gerade in diesem Etablissement aufhält.“
„Ein guter oder schlechter Bekannter?“
„Eher schlecht.“
Miro überlegte.
„Wenn der Mann herauskommt, in sein Auto steigt und den Parkplatz verlässt, kann ein Streifenwagen kommen und ihn kontrollieren, zufällig. Vielleicht vergisst dein Bekannter, Licht einzuschalten. Oder er fährt mit überhöhter Geschwindigkeit.“
„Und woher weißt du, wann er rauskommt? Man kann doch hier nicht stundenlang auf ihn warten, oder?“
Miro wählte eine Nummer auf seinem Handy und bellte ein paar polnische Sätze hinein. Zwei Minuten später hielt neben ihnen ein Polizeiwagen in der europaweit einheitlichen silbrigblauen Farbgebung. Nur die Aufschrift „Policja“ bewies, dass sie nicht in Deutschland waren. Miro instruierte die beiden darin sitzenden Beamten. Dann kam er zu Lemberger zurück.
„Wir werden wissen, wer in den Wagen steigt und ob er aus dem – wie hast du gesagt – *Etablissement* kommt. Aber jetzt lade ich ein auf den schmackhaftesten Latte Macchiato, den man trinken kann in Westpolen, zumindest bei der Polizei. *Zapraszam!*“

Christoph war sich ziemlich sicher, das Schloss der Kammertür mit ein paar kräftigen Tritten überwinden zu können. Die nächtlichen Besucher hatten es ihm bei seiner eigenen, wesentlich stabileren Wohnungstür vorgemacht. Das Problem war eher ein psychologisches, nämlich seine schier unüberwindliche Abneigung gegen Gewalt. Mehr als ein paar mittelfeste Schläge mit der flachen Hand waren nicht drin. Kaum wackelte die Tür ein wenig, dachte er schon an die Bäuerin, die ihn kostenlos hatte übernachten lassen und gewiss kein Geld für eine neue Tür übrig hatte. Außerdem hatten die Polen versprochen, ihn nach ihrer Besprechung herauszulassen, und er vertraute auf Jozefs Wort.

Also öffnete er das Fenster und lehnte sich hinaus. Der bräunliche Smogschleier über dem Hirschberger Tal hatte sich gelichtet, die letzten Wolken waren auf die tschechische Seite abgezogen. Ein Riesengebirgspanorama wie von Caspar David Friedrich gemalt, mittendrin vor strahlend blauem Himmel die Schneekoppe mit ihrer markanten Wetterstation, die *Königin der Berge,* sie Vater sie immer genannt hatte. Ihr Anblick wirkte auf Christoph seltsam vertraut, erklärbar nur durch das klobige Gemälde im Wohnzimmer der Eltern. Oder hatte sich Vaters lebenslange Sehnsucht nach dieser Landschaft auf geheimnisvolle Weise auf ihn übertragen? Hatte Mariusz recht mit seinem Vorwurf, dass die Polenbegeisterung mancher Deutscher in Wirklichkeit dem *Eigenen* galt? Natürlich gab es Momente, in denen man in diesem Land wie durch ein Brennglas typisch Deutsches erkennen konnte. Mit seinen halb vergessenen Gerüchen und Farben, manchen Gesichtern, Kleidern und Frisuren erschien ihm Polen bisweilen wie ein um dreißig Jahre in der Zeit zurück verschobenes Kindheitsland, eine Reminiszenz an das *alte Deutschland,* das er selbst nie kennengelernt hatte und das die Nazis mit in den Abgrund gerissen hatten. Aber war es nicht grundsätzlich legitim, im Fremden auch das Eigene er-

kennen zu wollen? Lag der Faszination am Fremden nicht sogar das Versprechen zugrunde, sich dieses vertraut machen, ja sogar aneignen zu können?
Häufiger waren die Momente, in denen die typischen Polen erfrischend anders waren als die typischen Deutschen. Hier gab es so vieles, in das man sich verlieben konnte: die stimmungsvollen slawischen Lieder, die köstlichen Hausmachersuppen, die Unordnung, die Lockerheit. Und eine Frau, die wiederum wenig typisch Polnisches an sich hatte. Von wegen locker. Überordentlich war sie, mit Putzfimmel, wenn sie schlechte Laune hatte. Eher verschlossen und introvertiert, aber mit einem feinen Humor ausgestattet. Und einer Abneigung gegen Psychogespräche. Probleme tanzte sie weg, für sich allein. In all dieser Widersprüchlichkeit und Verletzlichkeit hatte er sie geliebt. Liebte sie immer noch. Er zog das Foto aus seinem Portemonnaie, das er immer bei sich trug. Es war das einzige, das Dorota und ihn zusammen zeigte. Sie saßen nebeneinander, ohne sich anzusehen, doch in ihrer Körperhaltung und ihrem Mienenspiel einander zugeneigt. Für den aufmerksamen Betrachter war klar, dass sie zusammengehörten.
Unten im Haus klappte die Tür. Die Bäuerin kam heraus und stieg in einen uralten Polski Fiat, der neben der Scheune stand. Sie nahm nicht die steile Auffahrt hoch zur Straße, sondern fuhr nach hinten hinaus in Richtung Wald, auf einem Feldweg, der sich in einem weiten Bogen von den Häusern entfernte und dann am Waldrand verlor. Christophs Blick folgte dem Wagen, wie er vor dem Wald abbog, einen einsamen Wanderer mit Rucksack passierte und schließlich hinter der nächsten Biegung verschwand. Obwohl der Wanderer noch mehrere hundert Meter weit entfernt war, irritierte Christoph etwas an ihm: sein schneller Gang und der erhobene Kopf. Der Mann schien ihn

ununterbrochen mit seinem Blick zu fixieren, schwenkte sogar auf den Feldweg ein, der in Richtung des Gehöfts führte. Schließlich bog er doch auf eines der Nachbargrundstücke ab. Auf der anderen Seite, zum Gebirge hin, tuckerte ein Traktor mit Anhänger die Serpentinenstraße hoch, hinter dem sich mehrere Fahrzeuge stauten. Das schlechte Gefühl, das Christoph durch die Erinnerung an den U-Bahn-Stalker befallen hatte, verstärkte sich schlagartig: direkt hinter dem Traktor fuhren zwei schwere Geländewagen mit abgedunkelten Scheiben, und nach ihren wütenden Versuchen zu urteilen, diesen durch Hupen und Lichtsignale an den Rand zu drängen, hatten sie es verdammt eilig.

Miro hatte nicht zu viel versprochen. Der Latte, von einer uniformierten Schönheit in blau-weißen Bunzlauer Porzellantassen serviert, war wirklich vorzüglich. Während er an ihm nippte, schilderte Lemberger das Geschehen auf dem Hermannplatz samt Vorgeschichte und äußerte seine Wünsche. Miro ging an seinen Computer und loggte sich im polnischen Strafregister ein. Die Ergebnisse kamen prompt: Frejtag und Twardowski hatten ein paar kleinere Vorstrafen. Über einen Jozef Swiatelka gab es überhaupt keinen Eintrag. Und den Pferdeschwanztypen *Mariusz* konnten sie mangels näherer Informationen nicht überprüfen.
Miros Schnurrbart verzog sich zu einem Lächeln.
„Ich freue sehr mich über deinen Besuch. Aber das hätten wir auch telefonisch regeln können. Was brauchst du noch?“
Lemberger berichtete vom nächtlichen Anruf des Dolmetschers und fügte hinzu, dass dessen Handy seitdem tot sei und er sich große Sorgen mache. Dann zog er einen Zettel mit Swiatelkas Nummer hervor. Harry hatte sie sie ihm unter einem erheblichen

persönlichen Risiko besorgt, indem er – das allerletzte Mal, wie er betont hatte – in Kummerows Akten geschnüffelt hatte.
„Wenn ich als Vertreter der deutschen Polizei ein Amtshilfeersuchen an dich richten wollte – wie lange würde es dauern, herauszufinden, wo sich der Besitzer dieser Mobiltelefonnummer gerade aufhält?"
Miro warf einen Blick auf den Zettel.
„Wie lange? Auf dem Postweg vier Wochen, wenn alle Anträge ordnungsgemäß gestellt werden und ein entsprechender Beschluss von Gericht ergangen ist. Aber das schon ist die schnelle Variante."
„Und bei Gefahr im Verzuge? Wenn es möglicherweise um Leben und Tod geht? Auf dem kleinen Dienstweg..."
„Kleiner Dienstweg", wiederholte Miro und nahm ihm den Zettel aus der Hand. „Das gefällt mir."
Er verschwand im Nebenraum und begann zu telefonieren.
Lemberger nutzte die Gelegenheit, um Elena auf den neuesten Stand zu bringen.
„Miro hat gerade unsere Kandidaten durch sein System gejagt. Frejtag und Twardowski sind Kleinkriminelle, Swiatelka ein unbeschriebenes Blatt. Kannst du mir sagen, wieso Neumayer so tut, als ob das alles Schwerverbrecher sind?"
„Vielleicht sind sie generell auf dem falschen Dampfer", erwiderte sie. „Vorhin habe ich mit einem Kollegen gesprochen, der sich im Autoschieber-Milieu auskennt. Er hat mir auf Anhieb fünf Fälle genannt, in die Boudari verwickelt war und in denen die Ermittlungen aus für ihn rätselhaften Motiven von der Staatsanwaltschaft eingestellt wurden. Unser Autohändler wird aus irgendwelchen Gründen geschont. Oder er hat sehr gute Kontakte."
Als Miro zurückkam, wirkte sein Gesichtsausdruck ernster und förmlicher als vorher. Er wartete, bis Lemberger das Telefonat

beendet hatte, dann teilte er das Ergebnis seiner Bemühungen mit:
„Dominik, aus vier Wochen machen wir eine halbe Stunde. Aber das geht nur, weil verschiedene wichtige Stellen damit beschäftigt sind. Du hast gesagt, es geht um Leben und Tod. Wenn wirklich die russische Mafia verwickelt ist und sich das auf polnischem Territorium abspielt, kann es nicht mehr eine Sache zwischen uns beiden sein. Kein kleiner Dienstweg, verstehst du?"
Lemberger nickte.
„Ich habe meinen Vorgesetzten unterrichtet", fuhr Miro fort, „dass die deutsche Seite über eine drohende schwere Gewalttat informiert hat. Mein Vorgesetzter hat seinen Vorgesetzten informiert. Und der Vorgesetzte meines Vorgesetzten hat in Warschau angerufen. Nun wird die polnische Polizei entsprechende Maßnahmen ergreifen."
„Was heißt das konkret?"
„Das heißt, wir werden den Ort überprüfen, wo das Mobiltelefon von Jozef Swiatelka lokalisiert wurde."
„Es wurde schon geortet? Wo denn?"
„Karpacz, bei Jelenia Góra", verkündete Miro knapp.
„Jelenia Góra hatte mein Dolmetscher auch erwähnt. Wo liegt das?"
„Unten in den Bergen, 200 Kilometer von hier. Warum fragst du? Willst du dorthin fahren?"
Lemberger schüttelte den Kopf.
„Gern ein andermal, um Urlaub zu machen. Jetzt mache ich mich auf den Heimweg nach Berlin. Miro, ich stehe tief in deiner Schuld. Du hast schwer was gut bei mir."
„Einen Besuch bei uns in Poznań", schlug sein polnischer Kollege vor. „Bald, mit deiner ganzen Familie."

„Bis zum Sommer sieht es schlecht aus, denn Sandra ist momentan in einer sehr intensiven Arbeitsphase", wich Lemberger aus. „Aber ich habe einen anderen Vorschlag: Meine Tauchgruppe wird in dieser Saison im Helenesee üben, gar nicht weit von hier. Vielleicht hast du ja Lust, beim nächsten Mal mitzukommen."

Sie bemerkten die beiden schwarzen Geländewagen erst, als diese den steilen Hang von der Serpentinenstraße zum Gehöft hinunterrollten. Mariusz wurde leichenblass.
„Das ist doch nicht möglich", stieß er hervor. „Wie haben sie uns gefunden?"
Bogdan schlug mit der Faust auf den Tisch.
„Der Dolmetscher!"
„Alle raus hier", rief Mariusz.
Swiatelka schüttelte den Kopf.
„Ihr geht, ich bleibe mit der Tasche hier – dann werden sie euch nicht verfolgen."
Anstelle einer Antwort riss Mariusz die Tasche an sich und rannte hinaus, gefolgt von Bogdan. Swiatelka verspürte den Impuls, ebenfalls die Beine in die Hand zu nehmen, zugleich jedoch den tiefen Wunsch, die Flucht zu beenden, die er besser nie begonnen hätte, damals, an jenem verhängnisvollen Tag, an dem er beschlossen hatte, sich Boudari zu widersetzen. Als er seinen eigenen mit Gottes Willen verwechselt hatte. Er stieg die Treppe hoch und schloss die Tür zu der Dachkammer auf, in der der Dolmetscher festsaß. Sie war leer. Wie gelähmt blieb er am offenen Fenster stehen. Der Kies knirschte unter den Reifen der beiden schweren Wagen. Direkt neben seinem hielten sie an, zwei hässliche schwarze Monsterinsekten, die ein verloren geglaubtes Familienmitglied wiedergefunden hatten.
Von einem Augenblick auf den anderen wurde ihm die ganze

Tragweite seiner Verfehlung bewusst. Boudari war ein Dieb, und Diebe stahlen nun einmal. Doch dass er versucht hatte, es ihm mit gleicher Münze heimzuzahlen, war dumm und unverzeihlich. Das war so, als ob ein völlig ungeübter Kletterer sich ohne Sicherung ins Hochgebirge wagte. Dort hing er nun in der Steilwand und rutschte dem Abgrund und damit dem sicheren Tod entgegen. Stürzte sich selbst und damit auch die eigene Familie ins Verderben.

Vier Männer und eine Frau stiegen aus. Sie schauten sich nach allen Seiten um, checkten die Umgebung. Das Gehöft war perfekt abgeschottet, sowohl von der Serpentinenstraße, die oben am Hang verlief, als auch von den Nachbarhäusern, von denen es durch eine ausgedehnte Wiese und hohe Hecken getrennt war. Nein, bei diesen skrupellosen Räubern und Mördern durfte er nicht auf Schonung oder gar Gnade rechnen. Alles was jetzt noch zu hoffen blieb, war, dass er seinen beiden Freunden einen Vorsprung verschaffen konnte und Jadwiga nicht so bald von ihren Besorgungen aus der Stadt zurückkehrte. Auf puddingweichen Knien torkelte er die Treppe hinunter, musste sich bei jeder Stufe auf das Holzgeländer stützen. Durch das gelbe Ornamentglas in der Eingangstür zeichneten sich ihre Silhouetten ab. *Die Angst nicht zeigen!* Bevor sie sich gewaltsam Zutritt verschaffen konnten, öffnete er und begrüßte sie mit den Worten: „Ich habe Sie erwartet."

Vor ihm stand ein hochgewachsener Mann mit Vollbart. In seinen hellblauen Augen war kein Ausdruck erkennbar, weder Überraschung noch Wut, nicht einmal Anspannung.

„Wir werden uns gleich unterhalten", sagte er auf Russisch.

Dann gab er seinen Leuten einen Wink, woraufhin zwei der Männer und die Frau um das Haus herum ausschwärmten. Der letzte Mann begleitete ihn ins Haus. Offenbar hatte er aus Swiatelkas

Auftreten die richtigen Schlüsse gezogen: dass das Haus leer war und er sie nur hinhalten wollte.

Der Russe mit dem blonden Bart war vielleicht Ende vierzig, hatte einen klaren, offenen Blick und wirkte nicht einmal unsympathisch. Auch Mörder mussten keine schlechten Menschen sein, wahrscheinlich waren sie der Ansicht, dass sie ihre Aufträge ausführen mussten wie jeder andere Arbeitnehmer auch. Und wenn sie einem die Pistole an den Kopf hielten, sagten sie womöglich noch: *Nehmen Sie es bitte nicht persönlich!*

15.

Als Christoph die beiden Wagen von der Straße zum Bauernhof einbiegen sah, kletterte er aus dem Fenster, kroch über die Dachkante auf die Rückseite des Hauses und ließ sich auf eine Veranda herab. Von dort würde er wieder springen müssen, auf die Steinplatten drei Meter unter ihm. Dann bis zum Waldrand laufen und dem Feldweg folgen, auf dem die Bäuerin gefahren war. Unten im Ort würde er sich ein Taxi nach Jelenia Góra gönnen, nach all den Aufregungen.

Beim Absprung vom Verandadach war er in Gedanken bereits unterwegs nach Breslau, kam nicht optimal auf, fing sich mit dem linken Arm ab und verspürte einen stechenden Schmerz im Handgelenk. Die erste Etappe über die Viehweide hinter dem Haus bewältigte er, als ob nichts wäre, verschnaufte in der Deckung einer alten Wettereiche. Hastige Schritte näherten sich, zwei Männer keuchten wenige Meter an ihm vorbei, ohne ihn zu bemerken: Mariusz und der Muskelprotz. Über die Nachbarweide setzte er seine Flucht fort, ein Stück versetzt, um den beiden nicht erneut zu begegnen. Erst als er das schützende grüne Zelt des Waldes erreicht hatte, drehte er sich um: drei Personen kamen über die Wiesen, schritten zügig voran.

Vor einiger Zeit hatte er mit Dorota einen Actionfilm gesehen – sie liebte dieses Genre, wenn es gut gemacht war und ohne Horrorelemente und übermäßiges Blutvergießen auskam – in dem der Verfolgte vor seinen Häschern in die kanadischen Wälder geflüchtet war und sich durch einen waghalsigen 30-Meter-Sprung in einen See gerettet hatte. Er hatte mit dieser Sache eigentlich nicht mehr zu tun als ein Kinozuschauer mit der Handlung auf der Leinwand. Die Verfolger würden versuchen, den beiden Polen den Weg in den Ort abzuschneiden, während er das weitere Geschehen aus der Distanz beobachten konnte. Doch diesmal wollte sich die sonst mit dem Aufbau der Glaskabine verbundene Beruhigung nicht einstellen. Schuld daran war sein Handgelenk, das rasch anschwoll. Deshalb lief er weiter, durch Farnfelder und sumpfige Mulden, immer tiefer in den Wald hinein. Glücklicherweise war das Gelände hügelig und unübersichtlich. Er atmete auf. Hier war er endgültig in Sicherheit.

Früher als Kinder hatten sie im Wald oft Verstecken gespielt. Dabei hatte er gelernt, wie sich Moos zwischen den Fingern anfühlte und wie ein klebriger Tropfen Harz roch. Den Körper mit Laub bedeckt, war er er meist als Letzter übrig geblieben. Und während die anderen schon nach ihm gerufen hatten, war er in Staunen versunken über die Sonnenstrahlen, die durch die Wipfel brachen und Lichtkorridore schufen, in denen die Erde dampfte. Mittlerweile hatte er mit Bäumen nur noch insofern zu tun, als er Unmengen von Papier verbrauchte. Ein Büchermensch war er geworden, unsinnlich und lebensfern. Die Hoffnung, ein anderer werden zu können, auch diese Hoffnung war mit Dorota verbunden gewesen. Und wieder wähnte er sich, in einem doppelten Sinn, auf Vaters Spuren. Vater, der im Alltag gereizt, kaum ansprechbar gewesen war, immer irgendwie abwesend, immer woanders – hier in diesen Wäldern hatte er als Kind gespielt, hier hatte er sich vielleicht zum letzten Mal jung und lebendig gefühlt.

Ein explosionsartiger Knall riss ihn aus seinen Gedanken, nicht weit entfernt. Er beschleunigte noch einmal, überquerte eine riesige Lichtung. Ein Sturm musste die Bäume wie Streichhölzer zur Seite geknickt und entwurzelt haben. Kaum hatte er sie hinter sich gelassen, trug der Wind ihm Stimmen ans Ohr. Hinter dem nächsten Busch warf er sich zu Boden. Etwa zweihundert Meter entfernt bewegte sich zwischen Kiefernstämmen ein Schatten, dem sich ein zweiter zugesellte. Auf der Lichtung nahmen sie Gestalt an, er erkannte einen der Männer und die Frau. Wieso waren sie hinter ihm her und nicht hinter den Polen, und warum hatte er sie nicht abschütteln können?

Wie ein angeschossener Hase hoppelte er zwischen den Bäumen hindurch, auf der Flucht vor seinen Verfolgern und vor der eigenen Angst, die als große schwarze Krähe über ihm schwebte. Rums! Diesmal knallte es so laut, dass der Schreck ihm direkt ins Herz und aus den Zehenspitzen wieder herausfuhr. Über den Baumwipfeln ragte eine dunkelbraune Wand empor, in die sich von allen Seiten bizarre Blitze hineinfraßen. Urplötzlich war das Gewitter von Tschechien her über den Riesengebirgskamm gezogen. Schon fielen die ersten Tropfen. Er fürchtete sich seit jeher vor Gewitter. Jetzt würde es seine Rettung sein, denn bei diesem Lärm konnten die Verfolger unmöglich die Äste unter seinen Füßen knacken hören.

Lembergers Abstecher nach Słubice war durchaus erfolgreich gewesen. Er hatte durch eigene Initiative erreicht, dass die polnische Polizei Sofortmaßnahmen ergriff und dabei Miros Freundlichkeit und Hilfsbereitschaft über alle Maßen ausgeschöpft. Zum Abschied hatte dieser ihm sogar noch eine Reihe von Fotos übergeben, die seinen Bekannten beim Verlassen des Bordells zeigten, sowie die Kopie eines Strafmandats für das verspätete Einschalten des Abblendlichts.

Trotzdem ergriff ihn auf der Rückfahrt nach Berlin eine bohrende Unzufriedenheit. Andere hatten ihm das Heft des Handelns aus der Hand genommen, ohne bisher Licht ins Dunkel dieses Falles zu bringen. Im Gegenteil, LKA, Staatsschutz und Soko lieferten sich einen Wettkampf im Nebelkerzenwerfen. Alles, was er wusste, hatte er gegen ihren Willen erfahren. Nun wurde auch noch „Warschau" eingeschaltet. Richtig, Polen war ja ein klassischer Zentralstaat.

„Miro hat übernommen", gab er an Elena durch. „Trotzdem habe ich kein gutes Gefühl. Zu viele rühren in dieser Sache mit."

„Das ist nicht mehr dein Problem", befand sie. „Du hast getan, was du konntest. Gönn dir die paar Tage, um dich zu erholen."

„Unter diesen Umständen kann ich mich nicht erholen!"

Er berichtete vom nächtlichen Anruf des Dolmetschers.

„Wieso hast du mir das verschwiegen?", fragte sie.

„Weil ich dachte, Jörg macht überall Stimmung gegen Mollwitz, und vielleicht..."

„Auch wenn du es noch nicht bemerkt hast: ich brauche keinen, der mir sagt, was ich denken soll – schon gar nicht Karnicki!"

„Weiß ich doch", wiegelte er ab. „Bei jedem anderen hätte ich übrigens auch gedacht, dass er mit drin hängt. Aber unserem Dolmetscher glaube ich, dass er da durch Zufall und Ungeschicklichkeit hineingerutscht ist."

„Gut, dann habe ich auch noch eine Info, die ich dir eigentlich ersparen wollte. Heute Mittag wurde der vermisste Pförtner gefunden, auf einem verlassenen Bahngelände am Stadtrand. Er hatte die Hände gefesselt und eine Plastiktüte über dem Kopf. Eine Mordkommission hat die Ermittlungen übernommen, aber die Soko ist nicht interessiert. Seltsam, oder? Die Polen, der Dolmetscher, der Pförtner – einer nach dem anderen wird wie von unsichtbarer Hand ausgeschaltet, und alle schauen weg... Lem, bist du noch dran?"

Er schaffte es gerade noch, den Warnblinker einzuschalten und seinen Wagen auf dem Seitenstreifen ausrollen zu lassen. Dort riss er die Tür auf und rang nach Luft. Eine Plastiktüte über dem

Kopf – sein Lebensgefühl in der eigenen Familie! Die gefesselten Hände – so erlebte er die Arbeit, völlig machtlos, ohne eigenen Spielraum, an sinnlose Weisungen gebunden. Einige Minuten lang reckte und streckte er sich neben einem Maisfeld, bis sein Atem wieder ruhig und gleichmäßig ging. Dann begann er die Karte zu studieren und gab schließlich im Navigationsgerät ein neues Fahrtziel ein: Görlitz im letzten deutschen Zipfel Niederschlesiens. Von dort war es nicht mehr weit bis zum Riesengebirge.

Du bereitest vor mir einen Tisch im Angesicht meiner Feinde – denselben Frühstückstisch, den seine Freunde so überstürzt verlassen hatten. Einige Minuten lang aßen und tranken die beiden Männer schweigend, ohne ihn zu beachten. Der bärtige Anführer machte einen gelassenen Eindruck, während der Begleiter mit seinen buschigen Augenbrauen und verkniffenen Lippen so finster wirkte wie das Wetter draußen vor dem Fenster. Schlagartig hatte sich der Himmel zugezogen. Es donnerte und blitzte, als wäre Satan persönlich erschienen. Swiatelka erhob sich, um Licht zu machen, worauf der Finsterling sofort zu seiner Waffe griff.

Der Bärtige beschwichtigte ihn mit einer Handbewegung.

„Weißt du, wer ich bin?“, fragte er auf Russisch.

Swiatelka schüttelte den Kopf.

„Ich bin Viktor.“

„Ich kenne keinen Viktor.“

„Du kennst mich nicht, und trotzdem bestiehlst du mich?“

„Das war ein Irrtum.“

„Ein teurer Irrtum, der mich viel Geld gekostet hat.“

„Dann wäre jetzt der richtige Moment, um aufzuhören.“

Schnell legte er sich auf Russisch zurecht, was er sagen wollte.

„Ich sorge dafür, dass Sie Ihre Tasche zurückbekommen, und Sie lassen mich gehen. Und die anderen auch."
Viktor lachte.
„Mein Eigentum hole ich mir schon selbst zurück. Vor allem geht es aber darum, dass in diesem Marktsegment nur Platz ist für Einen, verstehst du?"
„Meinen Sie die Kristalle? In meinem ganzen Leben hatte ich nie etwas mit Rauschgift zu tun. Ich schwöre es bei der Jungfrau Maria, bei allen Engeln und Heiligen!"
„Du hast versucht, mir meinen Geschäftspartner auszuspannen..."
„Boudari? Das ist etwas Privates zwischen ihm und mir. Er hat mich betrogen und ruiniert, da wollte ich mir wenigstens einen Teil zurückholen. Im Übrigen verstehe ich nicht, wieso Sie sich ausgerechnet an ihn gewendet haben. Zwar hat er überall seine schmutzigen Finger drin, aber bisher nicht im Rauschgifthandel."
Viktor starrte ihn an.
„Nicht wir haben uns an ihn gewendet, sondern er sich an uns! Was meinst du dazu, Timur?"
Ohne eine Miene zu verziehen, griff sein Begleiter nach einem weiteren Brötchen.
„Er sagt die Wahrheit."
Timur klang nicht russisch. Den Gesichtszügen nach zu urteilen, war er Kaukasier, um den Hals trug er eine goldene Kette mit Halbmond und Krummschwert.
Auf der Treppe näherten sich laute Schritte. Ein dritter Mann polterte ins Zimmer und stellte die Tasche auf den Tisch, die ihnen so viel Unglück gebracht hatte.
„Und?", fragte der Anführer.
„Niko glaubt, dass er die beiden *Polaki* erwischt hat."
„Was soll das heißen: *er glaubt*?"
„Er hat wieder mit seinen Handgranaten herumgespielt. Bei

dem Gewitter fällt das niemandem auf, meinte er."
„Habt ihr sie gefunden oder nicht?"
„Nur einen."
„Und wo sind Niko und Oksana?"
„Verfolgen den Dolmetscher."
„Sie sollen sofort abbrechen."
„Aber der *Arab* wollte doch, dass wir..."
„Wir müssen hier verschwinden. Treffpunkt in dreißig Minuten auf dem Parkplatz am Wasserfall."
Swiatelka schöpfte neue Hoffnung.
„Bitte glauben Sie mir, dass wir Ihr Eigentum nur irrtümlich mitgenommen haben. Dafür entschuldige ich mich ausdrücklich."
„Ich glaube dir und nehme deine Entschuldigung an", entgegnete der Russe. „Da ich offenbar nur von Lügnern und unfähigen Versagern umgeben bin, habe ich Respekt vor Menschen, die die Wahrheit lieben und in der Lage sind, ihr eigenes Verhalten kritisch zu überprüfen."
Nichts Unfreundliches lag in seinem Blick, und es klang ehrliches Bedauern durch, als er hinzufügte: „Nun bitte ich dich, auch meine Entschuldigung anzunehmen. Es ist nicht persönlich gemeint."
Er wandte sich an den Kaukasier: „Wenn du hier fertig bist, kommst du mit dem dritten Wagen nach und nimmst Niko und Oksana an der Straße auf."
Dann verließ er mit seinem Gefolgsmann den Raum.

In strömendem Regen hastete Christoph weiter. Der Donner wurde schon wieder leiser, das Gewitter zog ebenso schnell ab, wie es aufgekommen war. Ein Farbsymbol am nächsten Baumstamm zeigte an, dass er auf einen Wanderweg gestoßen war. Er folgte dem Weg bis zu einer Biegung, dahinter ging es abwärts, in eine Schlucht, an deren Grund sich eine kleine Steinbrücke über einem Bach spannte. Zu dieser Brücke zog es ihn, dorthin rannte, vielmehr flog er. Die Angst verlieh ihm Flügel, sein Körper war eine flatternde Krähe, die abheben und sich verflüchtigen wollte, die im Begriff war, die letzten 15-20 Jahre Erwachsenwerdens und antrainierter Vernunft mit ihren Flügeln wegzuwischen. Am Boden hielt ihn nur die helle Jungenstimme in seinem Kopf: *Versteck dich!*

Der Junge schleuderte den Rucksack zehn Meter vor sich auf den wieder ansteigenden Weg, klammerte sich an den verrosteten Lauf eines schmiedeeisernen Geländers, tastete sich die steile Böschung hinab. Unter ihm gurgelte der Bach. Die letzten Meter kam er ins Rutschen, stolperte durch ein Brennnesselfeld und stand auf einmal bis zur Taille in eisigem Wasser. Die Strömung war stärker als gedacht. Mit Mühe watete er unter die Brücke und presste sich in die Wölbung ihres steinernen Fundaments. So harrte er aus, mit angehaltenem Atem. In der Ferne grollte der abziehende Donner. Irgendwo klopfte ein Specht. Das nächste, was er hörte, war ein Scharren auf der Brücke direkt über ihm. Dann sagte eine Männerstimme auf Russisch:

„Das Signal ist ganz nah. Irgendwo hier muss sich das Arschloch versteckt haben!"

Ungestüm flog die schwarze Krähe gegen den Brückenpfeiler, wollte den Jungen mit sich reißen. Wenn sie ihn jetzt entdeckten, würde diese Brücke sein Grab werden. Bis in alle Ewigkeit würde er mit ihr verschmelzen, im wahrsten Sinne des Wortes versteinern. Der Fährmann auf dem See der Finsternis – er würde sein Ruder nie wieder abgeben.

„Da vorne liegt was!", meldete sich die Frau.

Sie hatten den Rucksack entdeckt. Schritte, kurz darauf das Klingeln eines Handys.

„Alles klar“, sagte der Mann. „Komm, Oksana. Der Typ ist nicht mehr wichtig. Neue Anweisung vom Chef.“
Nach einer kurzen Pause fing er an zu brüllen: „Du sollst kommen, hier entscheide ich!“
Die Entgegnung der Frau konnte er nicht verstehen, aber sie klang alles andere als freundlich. Noch einmal liefen sie über ihn hinweg, dann entfernten sich ihre Schritte in der Richtung, aus der sie gekommen waren. Mit wenigen Flügelschlägen erhob sich die Krähe in die Luft und begann über dem Wald ihre Kreise zu ziehen. Die Stille war zurückgekehrt, nur ein Satz hallte in ihr nach: *Der Typ ist nicht mehr wichtig.*
Der Junge spürte seinen Körper nicht mehr, auch nicht das verletzte Handgelenk. Er bestand nur noch aus klappernden Zähnen. Langsam zählte er bis hundert, dann versuchte er sich aus seiner Erstarrung zu lösen, bewegte erst die Beine, danach Hände und Arme. Allmählich kehrte das Körpergefühl zurück, wuchs Christoph wieder auf Normalgröße. Schließlich wagte er sich aus seinem Versteck. Um nicht erneut durch die Brennnesseln zu müssen, erklomm er die Böschung auf der anderen Seite der Brücke. Hier war die Konstruktion von knorrigen Schlingpflanzen überwuchert, an denen er sich hochzog. Als er fast oben war, ertasteten seine Finger unter dem dicksten Strang ein paar Einkerbungen im Gemäuer. Er bog ihn nach oben. Darunter erschien eine Inschrift in gotischen Lettern, halb verwittert, aber noch deutlich lesbar: „Rothwasser“. Der Name des Baches, der Vater entfallen war! *Zwischen Krummhübel und Raschken, jedes Frühjahr wird er zu einem reißenden Fluss.* Um in den nächsten Ort zu gelangen, musste er nur der Rothwasser folgen.

Von dem Regenschauer bis auf die Knochen durchnässt, stapfte sie durch den Wald. „Neue Anweisung vom Chef", hatte das Käsegesicht getönt. Sie sollten zur Straße laufen, wo Timur sie einsammeln würde. Noch tiefer konnte Viktor in ihrer Achtung nicht sinken. Erst schärfte er ihnen ein, wie wichtig es sei, den Dolmetscher zur Strecke zu bringen, dann wurde die Jagd Knall auf Fall abgeblasen. Dabei war sie immer eine ausgezeichnete Jägerin und Fährtenleserin gewesen, konnte schleichen wie eine Raubkatze, ließ nicht locker, bis sie ihre Beute erlegt hatte. Vorausgesetzt, sie hatte einen Auftraggeber, der diese Fähigkeiten auch zu würdigen und einzusetzen wusste. Und keinen Klotz am Bein, der viel zu laut redete, permanent keuchte, weil er bei der kleinsten Anstrengung aus der Puste kam und eine Geräuschkulisse produzierte, die alle Kreaturen des Waldes im Umkreis von Hunderten Metern aufscheuchte, einschließlich des Zielobjekts.

Niko brauchte schon wieder eine Pause. Angewidert drehte sie sich nach ihm um. Er wischte sich den Schweiß von der Stirn und verschnaufte, gegen einen großen, allein stehenden Felsen gelehnt.

„Besser, du hättest dich vorher ausgeruht und mich das allein zu Ende bringen lassen", sagte sie. „Bis du am Treffpunkt gewesen wärst, hätte ich den Dolmetscher erledigt. So hätten wir beide Punkte gesammelt und nicht wieder als Versager dagestanden."

„Du hast doch gehört, was Viktor gesagt hat", keuchte er. „Abbrechen und an der Straße auf Timur warten!"

„Tja, er weiß eben, wie mies deine Kondition ist."

„Schieb die Schuld nicht auf mich!", giftete er zurück. „Du bist doch diejenige, die immer querschießt, die einen Aufpasser braucht, weil sie unzuverlässig ist und Aufträge eigenmächtig abändert. Die völlig unfähig ist, in einem Team ..."

Ihr Handy summte.

„Oksana?“, ertönte eine wohlvertraute Stimme, leise und wie von weit her.
„Ich höre dich, Babuschka“, meldete sie sich. „Geht es dir gut?“
„Mit wem sprichst du da?“, geiferte Niko. „Leg sofort auf!“
„Schschsch!“, machte sie.
„Mir geht es gut, wenn ich deine Stimme höre, Oksana. Es wäre so schön, wenn du ...“
Der Rest des Satzes ging im lauten Geschimpfe des Käsegesichts unter. Sie drehte sich von ihm weg.
„Leider ist es hier so laut, dass man kaum sein eigenes Wort versteht.“
Niko zerrte an ihrem Arm.
„Viktor hat mich ausdrücklich beauftragt, solche Telefonate sofort zu unterbinden. Gib das Handy her! Mit wem sprichst du?“
Sie drehte sich um.
„Mit meiner Großmutter.“
„Ich lach´ mich tot!“
„Pass auf, dass ich dich nicht beim Wort nehme ...“
Obwohl sie schon ausgeschaltet hatte, kam er jetzt erst richtig in Fahrt.
„Du verdammte Hure, ich habe deine Arroganz und deine Extratouren so satt! Deshalb habe ich meinen Onkel gebeten, dass er dich von Timur bändigen lässt. Du wirst dich noch nach mir zurücksehnen! Die Frage ist nur, ob du überhaupt noch zu gebrauchen bist, wenn Timur mit dir fertig ist ...“
Oksana hörte gar nicht mehr hin, was er sagte, sondern beobachtete in einer Mischung aus Ekel und Faszination, wie sich der pockennarbige Truthahn aufplusterte, nach ihr schnappte und dabei unentwegt krakeelte. Kurzzeitig war das belustigend, dann wollte sie nur noch, dass dieses furchtbar hässliche Tier

mit seinem nervigen Geschnatter aufhörte. Ihr Hieb unter sein Kinn kam so überraschend und präzise, dass er keine Chance zur Abwehr hatte. Wie vom Blitz getroffen ging er zu Boden und zog mit beiden Händen an seinem Hals, als könne er dadurch den eingedrückten Kehlkopf wieder herrichten. Sie wählte die letzte Telefonnummer an.

„Entschuldige bitte, ich musste kurz unterbrechen, es war einfach zu laut."

„Wo bist du denn, mein Herz? In Kiew?"

„Ja, in einem wunderschönen Park, mit riesigen, uralten Bäumen."

„Kommst du mich bald besuchen? Ich spüre, dass ich nicht mehr viel Zeit habe."

„Sag so etwas nicht, Babuschka! Kümmert sich Herr Minkus nicht gut um dich?"

„Er kümmert sich, aber dich kann er nicht ersetzen ..."

Das Käsegesicht rasselte wie eine Nähmaschine. Sie entfernte sich ein paar Schritte. Hinter dem Findling ging es einige Meter bergab, bis zu einer mit Regenwasser gefüllten Mulde, die von Farnen verdeckt war. Ein idealer Ort.

„Oksana, versprichst du mir, dass du mich bald besuchst?"

„Ich verspreche es."

Ihr Ex-Partner krümmte sich röchelnd am Waldboden, die heraustretenden Augen starr auf sie gerichtet, das Gesicht puterrot, mit Tendenz ins Lilafarbene. Sinnierend blieb sie neben ihm stehen. Eigentlich hatte sie sich klammheimlich abseilen wollen. Doch es war kein Erdbeben, dass sie von ihrem Plan abgewichen war. Ihr zukünftiger Chef gab ihr alle Freiheiten, das machte den Unterschied zu Viktor. Sie hockte sich neben das Käsegesicht.

„Du hast mir gesagt, was du von mir hältst, Niko, deshalb möchte ich dir auch ein paar Worte sagen. Sicher ist dir nicht entgangen, dass ich dich von Anfang an abstoßend fand: deine völlig unbegründete Überheblichkeit, deine himmelschreiende Dummheit, die Feigheit, die du mit übertriebener Brutalität zu kaschieren versuchst. Aber weißt du, was mich immer am meisten gestört hat? Dass du so blass bist. Jetzt bekommst du endlich ein bisschen Farbe…"

Sie packte seine Arme, um ihn hinter den Felsen zu ziehen, doch er bäumte sich noch einmal auf, versuchte, nach ihr zu treten. In sicherem Abstand setzte sie den Schalldämpfer auf.

„Trotzdem solltest du nicht denken, dass das hier eine persönliche Revanche ist", sagte sie. „Ich möchte mich einfach beruflich verbessern – das ist mein gutes Recht, oder?"

Ein wildes Zappeln war die Antwort. Nachdem sie ihn mit zwei Schüssen ruhiggestellt hatte, rollte sie seinen Körper den Abhang hinunter, wo er zwischen den Farnen in der Pfütze verschwand. Den Rest würden die Wildschweine besorgen.

Lehre uns bedenken, dass wir sterben müssen, auf dass wir klug werden… Wie oft hatte Swiatelka in Gedanken den Moment durchgespielt, da er von allem, was ihm lieb war, Abschied nehmen und Bilanz ziehen musste. Dabei hatte er sich immer eine große Bühne vorgestellt, auf die er – wie ein Gymnasiast bei der Abiturfeier – hinaufgerufen wurde, um vor Gott Rechenschaft über sein Leben abzulegen. Demütig und stolz zugleich würde er diesen Gang antreten, hatte er gedacht, in dem Bewusstsein, sein Bestes gegeben, nicht umsonst gelebt zu haben. Nun war der Moment gekommen, doch ganz anders als in seiner Phantasie: nicht feierlich, sondern unwürdig und hektisch. Er wurde als Mensch auf den Wert eines Sacks Müll reduziert, den ein Finsterling namens Timur schnellstmöglich zu entsorgen hatte.

Dieser hatte das letzte Brötchen aufgegessen und rieb sich die Krümel von den Fingern.

„Leg dich auf den Bauch", befahl er. „Bringen wir es hinter uns."
In der größten Not klammerte man sich an den kleinsten Strohhalm. Für Swiatelka war das der Halbmond-Anhänger um den Hals des Mannes.
„Bist du aus Tschetschenien?", fragte er auf Russisch.
„Dagestan", erhielt er zur Antwort. „Du sollst dich hinlegen!"
„Wieso kommst du von so weit her, um hier in unserem Land zu töten?"
„Von anderswo kommen ungläubige Hunde in mein Land und töten mein Volk!"
„Du meinst die Russen? Warum schließt du dich dann einem Russen an und befolgst seine Befehle? Lass mich einfach laufen, Viktor wird es nie erfahren …"
Der Kaukasier hob seine Pistole.
„Genug geschwatzt!"
Swiatelka ging auf die Knie und faltete seine Hände.
„Du bist gläubig?", fragte Timur.
Er nickte nur, die Todesangst schnürte ihm die Kehle zu.
„Dann sprich dein letztes Gebet!"
Mit zitternden Fingern deutete er auf das Goldkettchen um den Hals des Mannes, der ihn gleich erschießen würde.
„Wenn du auch an einen barmherzigen Gott glaubst, verschone mich! Ich habe zwei Kinder und …"
„Mein Gott hat unser aller Schicksal vorherbestimmt", unterbrach ihn der Kaukasier barsch. „Also füge dich in deines! Du hast genau zwei Minuten."
Sein Handy klingelte. Mit einem Blick auf seine Armbanduhr bedeutete ihm der Mann, dass die Zeit lief und ließ sich auf einem der Korbstühle nieder, die um den Tisch standen.
„Dann wartet ihr eben weitere fünf Minuten!"
Seine Stimme klang verärgert.

„Ich hab´ hier noch was zu erledigen, du kannst mich mal, Oksana!"
Mit diesen Worten warf er das Handy auf den Tisch und lud seine Waffe durch.
Es würde kein Wunder geben! Swiatelka schloss die Augen, versuchte sich zu sammeln, der Angst, die wie glühende Lava auf ihn zuströmte, einen festen, kühlen Gedanken entgegenzusetzen. Erst Rudolf, nun Mariusz und Bogdan, und in wenigen Sekunden war er an der Reihe. Magda würde allein bleiben. Seine Kinder mussten ohne Vater aufwachsen. Er hatte sein Leben und das seiner Familie verpfuscht, weil er sich an einem Kriminellen hatte rächen wollen. Aus rein egoistischen Motiven. Hatte sich eingeredet, dies wäre Gottes Wille. Aber hatte er sich die Stimme wirklich nur eingebildet? Diese eindringliche, überzeugende Stimme, die ihn ermutigt hatte, nicht feige den Schwanz einzuziehen, nicht klein beizugeben, Boudari den Betrug nicht durchgehen zu lassen? *Herr im Himmel!* Dann war alles, ALLES nur ein einziger riesiger Irrtum! Ihm wurde schwindelig. Vielleicht schenkte Gott ihm eine letzte, erlösende Ohnmacht.
„Hilf meinem Unglauben, Herr!", flüsterte er auf Polnisch. „Ich glaube, dass das, was du mit mir vorhast, einen Sinn hat. Auch wenn ich diesen Sinn nicht begreife, will ich mich vertrauensvoll in deine Hand begeben."
Wenn das seine letzten Worte sein sollten, wollte er sie laut und vernehmlich äußern. Er räusperte sich und fuhr fort:
„Ich weiß, Herr, dass du steinerne Herzen erweichen, Böses in Gutes verwandeln kannst. Deshalb fällt es mir schwer zu akzeptieren, dass ich jetzt sterben soll für meine Dummheit. Halte deine schützende Hand über Magda und die Kinder. Auch bitte ich dich für diejenigen, die viel Schlimmeres getan haben als ich, die unendliches Leid verursachen, die sich zum Richter über

Leben und Tod aufspielen. Sie rauben und morden, handeln mit Rauschgift und stürzen junge Menschen ins Verderben. Da du gerecht bist, Herr, wirst du sie viel schlimmer bestrafen als mich. Wie furchtbar muss deine Strafe für sie sein, es schaudert mich, wenn ich nur daran denke…"
„Schluss jetzt!", schnitt ihm der Kaukasier das Wort ab. „Glaubst du, ich verstehe nicht, was du da redest?"
„Schreckliche Krankheiten wirst du ihnen senden", rief Swiatelka. „Unermessliches Unglück wird sie und ihre Familien fortan verfolgen. Die Sonne wirst du ihnen verdunkeln, und sie werden keinen glücklichen Tag mehr haben in ihrem Leben."
Der Knall war ohrenbetäubend! Etwas Warmes lief ihm über den Hinterkopf in den Nacken, dann ließ er sich zu Boden sinken. *Es hat gar nicht weh getan!* Erst als er hinter sich Schritte hörte, öffnete er die Augen und drehte sich um. Der Kaukasier saß zusammengesunken auf dem Stuhl, zu seinen Füßen bildete sich eine Blutlache. Neben ihm stand ein junger Mann mit einer Pistole. Er trug schwarze Handschuhe und war leichenblass im Gesicht.
„Wo ist sie?", fragte er, sichtlich um Fassung bemüht.
„Ru… Rudolf?", stammelte Swiatelka.
Es dauerte eine Weile, bis der Groschen fiel. Der Schock war schuld, aber auch die frappierende Ähnlichkeit der beiden Zwillingsbrüder, die er von klein an zusammen auf der Dorfstraße hatte toben sehen, die als Jungen unzertrennlich gewesen waren.
„Dich hat der Himmel geschickt!", brachte er mit einem Seufzer der Erleichterung hervor.
„Nein, ein alter Freund", gab Albert zurück. „Und dein Gerede, das ich schon von draußen gehört habe. Wo ist die Mörderin meines Bruders?"

Swiatelka deutete auf den Kaukasier.
„Gerade hat sie ihn angerufen. Die ganze Bande trifft sich auf einem Parkplatz am Wasserfall."
Damit konnte nur der Zackelfall auf der Straße nach Szklarska Poręba gemeint sein. Er sprach ein Gebet für den Mann, der an seiner Stelle gestorben war, wusch sich im Bad das fremde Blut aus dem Nacken und hinterließ im Hausflur einen Zettel mit der Nachricht, dass Jadwiga, wenn sie zurückkam, die Polizei rufen und nicht den Frühstücksraum betreten solle. Dann stieg er in den Wagen, der ihm ebenso neu geschenkt worden war wie sein Leben. Albert saß mit fiebrigem Blick auf dem Beifahrersitz. Es war deutlich zu spüren, dass ihn das Geschehene überforderte. Er hatte etwas getan, zu dem er unter normalen Umständen nie imstande gewesen wäre. Gott selbst musste ihm die Hand geführt haben. Mit einem Paukenschlag hatte ER sich in seinem Leben zurückgemeldet und zum Zeichen seiner Gnade und Barmherzigkeit auch noch quer über die Straße nach Szklarska Poręba einen schillernden Regenbogen gespannt. Dieser nahm Swiatelka zumindest für ein paar Minuten die drückende Last des schlechten Gewissens: dass so viel Blut vergossen worden war, dass keiner wusste, wie viele Opfer es noch geben würde, und dass er an alledem nicht unschuldig war.

16.

Christoph folgte der Rothwasser durch ihr enges, schluchtartiges Tal, bis das Gelände ebener wurde und der Wald sich lichtete. Statt der Fichten sah man nun viele Birken, auch Eichen und Kastanien, ja sogar verwilderte Apfelbäume. Dass hier einmal eine menschliche Siedlung gewesen war, bezeugten einige von Efeu überwucherte, durchgerostete Grabkreuze. Zwei buntgefiederte Fasane huschten vorüber und verschwanden im Unterholz. Auf dem Boden zwischen den Birken erstreckte sich wie der Schuppenpanzer eines schlafenden Drachen ein feines Muster moosbewachsener Steine, vergessenes Pflaster, das zu beiden Seiten von Häuserfundamenten und zugewachsenen Öffnungen ehemaliger Kellergewölbe gesäumt wurde – er ging auf einer alten Dorfstraße.

Mitten in diesem untergegangenen Dorf, unter einer uralten, knorrigen Eiche, stand ein Klappstuhl auf zwei umgekippten Gemüsekisten. Darauf thronte Rübezahl, der legendäre Berggeist des Riesengebirges. Mit Rauschebart und schulterlangem, schlohweißem Haar saß er vor einem großen Holzklotz und schnitzte an seinem Ebenbild. Er war so in seine Arbeit vertieft, dass er zusammenzuckte, als Christoph neben ihm auftauchte.

„Entschuldigen Sie, ich wollte Sie nicht erschrecken. Ich bin Tourist und habe mich im Wald verirrt. Können Sie mir sagen, wie ich von hier aus nach Jelenia Góra komme?"

„Tourist, soso", murmelte der Holzschnitzer. „Aus Deutschland, was? Spricht aber gut Polnisch für einen Deutschen. Seltsam, seltsam …"

Er erhob sich und steuerte auf einen Mauervorsprung vor, auf dem eine Thermoskanne stand.

„Ein Schluck Tee gefällig, *der junge Herr*?"
Die letzten Worte sagte er auf Deutsch.
„Sie sprechen Deutsch?"
„Hitler hat´s mir beigebracht!", wechselte der Alte zurück ins Polnische und schwenkte die Kanne.
Christoph nickte zögerlich. Rübezahl hatte kaum noch Zähne im Mund, aber bestimmt viel zu erzählen. Sie setzten sich auf das Mauerstück.
„Hieß das früher hier Reschken?", fragte er und nahm einen Schluck von dem lauwarmen Gebräu, das mindestens zur Hälfte aus Wodka bestand. „Ich kenne leider nur den deutschen Namen."
„Rzepakowo", erwiderte der Alte. „Aber wenn der junge Herr jemanden sucht, kommt er fünfzig Jahre zu spät. Die erste Zeit nach dem Krieg haben hier noch Leute gewohnt, dann wurde der Ort aufgegeben."
Er deutete auf einen Trampelpfad quer durch den Birkenwald.
„Alle zogen in die Neubausiedlung, dort gleich hinter dem nächsten Hügel. Aber sagte er nicht, er ist Tourist und hat sich verirrt?"
„Mein Vater ist hier in der Nähe aufgewachsen und hatte damals einen Kinderfreund unter den neu zugezogenen Polen. Sein Vorname war Kamil. Bei Kriegsende muss er zehn oder elf gewesen sein."
„Da soll man den alten Maksymiuk fragen", krächzte der Alte. „Gleich nach dem Krieg ist er nach Karpacz gekommen und betreibt immer noch mit seinem Sohn ein Ausflugslokal an der Kirche Wang. Wenn jemand was weiß, dann er."

Ihr Entschluss, bei Viktor zu kündigen, war schon seit längerem gereift. Die zermürbenden Begleitfahrten durch Tschechien, der häufige Schlafmangel, der Ekel vor den Junkies, die Demütigungen durch Zuhälter, die sie mit einer ihrer Cracknutten verwechselten. All das hatte sie ertragen, weil sie professionell sein wollte. Weil sie sich in der Männerwelt, in der sie arbeitete, keine Blöße geben durfte und jede noch so große Entbehrung im Dienste einer besseren Zukunft gerechtfertigt schien. Eine Zeitlang schien es, als habe Viktor ihr den Raum geben wollen, den sie brauchte. Dann hatte er einen fadenscheinigen Vorwand genutzt, um sie in die Enge zu treiben. Sie schuldete ihm nichts. Es war Zeit, *doswidanija* zu sagen, und zwar so, dass er ihr keinen Ärger mehr bereiten konnte.

Sie wählte seine Nummer.

„Na, endlich!“, bellte er los.

„Hat länger gedauert als erwartet“, entgegnete sie betont harmlos. „Seid ihr schon auf dem Parkplatz?“

„Wo denn sonst? Gib mir Niko!“, forderte Viktor.

„Er versteckt die Leiche. Wir haben den Dolmetscher im Wald erledigt.“

„Ihr solltet sofort zur Straße kommen. Wann lernt ihr endlich, meine Anweisungen zu befolgen!“

„Entschuldige, kommt nicht wieder vor.“

„Das Süßholzraspeln liegt dir nicht, Oksana. Was willst du?“

„Respekt für mich und meine Arbeit!“, brauste sie auf. „Niko hat mir erzählt, dass du ihm das Kommando übertragen hast, weil er dein NEFFE ist. Leider ist ihm das gewaltig zu Kopf gestiegen. Seitdem macht er, was er will, schmeißt mit seinen Handgranaten um sich, verpatzt einen Auftrag nach dem anderen und piesackt Mitarbeiter, die dir eigentlich treu ergeben waren.“

„Meinst du etwa dich selbst, du falsche Schlange?“

„Ich wollte dich nicht betrügen! Boudari hat mich um einen kleinen Gefallen gebeten, und den habe ich ihm getan."
„Oksana, du kanntest die Regeln und hast sie trotzdem gebrochen. Dadurch hast du mich gezwungen, Niko das Kommando zu übertragen."
„Obwohl er dumm und unbeherrscht ist, völlig unbrauchbar für deine Pläne? Du hast eine miserable Menschenkenntnis, Viktor, ich bin wirklich enttäuscht von dir!"
„Wie redest du mit mir?"
„Sei mir lieber dankbar, dass ich ehrlich bin und nicht so ein Schleimscheißer wie dein Neffe und all die anderen um dich herum!"
„Okay, wir besprechen das in Ruhe", lenkte er scheinbar ein. „Alle sollten sich um mehr Respekt bemühen. Aber jetzt kommt so schnell wie möglich zur Straße. Timur sammelt euch dort ein."
Timur, seine rechte Hand, ein roher Befehlsempfänger, der laut Niko bereits den Auftrag erhalten hatte, sie zu „zähmen". Dafür würde Viktor jetzt seine verdiente Strafe erhalten. Auch Timur würde seine Fahrt allein antreten müssen und zwar an einen Ort, an den sie ihm nicht zu folgen gedachte.
Nachdem ihr ehemaliger Chef aufgelegt hatte, wählte sie eine andere Nummer. Es war die Notrufnummer der polnischen Polizei.

In ausreichender Entfernung vom Zackelfallparkplatz hielt Swiatelka auf einem Waldweg an und unternahm einen letzten Versuch, Albert von seinem Vorhaben abzubringen.
„Du solltest auf deine Rache verzichten und die Polizei verständigen."
„Die Polizei kann oder will gegen diese Leute nichts ausrichten",

entgegnete Albert. „Das weißt du selbst."
„Wie wird sich dein Vater fühlen, wenn er nach seinem ersten Sohn auch noch den zweiten verliert?"
„Wie wird er sich fühlen, wenn der Tod seines Sohnes ungesühnt bleibt?"
Swiatelka seufzte.
„Wenn du willst, warte ich hier auf dich."
Albert öffnete die Tür.
„Zwanzig Minuten, danach fährst du ohne mich."
Er wollte hinaus, aber Swiatelka hielt ihn zurück: „Wie hast du uns gefunden?"
„Durch den Anruf eines Freundes. Er hat gesagt, wo ihr übernachtet und dass die Russen euch direkt auf den Fersen sind."
„Was für ein Freund?"
„Mein Vater hat gute Kontakte zu den Behörden", sagte Albert und stieg aus. Nach wenigen Schritten hatte ihn die Dunkelheit verschluckt.
Jemand konnte seine Gedanken lesen. Jemand wusste, dass er zu Jadwiga gefahren war, kaum dass er selbst diesen Entschluss gefasst hatte. In Swiatelkas Kopf blitzte das Bild einer überdimensionalen Hand auf, in der alle Fäden zusammenliefen, die ihre Marionetten so bewegte, wie es für sie nützlich war. Gott und Satan hatten miteinander gewettet – wem von beiden gehörte die Hand? Seit Wochen ein Leben im Ausnahmezustand. Vor dem beruflichen Ruin stehend. In Ängsten um seine Familie. Auf der Flucht. Von der Polizei gesucht. Zweimal knapp dem Tode entronnen. Mit einem Schlag aus der Mitte der Gesellschaft an den Rand gedrängt. Das alles war nicht leicht anzunehmen. Dennoch wehrte sich Swiatelka gegen den Gedanken, es sei sinnlos und willkürlich geschehen. Er holte seine Bibel hervor und schaltete die Leselampe an:

Nähme ich Flügel der Morgenröte und flöge ans äußerste Meer, würde auch dort deine Hand mit mir sein und deine Hände mich halten, Herr! Spräche ich: Finsternis möge mich decken und Nacht statt Licht um mich sein! Wäre auch Finsternis nicht finster bei dir, und die Nacht leuchtete wie der Sonnenschein.

In der Ferne näherten sich Scheinwerfer auf der Straße, viele Scheinwerfer, die plötzlich auf Standlicht umschalteten. Als die Kolonne seinen Waldweg passierten, zählte er sechs vollbesetzte Transporter mit vergitterten Scheiben, wie die Sondereinheiten sie benutzten. Zweifellos wurde hier ein fremdes Drehbuch realisiert, in dem er keine Rolle mehr spielte, aus dem er gnädig entlassen war.

Er verließ den Wagen und rannte hinter Albert her, auf einem Trampelpfad neben dem Fluss, fünfzig Meter parallel zur Straße. Von weitem sah er die Lichtmasten des Parkplatzes durch den Wald schimmern. Zweimal stolperte er in der Dämmerung, rappelte sich aber sofort wieder auf. Der Pfad endete auf einer Anhöhe über dem Parkplatz, gesäumt von dichten Büschen. Hinter einem von ihnen kauerte Albert und zielte mit seiner Pistole auf die beiden Männer, die unten neben den Geländewagen standen und rauchten. Ohne zu überlegen, warf sich Swiatelka auf ihn. Sie kugelten die Böschung hinunter, zurück auf den Pfad, dort gewann Albert die Oberhand.

„Verdammt, was tust du!", keuchte er und holte aus.

Swiatelka hielt sich schützend die Hände vors Gesicht.

„Hör doch!"

Über ihnen knatterte ein Hubschrauber und ließ seinen Suchscheinwerfer aufflammen. Vom Parkplatz her ertönte Hundegebell sowie eine unverständliche Lautsprecherdurchsage, dann knallten ein paar einzelne Schüsse, denen ganze Salven aus automatischen Waffen folgten. Auf dem Trampelpfad rannten sie zurück zum Auto und fuhren los. In Schrittgeschwindigkeit rollten sie an dem hell ausgeleuchteten Parkplatz vorbei. Mit Sturmhauben vermummte Polizisten in kugelsicheren Westen wedelten mit ihren Maschinenpistolen und forderten sie energisch zum Weiterfahren auf.

War er bis Görlitz schnell vorangekommen, so verlangsamte sich das Fahrttempo auf der polnischen Seite der Grenze beträchtlich. Die gewundene Landstraße über zunehmend bergiges Gelände führte durch kleinste Dörfer, hinter jedem Lkw saß man minutenlang fest. Mittlerweile wurde es dunkel. Es war eine Schnapsidee gewesen, in ein fremdes Land zu fahren, dessen Sprache er nicht beherrschte, um jemandem zu helfen, von dem er nicht wusste, wo er sich befand. Doch zum Umkehren war es zu spät. Er schickte eine SMS an Sandra und bat sie, die Kinder zu grüßen. Wenn er Mollwitz nicht fand – und das war mehr als wahrscheinlich – würde er sich irgendwo ein Zimmer für die Nacht nehmen. Dann konnte er morgen noch einen kleinen Ausflug ins Riesengebirge unternehmen, bevor er abends die Heimreise nach Berlin antrat.
„Ich verstehe dich nicht, Lem!"
Elena klang ungeduldig und besorgt zugleich.
„Gestern hast du eine Gehirnerschütterung und nimmst dir eine Woche frei, um dich zu erholen. Und heute fährst du dem Dolmetscher nach Polen hinterher?"
„Er hat Mut bewiesen und mir geholfen. Jetzt habe ich das Gefühl, dass ich ihm helfen muss."
„Klingt merkwürdig. Glaubst du das selbst?"
„Eli, mach bitte nicht auf Therapeutin. So eine habe ich schon zu Hause."
„Wir bräuchten dich hier! Dennis ist mit der neuen Ermittlungs-

gruppe überfordert. Und Karnickel spielt sich als dein Stellvertreter auf."

„Du kennst doch Jörg, er ist immer nur so stark, wie man ihn lässt."

„Danke für den guten Rat", gab sie schnippisch zurück. „Dann noch viel Spaß auf deinem Polen-Trip, oder sollte ich besser *Flucht* sagen? Ach ja, Stefan will dich dringend sprechen. Ich verbinde …"

Was war denn in Eli gefahren? Wie kam sie dazu, ihn zu analysieren? *Du glaubst wohl, du kannst vor deinen Problemen wegtauchen!,* hatte er sich immer von Sandra anhören müssen. Hatten alle Weiber auf einmal einen Psychoknall?

„Dominik?"

Stefans sonore Stimme führte ihn zurück ins Hier und Jetzt.

„Schön, dass du dich auch mal wieder meldest."

„Sei bitte nicht sauer wegen der Soko, Dominik. Als Vogt und Neumayer mich gefragt haben, war mir natürlich klar, dass es auch darum ging, dich auszubooten. Es wäre aber dumm gewesen, so ein Angebot auszuschlagen. Immerhin kann ich dich dadurch mit Infos aus erster Hand versorgen."

„Was du ja bisher reichlich getan hast …"

„Du warst im Krankenhaus, und ich hatte alle Hände voll zu tun. Die Soko ist auch Neuland für mich."

„Na gut, lass hören."

„Die rechtsradikale Variante ist vom Tisch."

„Das war von vornherein klar. Erzähl mir was von Swiatelka."

„Er wird seit Monaten abgehört, weil der Verdacht besteht, dass er ein Drogennetzwerk aufzubauen versucht."

„Blühender Unsinn! Der Mann hatte bis vor wenigen Wochen eine kleine Autowerkstatt und ist vorher nie aufgefallen. Wie kommen die darauf?"

„Durch einen langjährigen Informanten, dem Neumayer vertraut."
„Wer ist dieser Informant?"
„Das sagt er mir natürlich nicht."
„Was wisst ihr über die Russen?"
„Dass sie aus dem russisch besiedelten Ostteil der Ukraine stammen und von einem gewissen Viktor Komarovskij angeführt werden. Sie sollten die Drogen liefern für den Deal mit Swiatelka. Die Polen haben aber den Stoff vorher gestohlen. Boudari hat noch versucht, zwischen beiden Gruppen auf dem Hermannplatz zu vermitteln."
„Wieso sollte Boudari vermitteln wollen, wenn die Polen ihm vorher die Halle angezündet haben?"
„Das wissen wir auch nicht", musste Stefan einräumen. „Jedenfalls waren die Ukrainer verständlicherweise extrem verärgert, dass Swiatelka sich nicht an die Abmachung gehalten hat. Den Rest weißt du."
„Eine nette Umschreibung dafür, dass Killer mitten in Berlin mit Handgranaten werfen. Könnte es nicht sein, dass sie das in Boudaris Auftrag getan haben? Noch eine weitere Frage drängt sich mir auf: Wenn Neumayer von dem angeblichen Vermittlungstreffen wusste, müsste er eigentlich die Verantwortung für das ganze Fiasko übernehmen, oder?"
„Natürlich wusste er nichts davon. Boudari hat es verschwiegen und äußert sich momentan nur noch über seine Anwälte. Verständlicherweise hat er Angst, in die Hermannplatz-Sache hineingezogen zu werden."
„Verständlicherweise, klar", sagte Lemberger. „Das ist wohl dein neues Lieblingswort. Niemand ist verantwortlich. Boudari nicht, Neumayer nicht, und die Ukrainer letztlich auch nicht. Schließlich waren sie *extrem verärgert*."

„Ich weiß, wie sehr du dich in diese Sache reingekniet hast", sagte Stefan, ohne auf seine Gereiztheit einzugehen. „Du könntest uns wichtige Impulse geben, damit wir in der Soko vorwärtskommen."

„Höre ich da einen gewissen Ehrgeiz heraus?"

„Sagen wir besser, ich möchte etwas bewirken. Deshalb bin ich an deiner Sicht der Dinge interessiert."

„Meine Sicht der Dinge", wiederholte Lemberger. „Ich denke, Neumayer hat Boudari falsch eingeschätzt und ist daran interessiert, die Ermittlungen möglichst in eine andere Richtung zu lenken, um von seinem Versagen abzulenken. Pass also besser auf, dass diese Soko für dich nicht nach hinten losgeht. Neumayer und Vogt können niemanden gebrauchen, der den Finger in die Wunde legt."

„Das sind schwere Vorwürfe, Dominik! Hast du Beweise?"

„Noch nicht, aber Indizien. Wir haben herausgefunden, dass permanent Ermittlungen gegen Boudari eingestellt werden. So war es bei der Brandstiftung in Swiatelkas Autowerkstatt, aber auch in anderen Fällen."

„Soll das heißen, du glaubst, dass Neumayer versucht hat, Boudaris Dreck unter den Teppich zu kehren und die Justiz zu beeinflussen?"

„Das hast du gesagt."

Der alte Holzschnitzer hatte tatsächlich viel zu erzählen gehabt. Die große Geschichte des 20. Jahrhunderts war quer durch sein kleines Leben gepflügt und hatte tiefe Furchen hinterlassen. In ihnen versank eine glückliche Kindheit in Wolhynien, jäh beendet durch den Kriegsausbruch. Dort in den östlichen Weiten Vorkriegspolens fiel nicht Hitler ein, sondern Stalin, nachdem die beiden das Land unter sich aufgeteilt hatten. Auch unter den

Sowjets peitschten die Schüsse der Erschießungskommandos und wurden Nachbarn im Morgengrauen abgeholt, die niemals zurückkehrten. Schlimmer könne es nicht werden, dachten die Eltern, als nach zwei Jahren deutsche Soldaten auch in Wolhynien einmarschierten. Doch die Nazis übertrafen noch die Schreckensherrschaft der Kommunisten.

„Sie brachten es fertig, die gemeinsten und niedersten Instinkte wachzurufen, die tief verborgen in jedem Menschen schlummern. Und das auf allen Seiten!"

Seinen Vater erschossen mit den Deutschen verbündete ukrainische Nationalisten, die die polnische Bevölkerung durch gezielte Morde zu vertreiben suchten. Mit Betteln und Gelegenheitsarbeiten verdiente der Zwölfjährige den Lebensunterhalt für seine Mutter und die vier jüngeren Geschwister. Bei einer Razzia wurde er festgenommen und zur Zwangsarbeit nach Deutschland verschleppt. Er landete in einem Dorf am Fuße des Riesengebirges, wo er für eine Bauernfamilie das Vieh auf die Weide treiben musste.

„Dort war ich lebendig begraben, junger Herr, obwohl sie mich anständig behandelten. Bei jeder Mahlzeit musste ich daran denken, wie meine eigene Familie hungerte. Die Sorge um sie und das schlechte Gewissen haben mich fast umgebracht."

Er erlebte, wie die Landbevölkerung immer unruhiger wurde, wie sich Gerüchte verbreiteten, der Krieg sei verloren und die Rache der Sieger werde fürchterlich sein. Die ersten Flüchtlingstrecks zogen durchs Riesengebirge nach Westen, immer mehr schlossen sich an. Bei Kriegsende ließen die Soldaten der Roten Armee ihren angestauten Hass an wehrlosen Frauen aus. Nach ihnen kamen polnische Milizionäre, die die verbliebenen Bewohner aus ihren Häusern vertrieben, auch seine Bauernfamilie. Denn durch einen Federstrich der Siegermächte war Polen um Hunderte Kilometer nach Westen verschoben worden, als Ausgleich für Stalins Beute aus seinem Pakt mit Hitler.

„So schlug das Böse, das durch Deutsche geweckt worden war, auf sie zurück, junger Herr, auch auf diejenigen unter ihnen, die sich nicht schuldig gemacht hatten. Es war das unselige Zeitalter des Kollektivismus, in dem der Einzelne nichts zählte. Wer das Pech hatte, in die falsche Rasse hineingeboren zu sein, endete im Gas, wer der falschen Klasse angehörte, durch Genickschuss oder im sibirischen Steinbruch."

In einer wochenlangen Odyssee schlug sich der Junge in das sowjetisch gewordene Wolhynien durch. In seinem Dorf lebte niemand mehr, den er kannte, alle Häuser waren geplündert oder von Fremden belegt. Mit einem Transport polnischer Umsiedler gelangte er schließlich nach Warschau.

„Haben Sie Ihre Familie nie wiedergesehen?"

„Monate nach dem Krieg fand ich zwei meiner Geschwister in einem Kinderheim. Dort erfuhr ich, dass meine Mutter und die beiden Kleinsten die Strapazen der Flucht nicht überlebt hatten."

Ein Onkel nahm die Kinder auf, doch in dem Trümmerfeld Warschau gab es für sie keine Zukunft. Überall wurde geworben für den neuen „Wilden Westen" Polens, die menschenleeren Gebiete des ehemaligen deutschen Ostens, in die sich nun ein riesiger Strom von Heimatlosen, Versprengten, Ausgebombten, Abenteurern und Glücksrittern ergoss. Da erinnerte sich der Junge an den Ort seiner Zwangsarbeit. Zusammen mit dem Onkel zogen sie ins Riesengebirge, wo sie ein verlassenes Bauernhaus zugewiesen bekamen.

Rübezahl war ein lebendiges Geschichtsbuch. Seine Erzählung ließ zudem die Fähigkeit erkennen, sich in die Lage der *anderen Seite* hineinzuversetzen, wozu sein Vater, wie Christoph wieder

einmal schmerzlich bewusst wurde, nie fähig gewesen war.
Mit seiner Wegweisung hatte er ihn hingegen in die Irre geführt, denn ein Rzepakowo gab es nicht. Jedenfalls hatte Christoph diesen Ort auch nach einer Stunde strammen Fußmarsches nicht gefunden. Stattdessen gelangte er an eine vielbefahrene Straße, die auf die beleuchteten Blöcke einer typischen Plattenbausiedlung zuführte. Das musste schon der Stadtrand von Jelenia Góra sein.
Er drückte sich an den Straßenrand, Autos fuhren viel zu dicht an ihm vorbei und hupten, eines kam ihm entgegen und schaltete sogar das Fernlicht ein. Geblendet trat Christoph zur Seite. Das Fahrzeug wendete und hielt vor ihm an. Auf dem Dach flammte eine Rundumleuchte auf und tauchte die Stämme der Straßenbäume in blaues Gespensterlicht.
„*Pan Mollwitz?*", fragte ein Uniformierter.
Kurze Zeit später bewegte sich Christoph auf der Rückbank des Streifenwagens zurück in Richtung Karpacz.

Stefan hatte wieder ein kleines Mosaiksteinchen mehr geliefert. Nun wussten sie wenigstens, mit wem sie es zu tun hatten: Viktor Komarovskij, ein lokaler Drogenbaron aus Dnjepropetrowsk in der Ostukraine, seit Jahren spezialisiert auf den Schmuggel von *Crystal Meth*, einer Modedroge, die sich in den letzten Jahren über Tschechien verstärkt in die südlichen Bundesländer ausbreitete, war bisher in seinem Radius auf die übliche Route beschränkt gewesen. Hin und wieder flogen seine Kuriere auf, doch ihm selbst hatte man bisher nie etwas nachweisen können.
Karpacz las Lemberger auf dem Ortsschild. Gleich nach den ersten Häusern kam der Bahnhof. Zeit für eine kurze Pause. Als er ausstieg, bot sich ihm ein imposantes Bild. In glitzernden Schlangenlinien wanden sich die Straßenlaternen des Ortes

den Berg hinauf, die Gebirgskette dahinter ließ sich nur an vereinzelten Lichtern erahnen, die auf den Gipfeln flimmerten. Unter dem sternenklaren Himmel herrschte eine überirdisch anmutende Stille. Der Moloch Berlin mit seiner Hektik und Raserei war so weit weg wie der Mond.
Er dachte an das Mobilé aus fluoreszierenden Plastiksternchen über Leas Bett. Wahrscheinlich glitt sie gerade hinüber ins Feental, geleitet von ihren Puppen, um Riesenteddy Carlo vor der Schwarzen Hexe zu retten. Er erinnerte sich daran, dass er früher mit Aaron sonntags regelmäßig im Park Fußball gespielt hatte, mit anderen Vätern und Söhnen, aber das war Jahre her. Jetzt schaute er nicht einmal mehr bei seinen sonntäglichen Spielen zu, aus Zeitmangel. Oder aus Mangel an Interesse? Die Wahrheit war, dass er sich auch von den Kindern abgewandt hatte, seit er sich mit Sandra nicht mehr verstand. Eine sehr unangenehme Wahrheit!
Eine dunkle Limousine jagte mit aufgesetztem Blaulicht am Bahnhof entlang. Aus der Gegenrichtung ertönten jaulende Sirenentöne, diesmal waren es zwei Krankenwagen. Und auch oben am Berg sah er jetzt hin- und herfahrende Blaulichter. Im idyllischen Kurort Karpacz am Fuße der Schneekoppe war mit einem Schlag die Hölle los.

17.

Christoph saß auf dem Hotelbett und starrte abwechselnd aufs Zimmertelefon und auf die Ziffern auf seinem Handrücken, über dem frisch angelegten Verband. Auf die Hand. Aufs Telefon. Sein Handgelenk war nur gestaucht, bald würde er wieder tippen können. Aber dieser Apparat konnte in den nächsten Minuten über Glück oder Unglück seines Lebens entscheiden.
Ein freundlicher Beamter mit einem Schnauzbart wie Marschall Pilsudski hatte ihn ins Krankenhaus gefahren und dort mit ihm aufs Röntgen gewartet. In dieser halben Stunde hatte er ihm fast ein Loch in den Bauch gefragt. Nicht ohne zu betonen, dass es sich keineswegs um ein Verhör, sondern vorerst nur um ein Gespräch handele. Vorerst. Das kannte man ja schon. Unter welchen Umständen er Swiatelka kennengelernt habe und wie er in dessen Auto gelangt sei? Wer noch darin gesessen habe? Worüber auf der Fahrt gesprochen worden sei? Wie viele Angreifer er in Karpacz gesehen habe und ob er sie beschreiben könne?
Er hatte alles wahrheitsgemäß beantwortet und war doch nur halb bei der Sache gewesen, denn der unaufhaltsam näherrückende Moment der Wahrheit hatte ihm auf die Seele gedrückt. Der Grund dafür, dass er überhaupt nach Polen gefahren war. Vor einigen Stunden unter der Brücke war er außer sich gewesen. Jetzt war er so sehr bei sich selbst, dass er sich auf andere Weise verlor, wie bei einem Blick in zwei gegenüber hängende Spiegel. Angesichts einer unendlich scheinenden Kette von Niederlagen wurde sein Ich immer kleiner, weil es verweigerte, was es nie gelernt hatte: endlich zu kämpfen, die richtigen Worte nicht für andere, sondern für sich selbst zu finden. *Sei authentisch!* Alex

hatte gut reden. *Sei einfach du selbst!* Nichts schwerer als das. Mechanisch wählte er die Nummer, die auf seiner Hand stand. Dreimal ertönte das Freizeichen, dann die Stimme einer älteren Frau, wahrscheinlich von Dorotas Mutter.
„*Slucham* – ja, bitte …"
Sein Herz klopfte ihm zum Hals heraus.
„Mein Name ist Christoph Mollwitz", brachte er hervor. „Ich würde gern mit Dorota sprechen."

Dieser Ort wollte einfach kein Ende nehmen. Kilometerlang zogen sich die Serpentinen den Berg hoch, reihte sich eine Pension an die andere. Oben angekommen, fuhr Lemberger durch ein Spalier prächtig herausgeputzter Gründerzeitvillen. Hinter einem beleuchteten Wegweiser zur „Kirche Wang" blockierte ein quergestellter Polizeitransporter die Straße. Er fuhr an die Seite und stieg aus. Sofort war ein Beamter zur Stelle, der ihm mit einer Taschenlampe ins Gesicht leuchtete und ihn in barschem Ton anherrschte. Als er merkte, dass Lemberger ihn nicht verstand, wurde er etwas freundlicher:
„*You cannot go further. This is a police operation area.*"
Lemberger zückte seinen Ausweis und seine Kripomarke.
„I´m from the German police and have to speak with your chief."
Der Mann prüfte die Dokumente und musterte ihn misstrauisch. *Ein Penner, der im Suff die Treppe hintergefallen ist.* Dann sprach er in sein Funkgerät und führte Lemberger in den gesperrten Bereich. Sie passierten eine lange Kolonne von Polizeifahrzeugen. Als Einsatzzentrale diente ein olivgrüner Bus mit dem Emblem des polnischen Grenzschutzes.

„Wait a moment, please!"

Sein Führer öffnete die Tür und reichte die Ausweispapiere hinein.

Unterhalb der Straße befand sich ein von Scheinwerfern grell ausgeleuchtetes Anwesen. Ringsum wimmelte es von Uniformierten und Zivilisten, auf der Wiese dahinter glänzte das Cockpit eines Hubschraubers. Dies musste der Ort sein, an dem Swiatelkas Handy geortet worden war, und der Aufwand, der hier betrieben wurde, ließ Schlimmes befürchten.

Die Bustür öffnete sich wieder, zwei Männer in Grenzschutzuniformen stiegen aus, vor denen der Steifenpolizist wie ein Soldat salutierte. Im schummrigen Licht der Straßenlaternen und wegen der ungewohnten Uniform erkannte Lemberger den zuletzt Ausgestiegenen erst, als dieser auf ihn zutrat.

„Wir sind sehr dankbar, Dominik! Dein Tipp hat geholfen, eine gefährliche Bande unschädlich zu machen."

„Miro? Wie kommst du so schnell hierher?"

Sein polnischer Kollege zeigte auf den Hubschrauber.

„Und du – hast du nicht gesagt, du willst nach Berlin zurückfahren?"

Lemberger überlegte. Hier mitten in einem solchen Einsatz aufzukreuzen, konnte Schwierigkeiten bringen.

Er habe sich spontan umentschieden, erklärte er, aber natürlich sei er nur als Privatmann gekommen, in der vagen Hoffnung, seinen Dolmetscher finden und nach Berlin mitnehmen zu können.

Miro wechselte ein paar Sätze mit dem zweiten Uniformierten, einem drahtigen Endfünfziger, auf dessen Schulterklappen silberne Sterne und Streifen prangten.

„Darf ich vorstellen – mein Chef, Major Jakubowicz. Ich habe ihm erklärt, warum du – wie sagt man – *Veilchen* im Gesicht

hast. Dass du bei dem Anschlag in Berlin dabei gewesen bist."
Sie schüttelten sich die Hand, und Lemberger musste eine kleine Ansprache in dieser mit Zischlauten gespickten und zugleich doch so melodischen Sprache über sich ergehen lassen. Der Major fühle sich durch die Anwesenheit eines deutschen Kollegen geehrt, übersetzte Miro, und lade ein, als Beobachter an den Maßnahmen der polnischen Behörden teilzunehmen.
Er bedankte sich erleichtert. Damit war die Sorge, diplomatische Verwicklungen heraufzubeschwören, vom Tisch.
„Der Dolmetscher war nicht unter den Opfern", fuhr Miro fort. „Deshalb haben wir eine intensive Fahndung ausgelöst. Ich freue mich mitzuteilen, dass wir ihn lebendig und gesund gefunden haben. Ein sympathischer junger Mann, der sehr gut Polnisch spricht. Ich selbst habe eine kurze Befragung durchgeführt. Er sagt, er ist aus privaten Gründen in Polen. Swiatelka hat ihn mitgenommen bis zu diesem Haus" – er deutete auf das Anwesen vor ihnen – „aus dem er rechtzeitig in den Wald flüchten konnte. Was hier passiert ist, hat er nicht mitbekommen. Dann hat er versucht, Autostopp zu machen und ist auf der Straße fast bis Jelenia Góra gelaufen."
„Da fällt mir ja ein Stein vom Herzen", sagte Lemberger. „Kann ich ihn sehen?"
„Später. Ich habe ein Hotelzimmer für ihn reserviert und kann das für dich auch machen, damit ihr nicht in der Nacht nach Berlin zurückfahren müsst."
„Phantastisch, Miro! Aber was ist überhaupt passiert?"

Der Moment vor dem Bewerbungsgespräch. Wenn man aufgerufen wurde und in die entscheidende Situation eintrat, in der es auf jede Nuance ankam. *Du darfst keinen Fehler machen!*
„Christoph? Ich habe tausendmal versucht, dich zu erreichen ..."

„Mein Handy ist weg."
„Ich bin so froh, dass dir nichts passiert ist!"
Tausendmal versucht? So froh? Vielleicht hatte er sie gar nicht verloren, musste also auch nicht kämpfen, und alle Missverständnisse lösten sich in Wohlgefallen auf. Vielleicht tappte er aber auch gerade wieder in die altbekannte Falle seiner Harmoniesucht und Konfliktscheu. *Es ist eine Menge passiert zwischen uns, deshalb lasse ich mich nicht einfach wegwerfen wie ein benutztes Taschentuch.*
„Wieso bist du vor mir weggelaufen, Dorota?"
„Weil mir alles zuviel wurde… Kennst du das nicht auch? Dass du flüchtest, weil du dringend Abstand brauchst, um dir über alles klarzuwerden?"
„Was heißt über a*lles*?"
„Jemand aus der Vergangenheit ist in meinem Leben aufgekreuzt und hat mich in etwas hineingezogen…"
Sie stockte.
„An jenem Abend wollte ich es dir sagen, aber dann rief die Polizei an, und am nächsten Tag kam schon…"
Wieder brach sie ab.
„Red weiter!", forderte er, eine Spur zu forsch. „Hör zu, Dorota, es ist eine ganze Menge passiert, und ich möchte, dass du mit mir Klartext redest. Ich finde, darauf habe ich Anspruch."
Ein völlig neuer Ton, von Alex geborgt, aber trotzdem ein gutes Gefühl.
„Du hast recht", hauchte sie.
So zart und ätherisch war sie, dass seine Distanz in Sekunden dahinschmolz.
„Was wolltest du sagen? Wer kam am nächsten Tag?"
„Mariusz…"
„Was hat denn dein Cousin damit zu tun?"

„Er ist nicht mein Cousin…“, sagte sie stockend. „Er ist mein Mann.“
Dann brach sie in hemmungsloses Weinen aus.
Verkehrte Welt. Er war es doch, der jeden Grund gehabt hätte zu heulen, weil er einer Illusion aufgesessen, einem Phantom nachgelaufen war, aufs falsche Pferd gesetzt hatte. Stattdessen hörte er nur zu und brachte keinen Ton heraus. *Wir danken Ihnen für Ihre Bemühungen. Leider erfüllen Sie nicht unser Anforderungsprofil.*
Sie kannten sich von Kindheit an und hatten sehr früh geheiratet, gegen den Willen ihrer Eltern. Bald wurde Dorota klar, dass sie einen Fehler begangen hatte. Mariusz geriet auf die schiefe Bahn, ließ sich mit Kriminellen ein. Sie studierte ein paar Jahre Germanistik in Breslau und wechselte dann nach Berlin, in der Hoffnung, so von ihm loszukommen. Doch er wollte nichts wissen von Trennung, beschwor sie immer wieder, auf ihn zu warten, bis er genug Geld zusammen habe, damit sie sich eine gemeinsame Zukunft aufbauen könnten. Mit welchen Geschäften er dieses Geld verdiente, hatte sie nie gefragt.
„Christoph, es tut mir so leid, ich wollte dich nicht verletzen…“
Er legte auf. Innerhalb der nächsten Minuten erschien ihre Nummer ein halbes Dutzend mal auf dem Display des Hoteltelefons, aber er nahm nicht mehr ab.

Gleich nach Lembergers Besuch in Świecko hatte Miro das Sondereinsatzkommando in Jelenia Góra alarmiert und die örtliche Polizei angewiesen, das Gelände in Karpacz zu sichern, auf dem Swiatelkas Handy geortet worden war. Bevor das geschehen konnte, rief schon die völlig aufgelöste Besitzerin des Bauernhofes an und meldete den Fund einer Leiche in ihrem Frühstücksraum. Außerdem ging ein anonymer Notruf ein. Eine unbekannte Frau gab an, auf dem Parkplatz am Wasserfall zwischen Karpacz und Szklarska Poręba würden sich die Urheber des Berliner Anschlages aufhalten. Als das Sondereinsatzkommando dort eintraf, wurde es von Schüssen empfangen. Bei dem anschließenden Feuergefecht wurden die beiden Angreifer erschossen. Sie waren noch nicht identifiziert, doch die bei ihnen gefundenen Dokumente deuteten auf ukrainische Staatsbürger hin. Im Kofferraum ihres Wagens fand sich eine Tasche, randvoll mit Päckchen der synthetischen Modedroge *Chrystal Meth*, die seit einiger Zeit immer häufiger im Dreiländereck Deutschland-Polen-Tschechien geschmuggelt wurde.

„Insgesamt 20 kg", fügte Miro hinzu. „Wieviel ist das wert auf dem deutschen Markt?"

Sie schlenderten jenseits der Absperrungen um das Hauptgebäude des Gehöfts herum, in dem die Besitzerin, offenbar eine völlig unverdächtige Bekannte Swiatelkas, die Leiche gefunden hatte. Lemberger überschlug die Menge grob im Kopf.

„Rund eine Million, wenn man von den Preisen für die Endverbraucher ausgeht."

Miro blieb stehen.

„Jezus Maria! Dafür muss ein Pole hundert Jahre arbeiten."

Irritierend daran war, dass an Swiatelka nur Stoff für 20.000 € verkauft werden sollte. Auch wenn dies nur ein Zwischenhändler-Preis war, enthielt die Tasche also mindestens das Zehnfache der Menge, die die Ukrainer an Boudari hatten liefern sollen.

„Vorsicht!", sagte Miro und zog ihn vor einer riesigen Pfütze zurück, in der sich der Schein seiner Taschenlampe spiegelte. Dann begann er ihm die bisherigen Erkenntnisse der polnischen Seite zu referieren.

Als Ersten hatte es offenbar einen der Ukrainer im Haus erwischt. Er war aus nächster Nähe erschossen worden war, was darauf hindeutete, dass es vorher ein Treffen oder Gespräch gegeben hatte. Danach hatte sich das Geschehen nach draußen verlagert. Fußspuren mehrerer Personen führten über die angrenzende Wiese in den Wald. Dort war vor einer großen Lichtung Bartosz Twardowski gefunden worden, der Mann, der Lemberger während der Vernehmung attackiert hatte. Er war von zahlreichen Splittern eines noch nicht identifizierten Sprengkörpers getroffen worden, vermutlich einer alten sowjetischen Handgranate, würde aber dank seiner robusten Konstitution durchkommen, meinten die Ärzte. Ein Stück entfernt hatte ein Polizeihund in einer mit Wasser gefüllten Mulde einen weiteren toten Ukrainer entdeckt.

Das idyllische Karpacz war zum Schauplatz einer blutigen Fehde zwischen zwei rivalisierenden Banden geworden, bei dem die Polen das bessere Ende für sich gehabt hatten. Swiatelka, ihr mutmaßlicher Anführer, war der Polizei bei einer Straßensperre vor Szklarska Poręba ins Netz gegangen und hatte keinerlei Widerstand geleistet. Da nach Aussage der Bäuerin vier Männer in ihrem Haus übernachtet hatten und einer von ihnen der Dolmetscher gewesen war, musste ein weiterer Pole unerkannt entkommen sein, nämlich „Mariusz".

„Und die Frau?", fragte Lemberger.

Unverständnis zeichnete sich auf Miros Miene ab.

„Welche Frau?"

Die blonde Profi-Killerin, die den kleinen Polen hingerichtet hatte. Die Schwarzhaarige, die in die Wohnung des Dolmetschers eingedrungen war. Die Frau, die – laut Aktenvermerk von Swiatelkas erster Anzeige – dessen Ehefrau in fließendem Polnisch bedroht hatte. Die Überläuferin, die möglicherweise ein doppeltes Spiel betrieben hatte: *Viktor glaubt, dass du ihn mit dem Brand gelinkt hast.* Das Phantom ohne Namen, polyglott, wandlungsfähig, hochgefährlich.

„Phantom ohne Namen", wiederholte Miro nachdenklich. „Die vier toten Ukrainer können wir leider nicht mehr fragen. Aber vielleicht weiß Swiatelka mehr."

Noch bevor sie an der verabredeten Stelle angekommen war, hatte Roy ihr per SMS mitgeteilt, dass sie an Timur keinen Gedanken mehr zu verschwenden brauche. Einen kurzen Moment lang war sie verunsichert. Hatte ihr neuer Auftraggeber neben ihr noch ein weiteres Eisen im Feuer? Plante er womöglich, sich ihrer ebenfalls zu entledigen, sobald er sie nicht mehr brauchte? Sie dachte an ihre letzten Kontakte mit ihm und verscheuchte die Zweifel.

Er nannte sich Roy, aber natürlich wusste sie, dass das nicht sein richtiger Name war und dass er gute Gründe hatte, anonym zu bleiben. Auch für sie war das von Vorteil. Roy würde ihr nicht so dicht auf die Pelle rücken wie Viktor, Geld und Aufträge würden über verschlungene Pfade im Internet fließen.

„Ich strebe eine langfristige Zusammenarbeit an und biete entsprechende Sicherheiten", hatte Roy gesagt.

Man hörte nur einen leichten Akzent im Englischen. Kein Vergleich mit Viktors plumpem Pidgin. Die modernen Deutschen rochen nicht nach Wodka, sondern nach dem Glamour Westeuropas.

„Diese Sicherheiten habe ich bereits", hatte sie entgegnet.

Sie war im Besitz von Material, das Roy und seinen Schützling kompromittierte und hatte Vorkehrungen dafür getroffen, dass das Material an die Öffentlichkeit gelangte, falls ihr etwas zustieß. Natürlich wusste Roy das, und dass er nicht kleinlich nachhakte, zeigte seine Klasse. Endlich würde sie mit Profis arbeiten.

Schon bei ihrem ersten Kontakt hatte Roy ihr das Gefühl vermittelt, dass man sie mit ihren spezifischen Kompetenzen gut gebrauchen könnte. Von Abwerbung oder gar Verrat an Viktor war dabei nie die Rede gewesen. Im Gegenteil, sie hatte noch versucht, Viktor davon zu überzeugen, dass die Polen tatsächlich zufällig dazwischen gekommen waren, bevor das Geschäft mit Boudari abgeschlossen war. Er hatte ihre Warnungen jedoch in den Wind geschlagen und sie stattdessen Nikos Willkür ausgeliefert. An den Versager, der für die Bewachung der Ware in der Lagerhalle zuständig gewesen war.

Danach war allen schnell klar geworden, dass Viktor und seine Provinztruppe entbehrlich und ersetzbar waren. Von einem potentiellen Geschäftspartner Boudaris hatte er sich über Nacht in ein willkommenes Bauernopfer verwandelt, und trotz seiner paranoiden Veranlagung war er blind gewesen für diese Gefahr. Die Hoffnung, in den ebenso lukrativen wie hart umkämpften Drohenmarkt der deutschen Hauptstadt vordringen zu können, hatte ihm die Sinne vernebelt.

Ein Rest Unklarheit hatte noch darüber bestanden, wieviel der Dolmetscher wusste, aber letztlich hatte Roy entschieden, dass mit der Ausschaltung von Viktor und seinen Männern ein sauberer Schnitt vollzogen war und man auf weitere Aktivitäten verzichten konnte, zumal auch mit Swiatelka eine Übereinkunft in Sicht war.

Die neue Order lautete: einfach eine Weile abtauchen. Raus aus der aufgewühlten Grenzregion, in Breslau ein Zimmer mieten, dann mit der von Roy in Aussicht gestellten Existenzgründungsbeihilfe ein kleines Appartment in Berlin beziehen. Mit neuen Möglichkeiten die Verwirklichung ihres alten Traums voranzubringen: als Selbstständige für verschiedene Auftraggeber tätig zu sein, und sich irgendwann frei aussuchen zu können, was und für wen sie arbeitete.

18.

Lembergers Wunsch, der Vernehmung beizuwohnen, hatte man ohne Weiteres stattgegeben. Miro und er nahmen neben der Protokoll führenden Sekretärin Platz. Tippen schien hier noch reine Frauensache zu sein. In Berlin waren sämtliche Schreibkräfte schon vor Jahren wegrationalisiert worden. Erstaunlich war auch die gute Ausstattung des Polizeireviers: die holzgetäfelten Räume wirkten sauber und gediegen, über jeder Tür prangte das polnische Staatswappen, ein gekrönter weißer Adler auf rotem Grund.

Vor ihnen am Tisch saß Swiatelka mit zwei Kriminalbeamten, die extra aus Jelenia Góra gekommen waren. Dieser schmächtige Biedermann mit den grauen Schläfen hatte also die ganze Lawine ins Rollen gebracht. Miro übersetzte im Flüsterton. Schon zu Beginn wurde deutlich, dass die polnische Polizei die These vom Bandenkrieg verworfen hatte. Denn Swiatelka wurde als Zeuge belehrt, nicht als Beschuldigter, und die Fragen an ihn beschränkten sich im Großen und Ganzen auf die Geschehnisse der letzten Stunden in Karpacz.

Der Mann antwortete leise, in knappen Sätzen, die einer klaren Strategie zu folgen schienen: *Mein Name ist Hase, ich weiß von nichts.* Auf dem Weg von Berlin nach Breslau hätten sie am frühen Morgen bei einer Bekannten übernachtet, da er zu müde zum Weiterfahren gewesen war. Nach dem Frühstück sei er nach Jelenia Góra gefahren, um Einkäufe zu machen. Von dem, was in seiner Abwesenheit rund um das Haus vorgefallen war, habe er keine Ahnung. Er wisse nichts von einer kriminellen Abrechnung oder gar einer Tasche mit Drogen, Schüsse habe er auch keine gehört. Der deutsche Dolmetscher sei zufälliger Mitfahrer

nach Polen gesesen. Mehr habe er nicht zu sagen.
Die Aussage war eine einzige Farce, aber die Vernehmer schienen sich damit zufrieden zu geben. Sie scherzten miteinander und ließen die Sekretärin das Protokoll fertigstellen. Lemberger warf Miro einen irritierten Blick zu.
„Die Polizei hat gute Stimmung", erklärte sein Kollege. „Ein großer Erfolg heute."
Dann sah er auf seine Uhr und seufzte.
„Es war ein langer Tag, bald gehen wir schlafen."
„Ich hoffe, du hast auch einen Schlafplatz gefunden", sagte Lemberger. „Oder wartet der Hubschrauber noch?"
„Heute bezahlt Major Jakubowicz alles, sogar ein Vier-Sterne-Hotel."
Lemberger deutete auf Swiatelka.
„Könnte ich ihm trotzdem noch ein paar Fragen stellen?"
Sein polnischer Kollege zuckte die Achseln, was wohl als Ausdruck von Zustimmung zu verstehen war. Täuschte der Eindruck, oder bekam das Dauerlächeln allmählich Risse? Angesichts dessen, was Lemberger ihm am heutigen Tage alles zugemutet hatte, hätte man es ihm kaum verdenken können. Miro wechselte ein paar Worte mit seinen Kripo-Kollegen und mit Swiatelka, dann räumten die beiden Vernehmer ihre Plätze am Tisch.
„Was hast du zu ihm gesagt?", fragte Lemberger.
„Dass es um ein inoffizielles Gespräch geht. Darüber wird nicht Protokoll geschrieben, und es kann nicht in einem Strafverfahren verwendet werden. Auch nicht in Deutschland."
„Unter diesen Bedingungen wäre er bereit, sich kurz mit mir zu unterhalten?"

„Ja."
Sie nahmen am Vernehmungstisch Platz. Lemberger stellte sich vor und fragte, ob sie das Gespräch auf Deutsch führen könnten. Immerhin habe Swiatelka jahrelang in Berlin eine Autowerkstatt betrieben.
Er verstehe zwar alles, lautete die Antwort, würde aber lieber auf Polnisch antworten.
„Gut, dann müssen wenigstens meine Fragen nicht übersetzt werden. Herr Swiatelka, vor einigen Tagen habe ich zwei Bekannte von Ihnen wegen des Verdachts des Diebstahls vernommen. Bedauerlicherweise ist der eine jetzt tot, der andere wurde schwer verletzt."
Swiatelka verzog keine Miene.
„Soweit wir wissen, sind Ihre Bekannten in eine Lagerhalle eingebrochen und haben eine Tasche mit Rauschgift mitgenommen. Dann ist die Halle abgebrannt. Sie gehörte einem gewissen Zafer Boudari, dem Sohn von Abdel Boudari. Den wiederum kennen Sie gut, nicht wahr?"
Nein, keineswegs.
„Aber doch so gut, dass Sie ihm 20.000 € geliehen haben – damit er ihnen dafür Rauschgift liefert?"
Mit Rauschgift habe er absolut nichts zu tun. Er habe dem alten Boudari geholfen, weil dieser ihn darum gebeten habe, und weil er gedacht habe, sie seien im selben Bereich tätig.
„Sind Sie das denn nicht?"
Swiatelka schüttelte den Kopf.
„Hat er das Geld inzwischen zurückgezahlt?"
Nein, habe er nicht.
„Haben Sie ihm deshalb einen Brief geschrieben, in dem Sie ihn bedroht haben?"
Er sei verzweifelt gewesen, nachdem er feststellen musste, dass

die Polizei in Berlin kein Interesse gezeigt habe.
„Sie meinen, als Ihr Auto ausbrannte. Und dann wurde auch noch Ihre Werkstatt angezündet. Beide Male hatten Sie Boudari in Verdacht, nicht wahr?“
Er habe seine Meinung geändert, sie hätten sich inzwischen vertragen.
„Hat er Ihnen den Geländewagen überlassen, den Sie ihm weggenommen haben?“
„Wir haben vertragen“, wiederholte Swiatelka auf Deutsch.
„Ist das eine angemessene Entschädigung für das, was Sie verloren haben?“
„Ich bin Christ, muss verzeihen.“
„Einen Moment schafft ihr ohne mich?“, fragte Miro und erhob sich.
Lemberger nickte und wandte sich wieder Swiatelka zu.
„Dann frage ich Sie als gläubigen Christen: Heißt verzeihen, dass man dem Bösen freien Lauf lässt? Ist es gerecht, wenn jemand ungestraft betrügen, brandschatzen und morden kann? Sollte man nicht versuchen, einen solchen Menschen seiner gerechten Strafe zuzuführen?“
„Doch, sollte. Aber Welt nicht ist gerecht.“
„Und dagegen kann man nichts tun?“
„Kann man etwas tun“, entgegnete Swiatelka. „Beten.“
„Ich bin leider nicht religiös.“
„Jeder Mensch muss Weg finden, um das akzeptieren, was nicht kann ändern. In Heilige Schrift steht: Gebt Gott, was gehört Gott und Kaiser, was gehört Kaiser.“
„Und der Kaiser ist konkret wer? Abdel Boudari?“
Swiatelka runzelte die Stirn.
„Herrscher der Welt, Satan, Luzifer, das Böse. Hat viele Namen und viele Helfer…“

Ein Gedanke drängte in Lembergers Bewusstsein. Er spürte ihn aus der Ferne heranrollen, wie eine Schneekugel, die auf abschüssiger Bahn immer größer und schwerer wurde. Doch dann kam Miro zurück und begann einen Stapel Papiere durchzublättern. Im nächsten Moment war der Gedanke an Lemberger vorbeigerauscht, ohne dass er ihn zu fassen bekam.

Er schob eine Visitenkarte über den Tisch.

„Rufen Sie mich bitte an, wenn Sie zu der Auffassung gelangen, dass Sie doch etwas ändern können."

Nach kurzem Zögern steckte Swiatelka die Karte ein.

„Soweit ich weiß, haben Sie ein Haus bei Jelenia Góra, hier ganz in der Nähe. Wieso haben Sie eigentlich nicht dort übernachtet?"

„Das ist private Sache."

„Wohnt Ihre Familie momentan nicht in dem Haus?"

„Auch das privat. Ich habe alles geantwortet, mehr kann nicht sagen."

„Eine allerletzte Frage noch: Glauben Sie, dass Gott Ihnen in einer bestimmten Situation auch gestattet, nicht die Wahrheit zu sagen?"

„Ich verstehe nicht."

„Werden Sie oder Ihre Familie bedroht?"

„Nein."

„Herr Swiatelka, sind Sie vor dieser Vernehmung von jemandem unter Druck gesetzt worden?"

Miro blickte erstaunt von seiner Lektüre auf.

„Nein", entgegnete Swiatelka. Dann gähnte er demonstrativ. „Wir müssen machen Schluss, bin ich sehr, sehr müde."

Vom Bett aus zappte sich Christoph durch 200 TV-Programme: polnisch, deutsch, italienisch, französisch, CNN und Al-Jazeera, Seifenoper und Talkshow, Billard, Börse, Horoskop, Goldschmuck, ein Erdbeben auf den Philippinen und Selbstmordanschläge in Afghanistan – eine Mischung, so bunt wie Erbrochenes und nur auszuhalten, wenn man spätestens nach einer halben Minute weiterschaltete. Auch als Gedankenblocker funktionierte sie nur für kurze Zeit.

Dorota und Mariusz bekam er einfach nicht zusammen! Erst flüchtete sie vor ihm, änderte sogar ihren Namen – nur um am Ende zu diesem unangenehmen Gesellen zurückzukehren? Er selbst hatte sich von ihr anhören müssen, dass sie nicht nach Deutschland gezogen sei, um hier als Hausfrau und Mutter zu enden – und nun versauerte sie lieber an der Seite von Mariusz in der polnischen Provinz?

Er legte die Fernbedienung beiseite, denn auf dem Lokalsender von Jelenia Góra lief die Aufzeichnung einer Pressekonferenz vom frühen Abend.

„Die Maßnahme ist als großer Erfolg der polnischen Sicherheitsbehörden im Kampf gegen die Organisierte Kriminalität zu werten", verkündete ein höherer Polizeioffizier namens Jakubowicz. „Vor kurzem habe ich mit dem Innenminister telefoniert. Er dankt allen eingesetzten Kräften. Auch aus Deutschland kamen bereits Glückwünsche."

Ob es nicht möglich gewesen sei, die beiden Ukrainer lebend zu fassen, warf ein Journalist ein.

„Stellen Sie nicht so dumme Fragen!", kanzelte Jakubowicz den Mann vor laufenden Kameras ab. „Die Verbrecher haben sofort das Feuer eröffnet, unseren Leuten blieb keine Wahl. Im Übrigen haben wir in Polen genug eigene Kriminelle und werden nicht dulden, dass sich auf unserem Territorium auch noch ausländische Banden ausbreiten."

Eine klare Ansage, ganz die alte Schule. Christoph drückte den Ausknopf. Er selbst würde auch nicht dulden, dass sich Dorota

weiterhin in seinem Leben breitmachte. Ein Neustart war notwendig, zu dem eine ehrliche Bilanz gehörte. Von dieser Bilanz gab es allerdings zwei Varianten. Die erste, niederschmetternde, lautete, dass er mit Anfang dreißig vor einem Scherbenhaufen stand. Vater hatte noch den Krieg als Ausrede gehabt – oder hätte ihn haben können, wenn er nicht vorgezogen hätte zu schweigen – dafür, dass er Spätzünder war, erst mit Anfang vierzig eine wesentlich jüngere Frau geheiratet hatte, extrem spät Vater geworden war. Er selbst war hingegen in Frieden-Freiheit-Wohlstand aufgewachsen und hatte nichts aus sich gemacht. *Er stand sich selbst im Wege,* würde einmal auf seinem Grabstein stehen.
Die Alternative war der versöhnliche Blick auf Einen, der nicht besser und nicht schlechter war als andere seiner Generation. Mit Dorota war er erst gescheitert, nachdem er alle seine Möglichkeiten ausgeschöpft hatte. In den bösvertrauten Teufelskreis aus Selbstanklage und dumpfer Verzweiflung musste er diesmal nicht eintreten. Diese Erkenntnis ließ ihn seltsam leicht im Kopf werden, und binnen weniger Minuten schlief er ein.

In den grenznahen Touristenzentren operierten dieselben Banden wie in Berlin oder Dresden, deshalb war Lemberger beruhigt, dass das von Miro organisierte Hotel über einen bewachten Parkplatz verfügte. Er stellte sein Auto ab, checkte an der Rezeption ein und erfragte die Zimmernummer des Dolmetschers. Wenige Minuten später stand er vor seiner Tür.
„Wie kommen Sie denn hierher?"
Die Überraschung in Mollwitz' Gesicht konnte den Eindruck totaler Erschöpfung nicht verdecken. Er stützte sich am Türrahmen ab, als würde er jeden Moment zusammenklappen.
„Ich bin immer da, wo was los ist", erwiderte Lemberger. „Genau wie Sie."

Der Dolmetscher verzog den Mund zu einem matten Lächen.
„Sind Sie etwa meinetwegen gekommen?“
„Nicht nur. Da ich krankgeschrieben bin und zu Hause nur Däumchen drehe, kam mir dieser Ausflug wie gerufen. Eigentlich wollte ich Sie fragen, ob wir uns noch gemeinsam auf die Suche nach etwas Essbarem begeben. Aber Sie sehen ein bisschen blass aus, vielleicht verschieben wir das besser auf morgen.“
„Heute war alles ein bisschen viel“, stimmte Mollwitz zu. „Was das Essen betrifft – unten im Speiseraum wird polnische Küche geboten. Ich habe vorhin selber dort gegessen und kann Ihnen die russischen Piroggen empfehlen oder *Zurek*, eine sehr leckere Mehlsuppe.“
Unten stellte sich heraus, dass die Küche schon geschlossen war, aber die freundliche Rezeptionistin organisierte ein paar belegte Brötchen, die Lemberger mit Heißhunger verzehrte, zusammen mit einem eisgekühlten *Zywiec*. Dann prüfte er sein Handy, das während Swiatelkas Vernehmung ausgeschaltet gewesen war. Es zeigte zehn verpasste Anrufe, die meisten von Elena. Er rief sie zurück.
„Endlich, Dominik“, sprudelte sie los. „du glaubst ja nicht, was hier seit der Tagesschau los ist: *Mutmaßliche Attentäter von Berlin erschossen!* Permanent klingelt bei mir das Telefon, die halbe Kaserne will wissen, ob du okay bist.“
„Ich bin okay, und unserem Dolmetscher ist auch nichts passiert. Aber woher wissen die überhaupt, wo ich bin?“
„Von mir jedenfalls nicht.“
„Und was wird berichtet?“
„Dass wohl doch die ukrainische Mafia dahintersteckte und der Zugriff aufgrund der guten Zusammenarbeit zwischen deutschen und polnischen Behörden erfolgt sei. Wann kommst du?“
Er erzählte von seinen Plänen für den morgigen Tag.

„Soll ja schön sein, das Riesengebirge", sagte Eli. „Dann tank mal frische Kräfte! Es hat sich nämlich schon bis zu Vogt herumgesprochen, dass du nach Polen gefahren bist. Er tobt und droht mit dienstlichen Konsequenzen."

Das ganze Leben war Vertrauenssache und viel zu kurz, um es von Angst und Sorge einschnüren zu lassen. Von der Terrasse seines Hauses aus ließ Swiatelka den Blick über die von Magda angelegten Beete mit Tulpen und Narzissen schweifen, die in voller Blüte standen. *Schauet die Lilien auf dem Felde, wie sie wachsen. Salomo in all seiner Herrlichkeit war nicht gekleidet wie eine von ihnen. Und seht auch die Vögel unter dem Himmel: sie säen nicht, sie ernten nicht, und euer himmlischer Vater ernährt sie doch.* Unmittelbar vor der gestrigen Vernehmung war ein Mitarbeiter von Boudaris Anwaltsbüro unter dem Vorwand aufgetaucht, ihn vertreten zu wollen, und hatte ihm in tadellosem Polnisch ein Angebot unterbreitet.

„Mein Mandant strebt eine gütliche Einigung mit Ihnen an. Er ist bereit, den Betrag zu zahlen, den Sie in Ihrem letzten Schreiben von ihm gefordert haben. Außerdem würde er Ihnen den Geländewagen überlassen, den Sie mitgenommen haben, mitsamt den gültigen Papieren."

„Was soll ich dafür tun?"

„Das vorbereitete Papier unterschreiben. Darin sichern Sie lediglich zu, keine weiteren Anschuldigungen gegen meinen Mandanten zu erheben."

„Ich unterschreibe gar nichts. Das hätte sowieso keine rechtliche Wirkung."

„Aber eine moralische."

„Sie wollen mir etwas über Moral erzählen? Boudari hat sein Wort oft genug gebrochen. Meine Frau ist von einer ukrainischen

Kriminellen bedroht worden, die mit ihm zusammenarbeitet. Wie können wir sicher sein, dass er uns Zukunft in Ruhe lässt?"
Der schmierige Anwalt setzte eine bekümmerte Miene auf.
„Auf beiden Seiten ist einiges schief gelaufen, was mein Mandant aufrichtig bedauert. Auch er fühlt sich von Ihnen bedroht. Woher hat er die Sicherheit, dass Sie keine weiteren Anschuldigungen erheben? Ich empfehle dringend, sein ehrlich gemeintes Angebot anzunehmen. Er wird es halten."
„Weil er momentan keine Leute hat, die die Drecksarbeit für ihn machen?"
„Weil er keinen Ärger mehr will. Und er glaubt, dass es Ihnen als Familienvater und Hausbesitzer ähnlich geht."
Das war schon wieder eine versteckte Drohung. Aber zugleich die Chance, mit seiner Familie heil aus dieser Sache zu kommen.

Sie lagen nebeneinander am Strand von Eilat und lasen, er einen Thriller und sie eines ihrer Lebenshilfebücher. Irgendwann fragte sie: „Wo ist eigentlich Lea?" – „Eben war sie noch hier", brummte er. Dann stand er auf, gefolgt von Sandra, vorbei an Liegestühlen und Sonnenschirmen bis ins seichte Wasser, wo überall Kinder plantschten, nur keine Lea. Plötzlich liefen Menschen zusammen und gafften aufs Meer. Dort trieb etwas in den Wellen, ein seltsames Treibgut, das Panik aufkommen ließ. „Tu doch etwas!", schrie Sandra. Lemberger durchpflügte mit seinen Armen die Gischt, erreichte den Körper, nahm das nasse Köpfchen in seine Hände, hielt es über Wasser. Erst als er wieder Boden unter den Füßen hatte, erschrak er über die vielen Haare, das Fell im Gesicht, aus dem zwei glasige Augen starr in den Himmel schauten: Carlo, der Riesenteddy! Sandras Schrei und sein eigener vereinigten sich zu einem gellenden Sirenenton, der allmählich abschwoll und sich schließlich in das

Klingeln des Hoteltelefons verwandelte.
Sofort war er hellwach, Polizisten-Routine. Miros Stimme schlug vor, zum Abschied zusammen zu frühstücken. Unter der Dusche überlegte Lemberger, ob er überhaupt geschlafen hatte, bis ihm sein Traum wieder einfiel: Sandra, Lea und der Teddy. Erstaunlich, dass er überhaupt geträumt hatte, das passierte sonst nur im Urlaub.
Möglicherweise hatte Miro das Frühstück nicht ohne Hintergedanken vorgeschlagen. Eine Irritation lag in der Luft. Vielmehr in seinen Augen. Woran auch der übliche Austausch von Höflichkeitsfloskeln nichts änderte.
„Ich hoffe, Dominik, dass du gut geschlafen hast."
„Danke der Nachfrage, du hoffentlich auch in deinem Vier-Sterne-Hotel."
Das Frühstück wurde gelobt, der wolkenlose Himmel, dann trat eine kurze Gesprächspause ein, während der Miro sich zweimal räusperte, bevor er endlich zu reden begann.
„Deine Sonderkommission in Berlin hat uns ein paar Videos über den Anschlag geschickt. Passanten haben sie gemacht."
„Ach ja, die Handy-Videos vom Hermannplatz", tat Lemberger, als wüsste er Bescheid. „Gut, dass sie so schnell ausgewertet wurden. Was ist darauf zu sehen?"
„Der Mann, der die Handgranaten geworfen hat. Er heißt Nikolai Prishenko, ist Bürger der Ukraine und liegt seit gestern im Leichenschauhaus von Jelenia Góra, zusammen mit den beiden vom Parkplatz, Viktor Komarovskij und Sergej Rusinov. Der Tote im Haus wurde identifiziert als Timur Arsaev aus der russischen Teilrepublik Dagestan. Man kann sagen, dass er der Leibwächter von Komarovskij gewesen ist. Alle sind bekannt bei Interpol."
„Und die Frau?"

„Auf den Videos ist sie nur von weitem zu sehen. Wir wissen nicht, ob sie in Karpacz überhaupt dabei war."
„Sie könnte etwas mit den Morden an den ersten beiden Ukrainern zu tun haben."
„Dafür haben wir keine Belege, Dominik."
„Noch eine Frage: Könntest du mir möglichst genau sagen, wer alles mit Swiatelka seit seiner Festnahme gesprochen hat?"
„Natürlich, Dominik, möglichst genau: die Polizisten, die ihn angehalten und zum Revier in Karpacz gebracht haben. Der lokale Polizeichef von Karpacz. Danach haben Major Jakubowicz und ich uns kurz mit ihm unterhalten. Und natürlich sein Anwalt."
„Sein Anwalt?"
„Ja, er hat das Recht auf einen Anwalt. Das ist nicht nur in Deutschland so, sondern auch in Polen."
Für Miros Verhältnisse war das eine klare Spitze.
„Wie heißt dieser Anwalt?"
„Soll ich es für dich herausfinden?"
„Das wäre sehr nett."
Zum ersten Mal überkam Lemberger der Gedanke, dass sich hinter dem ewigem Schnurrbartlächeln des kleinen Mannes mit der Halbglatze mehr verbarg als eine asiatisch anmutende Freundlichkeit. Der hilfsbereite Kollege, der auf der Oderbrücke auf ihn wartete, der immer zur Stelle war, wenn man ihn brauchte und unendlich viel Zeit für ihn zu haben schien – war das alles nur Fassade? Verfluchtes Misstrauen! Als Polizist war man kaum mehr imstande, normale menschliche Kontakte zu pflegen, schon gar nicht mit anderen Polizisten.
„Dominik, ich habe erfahren, dass du nicht Mitglied der Sonderkommission bist."
Lemberger setzte seinen Capucchino so ungestüm ab, dass der Milchschaum überschwappte.

„Ich persönlich nicht, aber ein Kollege aus meinem Team, und wir arbeiten alle eng zusammen."

„Man hat uns gesagt, dass du keinen Auftrag hast, in Polen Ermittlungen zu führen. Du darfst überhaupt nicht arbeiten, weil du krank bist."

„Hör zu, Miro, ich bin tatsächlich krankgeschrieben. Aber mein Vorgesetzter hat bis gestern die Existenz der ukrainischen Bande bestritten, und ich war voller Sorge um unseren Dolmetscher. Jetzt kann ich beruhigt nach Hause fahren und mich erholen. Ich bin dir wirklich sehr dankbar für deine Unterstützung."

„Wenn ich das gewusst hätte, Dominik, hätte ich keine Informationen an dich gegeben. Das hätte ich nicht machen dürfen."

„Zu spät, Miro", bemerkte Lemberger trocken.

„Du hast falsch gespielt!"

„Es tut mir leid, dass du das so siehst, aber ich konnte nicht anders. Außerdem hatte ich dir am Telefon gesagt, dass ich *informelle* Hilfe brauche."

„Informell heißt gesetzwidrig?"

„Nein, heißt es nicht. Ich hoffe, du wirst meinetwegen keine Schwierigkeiten haben."

„Ich dachte, wir sind Freunde", beharrte Miro. „Freunde sollten mit offenen Karten spielen."

„Richtig. Aber das gilt für beide Seiten, oder? Die Vernehmung von Swiatelka durch deine Kollegen war lächerlich, das reinste Theater! Es war eindeutig vorher abgesprochen, dass Swiatelka und seine Autoknacker-Kumpels nicht belastet werden, dass vor allem keine Fragen nach Boudari gestellt werden sollen. Glaubst du, ich habe das nicht bemerkt? Und du hast das gedeckt, Miro. Spielst du mit offenen Karten?"

Der polnische Kollege sah ihn mit großen Augen an. Jetzt lächelte er nicht mehr.

„Habe ich zu schnell gesprochen oder mich unklar ausgedrückt?“

„Nein, du hast alles klar ausgedrückt. Und du hast recht, dass es eine Anweisung gegeben hat, diese Themen nicht anzusprechen. ABER: Diese Anweisung – oder soll ich besser sagen: dringende Bitte – wurde ausgesprochen von deutscher Seite. Dein Chef hat gestern in Świecko angerufen.“

„Vogt?“, fragte Lemberger ungläubig.

„Nein, Dominik, dein höchster Chef: ein Referent aus dem Büro des Polizeipräsidenten in Berlin.“

19.

Zurück nach Berlin, war sein erster Impuls nach dem Aufwachen gewesen. Dem hatte sich das Bild einer von Einbrechern durchwühlten Wohnung entgegengestellt, die er nur deshalb aufräumen musste, um einen Haufen uninteressanter Texte übersetzen zu können. Alles andere als verlockend. Er trödelte mit dem Frühstück und nahm es als Wink des Schicksals, als Lemberger erschien und eine gemeinsame Tour ins Gebirge vorschlug. Nichts Großes, da sie beide gehandikappt seien, schränkte der Kriminalbeamte ein, aber wenn man schon hier wäre, sollte man sich eine solche Chance nicht entgehen lassen. Christoph willigte ein. Vielleicht erfuhr er bei dieser Gelegenheit, wie seine Aussichten standen, weiterhin für die Berliner Polizei zu dolmetschen und ob das *Karnickel* wirklich die Macht hatte, ihn auf eine Schwarze Liste zu setzen.

Mit Lembergers Wagen fuhren sie in Richtung Zackelfall. Dort gab es einen Sessellift auf den Reifträger, den zweithöchsten Berg des Riesengebirges, das hatte der Kriminalbeamte in Erfahrung gebracht. Außerdem, sagte er, wolle er einen Blick auf den Ort werfen, an dem die beiden Ukrainer erschossen worden waren.

In seinem Liebeskummer hatte Christoph fast vergessen, dass hier gestern Menschen gestorben waren und es um ein Haar auch ihn selbst getroffen hätte. Versteinert unter der Brücke der Rothwasser, als Fährmann auf dem See der Finsternis, für immer und ewig.

„Ich muss Ihnen etwas erzählen."

Er schilderte seine Flucht aus dem Haus und die anschließende Jagd durch den Wald, das Ausharren in kaltem Wasser und Todesangst, während er über sich seine Verfolger hörte. Lemberger ließ den Wagen langsam die Serpentinen hinabrollen und schien gebannt zuzuhören.

„Sie haben die Frau wirklich nicht gesehen?", fragte er, nachdem Christoph geendet hatte.

„Nur von weitem."

„Würden Sie ihre Stimme wiedererkennen?"

„Ich fürchte, nein."

„Warum haben Sie der polnischen Polizei verschwiegen, dass Sie verfolgt wurden?"

Christoph sah schuldbewusst zu Boden.

„Weil ich aus der Schusslinie wollte. Weil ich immer noch denke, dass ich irrtümlich zwischen die Fronten geraten bin."

„Der Mann hat also gesagt, sie hätten gefunden, was sie gesucht haben. Und Ihr Rucksack …"

„… lag hinterher ausgeschüttet auf dem Weg, gefehlt hat nichts."

In Gedanken ging Christoph noch einmal den Inhalt seines Rucksacks durch: Kalender, Buch, Jacke, Kaugummi, Kugelschreiber, sogar eine angefangene Packung Tempos – alles war da gewesen.

„Was können diese Leute gemeint haben?"

„Leider habe ich nicht die geringste Ahnung."

Sie mussten direkt an der Straße parken, denn der Touristenparkplatz am Zackelfall war immer noch gesperrt. Vor extra aufgestellten Sichtblenden standen mehrere Polizeifahrzeuge. Beim Aussteigen griff Lemberger in die Brusttasche seiner Jacke, faltete ein DinA-4-Blatt auseinander und reichte es Christoph.

„Vorsicht, kein schöner Anblick."

Das Blatt zeigte zweimal zwei Fotos, jeweils ein Passbild im Halbprofil sowie eine Frontalaufnahme, die im Leichenschauhaus entstanden sein musste, denn die Köpfe lagen jeweils auf einer Metallliege vor weißen Kacheln. Beide Männer hatten Schlieren von weggewischtem Blut an Wangen und Stirn, ihre Augen waren halb geöffnet. Den Älteren hatte Christoph noch nie gesehen, den anderen erkannte er sofort. Das Katz-und-Maus-Spiel im vollbesetzten Waggon. *Bitte um eine Spende für meine Zuversicht …*

„Das ist der Mann, der mich in der U-Bahn verfolgt hat."

„Sind Sie sicher?"

„Hundertprozentig. Ich habe das Herrn Karnicki auch bei meiner Vernehmung gesagt, aber er wollte nichts davon hören."

Lemberger kommentierte diese Bemerkung nicht. Gegenüber einem Außenstehenden seinen Kollegen zu kritisieren, hätte auch nicht zu ihm gepasst, fand Christoph, selbst wenn dessen Unfähigkeit für alle offensichtlich war.

Ein Wanderweg führte in Richtung Wasserfall. Nachdem sie die erste Steigung genommen hatten, blieb der Kriminalbeamte stehen.

„Gehen Sie schon voraus, ich komme gleich nach."

Er verharrte eine Weile auf der Anhöhe über dem Parkplatz. Dieser Ort war eine Mausefalle. Eine einzige Straße, nach Anbruch der Dämmerung total einsam, keine Chance gegen Hunde oder Wärmebildkameras. Und keine Zeugen. Ein Ort, wie geschaffen für eine Exekution unter Ausschluss der Öffentlichkeit. Schon keimte neues Misstrauen in ihm auf. Für Boudari hätte es nicht besser laufen können. Alle Ukrainer tot, bis auf die Frau, die ihre Kumpane verraten hatte. Niemand, der ihn belasten konnte. Der mysteriöse Anruf aus dem Büro des Polizeipräsidenten, der die polnische Polizei dazu bewog, von Ermittlungen gegen Boudari abzusehen, setzte dem Fass die Krone auf. Nach dem Frühstück hatte er sich bei Miro für seine Vorwürfe entschuldigt. Dieser hatte die Entschuldigung angenommen, aber die Hintergründe wissen wollen.

„Ich dachte einen Moment lang, die ganze Welt habe sich gegen mich verschworen", hatte Lemberger so vage wie möglich begonnen, in der Hoffnung, sein polnischer Kollege würde sich mit Allgemeinplätzen abspeisen lassen. „Manchmal hat man einfach Tage, wo man die Flöhe husten hört, verstehst du das?"

„Die Flöhe husten? Nein, ich verstehe nicht."

„Stell dir vor, du hast den ungeheuerlichen Verdacht, dass einer deiner Vorgesetzten einen Gangsterboss deckt", war es ihm herausgerutscht. „Sagen wir, es geht um den Oberst, aber dir fehlen die Beweise. Darüber würdest du auch erst einmal in Ruhe nachdenken wollen, oder?"

„Dass Oberst Jakubowicz einen Gangsterboss beschützt?"

„Ist ja nur ein Beispiel."

„Mit Oberst Jakubowicz gehe ich seit zwanzig Jahren zum Handball. Niemals würde er so etwas machen. Seit zwanzig Jahren arbeite ich auch mit den deutschen Behörden zusammen. Deutschland ist ein Rechtsstaat. Ihr seid Vorbild für Polen. Deshalb kann ich mir nicht vorstellen, dass dein Vorgesetzter mit einem Gangsterboss zusammen arbeitet. Denkst du das im Ernst?"

Lemberger hatte den Kopf geschüttelt.

„Ich glaube, ich war ein bisschen paranoid."

Als sie sich zum Abschied die Hand gedrückt hatten, war der Zweifel in Miros Gesicht unübersehbar gewesen, weniger wohl am deutschen Rechtsstaat als an ihm persönlich. Er hatte auf der Fahrt nach Polen Zuständigkeiten überschritten, gelogen und wilde Verdächtigungen in die Welt gesetzt. Am Ende hatte er aus Angst, sich zu verrennen, die Flucht nach vorn angetreten und seine eigene Zurechnungsfähigkeit in Zweifel gezogen. Kurz vor dem Internationalen Polizeikongress in Riga hatte er sich unmöglich gemacht. Umso wichtiger war jetzt, die verbleibende Zeit mit dem Dolmetscher zu nutzen. Es musste einen Grund geben, warum die Ukrainer ihn so hartnäckig verfolgt hatten.

Durch dichten Nadelwald stiegen sie höher, Christoph ein paar Schritte hinter dem Kriminalbeamten, doch ließ dieser den Abstand nie so groß werden, dass sie sich beim Laufen nicht unterhalten konnten.

„Übrigens wollte ich Ihnen sagen, dass ich durch diese Fahrt Ihre Faszination für Polen ein wenig besser verstehe. Das ist wirklich ein sehr interessantes Land."

„Hatte ich gesagt, dass ich von Polen fasziniert bin?"

Lemberger lächelte.

„Das können Sie gar nicht verbergen. Wie kamen Sie eigentlich dazu?"

„Mein Vater stammt aus dem Riesengebirge", erwiderte Christoph. „Nach dem Krieg hat es ihn an den Berliner Stadtrand verschlagen, wo ich aufgewachsen bin."

„Ah ja", war die höfliche Reaktion.

Er stockte. Würde Lemberger die ganze Geschichte interessieren, deren Ausgangspunkt war, dass er sich die Welt weniger nach Sinneseindrücken als nach Worten und Begriffen erschloss? Unter der Straße, in der sein Elternhaus stand, floss die *Lanke* hindurch, ein unterirdisches Rinnsal, das in slawischer Vorzeit dem ganzen Stadtteil seinen Namen gegeben hatte: *Lankowice,* verdeutscht *Lankwitz,* das Dorf am Bach. Auf uralten Flurkarten war dieser noch inmitten von Wiesen und Feldern verzeichnet, bevor er vor hundert Jahren zugeschüttet und überbaut wurde. Schon als Kind hatte ihn die Vorstellung von der Quelle fasziniert, die wenige Meter unter ihm in unsichtbaren Hohlräumen dahinplätscherte, Kiesel und kleine Muscheln mit sich führte, Schicht um Schicht aufeinander häufte. Damals war in ihm die Ahnung von der Vergänglichkeit aller Dinge erwacht, der sich später die wichtigste Erkenntnis seines Lebens, sein Trost und Halt, entgegengestellt hatte: dass es einen einzigen Ort gab, an dem die Spuren der Geschichte und des menschlichen Lebens bewahrt wurden: die Sprache. Die Sprache hütete die Erinnerung an die antiken Ursprünge der westlichen Zivilisation, den lebhaften Handel mit dem Orient, die Verheerungen des Dreißigjährigen Krieges, die Bewunderung alles Französischen, die Zuwanderung und Eingliederung von Fremden und eben auch an den slawischen Ursprung vieler Ortsnamen zwischen Elbe und Oder. Umgekehrt spiegelte sich selbst in den polnischen Übersetzungen der historischen Flurnamen des Riesengebirges, der Bezeichnungen von Bergen und Hügeln, Flüssen und Bächen immer noch die Geschichte der ersten deutschen Siedler wider. Allein die Sprache vermochte mit ihrer Zauberkraft das Untergegangene und Vergessene wieder zum Leben zu erwecken.

All dies hätte Christoph gern ausgeführt, wenn der Kriminalbeamte einen Funken Interesse hätte erkennen lassen.

„Wie erklären Sie sich, dass Sie verfolgt wurden?", fragte Lemberger stattdessen. Offenbar hatte er vor, auf ihrer gemeinsamen Wanderung seinen eigenen Fragenkatalog abzuarbeiten.

„Keine Ahnung. Ich kann mir weder einen Grund vorstellen noch verstehe ich, wie sie so dicht hinter mir sein konnten. Als der Mann auf der Brücke direkt über mir stand, hat er etwas Komisches gesagt: *Das Signal ist ganz nah.* Als hätte ich einen Sender bei mir gehabt."

Lemberger nickte.
„Mein polnischer Kollege sagte, bei dem toten Ukrainer im Wald habe man ein spezielles Ortungsgerät gefunden. Hat Ihnen jemand am Hermannplatz etwas gegeben?"
Nein. Doch! Er berichtete von Dorotas Brief.
„Ein Blatt Papier in einem Briefumschlag", überlegte der Kriminalbeamte. „Unwahrscheinlich. Fangen wir anders an: Ist während des Gespräches in dem Schnellrestaurant irgendetwas passiert, das Sie es bei Ihrer Vernehmung nicht erwähnt haben, weil es Ihnen vielleicht zu unwichtig erschien? Gab es einen unerwarteten Zwischenfall, etwas Unvorhergesehenes?"
Christoph schüttelte den Kopf.
„Nichts war, wie ich es erwartet hatte. Zwischen allen Beteiligten herrschte von Anfang an eine höchst aggressive Stimmung."
„Herr Mollwitz, Sie waren etwa zehn Minuten in dem Café. In diesen zehn Minuten muss etwas geschehen sein, was die Ukrainer dazu veranlasst hat, Sie zu verfolgen."
„Heißt das, Boudari und die Ukrainer haben zusammengearbeitet?"
„Dafür gibt es zwar keine Belege ..."
„Aber Sie glauben es. Und Sie glauben auch, dass ich nicht zufällig, sondern ganz gezielt verfolgt worden bin?"
Lemberger nickte.
Wo ich doch immer so bemüht bin, mich aus allem herauszuhalten. Genau dieses Sich-aus-allem-heraushalten-wollen machte es jetzt so schwer, zehn Minuten zu rekonstruieren, die Lichtjahre entfernt schienen. Dafür musste er als Archäologe in eigener Sache die dicken Gefühlsschichten durchstoßen, die mit der eigenen Trauer belegt waren. Noch einmal zurückgehen zu dem Moment, als er sich mit Mariusz getroffen hatte. Enttäuscht war er gewesen, weil der vermeintliche Cousin nicht über Dorota

reden wollte. Heute wusste er, wieso. Dazu kam das Unbehagen, der Überdruss, schon wieder jemandem wie ein Diener hinterherlaufen zu müssen. Der Dolmetscher, der fremde Botschaften transportieren und sich selbst vergessen sollte. Im Hinterkopf dämmerte ihm etwas. Er hatte gegen diese Regel verstoßen, hatte sich eingemischt, weil er seiner Rolle überdrüssig gewesen war.
„Boudari hat mir gedroht", platzte er heraus, „mit einem arabischen Sprichwort: *Hast du ein Geheimnis, ist es dein Gefangener. Lässt du es frei, bist du sein Gefangener.*"
In Lembergers Augen blitzte es auf: „Wieso?"
„Er dachte wohl, ich würde Arabisch sprechen, weil ich vorher ebenfalls ein arabisches Sprichwort gebraucht hatte. Das war aber eher als scherzhafter Kommentar gedacht, um die Atmosphäre aufzulockern."
„Die Atmosphäre zwischen Mariusz und Boudari?"
„Nein, zwischen Boudari und seinem Sohn. Er sagte etwas auf Arabisch, woraufhin Boudari ihn anbrüllte. Ich dachte ja, es ginge um eine normale Transaktion, deshalb ist mir das herausgerutscht."
„Sie sprechen Arabisch?"
„Ich habe vor ein paar Monaten damit angefangen."
„Was haben Sie gesagt?"
„Ein Sprichwort, das wir kürzlich im Sprachkurs gelernt haben: *Wenn du redest, muss deine Rede besser sein als dein Schweigen.*"
„Haben Sie verstanden, was der Sohn vorher gesagt hat?"
„Irgendetwas mit *Freund. Das ist doch dein Freund* oder so. Der Rest ist mir entgangen."
„*Das ist doch dein Freund*", widerholte Lemberger. „Was soll daran brisant sein? Aber gut, halten wir fest: Zafer Boudari könnte sich verplappert haben, woraufhin sein Vater befürchtete, Sie hätten es verstanden ..."

Sie waren am Eingang der Zackelfallklamm angelangt. Hier wurde Eintritt verlangt, aus Sicherheitsgründen mussten sie Helme aufsetzen.
„*Wodospad Kamieńczyka*", buchstabierte der Kriminalbeamte den polnischen Namen. „Mein Gott, was für ein Buchstabengewirr! Ich würde verrückt werden."
„Bei näherem Hinsehen ähneln sich die Strukturen", widersprach er. „*Wodo-spad, Wasser-fall.*"
„Welche Sprachen sprechen Sie außerdem?"
„Spanisch, Englisch und ein bisschen Russisch."
„Und warum jetzt auch noch Arabisch? Haben Sie nicht genug Aufträge?"
„Doch, ich bin mit Polnisch und Spanisch gut ausgelastet. Das sind eher private Gründe."
Als er Lembergers verwundertes Gesicht sah, fügte er hinzu: „Keine Frau oder was immer Sie denken, sondern der *Arabische Frühling*. Ich wollte die Menschen, die auf die Straße gingen, gern selbst verstehen. Ihr Wunsch nach Mitsprache, die Sehnsucht, dass die eigene Stimme gehört wird – das hat mich berührt. Auch wenn es lächerlich klingen mag."
„Keineswegs", versicherte der Kriminalbeamte. „Diese Offenheit sollten Sie sich bewahren. Die haben die meisten längst verloren, in meinem Alter sowieso. Da geht es nur noch um die eigene kleine Welt."
Die Klamm war eine enge Felsenschlucht mit glitschig-nassem Boden, die nach wenigen Minuten in einem Talkessel mündete, wo sich ihnen ein herrliches Naturschauspiel bot: aus dreißig Metern Höhe strömte das Wasser in einem eleganten Bogen über treppenartig angeordnete Felsvorsprünge herab. Feine Tröpfchenwolken glitzerten in der Sonne, und oben, kurz über der Wasserkante, flitzten silbrig glänzende Schwalben vor einem

tiefblauen Himmel, fliegende Fische. Plötzlich kribbelte es Christoph im Bauch – das Gefühl, schon einmal an diesem Ort gewesen zu sein. Unverkennbar war eine gewisse Ähnlichkeit mit dem Viktoriafall am Kreuzberg, wo sie sich zum ersten Mal geküsst hatten. Der Wunsch, statt des Kriminalbeamten Dorota an seiner Seite zu haben, flammte wie ein Streichholz in ihm auf, erlosch aber zum Glück gleich wieder.

Er stützte sich auf das Geländer vor dem Wasserbecken, schloss die Augen und hielt sein Gesicht in den Sprühregen. Wenn er bestimmte Erinnerungen zurückzudrängen vermochte, konnte er sich andere vielleicht ins Bewusstsein zurückrufen. Seit Tagen folgte eine Demütigung der anderen: Karnicki, die Punkfrau, die Flucht aus seiner eigenen Wohnung, der Muskelprotz. Ausgangspunkt dieser Kette war die Besprechung am Hermannplatz gewesen, zu der er nur hingegangen war, weil er einer Illusion namens Dorota nachgehangen hatte.

Als er ein Tempotuch aus der Hosentasche zog, um sich das Gesicht abzutrocknen, fiel ein kleines rundes Etwas aus seiner Tasche, eine fingerhutgroße Metallscheibe. Verwundert hob er sie auf. Wieder dämmerte etwas in seinem Gedächtnis.

Noch einmal saß er am Tisch des Schnellrestaurants, wäre am liebsten im Erdboden versunken, weil er sich durch seine vorlaute Bemerkung gegenüber Boudari ins Zentrum der Aufmerksamkeit gedrängt hatte, was zugleich bedeutete, dass er als Dolmetscher versagt hatte. Nervös fuhren seine Hände unter der Platte des billigen Blechtisches entlang, hin und zurück. Eine Übersprungshandlung, als könnte er wegschwimmen aus dieser peinlichen Situation. Dabei ertastete er die magnetische Scheibe, die er erst gedankenverloren unter der Tischplatte hin und her schob, dann mit den Fingern ablöste, während des Dolmetschens in den Fingern knetete und schließlich in seinen geöffneten Rucksack gleiten ließ. Dort musste sie in die angebrochene Packung mit den Papiertaschentüchern gerutscht sein, die er später aus dem Rucksack genommen und in seine Hosentasche gesteckt hatte. Nicht eine Sekunde lang hatte er seither an dieses unscheinbare Ding gedacht. Bis zu diesem Augenblick.

„Herr Lemberger, da ist noch etwas", sagte er. „Das habe ich eben zwischen meinen Taschentüchern gefunden."

Er reichte dem Kriminalbeamten das Metallplättchen. Lemberger nahm es und drehte es zwischen seinen Fingern. Dann nickte er.

„Sie überraschen mich schon wieder, Herr Mollwitz!"

„Ich bin einfach nur furchtbar vergesslich."

Vom Zackelfall aus liefen sie zurück zur Talstation, von wo ein antiquierter Sessellift auf den Reifträger fuhr. Man stieg während der Fahrt zu, musste schnell den Sicherungsbügel herunterklappen und schwebte kurz darauf in zwanzig Metern Höhe und steilem Winkel dem Gebirgskamm entgegen. Quietschend schaukelten die Sitze im Wind. Andere Touristen waren kaum zu sehen, vielleicht weil es mitten in der Woche war. Unter ihnen klaffte eine breite Schneise im Wald, die im Winter als Skipiste diente. Granitblöcke ragten zwischen den Nadelbäumen auf. Lemberger drehte sich nach dem Dolmetscher um. Ihm schien bei dem Geschaukel ebenfalls mulmig zu sein. Außerdem breitete sich im Schatten des Gebirges eine empfindliche Kühle aus. Es war erstaunlich, zu welchen Erinnerungsleistungen manche Zeugen imstande waren. Mollwitz hatte es geschafft, einen Moment zu rekonstruieren, der möglicherweise ein Schlüssel zum Verständnis dessen war, was auf dem Hermannplatz und später in Karpacz geschehen war. Wenn das Abhörgerät, das er gefunden hatte, mit einem Peilsender ausgestattet war, wurde auch klar, wieso die Ukrainer dem Dolmetscher immer so dicht auf den Fersen gewesen waren. Ein weiteres Indiz dafür, dass sie in Boudaris Auftrag gehandelt haben mussten. Was aber war bei jenem Treffen am Hermannplatz gesagt worden, das es wert war, deswegen Menschen zu töten? Und wer hatte die Wanze dort angebracht? Genährt durch Neumayers Heimlichtuerei, die Fotos aus Kummerows Akte und die Intervention der Polizeiführung keimte In Lemberger längst der Verdacht, dass das Gespräch am Hermannplatz unter den Augen und Ohren des Staatsschutzes geführt worden war.

Sie erreichten die Bergstation. Aus einem deutschsprachigen Reiseführer, der im Hotel auslag, wusste Lemberger, dass der Kamm am Reifträger seinen Anfang nahm. Von hier aus konnten sie nach Nordosten wandern bis zu einer der alten Bauden, die den Wanderern im Riesengebirge seit jeher Obdach und Verpflegung boten. Wenn sie dort umkehrten, würde er es bis zum Abend nach Berlin schaffen. Elena hatte Spätdienst. Vielleicht konnten sie sich hinterher noch treffen und die neuesten Erkenntnisse ordnen. Auch deshalb hätte er Mollwitz gern noch weiter befragt.

Was ihn aus dem Konzept brachte, ihn buchstäblich sprachlos machte, war die grandiose Aussicht vom Kamm. O *Täler weit, o Höhen!* Er kannte die meisten deutschen Mittelgebirge, aber das hier war etwas Besonderes. Zum Hirschberger Tal hin verlief der Kamm in sanften Stufen, zur tschechischen Seite schroff und steil. Aus jäh abfallenden Felswänden, die wie riesige Kerben in den Kamm gehauen schienen, stürzten Quellen und Bäche in schwindelerregende Abgründe. Sein Blick folgte ihnen bis in schmale Seitentäler und erspähte zwischen tief fliegenden Nebelbänken eine Miniaturlandschaft mit Spielzeughäusern und -straßen. Ein Blick wie aus dem Flugzeug, nur dass er dabei die von Heidekraut- und Nadelbaumduft durchtränkte, frische Gebirgsluft atmete. Fast besser als Tauchen! Ein Roman aus seiner Jugend fiel ihm ein, über das sagenumwobene Kloster *Shangri-La* in Tibet, dessen Bewohner das Elixir ewiger Jugend hüteten. *So wird mein Herz nicht alt.*

Schweigend wanderten sie zwischen Geröllhalden und sturmgebeugten Krüppelkiefern über das Dach der Welt, zumindest das Mitteleuropas. Ringsum zogen Wolkenkarawanen, fremd und majestätisch wie exotische Königreiche. Hie und da malte die Sonne in der Ferne leuchtende Tupfer ins Land, am Horizont stand eine lilafarbene Regenwand. Außer dem leisen Pfeifen des Windes drang kein Laut an sein Ohr. Doch die Stille, die den Kamm beherrschte, war nicht ruhig und meditativ, sondern wispernd und murmelnd, voller Geheimnisse und Rätsel, vergessener und verdrängter Geschichten. Sandra kam darin vor, die Kinder und auch er selbst, viele einzelne Momente aus ihrem gemeinsamen Leben, auch gückliche. *Es könnte alles ganz anders sein,* tuschelte der Kamm. Dieses Gebirge war ein lebender Organismus, der sich hob und senkte, wie die Wirbelsäule eines schnarchenden Riesen. Eine Vorstellung, die Lea gefallen würde. Er sah sie auf dem Hausdach stehen, sah sich selbst zu ihr eilen und sie in seine Arme schließen. *Ich weiß, wo der Eingang zum Feental ist.* Alles abwerfen, was sich privat und beruflich an Ballast angesammelt hatte. Die Zeit zurückdrehen und völlig neu anfangen, ohne Verpflichtungen und Termindruck. *Es könnte alles ganz anders sein.*

Er war stehengeblieben und drehte sich langsam um die eigene Achse. Zwei Meter neben ihm stand der Dolmetscher und starrte ihn an.

Lemberger lächelte verlegen.

„Entschuldigen Sie, ich war einen Moment lang weit weg. Wenn

ich hier eine Woche verbringen würde, wäre ich wahrscheinlich glänzend erholt. Hier lernt die Seele wieder fliegen. Geht Ihnen das auch so?"
„Naja", begann der Dolmetscher.
Er zögerte, schien nach den richtigen Worten zu suchen.
„Ich musste eine große Enttäuschung verwinden. Aber es ist schon okay. Ich habe ja alles versucht, was ich konnte."
Lemberger hatte nicht die geringste Ahnung, wovon sein Begleiter redete. Es war aber auch egal, vor solch einer grandiosen Kulisse konnten einem die Worte durchaus einmal zu pathetisch geraten.
„Schauen Sie!", rief er und zeigte auf einen weißen Streifen, der etwa zweihundert Meter unter ihnen in einer tiefen Schlucht leuchtete. „Da liegt noch Schnee, und das im Mai!"

Trotz der herrlichen Eindrücke von der Wanderung war Christoph froh, als sie wieder im Auto saßen. Auf dem Kamm war der Kriminalbeamte in grüblerisches Schweigen verfallen, bevor er unvermittelt auf Persönliches zu sprechen kam. Als Christoph darauf angesprungen war, hatte es keine Reaktion gegeben. Sie kannten sich nicht gut genug, und er merkte, dass ihm die Gesellschaft allmählich zu eng wurde. Da er in Karpacz auch noch etwas zu erledigen hatte, würde er Lemberger allein nach Berlin zurückfahren lassen. Er war zwar mit seinen Fragen nicht zum Zuge gekommen, wollte aber auf keinen Fall den Eindruck erwecken, dass er um seine Polizeiaufträge bettelte. Entweder wurde er geschätzt, weil er gut und gewissenhaft dolmetschte, oder er hatte sich wegen Karnicki und einer unglückseligen Verkettung von Ereignissen alles verdorben – dann würden auch Lembergers Versprechungen nichts helfen.
Vor dem Hotel verabschiedeten sie sich.

„Bis bald in Berlin“, sagte der Kriminalbeamte. „Vorausgesetzt, die polnischen Autodiebe lassen nicht nach.“
„Vorausgesetzt, die Polizei schnappt sie auch“, entgegnete Christoph.
„Wir geben unser Bestes.“

Bis zur Dresdner Autobahn verlief die Rückfahrt zügig. Dann sorgten Baustellen und Feierabendverkehr dafür, dass es nur noch im Schneckentempo voranging. Lemberger nutzte die Zeit, um eine Prioritätenliste für die beiden wichtigsten Bereiche seines Lebens zu erstellen. Jeder Mensch müsse einen Weg finden, das zu akzeptieren, was man nicht ändern könne, hatte Swiatelka gesagt. Wenn er die drohende Einstellung der Ermittlungen im Fall Boudari und das mögliche Aus seiner Ehe gegeneinander abwog, würde er Letzteres leichter akzeptieren können, stellte er fest. Natürlich war das ein Ende mit Schrecken, das schwierige Gespräche mit den Kindern und eine lästige Wohnungssuche nach sich zog, aber es schien ihm aussichtslos, dagegen anzukämpfen. Sich dem Druck zu beugen und die Ermittlungen gegen Boudari ergebnislos abzubrechen, war für ihn hingegen völlig ausgeschlossen. *Es könnte alles ganz anders sein.* Aber so sahen sie eben aus, seine Prioritäten.
Er versuchte, die Bruchstücke in seinem Kopf zu einem Gesamtbild zusammenzufügen. Boudaris Auftrag für den Staatsschutz war es gewesen, eine ukrainische Drogenschmugglerbande, die auf den Berliner Markt drängte, hochgehen zu lassen. Bei dem Versuch, einen Teil der von den Ukrainern gelieferten Drogen für sich selbst abzuzweigen, waren ihm die Polen dazwischen gekommen und auch der Dolmetscher, der etwas gehört hatte, was nicht für seine Ohren bestimmt gewesen war. Boudari hatte es geschafft, die Ukrainer in sein doppeltes Spiel

einzubinden, um die Störenfriede aus dem Weg räumen zu lassen. *S. hat das Baby, erledigt den Rest.* Doch obwohl er damit für die Begehung schwerster Straftaten verantwortlich war, hielt der Staatsschutz seine schützende Hand über ihn. Höchste Stellen hatten für ihn interveniert. Hier begann das Bild zu verschwimmen. Wer genau was warum unter den Teppich kehren wollte, lag im Dunkeln. Und weil das so war, nahm die Verschwörung in Lembergers Phantasie immer größere Ausmaße an. Wenn er sich nicht bald mit jemandem darüber austauschen konnte, würde er wirklich paranoid werden. Er rief Elena an, doch zu seiner Enttäuschung lehnte sie ab.

„Sorry, Lem, ich bin total groggy. Egal, was du für Neuigkeiten hast – es muss bis morgen warten."

Er fühlte sich wie kurz vorm Platzen. Endlich in Berlin angekommen, fuhr er zu einem Irish Pub, in dem Dennis und Valeri nach Feierabend öfter verkehrten. Ausgerechnet heute war keiner von beiden da. Also setzte er sich an die Theke und bestellte einen Whisky nach dem anderen.

Lange nach Mitternacht stocherte er den Schlüssel ins Schloss seiner Wohnungstür. Alles drehte sich. Dass er in diesem Zustand das Auto heil nach Hause gebracht hatte, grenzte an ein Wunder. Sandras und Aarons Zimmer waren verschlossen. Nur die hellblaue Tür war angelehnt. Nachdem er sich in der Küche einen starken Kaffee gemacht hatte, sprang ihm aus seinem Kopfkarrussel plötzlich der Gedanke ins Bewusstsein, der ihm gestern entglitten war. Hinter den biblischen Metaphern, die Swiatelka verwendet hatte, verbargen sich konkrete Personen und Verhältnisse in der wirklichen Welt. So waren mit den Helfern des Teufels Boudari und seine Leute gemeint gewesen. Gab es zu Leas Feenwelt auch reale Entsprechungen? Steckte vielleicht hinter der Schwarzen Hexe eine überstrenge Lehrerin?

Und wer oder was stand für Carlo, ein Wesen, das ihr erst nahe gewesen und dann auf Abwege geraten war – ein Vater, der sich zu wenig um seine Kinder kümmerte?
Seine Tochter hatte im Schlaf ihre Bettdecke abgeworfen. Er deckte sie wieder zu und nahm die Taschenlampe von ihrem Kopfkissen, mit der sie heimlich ihr Glitzerstern-Buch gelesen hatte. Riesenteddy Carlo war nirgends zu sehen.
Im Flur ging das Licht an, kurz darauf erschien Sandra in Leas Tür und rieb sich die Augen.
„Was tust du hier?"
„Ich suche … äh … den Teddy."
„Sag mal, bist du betrunken?"
Kein Funken Wiedersehensfreude war in ihrem Gesicht, nur Befremden und Überdruss. Noch bevor sie den Mund öffnete, war ihm klar, dass sie sich nicht mit Floskeln aufhalten würde.
„Noch vor den Sommerferien musst du ausziehen, ich ertrage das nicht mehr."
„Aber …", lallte er und verstummte. Sie sprach doch nur aus, was er selbst dachte.
„Wenn du es nicht tust, muss ich mir mit den Kindern etwas suchen. Das wird aber für uns beide viel teurer."

20.

Wechselhaft und abenteuerlich war die Geschichte der uralten Stabholzkirche Wang am Ortsende von Karpacz, neben dem Waldaufstieg zur Schneekoppe. 1841 hatte der preußische König sie vor dem Abriss in Norwegen gerettet, indem er sie in Einzelteilen nach Deutschland verschiffen und wieder aufbauen ließ. Deutschland gab es hier nicht mehr, doch die originale Architektur der Wikinger aus dem 13. Jahrhundert war erhalten geblieben. Stilisierte Drachen, wie sie am Bug ihrer Schiffe befestigt gewesen waren, schmückten das Dach. Säulen vor dem Altar zeigten Szenen aus dem Alten Testament, Szenen der Hoffnung. Davids Sieg über Goliath. Der unterschätzte Underdog, der mit Mut und List den Stärkeren überwand.

Hinter der Kirche erstreckte sich der alte evangelische Friedhof. Christoph streifte durch die Gräberreihen, auf der Suche nach einem geeigneten Platz für eine ordentliche Beerdigung. Am Rande des Friedhofs stieß er auf ein Stück aufgelassenen Rasens. Er bohrte mit dem Schuh zwischen den dicken schwarzen Erdklumpen ein knöcheltiefes Loch, holte das Foto von Dorota und sich hervor, zerriss es und vergrub die Schnipsel. Tag eins der neuen Zeitrechnung hatte begonnen: wieder Single, im Reinen mit sich und der Vergangenheit, offen für neue Entwicklungen.

Leichtfüßig lief er hinab zu einem Blockhaus, in dem Souvenirs verkauft wurden. Der Verkaufsraum war vollgestellt mit geschnitzten Rübezahlfiguren in den verschiedensten Größen und Posen: die klassisch-romantische Version des Wanderers, der mit langem Stab und wehenden Haaren durch den Sturm stapfte; das bäuerlich-slawische Modell mit ausgestreckten Armen, aufgerissenem Mund und Riesenzähnen; schließlich die Variante, die sich auf die Legende bezog, nach der der Berggeist zu seinem Namen gekommen war: auf einem Hügel sitzend, das bärtige Kinn auf die Hand gestützt und alle Rüben in seinem Reich zählend, ohne zu ahnen, dass die geliebte Prinzessin, die ihm diese Aufgabe gestellt hatte, gerade mit ihrem Liebhaber außer Landes floh. Nicht zuletzt aufgrund dieser Enttäuschung hatte Rübezahl immer als ein sehr launischer Geist gegolten, mal gütig, mal boshaft, unberechenbar wie das Wetter in seinem Gebirge.

Christoph kaufte für Vater das Modell mit dem Wanderstab, für Mutter eine Flasche Stonsdorfer Kräuterlikör. Während der Verkäufer hinter der Ladentheke die Sachen einpackte, sprach er ihn an:

„Entschuldigung, ich suche einen Herrn Maksymiuk."

„Das bin ich."

Der Mann musste in den Vierzigern sein.

„Dann geht es wohl um Ihren Vater. Mir wurde gesagt, dass er seit Beginn der polnischen Zeit in Karpacz wohnt."

Er erzählte von seiner Begegnung im Wald. Der Verkäufer schüttelte den Kopf.

„Mein Vater ist leider etwas sonderbar. Jeden Tag treibt er sich stundenlang oben im Wald herum und spricht von sich selbst in der dritten Person. Was soll ich machen? Einsperren kann ich ihn nicht."

Er zeigte auf die Holzfiguren.

„Außerdem ist er immer noch ein Meister seines Fachs."

„Hat er die alle selbst geschnitzt?"

„Großenteils. Er arbeitet nach den alten deutschen Vorlagen, weil die sich am besten verkaufen. Sie sind selbst Deutscher, oder?"

„Mein Vater ist hier aufgewachsen und hat sich bei Kriegsende mit einem polnischen Jungen namens Kamil angefreundet."
„So heißt auch mein Vater! Das wäre ein unglaublicher Zufall."
Der Verkäufer rief nach jemandem. Eine stark geschminkte Matrone mit rot gefärbten Haaren kam aus einem Nebenraum und nahm seinen Platz hinter der Theke ein.
„Kommen Sie mit", sagte er. „Ich habe etwas, das Sie vielleicht interessieren könnte."
Über eine schmale Treppe folgte Christoph ihm ins Obergeschoss des Blockhauses bis in ein möbliertes Zimmer, in dem auch ein Schreibtisch stand. Aus dessen Schublade entnahm der Verkäufer eine alte Zigarrenschachtel mit Schwarz-Weiß-Fotos. Er sah sie durch, hielt eines ins Licht und reichte es wortlos an Christoph weiter. Zwei etwa zehnjährige Jungen saßen auf einem Mäuerchen. Ihre Gesichtszüge waren kriegstypisch verhärmt, aber sie hatten die Arme umeinander gelegt und lachten in die Kamera. Das Foto hätte aus Christophs eigenem Kinderalbum stammen können, denn der eine der beiden Jungen war ihm wie aus dem Gesicht geschnitten. Nur dass im Hintergrund eindeutig die Kirche Wang zu erkennen war.

Vor Elenas Schichtbeginn trafen sie sich bei ihrem Stamm-Thailänder. Sie hörte seinen Ausführungen zum Fall Boudari zwar zu, aber ihre Miene wurde immer abweisender. Schließlich unterbrach er sich selbst:
„Was ist los?"
Eli schüttelte den Kopf.
„Du hast dich da in einer Weise verbissen, die dir nicht gut tut. Ein zwielichtiger Autohändler mit einem guten Anwalt, der ihn vor der Justiz abschirmt – na und? So etwas ist seit Jahren unser tägliches Brot."

„Das ist ein Teil der Krise, die uns alle überrollen wird, wenn wir nicht endlich gegen sie angehen", widersprach er.
„Welche Krise? Wovon redest du überhaupt?"
„Von dem Dauerzustand, den wir mittlerweile als Normalität akzeptieren: dass wir kaum noch Daten speichern oder austauschen dürfen, dass die Justiz nicht mitzieht und wir Straftätern, die wir gefasst haben, am nächsten Tag wieder auf der Straße begegnen. Wenn die Bürger wüssten, dass die Polizei nur noch dazu da ist, den Niedergang zu verwalten, könnten wir ab morgen zu Hause bleiben."
„Könnten wir nicht. Jeder von uns muss seine Wohnung bezahlen, den Lebensunterhalt für sich selbst und seine Familie aufbringen. Also mach bitte nicht so ein Grundsatz-Ding daraus, wir sind keine Politiker!"
Sie sah auf die Uhr.
„Du musst mich entschuldigen, Lem. Bei uns brennt es lichterloh. Der Aktenberg wächst mir über den Kopf, Dennis ist nur mit der neuen Ermittlungsgruppe beschäftigt, und jetzt fällt auch noch Wiechmann aus."
„Wieso das denn?"
„Interessiert dich das überhaupt? Kannst du mit deinem Tunnelblick irgendetwas aufnehmen außer Boudari und Swiatelka?"
Er schluckte. *Dein Tunnelblick. Dein Kreisen um sich selbst, bei dem die Familie unter die Räder kommt.*
„Ich versuch´s", murmelte er. „Was ist mit Wiechmann?"
„Vorgestern kurz nach Schichtende hatte er einen Schwächeanfall und ist in seinem Büro umgekippt. Dabei ist er mit der Schläfe gegen die Schreibtischkante geknallt."
„Ist er etwa …"
„Nein", beruhigte sie. „Er liegt im Krankenhaus und wird auf Herz und Nieren durchgecheckt. Karnicki war dabei, kam

leichenblass rausgestürmt und rannte auf die Toilette. Völlig kopflos! Zum Glück hat Dennis Erste Hilfe geleistet und den Notarzt gerufen. Willst du noch mehr wissen? Die dritte Nacht hintereinander haben wir spektakuläre Einbrüche in Elektromärkte. Die Typen brettern mit gestohlenen Autos durch den Haupteingang rein, räumen die Auslagen aus und sind binnen weniger Minuten wieder verschwunden. Sieht ganz so aus, als hätten sie sich unsere *Draculas* zum Vorbild genommen. Wir nennen sie schon die *Panzerknacker*."

„Man müsste …"

„Ja, man müsste weniger am Schreibtisch sitzen und öfter nachts rausfahren. Aber wer denn, wenn alle auf dem Zahnfleisch gehen und Sesselpuper wie Karnicki schon umkippen, wenn sie nur eine Platzwunde sehen?"

„Das meinte ich mit *Krise*."

„Nenn es, wie du willst, Lem. Entscheidend ist, wie man damit umgeht. Man kann darüber in Weltschmerz versinken oder einfach anpacken."

„Du hast recht", erwiderte er. „Ab morgen packe ich wieder mit an."

Sie schüttelte den Kopf.

„Laut Karnicki will Vogt, dass du dich versetzen lässt, wegen des Hermannplatz-Desasters und deiner Polenexkursion. Du musst dich also auf noch mehr Gegenwind einstellen."

„Ist vielleicht gar keine schlechte Idee. Aber wieso spricht er mit Jörg darüber?"

„Weil er ihm die kommissarische Leitung über die Abteilung übertragen hat, zum Dank für seine Unterwürfigkeit. Morgen wird unser Karnickel seine erste Dienstbesprechung leiten, denn Vogt ist zwei Tage in Wiesbaden."

„Ist ja ein Ding!", entfuhr es Lemberger. „Von wem weiß denn Vogt, dass ich in Polen war?"

„Von mir nicht. Hast du nicht mit Stefan darüber gesprochen? Vielleicht hat er Blut geleckt und glaubt, er kann über die Soko Karriere machen."

„Mir hat er erzählt, dass Vogt ihm die Soko regelrecht aufdrängen musste."

„Vogt wollte erst niemanden aus unserem Team", widersprach Eli. „Dann ist Stefan stundenlang in seinem Büro verschwunden, und hinterher hatte er auf einmal den Job."

„So kann man sich selbst in seinen engsten Kollegen täuschen", sagte er kopfschüttelnd.

Ihre Miene verfinsterte sich.

„Hoffentlich habe ich mich nicht in dir getäuscht! Warum hast du gesagt: *gar keine schlechte Idee*? Du hast doch nicht ernsthaft vor, uns im Stich zu lassen, oder?"

„Es geht so nicht weiter", erwiderte er. „Sandra hat mir die Pistole auf die Brust gesetzt. Bis zu den Sommerferien soll ich mir eine Wohnung suchen, sonst will sie selbst ausziehen. Ich verliere die Verbindung zu meinen Kindern. Mein ganzes Privatleben geht den Bach runter."

„Und du glaubst, das ändert sich durch eine Versetzung? Karnicki kann diesen Job vielleicht auf einer Pobacke absitzen, aber ich kann das nicht, und du auch nicht."

„Soll das heißen, du hast dich damit abgefunden, dass du alleinerziehend bleibst und dein Sohn halb bei seinen Großeltern aufwächst?"

„Für uns ist alles gut so, wie es ist", entgegnete sie trotzig.

„Für mich nicht! Ich will mehr von meinen Kindern haben, und sie sollen mehr von mir haben. Es muss doch auch in diesem Beruf möglich sein, im Gleichgewicht zu leben."

„Jetzt redest du so, wie du es sonst deiner Frau vorwirfst."

Elena steckte sich ein Haargummi in den Mund und schüttelte

ihre roten Locken in den Nacken, wo sie sie zum Pferdeschwanz band.
„Solche Gedanken kommen auf, wenn man sich so sehr verrennt, dass am Ende nur noch der ganz große Befreiungsschlag bleibt. Du solltest Yoga lernen, dann bist du nach zwanzig Minuten wieder im Gleichgewicht. Ich könnte es dir beibringen..."
Sie zwinkerte ihm zu und verließ das Lokal. Dabei kam es ihm vor, als würde sie leicht mit den Hüften wackeln.

Statt den vertrauten Priester in seinem Heimatdorf aufzusuchen, war Swiatelka zur Garnisonkirche im Stadtzentrum von Jelenia Góra gefahren, wo ihn niemand kannte. Dort stellte er sich nach der Frühmesse vor dem Beichtstuhl an. Die Schlange der Wartenden wurde rasch kürzer. Für die meisten Kirchgänger war die Beichte ein eingeschliffenes Ritual, das sie innerhalb von zwei Minuten absolvierten.
Gestern hatte ein Nachbar in seiner Abwesenheit eine Frau um sein Haus schleichen sehen. Als er mit dem Hund herauskam, machte sie sich über die Felder davon. Möglicherweise war es die Ukrainerin gewesen, die Magda am Telefon bedroht hatte. Rudolfs kaltblütige Mörderin. Zu diesem Zeitpunkt hatte er in Karpacz auf dem Polizeirevier gesessen und sich von Boudaris Anwalt mit neuen Lügen beschwichtigen lassen. Er wusste nicht, ob er diese Ungewissheit, die ja nicht nur ihn allein, sondern seine ganze Familie betraf, auf die Dauer aushalten würde: nicht zu wissen, ob die Frau erneut auftauchte, ob er nicht irgendwann eines Nachts doch wieder von Brandgeruch geweckt werden und alles verlieren würde.
Albert war zwar auf der Suche nach ihr, aber ob er Erfolg haben würde, stand in den Sternen. Zumal er ihm das Versprechen abgenommen hatte, nicht mehr zu töten. Nachdem er ihn auf

dem Zackelfallparkplatz am Abdrücken gehindert hatte, war der Junge außer sich vor Zorn gewesen.
„Es geht mir nicht um sie, sondern um dich", hatte Swiatelka auf ihn eingeredet, „Verstehst du denn nicht, dass es einen entscheidenden Unterschied macht, ob diese Verbrecher von der Polizei unschädlich gemacht werden, oder ob du selbst sie erschießt? Wenn du zu denselben Mitteln greifst wie deine Feinde, wirst du wie sie. Lass nicht zu, dass Hass und Rachsucht dein Herz vergiften. Das hätte auch Rudolf nicht gewollt!"
Er betrat den Beichtstuhl, ließ sich auf der Holzbank nieder und zog den Vorhang zu. Durch die Ritzen des Bastgeflechts, das die Öffnung in der Trennwand verdeckte, konnte man schemenhaft den Kopf des Priesters erkennen.
„Pater", flüsterte er, „ich brauche Ihren Rat, denn schwere Schuld lastet auf mir."
„Sprich, mein Sohn …"
„Ich bin in schlechte Gesellschaft geraten, in eine Schlangengrube, in der es kein richtig und falsch, kein gut und böse mehr gibt. Wer dort überleben will, muss selbst zur Schlange werden."
„Die Unterscheidung zwischen gut und böse dürfen wir niemals preisgeben", kommentierte die Stimme hinter der Trennwand. „Was hast du getan?"
„Gestohlen, nachdem ich selbst bestohlen wurde. Andere in Versuchung geführt, die dadurch schweren Schaden erlitten haben. Und geschwiegen, als ich die Wahrheit laut hätte sagen sollen, aus Angst vor Unannehmlichkeiten. Meine Schuld erscheint mir unermesslich groß!"
„Nicht so groß, dass unser Herr sie dir nicht abnehmen kann. Wenn du nur umkehrst von deinem falschen Weg und ehrlich bereust."
„Das Problem ist, Pater, dass ich mich von Gott ermutigt fühlte,

diesen Weg zu beschreiten, dass er ihn mir im Gebet gewiesen hat."

Eine längere Pause trat ein, und Swiatelka fürchtete schon, der Priester könnte eingenickt sein, da kam doch noch eine Antwort:

„Es steht mir kein Urteil zu über deinen Weg. Doch wenn es wirklich Gott war, der dich in diese Schlangengrube geführt hat, führt er dich auch wieder heraus."

„Aber wieso? Wo ist der Sinn?"

„Vielleicht um Rechenschaft abzulegen. Ein reuiger Sünder ist Gott lieber als zehn Selbstgerechte. Du sagst, du hast die Wahrheit verschwiegen. Doch die Wahrheit zu sagen, befreit uns. Der Herr spricht: *Ich bin der Weg...*"

„*... die Wahrheit und das Leben*", ergänzte er.

„Kannst du etwas von dem Schaden wiedergutmachen, den du angerichtet hast?"

„Vielleicht einen kleinen Teil."

„Dann tu es. Durch Tod und Auferstehung seines Sohnes hat der barmherzige Gott die Welt mit sich versöhnt. So spreche ich dich los von deinen Sünden, im Namen des Vaters, des Sohnes und des Heiligen Geistes. Gehe hin in Frieden!"

Swiatelka atmete tief durch.

„ Amen", sagte er und verließ den Beichtstuhl.

Bei Nieselregen fuhr Christoph im Taxi nach Jelenia Góra. Nun da es an die Rückreise ging, kehrte wieder Ernüchterung ein. Keine Freundin mehr. Die Aufträge für die Polizei futsch, dafür würde Karnicki sorgen. *Tabula rasa* in jedem Lebensbereich. In den vergangenen Wochen waren die letzten morschen Stützen seines altvertrauten Koordinatensystems endgültig weggebrochen, das ihm geholfen hatte, sich Vater überlegen zu fühlen.

Links und rechts, fortschrittlich und reaktionär, gut und böse – das trug nicht mehr, half nicht, sondern behinderte dabei, die Welt zu verstehen. Eine gescheiterte Existenz war er, genau wie Holger. Eigentlich noch schlimmer, denn Holger wurde wenigstens durch einen Panzer aus Selbstherrlichkeit davor geschützt, sich seiner Misere bewusst zu werden. Alles, was er noch besaß, waren seine Arbeit und ein guter Vorsatz: endlich wieder Schöne Literatur zu übersetzen statt Gebrauchslyrik für Tierfreunde!
Gerade wollte er das Ticket zurück an den Berliner Schreibtisch lösen, als in der Bahnhofshalle sein Blick an dem Namen auf einem Veranstaltungsplakat hängen blieb: *Ferdynand Wichura*. Er musste mehrmals hinsehen, bis klar war, dass er sich nicht verlesen hatte. Die Dichterlegende las heute Abend im hiesigen Kulturhaus. Dabei war er sicher gewesen, dass der Mann sich vor Jahren zu Tode gesoffen hatte. Eine Weile stand er unschlüssig vor dem Plakat, dann traf er seine Entscheidung: er würde ein Zimmer in einem der kleinen Hotels am Marktplatz nehmen, die Lesung besuchen und erst morgen den Frühzug nach Deutschland nehmen.
Vom Marktplatz her drangen Musik- und Lautsprecherfetzen an sein Ohr. Neben dem Rathaus war ein Rednerpult aufgebaut, bunte Luftballons trieben an ihren Schnüren im Wind. Etwa fünfzig Leute hatten sich zur Kundgebung einer polnischen Umweltschutzpartei versammelt, es ging um Klimawandel, Ozonloch und Energiesparen. Solche Themen ins Bewusstsein der Öffentlichkeit zu rücken, bedeutete hier noch wahre Pionierarbeit. Christoph dachte an erbitterte Diskussionen damals in der WG über das Thema Mülltrennung und an Shreenas Strafpredigten, wenn Florian wieder einmal einen Joghurtbecher in den Biomüll geworfen hatte. Das war typisch deutsch. Vor dem Rathaus von Jelenia Góra zerstreuten sich nach kurzer Zeit die we-

nigen Zuhörer, weil ein einzelnes Haus mit seinem anscheinend defekten Schornstein den halben Platz in stinkende hellbraune Rauchschwaden hüllte. Das war irgendwie typisch polnisch.

Oksana saß in einem Café am Großen Ring in der Breslauer Altstadt. Ihr gefiel diese glitzernde, glänzende Stadt, die sich in den letzten Jahren aus einem hässlichen Entlein in den schönen Schwan unter Polens Metropolen verwandelt hatte. Ein Leuchtturm Westeuropas im Osten. Doch obwohl sie die Nacht in einem komfortablen Hotelzimmer verbracht und hervorragend geschlafen hatte, verdüsterte seit dem Aufstehen eine vielschichtige dunkle Wolke ihre Stimmung. Die leichte Depression, die sich immer einstellte, wenn sie von einer längeren Phase der Anspannung plötzlich in den Ruhemodus wechselte, verbunden mit Anflügen von Einsamkeit und Goldenem-Käfig-Syndrom, kannte sie schon, die ging schnell vorüber. Eine weitere Komponente war ein Rest von Misstrauen gegen Roy, den sie nicht auszuräumen vermochte, obwohl es keine objektive Begründung dafür gab. Es war einfach alles zu glatt gegangen bei diesem riskanten Wechsel der Pferde mitten im Rennen. Hinzu kam der dicke Zigeuner in der Hotellobby. Gestern beim Einchecken hatte er sich in einem Sessel gefläzt und mit einem hochmodernen Tablet herumgespielt. Heute morgen saß er schon wieder da. Der Mann passte nicht hierher, trotz der goldenen Klunker an seinen Wurstfingern. Und wenn irgendwo etwas nicht passte, war das meist ein Warnsignal.
Das Handy klingelte, zeigte eine Nummer aus ihrer Heimatstadt Lviv. Sie nahm ab und erkannte die Stimme von Herrn Minkus, dem Nachbarn, der Babuschka betreute und dem sie dafür alle Vierteljahre einen Batzen Geld überwies. Er wirkte völlig aufgelöst.

„Frau Oksana", jammerte er, „schlechte Nachrichten, leider schlechte Nachrichten, ich bin untröstlich, dass ich auf diesem Wege …"
„Was ist passiert?", unterbrach sie kühl.
„Frau Topolovskaya hatte einen Schlaganfall, und die Ärzte sagen, dass sie möglicherweise den morgigen Abend nicht überleben wird. Die ganze Zeit über flüstert sie nur Ihren Namen. Können Sie schnell kommen, Frau Oksana? Es tut mir so leid …"

Auch bei längerem Nachsinnen konnte Lemberger sich nicht erinnern, jemals bewusst einen ganzen Nachmittag für die Kinder reserviert zu haben. Entweder hatte er das tatsächlich noch nie getan. Oder, was wahrscheinlicher war, er war so in seinem *Tunnel* gefangen, dass das Leben an ihm vorüberrauschte, ohne Spuren zu hinterlassen. Auch das war bei näherer Überlegung ein Argument für die Trennung. Wenn er auszöge, sähe er die Kinder zwar seltener, aber mit ihren regelmäßigen Besuchen würde der Kontakt vielleicht sogar intensiver werden, als er jetzt war.
Er besorgte Tiefkühlpizzen und bereitete dazu einen gemischten Salat. Nachdem er eine Weile auf Lea gewartet hatte, kam ihm die Idee, die Einträge im Familienkalender über dem Kühlschrank zu prüfen. Ernüchtert musste er feststellen, dass seine Tochter gleich nach der Schule zur Geburtstagsfeier einer Klassenkameradin eingeladen war, von der Sandra sie abends abholen würde. Und Aaron hatte Training. *Hättest du besser gleich in den Kalender geschaut*, krittelte seine *innere Sandra.* Sie war einer der Gründe, die ihm den Abschied leicht machen würden, jene Instanz, die am laufenden Band tadelte und Vorwürfe produzierte. Dass die manchmal sogar berechtigt waren, machte die Sache nur noch schlimmer.

Ruhelos strich er in der Wohnung umher und stellte dabei fest, dass Aarons Zimmer verschlossen war. Was waren das für neue Sitten? Er kramte den Zweitschlüssel hervor und schloss die rote Tür auf. Das Zimmer wirkte so, wie er es nach der Durchsuchung verlassen hatte: aufgeräumt und ordentlich; sogar die Luft war frisch, denn Aaron pflegte neuerdings gleich morgens zu lüften, wenn er ins Bad ging. Nachdenklich lehnte sich Lemberger gegen die Wand mit den Fußballpostern und ließ den Eindruck des Zimmers auf sich wirken: hier wohnte ein Musterschüler, eine Sportskanone, ein unkomplizierter und freundlicher junger Mann. So war sein Sohn aber nicht. Er bückte sich, um einen Blick unters Bett zu werfen: alles picobello. Seit wann saugte ein Pubertierender freiwillig Staub? Im Anzugfach des Kleiderschranks hingen Hosen, Jacken und das Konfirmations-Sakko. Darunter war etwas in eine Plastiktüte eingepackt: ein Paar alter Gummistiefel. Als er sie zurücklegte, berührten seine Finger eine weitere Tüte, in der er etwas Weiches, Flauschiges ertastete. Er zog sie aus dem Schrank. Verblüffte starrte er auf die Glasaugen, die ihn ansahen: tief in Aarons Kleiderschrank vergraben lag Carlo, der Riesenteddy.

Noch war sie allein in ihrem Schlafwagenabteil und hoffte sehnlichst, dies möge auch so bleiben. Alles in ihr sträubte sich dagegen, wieder Richtung Osten zu fahren. Doch wenn sie schon fahren musste, weil der einzige Mensch auf der Welt, an dem sie noch hing, im Sterben lag, wollte sie wenigstens gut ausgeruht ankommen.

An jenem schwärzesten Tag ihres Lebens, als sie die Mutter tot und den Vater betrunken in der Wohnung gefunden hatte, hatte Babuschka sie doppelt gerettet. Wortlos setzte sie das schluchzende Mädchen in ihren großen Ohrensessel und verschwand für eine halbe Stunde nach nebenan. Danach nahm sie sie in den Arm und sagte einen einzigen Satz: „Alles wird gut." Auch später kam sie niemals auf das zurück, was sie in der Wohnung der Eltern gesehen hatte. Die polizeiliche Untersuchung ergab, dass Oksanas Eltern sich bei einem heftigen Streit gegenseitig tödliche Verletzungen zugefügt hatten. Er hatte seine Wodkaflasche auf ihrem Kopf zertrümmert. Sie hielt noch das Küchenmesser in der Hand, mit dem ihm ein tiefer Stich in die Herzregion zugefügt worden war. Alle Nachbarn und Bekannten sagten aus, es habe irgendwann zu einer solchen Tragödie kommen müssen. Während Oksanas jüngere Geschwister im Heim untergebracht wurden, durfte sie bei Babuschka bleiben, gegen den Willen der Fürsorgerin, die meinte, das Mädchen brauche räumlichen Abstand, um das Geschehene verarbeiten zu können. Das Mitspracherecht, das ihr mit 14 Jahren zustand, gab den Ausschlag. Babuschka sorgte dafür, dass sie sich an einen regelmäßigen Tagesablauf gewöhnte, für die Schule lernte und schließlich bei der Polizei angenommen wurde. Ihr allein hatte sie es zu verdanken, dass etwas aus ihr geworden war.

Mit einem Ruck setzte sich der Zug in Bewegung. Kurz darauf ertönten Schritte im Gang, die Tür wurde aufgerissen, und es kam doch noch jemand in ihr Abteil, ausgerechnet ein Zigeunerweib, das drei Röcke übereinander trug und mit billigen Glasperlenketten behängt war. Bei dieser Mitfahrerin würde sie nachts kein Auge zumachen, heute hatte sich alles gegen sie verschworen!

„Nein, nein!", intervenierte sie, als die Störerin ihre ausgebeulte, schäbige Tasche auf das gegenüberliegende Bett legen wollte. „Such dir einen anderen Platz, ich brauche meine Ruhe!"

Mit empörter Miene zeigte die Frau ein Ticket vor und begann in ihrer unverständlichen Sprache zu zetern. Dagegen

half bekanntermaßen nur ein einziges Mittel. Oksana entnahm ihrem Portemonnaie einen Hundert-Zloty-Schein und hielt ihn der Schreihälsin vors Gesicht. Schlagartig hörte diese auf zu schimpfen.
„Noch!", forderte sie in gebrochenem Polnisch.
Seufzend legte Oksana weitere fünfzig Zloty drauf.
„Nun verschwinde aber!"
Die Frau steckte die Banknoten zwischen ihre Röcke. Mit einem schmierigen Grinsen verneigte sie sich mehrmals und schlurfte rückwärts in Richtung Tür. Dabei stieß sie Oksanas Wasserflasche auf dem ausgeklappten Nachttisch um, so dass diese herunter fiel und unters Bett kullerte. Unter lautem Wehgeschrei warf sie sich zu Boden und langte nach der Flasche.
„Schon gut", sagte Oksana angewidert. „Fass bloß nichts von mir an."
Aber die Frau hatte die Flasche schon wieder zurückgestellt und entfernte sich unter heuchlerischen Dankesbekundungen. Oksana schloss die Tür hinter ihr, wischte, bevor sie einen Schluck Wasser nahm, die Flasche mit einem feuchten Hygienetuch ab und legte sich angezogen ins Bett. Dann löschte sie die Nachtlampe.

Christoph hatte Ferdynand Wichura für einen jener polnischen Selbstmorddichter und „Hasardeure", der Siebziger gehalten, die die betonierte Spießigkeit im realsozialistischen Polen angeprangert hatten, bevor sie selbst an Alkohol und Depressionen zugrundegegangen waren. Nun saß der Totgeglaubte quicklebendig vor ihm auf der Bühne, mit grauem Stoppelbart und listig funkelnden Äuglein. Er hatte nicht nur die kommunistische Diktatur, sondern auch den wildgewordenen Turbokapitalismus nach der Wende mit wachem Verstand begleitet, wie seine neueren Texte zeigten. Diese nahm das Publikum mit freundlichem Interesse auf. Doch als er seine alten Texte mit Gitarrenbegleitung in der Tradition der „gesungenen Poesie“ vortrug, ging eine Welle der Begeisterung durch den Saal. Sie alle hatte Christoph ins Deutsche übersetzt, auch *Abgeschlagen,* und so legte er in Gedanken seine eigene Version über die Reibeisenstimme des Dichters:

Das Leichte fehlt, die leichten Worte, Dinge,
und Schlaf gewährt dem Kerkermeister Raum.
Im Würgegriff der eigenen Ringe
erreicht den kahlen Baum kein Bote mehr.
Am Himmel liegen Wolken quer, gläserne Trauben.
Ein rauer Wind pfeift zwischen ihnen her,
und was er mit sich führt,
ist Hohn und nicht zu glauben.
Was suchen die auf Abrissbrachen, grauen
die stets in grellen Einkaufszentren kreisen?
Was findet, der auf seinen Reisen
sich nie verirrt?
Und doch spielt wie auf fernsten Auen
was wie ein Kind versunken.
Und doch ist auf dem trockenen Grund des Tränensees
einst etwas ertrunken.

Thema dieser Gedichte war die Liebe, aber nicht die ewig unglückliche, sondern die Liebe zum Unscheinbaren, Übersehenen, fast schon Vergessenen. Sie waren ein Appell, die eigene Wahrnehmung zu überprüfen, stets genau hinzusehen, ehe man urteilte. Und sie ermutigten dazu, auch in scheinbar ausweglosen Situationen nicht aufzugeben, sondern immer weiterzugehen. Als Wichura den Abend mit seinem *Lockruf an die Sonne* abschloss, erhob sich der ganze Saal und sang mit:

„Beim schwarzen Mond, im schwarzen Licht,
wenn selbst die Herzen Düsternis befällt,
bin ich der Letzte, der die Hoffnung aufrecht hält.
Ich sing´ der Sonne meine Lieder,
ich singe, bis du endlich wieder
am Horizont durchs Dunkel brichst,
leuchtender, goldener Strahl!"

Oksana erwachte von einem unangenehm gleißenden Lichtschein. Dabei war sie sicher, die Nachtlampe ausgeschaltet zu haben. Das nächste, was sie spürte, war ein entsetzliches Kribbeln am ganzen Körper. Sie hob den Kopf und sah in das Gesicht der Frau, die sie dafür bezahlt hatte, dass sie ihr Abteil verließ und sich einen anderen Schlafplatz suchte. Neben ihr stand ein Dickwanst vom selben Schlag, wie an der dunklen Haut und den Ölaugen unschwer zu erkennen war. Der Zigeuner aus dem Hotel! Sie wollte aufspringen und nach ihrer Waffe greifen, aber Arme und Beine gehorchten nicht. So fühlte sich jemand, der vom Hals abwärts gelähmt war.

„Was habt ihr mit mir gemacht, elende Bande?", flüsterte sie auf Polnisch.

Ihr Blick erfasste die halbleere Wasserflasche auf dem Klapptisch. Die theatralische Vorstellung der Frau hatte nur dazu gedient, unter dem Bett schnell die Flasche auszutauschen. Sie war auf einen Anfängertrick hereingefallen.

„KO-Tropfen", stöhnte sie. „Nur zu, bedient euch. Das ist die Strafe für meine Dummheit."

Ein jüngerer Mann betrat das Abteil, die beiden anderen machten ihm Platz. Eine Weile betrachtete er sie stumm, dann ergriff er das Wort.

„Wahrscheinlich fragst du dich, wieso du dich nicht bewegen kannst. Nun, wir haben dir einen schönen Cocktail von deiner eigenen Medizin gemixt, Drogenschmugglerin. Aber keine Sorge, die Wirkung hält nur ein paar Stunden lang an."

Irgendwie kam ihr der Typ bekannt vor.

„Wer bist du? Wo sind wir uns begegnet?"

„Gar nicht."

Oksana hatte gelernt, Missgefühle und Schmerzen zu ertragen, aber der schier unerträgliche Juckreiz auf ihrer Kopfhaut raubte ihr fast den Atem. Als hätte ihr jemand den Schädel gespalten und einen Ameisenhaufen hineingesetzt. Und ihre Hände verweigerten immer noch den Gehorsam. Das einzige, was funktionierte, war ihr analytischer Verstand. Sie hatten sie beim Kauf der Wasserflasche am Bahnhofskiosk beobachtet. Schon gestern war ihr der Dicke in der Lobby aufgefallen. Eine seit langem vorbereitete Aktion, die das Muster eines einfachen Raubüberfalls sprengte.

„Roy hat euch geschickt! Dabei weiß er genau, dass er auffliegen wird, wenn mir etwas zustößt…"

Der Mann rümpfte die Nase.

„Ich kenne keinen Roy. Und was heißt *zustoßen*? Du bist cracksüchtig wie Tausende andere, nur hast du es diesmal leider mit der Dosis übertrieben. Nach dem Schaffner brauchst du nicht zu rufen, er wird dieses Abteil nicht betreten. Aber in drei Stunden kommt der polnische Grenzschutz. Sie werden dich medizinisch versorgen. Und dann werden sie das hier finden."

Er hielt ihr eine Pistole vors Gesicht, die sie noch nie gesehen hatte, ein altes polnisches Modell. Dann griff er ihre willenlose Hand und drückte sie mit den Fingern kräftig um den Griff.

„Mit dieser Waffe wurde vor ein paar Tagen in Karpacz ein russischer Staatsbürger namens Timur Arsaev erschossen. Die polnische Justiz wird dich dafür zur Verantwortung ziehen und dich dann nach Deutschland ausliefern, wo du weitere Morde

begangen hast. Du wirst hinter Gittern vermodern."
„WARUM?"
„Du hast meinen Bruder umgebracht. Erinnerst du dich nicht?"
Trotz der Schmerzen konnte sie sich sich eines schwachen Lächelns nicht erwehren.
„Es waren so viele."
„Genau einer zuviel. Letzte Woche in Berlin."
Jetzt fiel ihr der kleine Mann wieder ein. Eines von vier oder fünf Zielobjekten an jenem Tag. Auch die anderen hätte sie erledigt, wenn nicht die rothaarige Polizistin dazwischen gekommen wäre. Abgesehen von diesem Missgeschick ein völlig normaler Auftrag. Kalter Kaffee. Normalerweise wurden Vorwürfe nur dann laut, wenn ein Auftrag NICHT ausgeführt worden war. Ein Rätsel war auch, wie Angehörige eines Zielobjekts sie hatten finden können. Babuschka war gar nicht gestürzt, dämmerte ihr. Diese Zigeuner hatten Leute in Lviv, die den Nachbarn gezwungen hatten, sie anzurufen …
„Wieso bringst du mich nicht um? Das wäre besser für mich."
Er nickte grimmig.
„Nichts würde ich lieber tun. Aber ich habe ein Versprechen gegeben, und das werde ich halten."

21.

Stundenlang durchzuckten die Gedanken seinen Körper wie elektrische Impulse. Was die Anzahl der schlaflosen Nächte anging, war dieses Frühjahr unschlagbar, und schuld war die Krise, sein Kreisen um sie, die Suche nach ihren Ursachen, die längst zur Obsession geworden war. Kern der Krise war die allgegenwärtige Kluft zwischen Anspruch und Wirklichkeit. Von dieser Kluft profitierten die entfesselten Kräfte der Globalisierung, die ganze Volkswirtschaften niederwalzten, ohne dass sich Widerstand regte. Wer konnte etwas gegen *Freiheit* und *Grenzenlosigkeit* sagen? Ehe den Leuten bewusst wurde, dass es in Wahrheit nur um die Freiheit weniger ging, sich uneingeschränkt auf Kosten der Allgemeinheit zu bereichern, waren längst vollendete Tatsachen geschaffen.

Auf der Arbeit kämpften seine Kollegen und er gegen Windmühlenflügel, bedrängt durch Personalmangel, falsch verstandenen Datenschutz und eine überlastete Staatsanwaltschaft. Meist kamen sie zu spät und mussten sich darauf beschränken, Verbrechen nachträglich zu dokumentieren, mit einem bürokratischen Aufwand, der in keinem Verhältnis zum Ertrag stand. Die Verdachtsmomente, die er gegen Boudari zusammengetragen hatte, würden nie für ausreichend befunden werden, um ein Verfahren zu eröffnen. Zu stark waren die Gegenkräfte. Einen Hoffnungsschimmer brachte Swiatelkas überraschender Anruf am gestrigen Abend. Der Mann hatte sich bereit erklärt, doch noch als Zeuge auszusagen. Aber würde sich ein Staatsanwalt finden, der bereit war, aufgrund dieser Ankündigung und der abgehörten Gesprächssequenz vom Hermannplatz tätig zu werden?

In der Familie waren Sandra und er einmal mit dem Anspruch

gestartet, sich und ihren Kindern ein Zuhause zu schaffen, das Geborgenheit vermittelte und gute Lebenschancen eröffnete. Dass hinter der Fassade Entfremdung, Zerrüttung und gefährliche Abwege lauerten, belegte die Entdeckung in Aarons Zimmer. Im ersten Moment war Lemberger fassungslos gewesen und hatte mit dem Gedanken gespielt, sofort seinen Job hinzuwerfen. Dann hatte die Routine des erfahrenen Kriminalbeamten die Oberhand gewonnen. Er hatte den Teddy zurück in in die Tüte gestopft und sie im Kofferraum seines Autos deponiert.

Endlich legte sich das brodelnde Gedankenchaos dieser Nacht und hinterließ eine klare Erkenntnis: gerade weil sich in der Familie ein neuer gefährlicher Brennpunkt auftat, musste er jetzt im Fall Boudari handeln, die beiden Trümpfe nutzen, die der Zufall ihm in die Hand gespielt hatte.

Noch bevor seine Familie wach wurde, machte er sich auf zum LKA. Als er Harrys Büro betrat, sprang dieser von seinem Stuhl auf und kreuzte beide Arme, wie zur Abwehr gegen einen Vampir.

„Nein, Lem! Ich komme nicht mehr an Kummerows Akten heran, er lässt überhaupt niemanden mehr in sein Zimmer."

Er musste lachen.

„Vielleicht will ich dich einfach nur kurz besuchen…"

„Um sechs Uhr früh? Du solltest zu Hause im Bett liegen und dich erholen. Und ich sollte mich von dir erholen."

„Beruhige dich, Harry. Ich hatte nicht vor, dich um etwas zu bitten, was du objektiv nicht leisten kannst."

Sein Tauchkumpel runzelte die Stirn.

„Wirklich beruhigend klingt das nicht …"

Lemberger holte die Wanze hervor.

„Kannst du mir die auslesen lassen? Es müsste allerdings jetzt gleich sein."
„Jetzt gleich? Guter Witz!"
„Ich meine es ernst."
„Ausgeschlossen, keine Chance! Ich habe Wichtigeres zu tun. Völlig unmöglich!"
„Du bist doch der Mann für die unmöglichen Dinge …"
„Was ist da überhaupt drauf?"
„Der Mitschnitt von dem Gespräch auf dem Hermannplatz, kurz bevor die ersten Schüsse fielen. Könnte für die Überführung des Auftraggebers von Bedeuung sein. Und es muss jetzt sein, denn ich brauche mein Team, und Vogt ist bis morgen in Wiesbaden!"
„Moment mal, es geht gar nicht um Deutsch, sondern um …"
„Arabisch, richtig."
Harry atmete auf.
„Dafür müssten wir sowieso erst eine Übersetzerin bestellen, und das kann ein paar Tage in Anspruch..."
„Die Frau, die für den Staatsschutz die arabischen Gespräche transskribiert, wird in zehn Minuten hier sein", unterbrach er. „Ich habe sie vor einer Stunde aus dem Bett geklingelt."
Der Mann vom LKA bedeckte sein Gesicht mit beiden Händen. „Manchmal frage ich mich, ob es nicht besser gewesen wäre, du hättest mich damals auf dem Meeresboden zurückgelassen."
„Ich wusste, dass ich dich noch brauchen würde, Harry."
„Unter einer Bedingung: Danach will ich dich erst wieder auf unserem Flug ans Rote Meer sehen. Höchstens noch in der Therme."
„Abgemacht", sagte Lemberger.
Der Gedanke, bis zum Tauchurlaub im Sommer könnten zumindest einige der Probleme, die ihn jetzt quälten, vom Tisch sein, machte ihn fast schon wieder vergnügt.
In schwermütigem Graugrün entschwanden die letzten Aus-

läufer der Sudeten am Horizont. Neidgelb strahlten die Felder, die Swiatelka auf seiner Abschiedsfahrt passierte. Gleich würde er in Deutschland sein. Natürlich empfand er angesichts des schicken Geländewagens etwas Wehmut, doch insgesamt überwog die Erleichterung.

Was nützt es dem Menschen, wenn er die ganze Welt gewinnt, aber Schaden leidet an seiner Seele? Kurzzeitig hatte er gehofft, er würde heil aus dieser Sache herauskommen, indem er sich über einen Deal mit Boudari Sicherheit für sich selbst und die Familie erkaufte. Mit dem Auftauchen der Frau an seinem Haus hatte er endgültig begriffen, wie trügerisch eine Sicherheit war, die auf dem Wort eines Verbrechers gründete. Da brauchte er sich nicht zu wundern, wenn seine Gebete ins Leere gingen und Gott sich verbarg. Nein, die Wahrheit musste ans Licht! Gemessen an seiner Mitschuld an Rudolfs Tod war es eine Kleinigkeit, die Verantwortung für den Einbruch in die Fabrikhalle zu übernehmen. Deshalb hatte er dem Polizisten aus Berlin versprochen, umfassend auszusagen. Dieser würde dafür die Rückgabe des Wagens an Boudari übernehmen.

Den Entschluss erleichterte ihm die Gewissheit, dass er eine Rache von Boudaris Auftragskillerin an seiner Familie nicht mehr befürchten musste. Noch in der Nacht hatte Albert ihm die gute Nachricht übermittelt. Kurioserweise war es gerade der Anruf dieser Frau auf dem Handy des Kaukasiers gewesen, der ihm die entscheidenden Sekunden Aufschub verschafft hatte. Albert hatte das Handy eingesteckt und darüber tatsächlich die Mörderin seines Bruders ausfindig gemacht, dank der guten Verbindungen seines Vaters sowohl zur polnischen Polizei als auch in die Westukraine, von wo die Familie ursprünglich zugewandert war. Eine göttliche Fügung, die auch ihm selbst und den Seinen zugute kam.

Nach dem Besuch bei Harry rief Lemberger die junge Staatsanwältin Katharina Glewe an und schilderte ihr den Fall Boudari. Zu seiner Überraschung zeigte sie großes Interesse und bat ihn, sie über alle Entwicklungen auf dem Laufenden zu halten. Wenn sich die von ihm beschriebene Tendenz bestätige, sei sie zur Eröffnung eines Strafverfahrens gegen Boudari bereit.
Auch im Büro des Polizeipräsidenten erfuhr er Erstaunliches: Der Referent, der bei der polnischen Polizei dringend darum gebeten hatte, von Ermittlungen gegen Boudari abzusehen, war seinerseits dazu gedrängt worden, von einem Soko-Mitglied, das behauptet hatte, in Neumayers Auftrag zu handeln. Lemberger entschloss sich, umgehend bei Neumayer nachzufragen, der zwei Stockwerke über Harry saß. Als dieser seine Stimme erkannte, ging ein eisiger Hauch durchs Telefon.
„Ich habe niemanden beauftragt, in Polen anzurufen. Im Übrigen haben wir beide nichts zu bereden!"
„Doch, haben wir. Es verdichten sich nämlich die Hinweise, dass Ihr Schützling die Morde auf dem Hermannplatz in Auftrag gegeben hat. Deshalb wäre es besser, wenn Sie eine Zusammenarbeit…"
„Mein Schützling?", fuhr Neumayer ihm über den Mund. „Werden Sie nicht unverschämt! Die Ermittlungen führt allein die Soko. Sie sind raus, und ich werde dafür sorgen, dass Sie uns nicht mehr dazwischen funken können."
„Versuchen Sie´s!", parierte er trocken. „Ich bin gerade im Hause und auf dem Weg zur Direktionsleitung. Mal sehen, wer eher da ist."
Eine Minute später liefen sie von den entgegengesetzten Enden eines langen Flures auf das Büro von Direktionsleiter Bornemann zu. *High Noon* im Polizeipräsidium! Anders als er selbst unterstand der Mann vom Staatsschutz nicht der Direktions-

leitung, aber Bornemanns guter Draht zum Präsidenten war allgemein bekannt. Aus Neumayers Sicht musste unbedingt verhindert werden, dass er ihn als Verbündeten gewann.
Neumayer erreichte die Tür als Erster. Seine Züge waren versteinert, sein Blick voller Verachtung – der Verachtung des Kriminaloberrats für den weit unter ihm stehenden Sachbearbeiter, aber auch der demonstrativen Geringschätzung eines Siegertypen für ein unvermutet hartnäckiges Hindernis. Dahinter witterte Lemberger die Unsicherheit. Wortlos stürmte sein Kontrahent durchs Vorzimmer geradewegs in Bornemanns Büro, versuchte ihm die Tür vor der Nase zuzuschlagen, doch er stemmte sich mit Wucht dagegen. Durch den Spalt sah man das hagere Pferdegesicht des Direktionsleiters, der mit einer überdimensionalen Tasse Tee an seiner morgendlichen Aktendurchsicht saß und erstaunt aufblickte.
„Was hat das zu bedeuten?"
„Das Verhalten des Kollegen Lemberger ist völlig inakzeptabel!", keuchte Neumayer, dem beim Kampf um die Tür die Zornesröte ins Gesicht gestiegen war.
Diese Situation hatte er sich gewünscht: Neumayer im direkten Duell stellen zu können, vor einem neutralen Schiedsrichter. Jetzt galt es, die eigenen Argumente überzeugend zu präsentieren.
Bornemann erhob sich und deutete auf einen Konferenztisch am Fenster.
„Nehmen Sie beide dort Platz. Und hören Sie auf zu schreien, Kollege Neumayer. Ich bin nicht schwerhörig."
Er wandte sich an Lemberger.
„Ich dachte, Sie wären krankgeschrieben?"
Lemberger nickte und setzte sich.
„Während meiner Krankschreibung haben sich im Fall vom Hermannplatz neue Erkenntnisse ergeben, die ein sofortiges

Handeln erforderlich machen. Ich bitte Sie nur um eines", fügte er hinzu, während er an an seine letzte Aussprache mit Sandra dachte, „dass Sie das tun, was der Kollege Neumayer und ich selbst nicht mehr können: wertungsfrei zuhören und erst hinterher urteilen."

Zehn Minuten bis Abfahrt. Christoph reckte den Hals aus seinem Abteilfenster und blinzelte in die Vormittagssonne. *Bis du am Horizont durchs Dunkel brichst, leuchtender, goldener Strahl!* Der gestrige Lyrikabend hatte ihn so euphorisiert, dass er nach dem Ende der Veranstaltung über seinen Schatten gesprungen war. Er hatte den Dichter angesprochen und ihm den Plan vorgestellt, eine Auswahl seiner bereits übersetzten Texte deutschen Verlagen anzubieten. Damit war er auf offene Ohren gestoßen. Sie hatten Adressen ausgetauscht, und Wichura, der leidlich Deutsch verstand, hatte versprochen, die Übersetzungen zu prüfen und gegebenenfalls zu autorisieren. Ein wunderbarer Start in die neue Lebensphase!

Auf dem Bahnsteig in Jelenia Góra standen Grüppchen von Rentnern, Hausfrauen und Händlern, typische Landbevölkerung, auf dem Weg in die umliegenden Dörfer oder zu besonderen Erledigungen nach Görlitz. Zwischen ihnen bewegte sich eine elegante, hochgewachsene Frau, von weitem Dorota nicht unähnlich. Sie schien direkt auf seinen Wagen zuzusteuern. In der Erwartung, sein Eindruck werde sich als Sinnestäuschung erweisen, starrte er ihr entgegen. Je näher sie kam, desto ähnlicher wurde sie. Er verspürte den Impuls, in den Gang zu flüchten – doch zu spät.

„Christoph?"

Unten auf dem Bahnsteig stand sein Traumbild und schaute zu ihm hoch. Es kam ihm vor, als habe er sie mehrere Monate lang nicht gesehen, dabei war das nur eine Woche her. Ihre dunkelblonden Haare waren gekürzt, das Gesicht wirkte breiter, die Augen leuchteten nicht grün, sondern blau. Die einzige Frau auf der Welt, deren Augenfarbe je nach Stimmung wechselte. Nun verzog sie ihren Mund zu einer Schnute, wie ein kleines Mädchen, das etwas ausgefressen hat und bei den Eltern gut Wetter machen will.

„Es tut mir so leid, alles ist meine Schuld. Ich wollte mich nur ein paar Tage zurückziehen und habe uns beide dadurch in die Küche des Teufels gebracht."

Jetzt nur nicht wieder einknicken und weich werden! Sondern das durchziehen, was er als das einzig Richtige erkannt hatte.

„Aus dieser Küche muss jeder für sich allein herausfinden", bemühte er sich möglichst emotionslos zu sagen. „Viel Glück, Dorota – oder wie auch immer du heißen magst."

„Wie soll ich sonst heißen? Ich hatte Angst, dass mein altes Leben mich einholt, deshalb habe ich Dir den Familiennamen einer entfernten Bekannten gesagt. Nicht nur dir, sondern allen."

„Woher wusstest du, dass ich mit diesem Zug zurückfahre?"

„Seit gestern stehe ich hier bei jedem Zug, der nach Deutschland fährt", verkündete sie in leicht klagendem Tonfall.

„Es gehen ja nur zwei am Tag."

„Vorher habe ich unzählige Male versucht, dich auf deinem Handy zu erreichen!"

Er zuckte die Achseln.

„Dein Mann hatte die glorreiche Idee, mein Handy aus dem fahrenden Auto zu werfen."

Sie streckte die Hand nach seinem Arm aus, doch er zog ihn weg, entschlossen, sich von ihren Double-bind-Botschaften nicht verrückt machen zu lassen. Erst beendete sie grundlos die Beziehung, stieß ihn in einen Strudel des Hinterherlaufens, ließ zu, dass er immer kleiner wurde, und als er sich endlich ans Ufer gerettet hatte, kam sie wie ein Schoßhündchen angekrochen. Eine typische Ja-Nein-Existenz: *Kommst du näher, geh ich weg. Entfernst du dich, komm´ ich wieder näher.*

„Für dieses alberne Spiel sollten wir uns beide zu schade sein, Dorota."

„Das ist kein Spiel!"

Auf dem leeren Bahnsteig drehte der Zugabfertiger seinen Kopf nach rechts und links und führte die Pfeife an den Mund. Dann setzte er sie wieder ab, weil von der Verbindungstreppe zur Haupthalle ein Ruf ertönte. Eine ältere, ziemlich beleibte Frau erschien mit zwei großen Koffern auf dem Bahnsteig und bewegte sich keuchend auf den Zug zu.

Dorota streckte erneut die Hand aus, wollte ihm einen Briefumschlag reichen.

„Christoph, bitte!"

„Das ist sinnlos, ich werde das nicht lesen. Auch ich will nicht, dass mein altes Leben mich einholt. Zwischen uns ist alles gesagt. Außerdem hat mir dein letzter Brief gereicht."

„Aber dieser ist nicht von mir", hauchte sie.

Kopfschüttelnd nahm er den Umschlag und zog ein rosafarbenes Blatt heraus, beschrieben in ihrer verführerisch schönen Handschrift. *Dieser Brief ist nicht von mir.* Vor die Füße hätte er ihn ihr werfen sollen, aber schon hatte er sich in den ersten Zeilen verfangen:

Lieber Christoph, meine Antwort kommt sehr spät. Schon vor längerer Zeit hast du nach mir gefragt, doch früher konnte ich mich beim besten Willen nicht melden...

Seinem irritierten Blick hielt sie regungslos stand. Wenige Meter neben ihr stieg die dicke Frau ein, der Schaffner hob die Koffer in den Zug.

„Ich würde gern dich kennenlernen", las Christoph laut weiter, *„denn ich habe schon so viel über dich gehört – von meiner Mutter."* Er brach ab und ließ das Blatt sinken.
„Nein!"
„Doch, Christoph! Verstehst du jetzt, warum ich mich ein paar Tage zurückziehen musste?"
Rosa, nicht hellblau. Bei Dorota hatte immer alles seine Bedeutung…
„Und woher willst du DAS wissen?", fragte er und deutete auf das rosa Papier.
„Ich weiß es einfach. Ist denn sprachlich alles korrekt?"
Wider Willen musste er lachen, und zugleich schossen ihm Tränen in die Augen, doch das war jetzt wirklich völlig egal.
„Es muss heißen: *Ich würde dich gern kennenlernen* – aber wann ist es so weit, Dorota?"
„In sechs Monaten."
„WARUM HAST DU DAS NICHT EHER GESAGT?"
„Das wollte ich ja", entgegnete sie. „Beim ersten Mal hat die Polizei angerufen, beim zweiten Mal hast du einfach aufgelegt."
„Und dein Mann?"
Ihr Finger fuhr heraus und zeigte auf ihn. Der Pfiff des Zugabfertigers ging ihm durch Mark und Bein. Als fünf Sekunden später die Türen zuknallten und sich der Zug nach Görlitz in Bewegung setzte, stand Christoph auf dem Bahnsteig und hatte Dorota fest in seine Arme geschlossen.

Eigentlich hatte er schon gewonnen, als Bornemann signalisierte, dass er sich seine Version in Ruhe anhören werde: Boudari habe als Chef eines kriminellen Autohehler- und Geldwäsche-Clans versucht, sein Geschäftsfeld um den Handel mit Drogen zu erweitern und sich dazu einer ukrainischen Bande bedient.

Als die Polen dazwischen kamen und ihm das Geschäft vermasselten, habe er den Auftrag erteilt, sie gewaltsam aus dem Weg zu räumen. Er sei der Drahtzieher des Anschlags auf dem Hermannplatz, bei ihm liefen alle Fäden zusammen.
Neumayer hielt sich nicht mit dem aussichtslosen Versuch auf, inhaltlich gegenzuhalten. Stereotyp wiederholte er, solange Lemberger keine Beweise für seine Anschuldigungen auf den Tisch lege, sei das nur die fixe Idee eines als schwierig bekannten Mitarbeiters, der nicht zum ersten Mal durch Querschüsse auffalle.
Er ließ den Seitenhieb unbeantwortet und zog seinen ersten Trumpf aus dem Ärmel: Ein vielversprechender Belastungszeuge sei auf dem Weg von Polen nach Berlin, der angekündigt habe, Boudaris Schuld belegen zu können.
„Reine Spekulation", winkte sein Kontrahent ab.
„Außerdem haben wir eine Aufnahme gefunden, die kompromittierende Äußerungen Boudaris direkt vor dem Anschlag auf dem Hermannplatz enthält."
„Was reden Sie da?"
Neumayer beugte sich vor und fixierte ihn, aber Lemberger hielt dem Blick stand. Er hatte seinen Gegner bereits im Schwitzkasten, jetzt würde er immer fester zudrücken.
„Sie wissen genau, wovon ich rede. Vermissen Sie nicht etwas?"
Neumayer wurde fuchsteufelswild.
„Wie wollen Sie in den Besitz einer solchen Aufzeichnung gelangt sein? Und selbst wenn Ihre Darstellung zutreffen sollte, wären sowohl das technische Gerät als auch die Aufzeichnung Eigentum unserer Abteilung und würden strikter Geheimhaltung unterliegen!"
„Sie geben also zu, dass Sie dort eine Wanze installiert haben?"
„Gar nichts gebe ich zu…"
Das Gesicht des Direktionsleiters wurde immer länger.

„Äh … haben Sie bitte Verständnis", sagte Neumayer in flehentlichem Ton zu Bornemann, „dass ich mich hier nicht zu laufenden Maßnahmen äußern kann, die durch die Aufnahme offizieller Ermittlungen gefährdet würden."

„Ihre Geheimniskrämerei ist lächerlich", setzte Lemberger zum entscheidenden Schlag an. „Alle wissen längst, was Sache ist. Obwohl Sie Boudari seit Wochen überwachen, merken Sie nicht, dass er Mordaufträge erteilt. Selbst bei schwersten Straftaten greifen Sie nicht ein, sondern lassen sogar die eigenen Kollegen ins Messer laufen. Danach gründen Sie eine Soko, die in alle möglichen Richtungen ermittelt, nur nicht in die naheliegendste. Angeblich wissen Sie nichts von dem mysteriösen Anruf beim deutsch-polnischen Polizeizentrum. Gleichzeitig sorgen Sie aber dafür, dass Kummerow seine Überwachung von Boudaris zwielichtigen Geschäften einstellt. Und da soll man nicht den Eindruck gewinnen, dass Sie diesen Mann protegieren? Wenn das alles herauskommt, gibt es einen Riesenskandal!"

„Was stellen Sie sich vor?", fragte der Direktionsleiter.

„Ich habe den Sachverhalt heute morgen der Staatsanwaltschaft dargelegt, und diese hat das Material für ausreichend befunden, um ein Verfahren gegen Boudari einzuleiten."

„Das glaube ich einfach nicht!"

Neumayer schüttelte wild den Kopf, wie ein Kind, das eine offensichtliche Tatsache nicht wahrheben will. Lemberger dachte an Lea. Auch manche Erwachsene lebten im Feental.

„Die Gesamtbetrachtung der Indizien begründet den hinreichenden Anfangsverdacht einer Anstiftung zu mehrfachem Mord und Mordversuch, hat Frau Glewe wörtlich zu mir gesagt. Sie können sie gern anrufen."

Der Mann vom Staatsschutz wandte sich an Bornemann, mit einem letzten hilflosen Rettungsversuch.

„Ich bin fassungslos, in welchem Maße der Kollege Lemberger eigenmächtig seine Kompetenzen überschreitet."
Der Direktionsleiter quittierte seine Bemerkung mit Schweigen.
„Was wollen Sie?", fragte er stattdessen Lemberger.
„Die alleinige Leitung der Ermittlungen. Volle Handlungsfreiheit für die TAFOK und Entlastung von allen anderen Aufgaben. Außerdem würde ich mir wünschen, dass Herr Neumayer hier und jetzt erklärt, dass der Staatsschutz uns sämtliche Unterlagen zur Verfügung stellt, die wir brauchen."
„Haben Sie das mit Ihrem direkten Vorgesetzten besprochen?"
„Der ist auf Dienstreise in Wiesbaden, deshalb wende ich mich an Sie."
„Ich weiß, dass Kollege Vogt absolut nicht einverstanden ist mit seinen Alleingängen", giftete Neumayer. „Merken Sie nicht, wie er versucht, alle gegeneinander auszuspielen?"
Lemberger richtete sich auf. Der aufgestaute Druck der letzten Tage rutschte gerade von seinen Schultern. Ein herrliches Gefühl.
„Ihre Alleingänge sind es, die uns in diese Situation gebracht haben, Kollege!", versetzte er seinem Gegner den Gnadenstoß.
Zu Neumayer passte der Witz von dem Autofahrer, der eine Warnung im Verkehrsfunk hörte und ausrief: *Wieso EIN Geisterfahrer? Es sind Hunderte!*
„Schluss mit den gegenseitigen Angriffen!"
Bornemann setzte seine Brille ab und rieb sich die Augen.
„Ich spreche gleich mit der obersten Leitung und denke, dass Sie die gewünschten Vollmachten erhalten werden. Es versteht sich von selbst, dass Sie den rechtlichen Rahmen peinlich genau einhalten müssen. Das heißt, keine Hausdurchsuchungen oder Verhaftungen ohne richterlichen Beschluss."
„Natürlich nicht", strahlte Lemberger. „Außer bei Flucht- oder Verdunkelungsgefahr. Die dürfte hier jedoch gegeben sein."

„Ich möchte unter vier Augen mit Ihnen sprechen", meldete sich ein blasser Neumayer mit tonloser Stimme, „ohne dass Unbefugte zuhören."
„Hier gibt es keine Unbefugten", entgegnete der Direktionsleiter. „Sie haben gehört, dass Kollege Lemberger umfangreiche Kompetenzen erhalten wird. Wenn Sie also noch etwas zu sagen haben, sagen Sie es in seiner Gegenwart."
„Sie können nicht die Aufzeichnung eines Abhörgerätes gegen Boudari verwenden, das er selbst angebracht hat – in unserem Auftrag", presste Neumayer hervor, ohne Lemberger direkt anzusehen. „Das ist der Grund, warum nicht offiziell gegen ihn ermittelt werden darf."
„Wollen Sie etwa sagen…"
Lemberger brach ab und schüttelte ungläubig den Kopf.
„Abdel Boudari ist unser Informant! Ich habe ihn mir seit Jahren mühsam aufgebaut. Können Sie sich vorstellen, wie wertvoll so jemand für uns ist?"
Natürlich konnte er das. So jemand war von unschätzbarem Wert, um einen Fuß in das undurchsichtige Geflecht aus legalem Autohandel, Geldwäsche und Drogenschmuggel zu bekommen, das in Berlin von einigen libanesischstämmigen Großfamilien beherrscht wurde.
„Aber wieso der Staatsschutz?"
„Es gibt Anhaltspunkte dafür, dass ein Teil des gewaschenen Geldes an extremistische oder sogar terroristische Gruppierungen im Nahen Osten geht."
„Im Nahen Osten…", wiederholte Lemberger mechanisch.
Er konnte seine Niederlage kaum fassen. Das war wie zwei gegnerische Tore in der Nachspielzeit. Mit der erzwungenen Offenbarung hatte Neumayer sich seinem Schwitzkasten doch noch entwunden. Auch wenn er sich dabei selbst gedemütigt hatte.

„Mit Boudari haben Sie den Bock zum Gärtner gemacht! Sie dachten, Sie hätten ihn unter Kontrolle, doch in Wirklichkeit hat er Sie benutzt! Es wäre ja nicht das erste Mal, dass ein Informant seine eigenen Wege geht."
„Er war bisher immer zuverlässig, und auch diesmal gibt es keinen Grund, ihm nicht zu glauben. Swiatelka hat ihm 20.000 Euro für Drogen gegeben und fing kurz darauf an, ihn zu bedrohen, weil er nicht sofort liefern konnte. Bei der geplanten Übergabe wollten wir zugreifen, aber die Polen sind einen Tag zuvor in die Lagerhalle von Boudaris Sohn eingebrochen und haben sie abgefackelt. Wäre das nicht passiert, hätten wir am nächsten Tag sowohl Swiatelkas Truppe als auch die ukrainischen Drogenschmuggler hochgenommen. Die 20.000 Euro hat Boudari übrigens umgehend bei uns abgegeben."
„Nach Strich und Faden belogen hat er sie! Erstens hat Swiatelka mit Rauschgift überhaupt nichts am Hut. Zweitens hatten die Drogen, die geliefert wurden, einen Marktwert von über einer Million Euro. Ich habe das Zeug in Polen gesehen: eine Riesentasche voll mit *Chrystal Meth*. Wenn Boudari Ihnen 20.000 Euro abgeliefert hat, dann nur deswegen, weil er einen viel größeren Gewinn erwartete, aus dem Großteil des Stoffes, den er von den Ukrainern bekommen hat. Er muss diese Sache von langer Hand geplant haben. Und als sie ihm entglitten ist, hat er den Auftrag gegeben, diejenigen umzubringen, die ihm in die Quere gekommen waren."
„Die Ukrainer haben auf eigene Faust gehandelt, Kollege Lemberger, und für die Ermittlungen zum Hermannplatz ist allein die Soko zuständig. Sie können Ihre Version nicht beweisen, kein Richter würde Boudari aufgrund Ihrer Vorwürfe verurteilen. Und das wissen Sie auch!"

22.

An der stetig zunehmenden Verkehrsdichte auf der Autobahn merkte Swiatelka, dass er sich dem Berliner Ring näherte. Zu spät zum Umkehren. Der erste Fehler, der alle anderen nach sich gezogen hatte, war der Kredit gewesen – niemals hätte er Boudari den Kredit gewähren dürfen! Am Anfang dieser verhängnisvollen Entfaltung des Bösen hatte absurderweise eine gute Tat gestanden. Hätte er also das Geld nicht zurückfordern sollen? Auch absurd. Zumal er sich im Gebet ausdrücklich ermutigt gefühlt hatte, für sein Recht zu kämpfen. Aber er hätte niemanden mit hineinziehen dürfen. Nicht Rudolf und die anderen und schon gar nicht den Pförtner. *Hätte, hätte.* Vielleicht hatte er gar keinen Fehler begangen, sondern unabsichtlich einen tödlichen Kreislauf von Schuld und immer neuer Schuld eröffnet. Einen Kreislauf, den man weder korrigieren noch verlassen konnte. Der einzige Ausweg war Gottes Vergebung. Die erhielt man jedoch nur bei ehrlicher und tätiger Reue!

Noch einmal wanderten seine Gedanken zurück zu jenem Abend, als er auf dem Dach der Halle gekauert und durch den Lichtschacht hinunter gespäht hatte, um die anderen zu dirigieren. Zu dem Moment, als Boudaris Männer auftauchten und seine Helfer überstürzt flüchten mussten. Wie erstarrt war er sitzen geblieben. Heute war er bereit zu bezeugen, was danach in der Halle geschehen war, mit allen Konsequenzen, die das auch für ihn selbst haben würde.

Vom LKA-Gebäude aus fuhr Lemberger direkt zur Kaserne. Endlich wieder in seinem Flur, nach gefühlten Wochen. Stimmengemurmel und klingelnde Telefone hinter angelehnten Büro-

türen. Der Geruch von frisch gebrühtem Kaffee. Wenn er irgendwo eine Heimat hatte, dann hier! In seinem Zimmer saß Elena vor einem riesigen Aktenberg auf dem gemeinsamen Schreibtisch.
„Hilfe, Lem! Die *Panzerknacker* drehen durch, jede Nacht ein neuer Angriff auf einen Geldautomaten!"
„Um die kümmern wir uns später. Hast du mal fünf Minuten? Ich muss dir was zeigen."
„Du bist krankgeschrieben!"
„Seit heute morgen nicht mehr."
Er holte das Transkript der Aufzeichnung hervor, das die Arabisch-Dolmetscherin bei Harry gefertigt hatte und rollte sich mit seinem Stuhl neben sie.
„*P1* ist Zafer, *P2* sein Vater. Wegen dieser vier Sätze haben die Ukrainer unseren Dolmetscher bis nach Polen verfolgt, weil Boudari dachte, er habe sie verstanden und Mollwitz auch noch versehentlich die Wanze eingesteckt hatte:
P1: Kann das unser Polizist nicht für uns regeln?
P2: Sei still!
P1: Wofür bezahlen wir ihn?
P2: Zügle deine Zunge, du Sohn einer Hure!"
Elena sah erstaunt auf.
„Damit beleidigt er seine eigene Frau."
„Fragt sich nur, welche von den dreien", entgegnete er. „Der Rest der Aufnahme deckt sich mit den Aussagen des Dolmetschers. Fällt dir was auf?"
„Sie schmieren einen Kollegen!"
Lemberger nickte.
„Außerdem scheint Boudari unbedingt verhindern zu wollen, dass sein Sohn weiterredet – als wüsste er, dass er gerade abgehört wird."
„Kluges Mädel!"

Er berichtete ihr von dem so hoffnungsvoll begonnenen Gespräch in Bornemanns Büro, bei dem Neumayer erst im allerletzten Moment die Katze aus dem Sack gelassen hatte.
„Boudari ein Informant?", wiederholte Eli entgeistert. „Der Staatsschutz hat sein Treffen belauscht, und Boudari wusste davon?"
„Er hat die Wanze sogar selbst unter den Tisch geklebt."
„Und wieso eigentlich der Staatsschutz?"
„Mit einem Teil der in diesem Milieu gewaschenen Gelder werden Extremisten im Nahen Osten finanziert. Behauptet Neumayer."
„Du glaubst ihm nicht?"
„Ich weiß wirklich nicht mehr, wem ich was glauben soll. Der Nahe Osten … Damit lässt sich doch alles rechtfertigen."
Der Nahe Osten sind wir! lautete ein Running Gag unter den Kollegen. Weil viele Zuwanderer von dort neben Falafel und Schawarma, orientalischer Musik und südländischem Temperament auch jede Menge höchst problematischer kultureller Eigenheiten mitgebracht hatten: religiös begründete Ernährungs- und Bekleidungsvorschriften, ein archaisches Familienmodell, eine Auffassung von *Ehre*, die sich nicht an ethischen Normen des Individuums, sondern am Ansehen der eigenen Sippe orientierte sowie die latente Verachtung des „verweichlichten" westlichen Lebensstils. Nicht zu vergessen ihren Antisemitismus. So zerstritten die einzelnen Gruppen untereinander auch sein mochten, gegen *die Juden* als Ursache alles Bösen waren sie sich einig. Es war Lemberger völlig schleierhaft, wieso Meinungsforscher und Soziologen alle paar Monate in den Medien Vorurteile und Rassismus der sogenannten *Mehrheitsgesellschaft* anprangerten, die in den migrantischen *Communities* verbreiteten Ressentiments jedoch hartnäckig ignorierten.

Als seien Zuwanderer per se bessere Menschen.

Elena schnipste mit dem Finger.

„Hörst du mir überhaupt zu, Lem? Diese Aufnahme ist strafrechtlich nicht relevant. Kein Gericht der Welt könnte Boudari daraus einen Strick drehen. Warum ist sie so wichtig?"

„Weil sie ihn seinen Nebenverdienst beim Staatsschutz kosten kann?", schlug er vor. „Oder einen unserer Kollegen seinen Job? Vorausgesetzt, Neumayer sucht überhaupt nach ihm. Naja, manche Dinge will man gar nicht wissen, weil sie einen total krank machen."

„Apropos, Kollegen", sagte sie. „Ich habe herausgefunden, wie das Soko-Mitglied heißt, das in Polen angerufen hat. Oder willst du das auch nicht mehr wissen?"

„Sag schon …"

„Stefan Meister. Ich habe ihn darauf angesprochen, und er hat es gleich zugegeben. *Es gab keinen Auftrag von Neumayer,* meinte er, *aber ich wusste, dass das in seinem Sinne ist.*"

„So ein elender Karrierist!"

„Was können wir jetzt noch tun?"

„Die Sache anständig zu Ende bringen."

Bei Bornemann waren sie so verblieben, dass Lemberger mit Swiatelkas Vernehmung das Verfahren abschließen sollte, das die Einbrüche in Boudaris Autohaus und die Lagerhalle seines Sohnes Zafer umfasste. Einzige Beschuldigte waren Swiatelka und seine Komplizen. Alle Verdachtsmomente, die auf Boudari als Urheber von Straftaten hindeuteten, waren außen vor zu lassen. Die Ermittlungen zum Anschlag auf dem Hermannplatz oblagen allein Neumayers Soko. Das sah aus wie eine geordnete Kapitulation, und so fühlte es sich auch an.

Als Karnicki erfuhr, dass Swiatelka auf dem Weg zur Vernehmung war, bestand er darauf, an ihr teilzunehmen.

„Schließlich muss ich genau wissen, was in dieser Abteilung vorgeht. Wenn der Chef zurückkommt, will er, dass ich ihm über alles Bericht erstatte. Also, Dominik, ich habe gehört, es geht da um eine Tasche mit Christel oder von Christel – wer zum Henker ist Christel?“
Uvloff, der gerade im Raum war, prustete los: „*Chrystal Meth*, du Dumpfbacke!“
Karnicki verzog das Gesicht, als wolle er ausrasten, dann schien er sich auf seine neue Rolle zu besinnen und hob nur den Zeigefinger wie *Lehrer Lempel*: „Auch über diese Entgleisung werde ich einen Vermerk anfertigen!“

Seine Vernehmung fand im Büro des Berliner Polizisten statt, der ihn in Karpacz befragt hatte. Anwesend waren auch zwei von dessen Kollegen, ein unsympathischer Stiesel und eine junge Rothaarige, die er zunächst für die Sekretärin hielt, bis Lemberger sich selbst am Computer zu schaffen machte. Als Dolmetscherin fungierte eine Polin mittleren Alters mit wasserstoffblond gefärbtem Haar und tiefem Ausschnitt, die der Unsympath sichtlich umschmeichelte. Die Vielzahl der Anwesenden und das eingeschaltete Aufnahmegerät verdeutlichten, wie wichtig seine Aussage genommen wurde.
Noch einmal schilderte er die Vorgeschichte, den Betrug durch Boudari, die Untätigkeit der Polizei und seinen Entschluss, sich das Geld auf eigene Faust mit Hilfe dreier Bekannter aus Polen zurückzuholen. Auch die erste Begegnung mit Zafer beim Notar verschwieg er nicht, von der er außer Magda noch nie jemandem erzählt hatte. Dabei stieg erneut jenes Gefühl der Demütigung und Ohnmacht in ihm hoch, das viel schlimmer gewesen war als die körperlichen Schmerzen durch Zafers Schläge und Tritte und das, wie ihm jetzt bewusst wurde, der eigentliche Motor

seines Aufbegehrens gegen Boudari war. Dann kam er auf den Abend des Einbruchs auf dem Industriegelände zu sprechen.
„Sie wussten, dass Sie damit eine Straftat begehen?", fragte der Stiesel, der bei der Vorstellung seinen eigenen polnischen Namen betont falsch ausgesprochen hatte und hier den hyperkorrekten Musterdeutschen gab. Dieser Hang, die eigenen Wurzeln zu verleugnen, war leider typisch für seine ausgewanderten Landsleute, ob in Amerika oder in Westeuropa.
„Und weil Sie der Meinung sind, von der deutschen Polizei nicht genug Unterstützung erhalten zu haben, nehmen Sie das Gesetz in Ihre eigenen Hände, ja? Was glauben Sie, wo Sie hier sind? Wie können Sie sich anmaßen ..."
„Lass mal, Jörg", unterbrach Lemberger. „Herr Swiatelka, fahren Sie bitte fort. Sie waren bei dem Baugerüst stehengeblieben ..."
Über das Gerüst waren sie auf die Nachbarhalle geklettert. Dort hatten sie sich getrennt. Rudolf, Bogdan und Mariusz waren auf halber Höhe durch ein Fenster in die Halle gelangt und durch einen Verbindungsgang im Keller in Boudaris Halle eingedrungen.
„Sie hatten einen Tipp bekommen?"
Swiatelka nickte.
„Mein Mechaniker kannte einen der Pförtner des Geländes. Er heißt Jan Mokry und stammt auch aus Polen. Ich mache mir Sorgen um ihn."
Der Stiesel wollte etwas sagen, aber Lemberger bremste ihn aus.
„Wir kommen später auf Herrn Mokry zurück. Erzählen Sie weiter."
Er selbst war über eine Sprossenleiter auf das etwa zwei Meter höhere angrenzende Dach gestiegen und bis zu einem gläsernen Lichtschacht gerobbt. In der Büronische darunter leuchtete zwar eine Lampe, es war aber niemand zu sehen, auch nicht in der Halle, die bis zur Außentür einsehbar war. Über Handy

lotste er die drei anderen die Kellertreppe hoch. Mariusz öffnete einen Flügel des Lichtschachtes, so dass Swiatelka von oben dirigieren konnte. Von dort entdeckte er auch die Tasche, die neben dem Tisch stand. Mariusz, dem die Bedeutung des Fundes sofort klar war, pfiff nach Rudolf und Bogdan, aber die beiden steckten noch zwischen den Regalen mit den Navigationsgeräten. In diesem Moment ging die Hallentür auf, und Leute kamen herein.

„Können Sie die Personen beschreiben?"

„Zwei Männer und eine Frau. Sie schrien auf Russisch herum, die Frau fing sofort an zu schießen. Zafer kam in das Büro gestürmt und brüllte: *Sie haben die Tasche!* Dabei stand er direkt unter mir. Zum Glück begriffen sie erst nicht, auf welchem Weg Mariusz und die anderen verschwunden waren, sondern dachten, sie würden sich zwischen den Regalen verstecken. Plötzlich drang Rauch aus dem Kellerdurchgang. Rudolf erzählte mir später, dass Bogdan versucht hat, im Kellerdurchgang Feuer zu legen. Es qualmten aber nur ein paar Kartons. Der eigentliche Brand brach erst aus, als alle anderen weg waren."

Die rothaarige Polizistin zog erstaunt die Augenbrauen hoch.

„Wie meinen Sie das?"

„Boudaris Sohn hat das Gebäude angezündet. Er telefonierte kurz, lief erst mit den anderen hinaus und kam dann allein mit einem Benzinkanister zurück, den er über dem Tisch und einem daneben stehenden Regal ausschüttete. Ich habe es mit eigenen Augen gesehen."

„Wo waren die Ukrainer?"

„Suchten draußen auf dem Gelände nach uns. Sie hatten mitbekommen, dass wir Polen sind, weil Bogdan laut geflucht hat. Zafer brüllte: *Ich kann mir denken, wer uns das eingebrockt hat.*"

„Nannte er einen Namen?"

„Nein, aber ich musste gleich an Jan Mokry denken und habe versucht, ihn zu warnen. Leider war er nicht zu erreichen."
Lemberger dachte einen Moment nach, bevor er die nächste Frage stellte: „Mit wem könnte er telefoniert haben?"
„Vermutlich mit seinem Vater. Es klang wie Arabisch, und das Gespräch dauerte höchstens eine halbe Minute."

Gegen Ende der Vernehmung fragte er, ob Swiatelka bereit sei, seine Aussagen vor Gericht zu wiederholen, was der Pole bejahte. Danach schilderte er der jungen Staatsanwältin Katharina Glewe telefonisch den neuen Sachverhalt und erwirkte einen Haftbefehl gegen Zafer Boudari wegen des Verdachts auf schwere Brandstiftung.
Ein paar Minuten verspätet kam er zur Dienstbesprechung. Bis auf Stefan, der sich zur Soko abgemeldet hatte, war das ganze TAFOK-Team versammelt und begrüßte ihn mit Applaus und Fußgetrappel. Nur Karnicki wirkte völlig überfordert. Nachdem Lemberger die neue Situation erklärt hatte, spiegelte seine Miene die schiere Hilflosigkeit wider.
„Dominik, ich habe hier eine Tagesordnung von Vogt, an die ich mich halten muss."
„Dann ändere sie halt. Du bist der kommissarische Leiter."
„Ich kann sie nicht ändern! Uns wurden weitere Ermittlungen im Fall Boudari untersagt. Dafür ist die Soko zuständig."
„Bist du wirklich so schwer von Capé?", schimpfte Uvloff. „Lem hat doch eben deutlich gesagt, dass die Vereinbarung mit dem Staatsschutz nur den alten Boudari betrifft. Da beide Einbrüche zusammenhängen, sind wir jetzt auch zuständig für die anschließende Brandstiftung. Vorher musst du mich allerdings von dieser überflüssigen Ermittlungsgruppe befreien."
„Du weißt genau, dass ich das nicht kann!"

„Was kannst du überhaupt? Als Vorgesetzter musst du den Mut zu eigenen Entscheidungen aufbringen und solltest dabei auch die Meinung deiner Untergebenen einbeziehen. Tu das endlich, und wir stehen gegenüber Vogt alle hinter dir!"
„Schluss mit dem Gezanke, Dennis!", ging Lemberger dazwischen. „Wir müssen jetzt an einem Strang ziehen, es gibt einiges zu tun."

Durch Christophs geöffnete Balkontür drang ein gleichmäßiges Nieselgeräusch, aber es war ein ganz anderer Regen als der in Jelenia Góra, nicht schwermütig-depressiv, sondern froh und lebensbejahend, mit einem kleinen Schuss Melancholie, passend zu der Musik, die er aufgelegt hatte:
En la voz suave del mar, en volver a respirar la lluvia que caerá.
Ich denke wieder an dich, die sanfte Stimme des Meeres, atme den Regen, der draußen fällt…
Fast war er den Eindringlingen dankbar für die Unordnung, die sie angerichtet hatten, denn dadurch war er gezwungen, gründlich aufzuräumen und auszumisten, das beruhigte die Nerven nach diesem Tag, der die größte aller denkbaren Veränderungen in sein Leben gebracht hatte. EIN KIND! An die Stelle von Kummer und Trauer wollten eine tiefe Freude und Dankbarkeit treten, doch noch hielt er sie an der kurzen Leine, ließ sie nicht heraus. Ein Kind würde Opfer verlangen, Opfer an Zeit, Kraft und Schlaf. Aber ein Kind war auch lebendig. Anders lebendig als Bücher und Texte.

Nachdem sie den halben Tag gemeinsam in Jelenia Góra verbracht und in Zukunftsplänen geschwelgt hatten, hatte er den Nachmittagszug nach Deutschland genommen, wohingegen Dorota noch einmal kurz zu ihren Eltern zurückgekehrt war. Sie hatte einfach ein paar Tage Luftveränderung gebraucht, um sich ihren eigenen Ängsten zu stellen, hatte mit einer Freundin ge-

redet, die bereits Mutter war, und danach war ihr klar gewesen, dass sie das Kind bekommen wollte und zwar mit ihm zusammen. *Du wirst Vater* – dieser Satz klang so fremd und schön, gab dem bisherigen Unwort eine völlig neue Bedeutung! Genauso schön war es, dass er noch sechs Monate Zeit hatte, um sich darauf vorzubereiten.
Er schloss die Aufräumaktion für heute ab und warf mitten in der Nacht den Computer an. Auch die Freude am Übersetzen war zurückgekehrt! Morgen würde er Monika als Dank für die Reparatur seiner Wohnungstür ihre Lieblings-Weinbrandpralinen vorbeibringen und ein paar Freunde anrufen, um ihnen die Neuigkeit mitzuteilen. Bei dieser Gelegenheit konnte er sie auch schon bitten, die Augen nach einer 2-3-Zimmer-Wohnung offenzuhalten, für seine neue kleine Familie.

Die Vollstreckung der eingeleiteten Maßnahmen – Zafers Verhaftung und eine Durchsuchung seiner Wohn- und Geschäftsräume – überließ er dem Team, auch um die Abneigung zwischen Boudari und ihm nicht eskalieren zu lassen. Stattdessen hielt er vom Büro aus telefonischen Kontakt zu Elena und den anderen, die zum Autohaus gefahren waren, sowie zu Karnicki, der zeitgleich unter Amtshilfe von Brandenburger Kollegen die Hausdurchsuchung in Kleinmachnow vornahm. Nicht alles lief nach Plan. Zafer versuchte, sich der Festnahme zu widersetzen, und binnen einer Stunde versammelte sich vor dem Autohaus eine größere Gruppe aufgebrachter Familienangehöriger und Freunde, die mit Hilfe eines eilig herbeigerufenen Zuges Bereitschaftspolizei in Schach gehalten werden musste. Als Boudaris Anwälte vor Ort eintrafen, war Zafer schon auf dem Weg in die Gesa, und Karnicki hatte mehrere Computer sowie einige Kisten voller Unterlagen abtransportieren lassen.

Während Lemberger noch auf die Rückkehr des Teams wartete, rief ein empörter Neumayer an und protestierte gegen einen Bruch der bei Bornemann geschlossenen Vereinbarung.
„Die betrifft nur Boudari selbst", widersprach Lemberger. „Für seinen Sohn kann es angesichts der neuen schwerwiegenden Vorwürfe natürlich keinen Persilschein geben. Oder ist er auf einmal auch Ihr Informant?"
„Sie wissen nicht, was Sie da anrichten!"
„Hören Sie auf zu unken, Kollege Neumayer, und sehen Sie es positiv: Zafers Verhaftung dürfte doch die Glaubwürdigkeit von Boudari in den Kreisen, auf die Sie abzielen, eher stärken, oder?"
Darauf gab es keine Antwort, denn der Mann vom Staatsschutz hatte wieder einmal aufgelegt. In diesem Leben würden sie keine Freunde mehr werden.
Nach Dienstschluss lud er seine beiden Lieblingskollegen zur Feier des Tages zum Thailänder ein, wo Elena ihm die Richtigkeit seiner Entscheidung bestätigte, nicht mit hinauszufahren: „Der alte Boudari hat Zeter und Mordio geschrien: *Dieser Lemberger hat euch aufgehetzt, aber das wird euch noch leid tun! Alles nur, weil wir Migranten sind!* Sein Anwalt tutete in das gleiche Horn."
„Wirklich schlau, wie der Mann seine Geschäfte abgesichert hat", erklärte Lemberger mit vollem Mund. „Der Staatsschutz hält die Hand über ihn, weil er Informant ist, und die Anwälte, die sich mit seinem Clan eine goldene Nase verdienen, dreschen mit der Rassismus-Keule auf jeden ein, der kritische Fragen stellt."
Außerdem kauft er sich einzelne Polizisten. Das auszusprechen, verkniff er sich. Uvloff musste davon nichts erfahren, die Hinweise waren viel zu vage.
„Und wenn Zafer, wie Neumayer behauptet, das Drogengeschäft doch ohne Wissen seines Vaters eingefädelt hat?", gab Elena zu bedenken.

Er schüttelte den Kopf.
„Boudari ist ein Patriarch, wie er im Buche steht, und Nesthäkchen Zafer kluckt zu Hause wie eine Made im Speck. Ohne Auftrag seines Vaters geht der nicht mal aufs Klo."
„Warum hat er dann die Halle angezündet?"
„Swiatelka hat ausgesagt, er habe kurz auf Arabisch telefoniert", überlegte er. „Angenommen, er ruft panisch seinen Vater an ..."
„Papa, Katastrophe! Deal geplatzt, Stoff geklaut, es brennt!", alberte Uvloff. „Darauf Boudari geistesgegenwärtig: *Am besten fackelst du gleich die ganze Halle ab!"*
„Oder er ist einfach in Panik geraten. Immerhin hat er sich die Drogen klauen lassen, seine Geschäftspartner haben herumgeballert. Also ist es am sichersten, alle möglicherweise belastenden Spuren zu vernichten, zumal die Eindringlinge selbst angefangen haben zu kokeln. Die Versicherung wird schon zahlen! Das Einzige, was er nicht weiß, ist, dass Swiatelka auf dem Dach sitzt und alles beobachtet."
„Da die Ukrainer ihr Geld noch nicht erhalten haben", sponn Eli den Faden weiter, „machen sie sich auf die Jagd nach den Polen und dem Dolmetscher, nach allen, die sie für die Veranwortlichen des Diebstahls halten. Zugleich trauen sie Boudari nicht über den Weg."
Er nickte.
„Die SMS, die der Maulwurf in ihren Reihen ihm geschickt hat: *Viktor glaubt, dass du ihn mit dem Brand reingelegt hast."*
„Aber wer war der Maulwurf?"
„Ich denke, die Frau."

23.

Noch bevor Zafer am nächsten Morgen aus seiner Zelle in der Gefangenensammelstelle zum Vernehmungsraum gebracht werden konnte, stand sein Anwalt auf der Matte, Johnny Vanderbrugge himself, die weißhaarige Legende aus Baader-Meinhof-Zeiten, ein Keith-Richards-ähnlicher Charakterkopf mit zerfurchten Gesichtszügen, dessen lockeres Althippie-Auftreten darüber hinwegtäuschte, dass er beim geringsten falschen Zungenschlag Polizisten, Staatsanwälte oder Richter mit Dienstaufsichtsbeschwerden oder Befangenheitsanträgen zu überziehen pflegte.
Lemberger versuchte es trotzdem.
„Damit Sie Bescheid wissen, Herr Boudari", begann er, als alle Platz genommen hatten, „unser Zeuge hat nicht nur beobachtet, wie Sie den Brand gelegt haben, sondern auch gehört, dass Sie unmittelbar vorher mit Ihrem Vater telefonierten. Ein umfangreiches Geständnis kann..."
„Mein Mandant wird sich nur zu seinen persönlichen Verhältnissen äußern", ging Vanderbrugge dazwischen. „Akteneinsicht ist bereits beantragt, damit wir sehen, was für einen obskuren Zeugen Sie da plötzlich aus dem Hut gezaubert haben. Außerdem legen wir Rechtsmittel gegen die Entscheidung des Gerichts ein, Herrn Boudari wegen angeblicher Fluchtgefahr in Haft zu halten. Wir werden alles daransetzen, dass er heute noch freikommt."
Er lächelte Zafer aufmunternd zu.
„Das bezweifele ich nicht", entgegnete Lemberger.
Mit demselben Eifer, mit dem dieser Anwalt früher die Rechte linksradikaler Terroristen vertreten hatte, verteidigte er heute die kriminellen Clans. Und Lemberger hätte keinesfalls die

Hand dafür ins Feuer gelegt, dass er der Familie Boudari nicht die notwendigen Informationen steckte, um Swiatelka unter Druck setzen zu können. Wie oft hatte er erlebt, dass wichtige Zeugen Aussagen noch kurz vor dem Prozess zurückzogen! Im Milieu der Clans war dergleichen an der Tagesordnung. So tickten die eben. Sie brachten die Gepflogenheiten aus ihren *failed states* mit, in denen man ohne einen starken Familienverband nicht überleben konnte.
Schwerer nachvollziehbar fand Lemberger die Beweggründe ihrer einheimischen Fürsprecher. Ein Mann wie Johnny Vanderbrugge war seit drei Jahrzehnten in der Öffentlichkeit präsent, wurde in Talkshows gern als Experte zu Fragen aller Art interviewt und galt als integeres Urgestein der Demokratie, das seinen Grundüberzeugungen im Wechsel der Zeiten treu geblieben war. Regelmäßig wetterte er gegen die angebliche Diskriminierung jener ethnischen und religiösen Minderheiten, die er als Rechtsanwalt bevorzugt vertrat und beklagte die *staatliche Repression*. Wer ihm zuhörte, meinte mit einer Zeitmaschine zurückzureisen in die achtziger Jahre des vergangenen Jahrhunderts, als der Einsatz für *Toleranz* und *Vielfalt* noch ein Mindestmaß an Zivilcourage erfordert hatte. Dreißig Jahre später dienten dieselben Begriffe dazu, die Zerstörung gewachsener Strukturen durch multinationale Konzerne zu kaschieren und fielen zusammen mit dem antiquierten „Kampf gegen den Staat", wie ihn Vanderbrugge und seine Gesinnungsgenossen führten. Deshalb glaubte Lemberger, dass sich hinter der vermeintlichen Prinzipientreue des Rechtsanwalts in Wirklichkeit ideologisch bedingter Starrsinn verbarg, der Unwille, aus veränderten Realitäten neue Schlussfolgerungen zu ziehen.

Nach Zafers Vernehmung rief er Speyrichs Sekretärin am Amtsgericht an und vergewisserte sich, dass der Richter anwesend war und seine erste Verhandlung erst in zwei Stunden hatte. Dann fragte er, ob Speyrich vor drei Tagen dienstlich in Polen gewesen sei. Da habe er frei gehabt, lautete die verwunderte Antwort. Nichts anderes hatte Lemberger erwartet. Zwanzig Minuten später stand er im Vorzimmer und meldete Gesprächsbedarf in einer dringenden Polizeisache an.

Der Richter saß mit gezücktem Füllfederhalter in seinem Büro und widmete sich dem Aktenstudium. Irritiert blickte er auf – ein Eierkopf mit runden Brillengläsern und Stirnglatze, das Resthaar modisch kahlrasiert. Lemberger fühlte sich rein äußerlich an alte Fotos von Heinrich Himmler erinnert. Allerdings war der Reichsführer SS nicht so korpulent gewesen. Also eher eine Mischung aus Himmler und Göring.

„Was soll das? Sie können hier nicht einfach hereinplatzen!"

„Entschuldigen Sie bitte die Störung! Ihre Sekretärin sagte, wenn es überhaupt eine Chance auf ein kurzes Gespräch gibt, dann jetzt."

Der Füllfederhalter wurde von zwei auffällig zierlichen und gepflegt wirkenden Händen verschlossen und neben das Manuskript gelegt.

„Dann los, aber die Betonung liegt auf *kurz*."

Lemberger stellte sich vor und erwähnte, dass sie schon einige Male telefoniert hätten.

„Ich weiß, wer Sie sind", knurrte der Richter. „Sie waren in die Sache am Hermannplatz involviert und sind seitdem krankgeschrieben. Was Sie aber nicht davon abgehalten hat, nach Polen zu fahren, wo Sie die nächste Schießerei nur knapp verpasst haben. Außerdem gehören Sie dieser seltsamen TAFOK an, die immer wieder für Irritationen sorgt. Salopp gesagt, scheinen Sie kein Fettnäpfchen auszulassen."

„Hat sich das schon bis zum Landgericht herumgesprochen?"

Speyrich lächelte süffisant.
„Justiz und Polizei in Berlin – das ist wie ein großes Dorf."
Der Ton des Richters überraschte Lemberger. Nach seinen Eindrücken vom Telefon und allem, was zu hören gewesen war, hatte er eher einen verquasten Schwätzer erwartet. Doch wenn auf beiden Seiten Klartext geredet wurde – umso besser!
„Mit solchen Gerüchten muss ich wohl leben", erwiderte er. „Sie erwähnten eben den Anschlag auf dem Hermannplatz. Meine Kollegin Frau Simonides hat dort mit ihrem Einsatz Menschenleben gerettet. Aufgrund Ihrer Beschwerde droht aber nun ihre Versetzung aus meinem Team. Ich bin hier, um Sie zu bitten, diese zurückzuziehen."
„Kommt nicht in Frage. Ihre Kollegin hat mich in einer unglaublich ordinären Weise beleidigt. Wie gesagt, gerade aus Ihrer Abteilung gibt es zu oft Querschüsse. Höchste Zeit, dass einmal ein Exempel statuiert wird."
„Es tut ihr leid, was sie zu Ihnen gesagt hat."
Speyrich ließ ein albernes Aufglucksen vernehmen, das nicht zu seiner vornehmen Attitüde passte. Was passte bei diesem Mann überhaupt zusammen?
„Das glaube ich kaum."
„Aber wenn so ein jugendlicher Intensivtäter mit treuherzigem Augenaufschlag versichert, er will nicht mehr rückfällig werden, dann glauben Sie ihm sofort und triefen vor Verständnis."
Die Gesichtszüge des Richters verhärteten sich, er zeigte zur Tür.
„Unser Gespräch ist beendet."
Demonstrativ vertiefte er sich in seine Akte. Lemberger drückte die Türklinke zum Vorzimmer.
„Wussten Sie eigentlich, dass wir vor drei Tagen beide zur gleichen Zeit in Polen waren?"
Mit schief gelegtem Kopf linste Speyrich über seine Brillen-

gläser hinweg. *Eine fette, verschlagene Ratte.*
„Ihr Privatleben geht mich natürlich nichts an. Sie sollten aber wissen, dass dort jemand Fotos in Umlauf bringt, die Sie mit einem sehr jungen Mann zeigen. Słubice und das deutsch-polnische Polizeizentrum, das ist auch wie ein Dorf, mit kurzen Wegen nach Berlin. *Salopp gesagt,* ist der Fettnapf, in den Sie gerade kopfüber stürzen, viel größer als alle, in die ich in meinem Leben noch treten kann. Schönen Tag noch!"
„Moment mal! Was sollen diese seltsamen Andeutungen?"
Lemberger reichte einen der Abzüge über den Schreibtisch, die er von Miro erhalten hatte: der feiste Glatzkopf Speyrich und sein jugendlicher Begleiter auf dem Parkplatz des *Aphrodite,* die Leuchtreklame schön deutlich im Hintergrund.
„Schließen Sie die Tür!", herrschte der Richter ihn an. „Ich hatte diesen jungen Mann nur kurz nach dem Weg gefragt..."
„Nach dem Weg zum Straßenstrich, meinen Sie? Und da ist er gleich zu Ihnen ins Auto gehüpft? Dummerweise wurden Sie ja kurz darauf von einer Polizeistreife kontrolliert, wegen eines Verkehrsdeliktes. Dabei hat man die Personalien aufgenommen, Ihre und die des Minderjährigen."
Einen Moment lang schien es, als wolle Speyrich auf Lemberger losgehen. Dann rollte er mit seinem Bürostuhl zurück bis an die Wand.
„Er ist achtzehn!", verkündete er in trotzigem Tonfall.
„Wenn er das behauptet hat, waren Sie wohl wieder zu leichtgläubig. Ein paar Monate fehlen ihm nämlich noch. Außerdem ist unklar, wie er überhaupt nach Polen gelangt ist. Wäre das nicht fatal für das Ansehen der Berliner Justiz, wenn diese Fotos – denn es gibt mehrere – die Runde machen würden und Ihr Name im Zusammenhang mit Menschenhandel genannt wird? Und was würde das für Ihre Karriere bedeuten?"

„Das ist ein unglaublicher Angriff auf meine Privatsphäre!", flüsterte Speyrich. „Wer macht solche Fotos?"
Die hinterhältige Ratte hatte sich in ein eingeschüchtertes Mäuschen verwandelt. Lemberger zuckte die Achseln.
„Das kann ich Ihnen nicht sagen. Offenbar sind Sie in eine verdeckte Operation der polnischen Polizei geraten. Ich hätte aber einen Vorschlag, wie Sie aus dieser misslichen Lage wieder herauskommen."
„Sie wollen mich erpressen!"
„Erpressen? Ich bin Polizeibeamter und möchte Ihnen Möglichkeiten aufzeigen, wie Sie sich schützen können."
„Und ich kann mich schützen, indem ich meine Beschwerde gegen Ihre Kollegin zurückziehe…"
„Das, verehrter Herr Speyrich, wird leider nicht reichen."

Der Nordwind hatte den aufgestauten Dunst und Smog des Hirschberger Talkessels über den Kamm nach Tschechien geschoben. Frühlingsglitzernd präsentierte sich das Riesengebirge in der Morgensonne, vom Reifträger im Westen bis zur Schneekoppe im Osten. Es war eine Abschiedsvorstellung.
Mit seiner Aussage hatte Swiatelka nicht nur Zafer, sondern auch sich selbst belastet, in der Hoffnung, das eigene Gewissen zu erleichtern. Eingetreten war das Gegenteil. Der Pförtner war grausam erstickt worden, mit einer Plastiktüte über dem Kopf! Hätte er sich nicht zur Vernehmung nach Deutschland begeben, wäre ihm diese Information erspart geblieben. Wie ein Fahrer, der vom Unfallort flüchtete, seinen Wagen umspritzte und sich einredete, alles sei nur ein böser Traum gewesen. Vor Gott aber konnte er die furchtbare Wahrheit nicht verbergen: dass er schuld war am Tod zweier Menschen. Obwohl er nur für sein Recht hatte kämpfen und niemandem Schaden zufügen

wollen. Die üblichen Rechtfertigungsgründe, die vor IHM keinen Bestand hatten. Eigentlich war eine solche Schuld untragbar, deshalb hatte ER ja seinen Sohn geschickt – das war die Kernaussage der christlichen Botschaft. Doch Gott war auch wechselhaft wie das Wetter im Gebirge. Hätte er sonst mit Satan eine Wette abgeschlossen und zugelassen, dass Hiob alles genommen wurde: sein Haus, seine Frau, seine Kinder? So weit würde er, Jozef Swiatelka, es nicht kommen lassen. Irgendwann in den nächsten Wochen würde eine schriftliche Ladung zur Gerichtsverhandlung in Deutschland eintreffen, danach musste er vielleicht ins Gefängnis. Wenn er es schaffte, das Haus bis dahin zu verkaufen, konnten sie sich von dem Erlös eine Wohnung kaufen, oben in der Danziger Gegend, an der Küste, woher seine Eltern stammten. Vielleicht würden die frische Luft und die weiten Sandstrände des baltischen Meeres für den Verlust des Riesengebirges entschädigen.

Sie hatten ihn in Berlin nicht festgenommen, da er einen festen Wohnsitz in einem EU-Land vorweisen konnte und keine Fluchtgefahr bestand. Dass er in seinem Haus nicht bleiben würde, hatte er ihnen verschwiegen. Vielleicht hatte er es selbst noch nicht gewusst. Jetzt wusste er es. Mit der Sicherheit war auch das Heimatgefühl verflogen. HIER würde er die Erinnerungen an das, was in Berlin begonnen und in Karpacz geendet hatte, nie mehr loswerden. Die Blutlache um den Kaukasier im Korbstuhl. Jadwiga, deren Haus er mit Unheil überzogen hatte. Der alte Frejtag, dem er nicht mehr unter die Augen zu treten wagte. Außerdem war die Bedrohung keineswegs vorüber. Boudari war zwar geschwächt, aber auf seine Rachsucht war Verlass. Irgendwann, wenn längst Gras über die Sache gewachsen war, würde er wieder einen Brandstifter schicken – und alles würde wie Zufall aussehen.

Er trat hinaus auf die Terrasse. Der Wind ließ die Wipfel der Pappeln schwanken und trieb neue Wolken aus dem Landesinnern in Richtung Gebirge. Was wussten diese Berge von menschlichen Sorgen und Nöten? Seit Jahrhunderten schauten sie gleichmütig zu, ließen Kriege und Völkerwanderungen über sich ergehen. Genauso würde es sein, wenn sein Haus abbrannte. Und war Gott nicht wie sie? Sein Blick fiel auf einen Schwarm Spatzen, der zwischen der Hecke zum Nachbargrundstück und den blühenden Apfelbäumen hin- und herflog. *Tschiep, tschiep,* zwitscherten sie. *Trotz allem hast du unfassbares Glück gehabt!* Wie vermessen von ihm, dem Schöpfer aller Dinge Eigenschaften wie *wechselhaft, ungerecht, gleichgültig* zuzuschreiben! Swiatelka hielt inne. Durch das Getschilpe der Vögel und das Rauschen des Windes vernahm er noch eine andere Stimme, SEINE Stimme. Endlich hörte er ihn wieder: *ICH BIN.* Das war der erste Teil der Botschaft. Der zweite lautete: *MIT DIR. Die Entscheidung kann ich dir nicht abnehmen. Doch wie auch immer sie ausfällt: Ich will mit dir sein!*

Unter dem Vorwand, sie hätten einen gemeinsamen wichtigen Termin, passte Lemberger Aaron bei Schulschluss vor dem Gymnasium ab. Die anschließende halbstündige Fahrt bis ins Brandenburger Umland wurde zur Qual, weil sein Sohn nur schweigend aus dem Fenster starrte, weder fragte noch protestierte, als ahnte er, was kommen würde. Und weil ihm schmerzhaft bewusst wurde, dass er seine letzten Lebensjahre fast völlig verpasst hatte. Nicht einmal die Fußballspiele hatte er sich angeschaut, obwohl er wusste, wie sehr Aaron diesen Sport liebte. Im toten Winkel seiner Ehekrise und der Flucht in die Arbeit war ihm der Junge entglitten. *Man erntet, was man sät.* Als sie vor dem Fahrtziel anhielten, einem unscheinbaren, grau

verputzten Neubaukomplex, brach er das Schweigen.
„Aaron, deine Mutter und ich haben uns auseinander gelebt und werden uns trennen. Das heißt, ich werde mir eine eigene Wohnung suchen."
Der Angesprochene zeigte keine Reaktion, sondern blickte stur geradeaus.
„Deine Schwester und du – ihr werdet dann auch regelmäßig bei mir sein. Wobei du natürlich ein Mitspracherecht hast. Auf jeden Fall würde ich mich freuen, wenn wir einen Neuanfang starten könnten. Ich habe in letzter Zeit leider sehr wenig von dir mitbekommen. Das würde ich gern ändern und hoffe, dass du mir die Chance dazu gibst."
Aaron schnaufte verächtlich.
„Für so ein Gelaber mussten wir hier herausfahren?"
„Nein."
Lemberger stieg aus und öffnete den Kofferraum.
„Hier liegt etwas für dich."
Zögernd verließ sein Sohn den Wagen und näherte sich dem Kofferraum.
„Was soll das?", rief er, als er seine Sporttasche sah.
„Ich hatte zu wenig Zeit für dich, was mir wahnsinnig leid tut", sagte Lemberger. „Aber das ist kein Grund, um kriminell zu werden. Mit fast 16 Jahren bist du für dein eigenes Handeln verantwortlich."
„Ich will sofort wieder nach Berlin!"
„Seit wann?", fragte Lemberger.
„Was *seit wann*?"
„Seit wann verkaufst du Haschisch?"
„Tue ich gar nicht!"
„Mach die Tasche auf!"
Aaron zog den Reißverschluss auf. Als der Teddy auftauchte,

zuckte er zusammen. Wenn sein Erröten bedeutete, dass er einen Rest von Scham empfand, gab es noch einen kleinen Hoffnungsschimmer.
„Ich habe dein Depot entdeckt", sagte Lemberger, „für das du Lea ihren Carlo weggenommen, aufgeschnitten und fein säuberlich wieder zugenäht hast. Und damit sie ihn nicht mehr mit ins Bett nimmt, hast du ihr gemeine Schauergeschichten erzählt."
Sein Sohn machte dieselben großen Augen wie früher als Kind, wenn er über etwas erstaunt oder entrüstet war, und Lemberger krampfte es den Magen zusammen.
„Auch wenn du glaubst, keine Spuren hinterlassen zu haben", fuhr er fort, „wurden sie doch im Labor gefunden. Du bist raffiniert und überlegt vorgegangen. Im Strafrecht nennt man das Vorsatz."
„Was willst du jetzt machen, Papa? Mich verhaften?"
Aaron hatte sich wieder gefangen. Und er hatte tatsächlich *Papa* gesagt! Lemberger zeigte auf das Gebäude vor ihnen.
„Das ist eine Einrichtung für straffällig gewordene Drogensüchtige. Hier wirst du eine Woche lang einen sogenannten Schnupper-Arrest absitzen. Es gibt eine breite Palette von Gesprächsangeboten mit Erziehern und Sozialarbeitern. Ihr arbeitet gemeinsam, und Fußball wird auch gespielt. Außer deiner Mutter und mir weiß bisher niemand etwas davon. Wenn du die Woche gut mitmachst, wahrst du deine Chancen für die Zukunft. Läufst du weg oder verweigerst dich, kommt dein Fall zur Anzeige. Dann gibt es sowohl mit der Polizei als auch in der Schule einen Haufen Ärger. Möglicherweise werfen sie dich raus, und du kannst dein Abitur vergessen."
Aaron holte tief Luft.
„Deinen eigenen Sohn würdest du anzeigen? Das ist Freiheitsberaubung, dafür brauchst du die Entscheidung eines Richters!"

„Du kennst dich ja gut aus…“
Lemberger holte eine Mappe aus dem Handschuhfach und entnahm ihr ein Blatt Papier in einer Klarsichtfolie.
„Ich HABE die Entscheidung eines Richters! Alles, was du für die Woche sonst noch benötigst, habe ich dir in deine Tasche gepackt.“

Nachdem er Aaron abgeliefert hatte, fuhr Lemberger eine Weile ziellos in der Gegend herum, über von blühenden Apfelbäumen bestandene Alleen, durch wie ausgestorben wirkende Dörfer und an endlosen Getreidefeldern vorbei, bis die Sonne untergegangen war. Dann genehmigte er sich in seinem Pub zwei große Biere, dankbar für das Champions-League-Spiel, das dort gezeigt wurde und ihn zumindest teilweise von seinen Gedanken ablenkte. Ein Sohn, der kriminelle Neigungen offenbarte, die Tochter in einer kindlichen Traumwelt gefangen, seine Ehe in Trümmern. Er war am absoluten Tiefpunkt angelangt. Typen wie Boudari schwammen hingegen immer oben, egal welche Schweinereien sie anrichteten.
Über der Wohnung lag eine wunde Stille. Die gelbe Tür war geschlossen, während Aarons Zimmer als dunkle Höhle in den Flur gähnte. Auch Lea war nicht in ihrem Bett, offenbar war sie für diese Nacht mitsamt Teddy Carlo zu Sandra gezogen. Lemberger bereitete sich sein Bett auf dem Sofa, schaltete den Fernseher an und nach wenigen Minuten wieder aus. Es war halb zwölf. *Du kannst jederzeit anrufen, ich gehe oft sehr spät ins Bett.* Er griff zum Telefonhörer und wählte Elenas Nummer.
„Hallo?“
Ihre Stimme klang verschlafen.
„Enschuldige, ich hatte gehofft, du wärst noch wach…“
„Jetzt bin ich es.“

„Ich muss dir was erzählen, was mir keine Ruhe lässt: Neumayer hat gesagt, Boudari sei als Informant immer zuverlässig gewesen. Wenn das stimmt, wieso macht er plötzlich sein eigenes Ding? Vielleicht gibt es ja einen konkreten Auslöser dafür. Etwas, das ihm so viel Sicherheit vermittelt, dass er glaubt, auf den Job für Neumayer verzichten zu können. Etwas oder jemand…"

„Du denkst an den Kollegen, den er geschmiert haben soll?"

„Ja, aber ich habe keine Ahnung, wie wir ihm auf die Spur kommen sollen. Und das kann einen schon verrückt machen! Wenn man so viel zu wissen glaubt und nichts ändern kann…"

„…wird man leicht krank", vollendete sie seinen Satz.

„Im Ernst, Eli: Magengeschwür. Depressionen. Krebs…"

„Migräne", ergänzte sie, „Neurodermitis."

Fruchtig. Das war ein passendes Wort für ihr Lachen. Fruchtig wie ein frischer, knackiger Obstsalat. Genau das Richtige gegen trübe Gedanken aller Art.

„Herzinfarkt und Schlaganfall. Siehe Kalle."

„Impotenz", schlug sie vor.

„Das ist wahrscheinlich längst passiert."

„Wahrscheinlich?", wiederholte sie. „Es käme also auf einen Versuch an…"

„Du solltest dir keine Scherze mit älteren Männern erlauben."

„Und du solltest aufhören, mit deinem angeblichen Alter zu kokettieren."

„Hören wir beide auf! Eli, ich bin dir wirklich dankbar für dein offenes Ohr in den letzten Wochen. Du bist ja auch mit deinem Sohn allein. Ich weiß sowieso nicht, wie du das alles schaffst…"

„Lem, ich schaffe es, und fertig. Aber das klingt schon wieder wie eine Abschiedsrede…"

„Keine Sorge, ich bleibe. Wohin sollte ich denn wechseln? Zum Staatsschutz?"

„Dann bin ich ja beruhigt. Und wie geht´s privat bei dir weiter?"
„Bis Ende des Monats will ich ausziehen."
„Im Notfall könntest du ein paar Tage zu uns ziehen. Wir haben ein Gästezimmer, und Luka würde sich bestimmt freuen."
„Das ist lieb gemeint, aber ich kann nicht mit dir und deinem Sohn am Abendbrotstisch sitzen und an meine eigenen Kinder denken."

24.

Das ganze Team hatte darauf gewettet, dass Zafer Boudari nach seiner Vernehmung umgehend wieder auf freien Fuß gesetzt werden würde. Doch wundersamerweise entschied der zuständige Haftrichter, dass er wegen Flucht- und Verdunkelungsgefahr bis zur Hauptverhandlung in Untersuchungshaft zu nehmen sei und ließ sich nicht einmal vom Anwaltsbüro Vanderbrugge beirren, das mit immer neuen Eingaben gegen die Entscheidung Sturm lief. Wie groß war aber erst die allgemeine Verblüffung, als sich herausstellte, welcher Richter es war, der da so standhaft blieb.

„Was ist denn in Speyrich gefahren?", wunderte sich Elena. „Stell dir vor, er hat sogar seine Beschwerde gegen mich zurückgezogen!"

„Auch Speyrich hat seine vernünftigen Momente", erwiderte Lemberger.

„Du hast mir gar nicht erzählt, dass du gestern bei ihm warst…"

„Wie kommst du denn darauf?"

„Du weißt doch, dass ich einen guten Draht zu seiner Sekretärin habe."

„Ach ja, stimmt."

„Also?"

„Weil ich mit ihm über eine andere Sache reden musste."

„Worüber?"

„Ist leider *top secret*."

„Wieso verarschst du mich, Lem?"

Verdammt, war die Frau hartnäckig!

„Gut, ich habe auch dein Thema angesprochen, und vielleicht hat das dazu beigetragen, ihn zu überzeugen."

„Was hast du ihm gesagt?"

„Dass du eine sehr schwere Kindheit hattest. Bekanntlich hat der Richter ein weiches Herz."

„Ich hatte eine glückliche Kindheit – trotzdem danke."

Obwohl die Suche nach Beweisen für Zafers Urheberschaft an dem Brand jetzt erst richtig losging, war es höchste Zeit, den Kopf auch für andere Aufgaben freizubekommen. Letzte Nacht hatten die *Panzerknacker* erneut zugeschlagen und auf der Flucht vom Tatort einen Wachmann, der sich ihrem Wagen in den Weg stellte, über den Haufen gefahren. Der Mann war noch im Notarztwagen seinen schweren Verletzungen erlegen. An diesem Morgen hatte das Thema den Hermannplatz-Anschlag endgültig aus den Schlagzeilen verdrängt. Die Boulevardblätter beklagten die Unfähigkeit der Polizei, und der aus Wiesbaden zurückgekehrte Vogt war schlechterer Laune denn je.

„Kann man nicht zwei Tage wegfahren, ohne dass hier das schiere Chaos ausbricht?", begrüßte er sie zur Dienstbesprechung und nahm Karnicki ins Visier. „Kollege, Sie hatten strikte Anweisung, den Hermannplatz der Soko zu überlassen und sich auf die Einbrüche in die Elektronikmärkte zu konzentrieren."

Die einzige Anweisung, die Vogt gegeben hatte, bezog sich auf die Bildung seiner Ermittlungsgruppe *Wegfahrsperre* – ein erneuter Beleg dafür, dass er sich die Wahrheit immer so zurechtbog, wie er sie gerade brauchte,

„In Ihrer Abwesenheit haben sich neue Erkenntnisse ergeben, aufgrund derer wir tätig werden mussten", stammelte Karnicki.

„Hören Sie auf, sich zu rechtfertigen, Sie haben mich maßlos enttäuscht! Hoffentlich finde ich hier noch einen, auf den ich mich verlassen kann…"

Er wandte sich an Stefan: „Kollege Meister, ich habe gehört, dass Sie Ihre wichtige Arbeit für die Soko beenden wollen, daher würde ich mich freuen, wenn Sie für die Zeit, in der Wiechmann ausfällt, seine Aufgaben übernehmen könnten."
Stefan schüttelte bedauernd den Kopf.
„Sorry, Chef, meiner Frau geht es nicht gut, deshalb muss ich in nächster Zeit ein bisschen kürzer treten."
Vogt war wie vom Donner gerührt.
„Junge, Junge, ihr seid mir eine Chaostruppe! Wer soll es denn sonst machen?"
„Wenn Sie mich fragen", sagte Stefan, „würde ich zuallererst an den Kollegen Lemberger denken."
„Gut, also übernehmen SIE bitte die Koordinierung der Arbeitsabläufe", presste sich der Chef ab, ohne Lemberger dabei anzusehen. Dann packte er seine Sachen und rauschte hinaus.
Letztlich wusste er genau, dass er es sich nicht leisten konnte, wegen persönlicher Animositäten die TAFOK auf schwerer See ohne Steuermann vor sich hin treiben zu lassen. Und ebenso wusste er, dass Lembergers Pflichtgefühl es ihm verbot, das undankbare Angebot abzulehnen.

Die erste Reaktion seines Freundes Alex auf die Neuigkeit war ein genervter Stoßseufzer: „Oje, dann hast du ja noch weniger Zeit für unsere Treffen!"
Es folgte eine ganze Breitseite an Bedenken und Einwänden: Ob er sich das wirklich gut überlegt habe? Er kenne Dorota nicht gut genug. Ob ihm bewusst sei, dass eine solch oberflächliche Beziehung unter den Belastungen, die auf sie zukämen, schnell zerbrechen könne? Dorota sei mitten im Studium, ihrer beider Lebensstandard werde sich massiv verschlechtern.
„Aber wir freuen uns auf das Kind, das ist schließlich das Wich-

tigste!“, hielt Christoph dagegen und kam sich dabei selbst vor wie ein bockiges Kind, das nicht auf die Stimme der Vernunft hören wollte.

Das fände er total egoistisch, empörte sich Alex. Man müsse doch auch an die Bedingungen denken, die man so einem Kind biete.

Bis die Bedingungen ideal und perfekt waren, konnten sie bis zum Sankt-Nimmerleins-Tag warten, fand Christoph. Und *oberflächlich* und *egoistisch* waren Attribute, die eher zum Dandyleben seines Freundes passten. Aber das sagte er nicht, sondern ließ noch allerlei psychologische Deutungen über sich ergehen – *regressive Flucht ins Kind* oder *unbewusste Wiederholung aufgrund fehlender Auseinandersetzung mit den eigenen Eltern* – bevor sie sich kühl voneinander verabschiedeten. Wenigstens hatte Alex nicht den ultimativen Hammer á la Holger ausgepackt: dass es kompletter Irrsinn sei, Kinder in die verdorbene und zum Untergang verurteilte Welt des Endzeitkapitalismus hineinzusetzen.

Auch unter dem Eindruck dieses Telefonates beschloss Christoph, Mutter vorerst nicht zu erzählen, dass sie bald Oma werden würde. Sie hatte genug zu tun mit ihrem eigenen alten und störrischen Kind. Obwohl Vater noch allein essen und sich anziehen konnte, war sie mit den Nerven am Ende und dankbar für sein Angebot, sich nach ambulanten Betreuungsangeboten zu erkundigen.

„Damit du öfter einmal etwas für dich unternehmen oder zumindest in Ruhe einkaufen gehen kannst.“

„Das wäre zu schön!“, seufzte Mutter.

„Wo ist er denn?“

Sie zeigte auf die angelehnte Wohnzimmertür.

„Er macht gerade seinen Mittagsschlaf. Stör ihn besser nicht ...“

Doch als Christoph vorsichtig durch den Türspalt spähte, sah er, dass Vater sich auf der Couch aufgerichtet hatte und aus dem Fenster starrte.
„Welches ist der schönste Wasserfall im Riesengebirge?", begrüßte er ihn.
„Der Zackelfall natürlich", erwiderte Vater, wie aus der Pistole geschossen.
Christoph nickte.
„Wusstest du auch, dass der Wasserfall am Kreuzberg dem Zackelfall nachgebildet ist? Das habe ich eben in einem Reiseführer gelesen."
„Natürlich ist das der schönste", beharrte Vater. „Ich bin mit Onkel Heinz und Tante Erika oft dort gewesen!"
Christoph machte eine besänftigende Handbewegung.
„Ich war auch da und kann es bestätigen. Bei dieser Gelegenheit habe ich Fräulein Pacholke nach deiner alten Märklin-Eisenbahn gefragt. Leider hat sie sie schon vor längerer Zeit weggegeben. Andere Kinder spielen jetzt damit."
„Andere Kinder", wiederholte Vater und nickte. „Auch gut."
„Aber ich habe dir einen Ersatz mitgebracht."
Ein verzücktes Lächeln hellte Vaters sonst so griesgrämige Miene auf, als er die geschnitzte Rübezahlfigur erblickte, die Christoph vor ihm auswickelte.
„Der Herr der Berge!", rief er.
„Außerdem soll ich dich herzlich grüßen, von Kamil!"
„Besten Dank", murmelte Vater und ließ seine knorrigen Finger über die Konturen der Holzfigur fahren. „Grüß ihn mal schön zurück – *pozdrowienia*!"
Das war einer seiner erstaunlich lichten Momente und überdies das erste Mal, dass Christoph seinen Vater ein polnisches Wort sprechen hörte. Vielleicht war er ja in Bezug auf seinen Hang zu dieser Sprache doch „familiär belastet".

Auf dem Heimweg sah er draußen plötzlich, was ihm vorher nie aufgefallen war: jede Menge Schwangere, Kinderwagen schiebende Mütter und junge Väter mit Kleinkindern an den Händen.

Die Schweißperlen auf Lembergers Stirn setzten sich in Bewegung, liefen über das ganze Gesicht und tropften vom Kinn auf den Fußboden, jeder Tropfen eine Erinnerung an Momente voller Bitterkeit, an Enttäuschungen und Niederlagen. Er schwitzte Sandra aus. Sie sammelte sich als kleine Pfütze unter ihm auf den Steinplatten, bevor er sie mit den Füßen verrieb. *Einfach nicht mehr nachdenken, wenigstens einen Abend lang.* Nicht über seine gescheiterte Ehe und nicht über die Kinder.
Gleich nach Feierabend hatte er Aaron in der Therapieeinrichtung besucht. Schon nach einem einzigen Tag war sein Sohn wie ausgewechselt gewesen. Die ganze künstliche Fassade war auf einmal in sich zusammengefallen.
„Ich habe mich überreden lassen, das war idiotisch!", hatte er unter Tränen hervorgestoßen. „Vorher habe ich das noch nie gemacht, wirklich, Papa!"
„Sag mir bitte trotzdem, durch wen du an dieses Zeug gekommen bist."
Er hatte den Handel mit kleinen Portionen Haschisch vor acht Wochen begonnen, als eine Art Mutprobe, vielleicht auch, um seinem Vater eins auszuwischen. Die Kontaktperson war ein älterer Schüler aus der 12. Klasse gewesen, der im Abitur stand und nach den Sommerferien nicht mehr da sein würde. Vielleicht ging die Sache also noch einmal glimpflich aus.
„Wo ist Aaron?", hatte Lea abends gefragt.
„Er macht eine Woche lang ein Schulpraktikum in Brandenburg. Und weil das so weit weg ist, schläft er auch dort."
„Aber er hat sich nicht von mir verabschiedet…"

„Vielleicht können wir ihn am Wochenende mal zusammen besuchen", hatte er vorgeschlagen, und dann hatte er seine Überraschung hervorgeholt.
„Schau, wen ich dir mitgebracht habe."
„Carlo! Der ist ja so schön weiß!"
„Weißt du warum? Weil er es geschafft hat, die Schwarze Hexe zu besiegen!"
Sie hatte den Teddy fest an sich gedrückt.
„Und ich dachte schon, der Papa hat dich in die Waschmaschine gesteckt."
Wenn nur alles so einfach wäre, wie Haschisch-Krümelchen aus einem Kinderteddy zu entfernen: die Vergangenheit reinwaschen, schmerzhafte Erinnerungen herauslösen, sich im Kreis drehende Gedanken wegspülen, das Fließband stoppen, das immer wieder denselben unnützen Ballast heran beförderte.
Er verließ die Sauna und stieg ins Eiswasserbecken. Als er wieder herauskam, stellte er fest, dass es ihm endlich gelungen war, das Fließband anzuhalten. Endlich war sein Kopf frei. In dem warmen Solebecken ließ er sich treiben, ein U-Boot auf Überwasserfahrt, das mit teilnahmslosem Blick andere U-Boote passierte. Das Paradoxe an der Therme war ja, dass alle splitternackt waren, aber trotzdem oder gerade deshalb die erotische Spannung gegen Null ging. Die Nacktheit wirkte als Blockade. Nie wäre er imstande gewesen, hier mit irgendjemandem zu flirten. Ein vorbeischwimmendes Frauengesicht strahlte ihn an, die Augen, die Zähne, alles leuchtete. Erstaunt drehte er sich nach ihr um. Obwohl das Gesicht ihm wohlvertraut war, war er einen Moment verwirrt. Es gehörte einfach nicht hierher! Die Frau schwamm einige Züge weiter, richtete sich auf und watete in die Grotte. Was für eine Figur! Lemberger paddelte bis zum Eingang der Grotte und lugte hinein. Minilämpchen an der Decke

verbreiteten ein schummriges Licht. Elena saß auf der Sprudelbank und bewegte ihre langen Beine, als führe sie Rad. Als er seine Deckung verließ und neben ihr Platz nahm, rief sie mit gespieltem Erstaunen:

„Lem, du hier?"

„Tu bitte nicht so, als hättest du mich nicht gesehen! Was treibst du in meiner Therme?"

„In deiner Therme?", wiederholte sie spöttisch. „Du hast mir neulich vorgeschwärmt, wie gut du dich hier erholst. Da dachte ich, das könnte ich auch mal gebrauchen."

Ihre Augen wirkten größer als sonst. Weil sie sich geschminkt hatte! Auch deshalb hatte er seine Kollegin nicht sofort erkannt.

„Na, dann noch viel Spaß", wünschte er steif, während er von der Sprudelbank rutschte.

Es wurde Zeit, die Grotte zu verlassen, denn schon begann er die Kontrolle über weiter abwärts gelegene Körperregionen zu verlieren.

„Bleib doch noch, wir können uns nett unterhalten. Zum Beispiel würde mich brennend interessieren, was du dem Richter WIRKLICH gesagt hast…"

„Erzähle ich dir ein andermal."

Eli nickte verständnisvoll und streckte ihm zum Abschied die Hand entgegen. Er musste lachen.

„Bist doch sonst nicht so förmlich."

Samtweich fühlte sich ihre Hand an. Über ein Jahr lang arbeitete er mit dieser Frau zusammen, und noch nie hatten sie sich die Hände gegeben.

„Ich kann deine Gedanken lesen", sagte sie und schloss die Augen. „Du willst gar nicht gehen…"

Sie verschwand und drehte unter seinem ausgestreckten Arm eine Unterwasserpirouette. Dicht vor ihm tauchte sie wieder auf. Viel zu dicht. Lemberger schoss der Gedanke an Riesenheuschrecken in den Kopf, bei denen die Männchen nach der Begattung von den Weibchen gefressen wurden. Wie hießen sie noch? Gottesanbeterinnen!

Die Gottesanbeterin drückte ihm ein Küsschen auf seine Nasenspitze.

„Du bist verhaftet! Alles, was du sagst, kann gegen dich verwendet werden."

„Wie lange kennen wir uns?", brachte er hilflos hervor.

„Lange genug, um einmal gemeinsam schwimmen zu gehen, oder? Besonders nach Abschluss eines solchen Falles. Lass einfach mal los ..."

„Schwimmen nennst du das, Mädel? Außerdem ist dieser Fall keineswegs abgeschlossen."

„Ist er doch", schnurrte sie ihm ins Ohr. „Und ich mag es nicht, wenn du dich aufführst, als wärst du mein Vater!"

Mit diesen Worten umschlang sie ihn auf ganzer Körperlänge. Abrupt machte er sich los und stieß sich zwei Meter von ihr ab.

„Du spinnst wohl!", keuchte er. „Woher wusstest du überhaupt, dass ich heute in die Therme wollte?"

Elena strich sich das Wasser aus den Haaren. Ihre Augen verengten sich zu zwei schmalen Schlitzen, aus denen schwarze Tränen weinten, ihr zerfließendes Make-up.

„Gegenfrage", erwiderte sie. „Woher wusstest du, dass ich heute hier bin, Lem? Und wieso bist du mir bis in die Grotte gefolgt? Du musst nichts sagen, wenn du dich mit der Antwort selbst belasten würdest."

Einen Moment später war sie fortgetaucht.

Epilog

Am nächsten Morgen schwangen in ihrem Blick Unsicherheit und Trotz, auch er selbst fühlte sich befangen.
„Hör zu", begann er. „Für mich hat das gestern nicht stattgefunden."
„Ist längst vergessen", stimmte sie zu.
„Vielleicht habe ich mich in den letzten Wochen irgendwie zweideutig verhalten", fuhr er fort. „Du weißt ja, wie es um meine Ehe steht, aber wir sind nun einmal Kollegen und..."
„Mach es bitte nicht schlimmer, als es ist", unterbrach Elena. „Ich werde nur noch in die Therme gehen, wenn du Dienst hast."
Schon einen Tag später stellte Lemberger erleichtert fest, dass die Anspannung zwischen ihnen verflogen war. Sie waren beide Profis genug, um ihr gutes Arbeitsverhältnis durch den Vorfall nicht trüben zu lassen.

Die Wochen flogen dahin, der Sommer hielt Einzug mit kühlem und wechselhaftem Wetter, und viel schneller, als zu erwarten gewesen wäre, begann der Prozess gegen Zafer Boudari. Anwalt Vanderbrugge versuchte nach Kräften, die Glaubwürdigkeit des Hauptbelastungszeugen Swiatelka zu erschüttern, der wie versprochen nach Berlin gekommen war, um seine Aussage zu machen. Dieser wurde als notorischer Krimineller hingestellt, der die Schuld von sich und seinen Komplizen auf den Geschädigten abwälzen wollte. Doch der Pole blieb eisern bei seiner Version des Geschehens, obwohl er sich damit selbst des Einbruchsdiebstahls in Zafers Halle bezichtigte. Vanderbrugge hatte herausgefunden, dass Swiatelka im Begriff war, sein Haus in Polen zu verkaufen und noch keine neue Meldeandresse angeben konnte, deshalb wurde er noch im Gerichtssaal wegen Fluchtgefahr verhaftet und sollte nun in Untersuchungshaft auf seinen eigenen Prozess warten. Als der Anwalt dann auch noch ein zweites Brandgutachten vorlegte, wonach es zumindest im Bereich des Möglichen lag, dass das Feuer nicht in Zafers Büro, sondern doch in dem Kelleraufgang ausgebrochen war, in dem Bogdan Twardowski den Karton mit den Werbeprospekten angezündet hatte, verflüchtigten sich bei Lemberger die letzten Illusionen über den Ausgang dieses Verfahrens. Obwohl Speyrich seinen Teil ihrer geheimen Vereinbarung erfüllt hatte, würde Zafer Boudari wahrscheinlich aus Mangel an Beweisen freigesprochen werden. *In dubio pro reo* – so lauteten nun einmal die Regeln des Rechtsstaats, die auch Lemberger prinzipiell verteidigte. Anders sah es auf der zivilrechtlichen Seite aus. Der Verdacht auf Versicherungsbetrug stand weiterhin im Raum, und so würde Zafer erhebliche Probleme mit der Schadensregulierung bekommen. Wenigstens etwas.

Inzwischen hatte er begonnen, eine Wohnung zu suchen. Wegen der Kinder musste sie drei Zimmer haben und in der Nähe ihrer Schulen liegen. So etwas zu finden, würde nicht einfach sein. Bei einem gemeinsamen Eisessen verkündeten Sandra und er, dass sie sich einvernehmlich trennen, aber weiterhin gute Eltern sein würden oder dies endlich werden wollten, wie Lemberger im Stillen für sich selbst ergänzte. Lea brach in Tränen aus, beruhigte sich jedoch schnell wieder, als ausgerechnet ihr Bruder sie in den Arm nahm. Dass sich die häusliche Lage danach merklich entspannte, hing mit Aaron zusammen. Der Junge wirkte seit seinem Schnupper-Arrest in Brandenburg wie ausgewechselt, war freundlich und hilfsbereit, als habe er begriffen, dass es bald viel mehr auf ihn ankommen werde als bisher.

Bei Aarons nächstem Fußballspiel stand Lemberger am Rand und schaute zu. Als sein Sohn ihn entdeckte, stutzte er kurz und lief dann weiter, ohne sich etwas anmerken zu lassen. Im Laufe des Spiels warf er ihm immer wieder verstohlene Blicke zu, wie um sich zu vergewissern, dass er noch da war. Von nun an würde er nie wieder ein Spiel versäumen, nahm Lemberger sich vor.

Vor dem ersehnten Tauchurlaub am Roten Meer stand noch der Internationale Polizeikongress in Riga an. Die lettische Hauptstadt war seit geraumer Zeit ein wichtiges Drehkreuz für den Weitertransport gestohlener Autos nach Russland und Vorderasien, entsprechend groß war das Interesse an den auf Englisch gehaltenen Referaten. Nachdem Lemberger seinen eigenen Vortrag hinter sich gebracht hatte, fielen die Anstrengungen der letzten Wochen schlagartig von ihm ab. Gedanken, Sorgen, Vorsätze verflüchtigten sich unter dem Druck einer bleiernen Müdigkeit. Er schaffte es gerade noch zurück ins Hotel, wo er in einen tiefen Erschöpfungsschlaf fiel, der wahrscheinlich bis zum Morgen gedauert hätte, wäre er nicht durch ein Klopfen geweckt worden. Vor der Tür stand Miro, um ihn zum Gemeinschaftsabend abzuholen. Erst wollte er ablehnen, dann fiel ihm ein, dass er etwas gutzumachen hatte, und so ließ er sich wenigstens zu einem Bier zu zweit überreden.
Bunte Lampions leuchteten in den offenen Fenstern der Altstadtkneipe, in der sie einkehrten, eine Jazzband spielte. Lembergers Befürchtungen, ihr Verhältnis könnte seit Karpacz getrübt sein, erwiesen sich als unbegründet. Sein polnischer Kollege war freundlich wie immer und sehr daran interessiert, wie sich der Fall Boudari entwickelt hatte. Also brachte er ihn auf den neuesten Stand, bevor er eine Bitte äußerte:
„Wenn Jozef Swiatelka zu einer Gefängnisstrafe verurteilt wird,

sollte man ihm raten, die Haft in einem polnischen Gefängnis anzutreten. Bei uns ist er leider nicht sicher, Boudari hat seine Leute überall, auch im Knast."

Kopfschüttelnd versprach Miro, für diesen Fall die zuständige Staatsanwaltschaft ausfindig zu machen. Möglicherweise bekam sein grenzenloses Vertrauen in den deutschen Rechtsstaat doch allmählich erste Risse.

„Du weißt noch nicht, dass wir sie haben, oder?", sagte er unvermittelt.

„Wen?"

„Das *Phantom*, wie du sie immer bezeichnet hast."

Mit einem Schlag war Lemberger hellwach.

Die Killerin vom Hermannplatz war den polnischen Behörden durch einen glücklichen Zufall in die Hände gefallen. Vollgestopft mit Drogen, war sie vom Grenzschutz als hilflose Person in einem Zug kurz vor der ukrainischen Grenze aufgegriffen und zur Entgiftung in ein Krankenhaus eingeliefert worden. Dort wurde sie sofort verhaftet, als sich herausstellte, dass sie die Tatwaffe bei sich gehabt hatte, mit der der Kaukasier in der Pension in Karpacz erschossen worden war. Seitdem saß sie in Untersuchungshaft und erzählte wirres Zeug.

„Was für wirres Zeug?", fragte Lemberger. „Warst du bei ihrer Vernehmung dabei?"

Miro verneinte. Aber er hatte sich das Protokoll kommen lassen. Die Frau, die als Oksana Pospiech aus Lviv identifiziert worden war und in Polen bisher keinerlei Einträge hatte, bestritt energisch, den Mann in der Pension erschossen zu haben. Eine Zigeunerbande habe sie hereingelegt und ihr die Mordwaffe untergeschoben. Gründe für diese abstruse Beschuldigung wollte sie nicht nennen. Stattdessen deutete sie an, wenn man ihr einen Deal anböte, würde sie auspacken über einen gewissen Roy.

Miro machte eine Pause und räusperte sich, wie er es immer tat, wenn er etwas Heikles oder Unangenehmes mitzuteilen hatte.
„Sie behauptet, Roy ist ein Berliner Polizist, der tief in die Organisierte Kriminalität verstrickt ist."
Lembergers Blick versenkte sich in das Spiel der bunten Lichter an der Kneipendecke, die von den Lampions reflektiert wurden. *Kann das unser Polizist nicht für uns regeln?* Kaum war das eine Phantom enttarnt, drängte sich das nächste in den Vordergrund. Wer war es? Wie sollten sie an ihn herankommen Auch ein typisches Merkmal der Krise: dass Probleme immer nur scheinbar gelöst waren. Sobald man meinte, eines erledigt zu haben, tauchte dahinter ein viel größeres auf. *Jemand, der ihm soviel Sicherheit gibt, dass er glaubt, auf den Job für Neumayer verzichten zu können.* Er spürte, wie Miro ihn erwartungsvoll ansah und schüttelte den Kopf.
„Ich kenne keinen *Roy*."
Miro nickte.
„Das dachte ich mir. Dass sie eine – wie sagt ihr? – *Räuberpistole* erzählt hat. Ich glaube kaum, dass sie das Gericht damit beeinflussen kann. Aber nun zu erfreulichen Themen. Was macht das Tauchen, Dominik?"
Lemberger erzählte von dem bevorstehenden Urlaub in Eilat und wiederholte das Angebot, Miro demnächst mitzunehmen zum Helenesee. Im Gegenzug erneuerte der polnische Kollege seine Einladung nach Poznań.
„Ich muss dir etwas sagen", erwiderte Lemberger.
Und dann erklärte er, wieso es nichts werden würde mit dem Familienbesuch in Polen.
„Dann kommst du eben mit deinem Sohn", schlug Miro vor. „Meine Zwillinge werden sich freuen. Sie haben Deutsch und Englisch in der Schule und brennen darauf, es anzuwenden.

Außerdem lieben sie Fußball, genau wie dein Sohn. Also: ein langes Wochenende im Herbst?“
Im Herbst würde er in seiner eigenen Wohnung wohnen. Vielleicht hatten sich auch die Besuche der Kinder schon eingependelt. Ein neuer Abschnitt in seinem Leben würde begonnen haben. Auf einmal sah er Elenas strahlende Augen vor sich: *Lass einfach mal los!*
„Versprochen“, sagte er.

Impressum

KLAK
VERLAG für gute Bücher
www.klak-verlag.de

1. Auflage, 2015

Layout+Satz: Sandra Betz
Umschlag: Umschlaggestaltung Thomas Heidtmann
Verwendung eines Fotos von ©Rainer Sturm/pixelio.de
Verwendung eines Fotos von ©fotozick/fotolia.de
Verwendung eines Fotos von ©Gramper/istockphoto.com
Druck: Drukarnia ArtDruk, Szczecin
ISBN: 978-3-943767-52-0
E-Book: 978-3-943767-53-7

* Das Zitat auf ist von der spanischen Sängerin
Bebe aus dem dem Song „Siempre me quedará“
von der CD „Pafuera telaranas“ (2005).